岩 波 文 庫

32-245-1

ドリアン・グレイの肖像

オスカー・ワイルド作
富 士 川 義 之 訳

岩 波 書 店

Oscar Wilde

THE PICTURE OF DORIAN GRAY

1890, 1891

目　次

ドリアン・グレイの肖像

序　言(1)

芸術家とは、美的なものの創造者である。

芸術を明らかにし、芸術家を隠すことが、芸術の目的である。

批評家とは、美的なものから得た印象を、別の様式に、あるいはある新しい素材に移し変えることのできる人間をいう。

批評の最高の形態は、その最低の形態と同じく、一つの自伝的様式である。

美的なもののなかに醜悪な意味を見出す人間は、魅力に欠けた、腐敗した人間である。それは誤りというものだ。

美的なもののなかに美しい意味を見出す人間は、教養ある人間である。こうした人たちには希望が持てる。

こうした人たちこそ、美的なものがただ「美」を意味する選ばれた人たちなのだ。

道徳的書物とか、反道徳的書物とかいうようなものは存在しない。書物はよく書けているか、それともよく書けていないか、そのどちらかである。ただそれだけのことなのだ。

十九世紀がリアリズムを嫌悪するのは、鏡に映った自分の顔を見て怒るキャリバンの怒りにほかならぬ。

十九世紀がロマン主義を嫌悪するのは、鏡のなかに自分の顔が映っていないために怒るキャリバンの怒りにほかならぬ。

人間の道徳生活は芸術家の主題の一部を形成しているが、芸術の道徳性は、不完全な媒体を完璧に用いることのうちにある。

どんな芸術家も何事かを証明したいなどと欲したりはしない。真実でさえも証明可能なのだから。

どんな芸術家も倫理的共感を抱いてなどいない。芸術家における倫理的共感なるものは、文体上の許しがたいマンネリズムなのだから。

どんな芸術家も絶対に病的ではない。芸術家はすべてを表現できるのだから。

思想と言語は芸術家にとって芸術上の道具である。

美徳と悪徳は芸術家にとって芸術の素材である。

形式という観点から見れば、すべての芸術の典型は、音楽芸術である。感情という観点から見れば、役者の演技が典型となる。

あらゆる芸術は表面的であると同時に象徴的でもある。

表面下に到らんとする者は、危険を冒してそうするのだ。

象徴を読み取ろうとする者は、危険を冒してそうするのだ。

芸術が本当に映し出すものは、生の観照者であって、生そのものではない。

ある芸術作品についての意見の相違は、その作品が新しく、複雑で、生気に溢れていることを示している。

批評家たちが意見を異にするとき、芸術家は自分自身の意見と一致する。

自分で賞讃しない限り、われわれは有用なものを作った人間を許すことができる。無用なものを作ることに対する唯一の口実は、当人がそれを熱烈に賞讃することにある。

すべての芸術はおよそ無用なものである。

オスカー・ワイルド

第一章

アトリエ[1]のなかには薔薇の強烈な香がいっぱいに溢れていた。夏の微風が庭園の木立ちのあいだを吹き抜けると、開け放たれた扉から、ライラックのむせるような匂いや、桃色の花をつけたさんざしのいちだんと繊細な香が漂って来る。

ヘンリー・ウォットン卿[2]は、いつものように、次から次へとひっきりなしに煙草[3]を喫いながら、ペルシャ製毛氈張りのクッション付きの寝椅子に横になっていたが、その一隅からだと、蜂蜜のように甘く、蜂蜜のような色合いの、きんぐさりの花の輝きがわずかに眼に映るばかりである。そのかすかに顫える枝々は、さながら炎のように美しい花の重さにほとんど堪えかねているといった風情に見える。時々、たいそう大きな窓の前に張り渡された長い繭紬のカーテンに、外を飛んでいる小鳥たちの幻想的な影が去来し、一瞬、ある種の日本的な趣きを生じさせたものだから、必ずと言っていいほど静止的な芸術を媒介として速さと動きの感じを伝えようとする、あの青白く疲弊した顔つきの東京（トーキョー）の画家たち（4）のことを、彼はふと思うのだった。刈り取られることもなく長く伸び放題の芝草のなかを押し分けるようにして進んだり、だらだらと拡がったすいかずらの金粉をまぶしたような柱頭の周囲を単調に、しつこくぐるぐる旋回する蜜蜂の物憂げな唸り声も、あたりの静けさをいっそう重苦しいものとしているように思われる。かすかに聞えるロンドンの喧噪も、まるで遠くに響くオルガンの低い調べのようだ。

部屋の中央にはまっすぐ画架が立てられ、そこには稀に見るほど美貌の青年の等身大の肖像画が締め金で留められている。そしてその前の、ほんの少し離れたところに、ほかならぬその肖像画の作者バジル・ホールワード自身が腰をかけていたが、彼こそはいまから数年前のことだが、突如失踪し、当時ひどく世間を騒がせ、あれこれ奇妙な臆測を立てられることになる張本人なのである。

画家は至極巧みに自分の芸術のなかに映して見せたこの優美で端麗な姿を眺めていたが、そのとき、満足げな微笑がその顔をかすめ、それはそのままそこにじっととどまっているように見えた。だが、いきなり立ち上がって、眼を閉じながら、指を瞼（まぶた）の上に置いた。まるでそれから醒めるのが不安な、ある不思議な夢を自分の脳裡に閉じこめようと努めているかのように。

「これはきみの最高の作品だよ、バジル、これまでにきみが描いた最高の作品だ」とヘンリー卿が大儀そうに言う。「来年はぜひグローヴナー(5)に出品するんだな。美術院(アカデミー)(6)は広すぎるし、俗悪すぎるからね。あそこに行ったときにはいつも、人が多すぎて絵なんか見られやしないからな。まったくひどい話だよ。でなきゃあ、絵が多すぎて人を見ることなんてできないときている。こいつはもっとひどい話さ。本当の話、グローヴナーだけがうってつけのところだよ」

「どこへも出す気はないんだ」と画家は、オックスフォードにいた時分よく友人たちの物笑いの種にされた、例の一風変わった仕草で頭を後ろへぐいとそらしながら答える。「そうさ。どこへも出すつもりはないんだ」

ヘンリー卿は眉(まゆ)を吊り上げ、阿片入りの強い煙草からいとも奇妙な渦巻を描いてうねり昇る薄い青色の煙の環のなかから、驚いた様子で画家を見つめた。「どこへも出さないんだって？　ねえきみ、それは一体どうしてなんだ？　何か理由でもあるのかね？　きみたち画家(えかき)ときたらまったく妙ちきりんな連中だなあ！　名声を手に入れるためならどんなことでもするくせに、それが手に入ったとたんに、どうやら捨てたがるものらしいからな。間抜けな話じゃないか。人の話題になることよりももっと悪いことなんてこの世にはたった一つきりしかないんだが、そいつは人の話題にならないっていうことなんだよ。これほどの肖像画なら、イギリスじゅうの若者たちのうちで、遥か抜きん出た地位にきみをつけるだろうし、老大家たちをひどくねたませるのじゃなかろうか。もしも老大家たちにまだ少しでもものを感じる力が残っていればの話だがね」

「きみに笑われるのはよくわかっているんだが」と画家が答える。「本当のところ、ぼくにはそれを出品することなんてできないんだよ。ぼくはこの絵に自分を注ぎこみすぎたんだ」

ヘンリー卿は寝椅子の上で手足を伸ばして笑った。

「そら、やっぱりきみは笑ったね。でも、まったく本当のことなんだからどう仕様もないんだ」

「この絵に自分を注ぎこみすぎただって！　これはこれは、バジル、きみがそんなに思いあがった人間だとは知らなかったな。いかつくて逞しい顔や真黒な髪の毛の持主であるきみと、まるで象牙と薔薇の葉で作られているみたいに見えるこの若いアドニス[7]とのあいだには、全然似たところなんかないじゃないか。ねえ、バジル君、この青年はナルシス[8]的だし、きみは——そりゃもちろん、きみには知的な表情とかなんとかいったようなものはあるさ。しかし、美というものは、真の美というものはだね、知的な表情が浮かびはじめるとさっと消えてなくなるものなんだよ。知性はそれ自体が一つの誇張様式であって、どんな顔の調和も毀してしまうものなんだ。腰を落着けて考え事をはじめようものなら、そのとたんに人間の顔なんてすべてこれ鼻ばかり、額ばかり、いや何やら恐ろしげなものになるっていう始末さ。何かの知的職業に就いている出世した連中を見てごらんよ。その連中の顔のぞっとすることと言ったら完璧そのものじゃないか！もちろん、教会の連中は別さ。だけど、教会の連中は考え事なんかしないからね。主教なんていうやつは、十八歳の子供の時分に教わったことを、八十歳になっても相変わらず繰り返している始末だからな。そのせいで、いつもひどく満ち足りた様子に見えるんだよ。きみは一度も名前を教えてくれないけれど、その肖像画にぼくはすっかりいかれちゃっているんだが、きみのその神秘的な若い友人だって、絶対に考え事なんかしないと思うな。ぼくはそう確信するよ。きみの友人は頭でっかちなんかじゃない美男子、眼を楽しませてくれる花一つない冬でも、あるいはぼくたちの頭を冷やしてくれるものが何か必要な夏でも、いつも傍にいてほしいと願うような人間じゃあるまいか。あまり自惚れちゃいけないよ、バジル。きみは全然彼には似ていないのだからね」

「きみにはぼくのことがわかっちゃいないんだ、ハリー」と画家が答える。「もちろん、ぼくはあの男に似ていない。そんなことぐらいちゃんとわかってるさ。実を言えば、彼に似てたらそれこそ迷惑というものだよ。きみ、肩をすくめるのかい？　本当のことを言ってるんだぜ。肉体的にも知的にも傑出した人たちにはある宿命がつきまとっているんだ、よろめきながら歩む王者たちのあとを、どうやら歴史を通じてつきまとっているらしい宿命みたいなものがね。自分の仲間たちと違わないほうが無難なんだよ。醜い人間や愚かな人間のほうがこの世の中では得をするんだよ。のんびりと腰を落着け口をあんぐり開けて芝居見物をしていられるのだからね。勝利がどういうものかわからないとしても、少なくとも敗北がどういうものであるかを知らないですませられるからだよ。何にも心を乱されず、無関心で、平穏無事なこういう連中の生き方こそ、まさに理想的な生き方なんだ。他人に破滅をもたらすこともなければ、他人の手にかかって破滅することもない。しかしだね、ハリー、きみの地位や財産、おそまつなぼくの頭脳——それにぼくの芸術——これも大して値打ちがあるわけじゃないのだがね、さらにドリアン・グレイの美貌——ぼくたちはみんなこういったものを神々から授けてもらったばっかりに苦しんでいるんだよ、おそろしく苦しんでいるんだよ」

「ドリアン・グレイだって？　それがあの若者の名前なのかね？」ヘンリー卿はアトリエのなかを横切ってバジル・ホールワードのほうへと足を運びながら訊いた。

「そう、それが彼の名前なんだ。きみに教えるつもりはなかったのだがね」

「でも、どうしてなんだい？」

「ああ、ぼくには説明できないんだよ。ぼくはある人間がひどく好きなときには、その人間の名前を絶対に誰にも教えないことにしているんだ。名前を教えるっていうことは、その人間の一部を他人に引き渡すようなものだからさ。ぼくは秘密を愛する人間になったんだ。秘密だけが現代生活を神秘的に、あるいは不可思議なものにしてくれる唯一のものと思えるからだよ。ごくありふれたことだって、それを隠しさえすれば魅力的なものとなる。ロンドンを立去るような場合でも、ぼくは行き先を家の者たちに絶対に教えないことにしているんだ。教えたなら、楽しみが全部なくなるからさ。たぶん馬鹿げた習慣だとは思うよ。しかし、どういうわけか、そうすれば自分の生活には結構ロマンスが訪れるような気がするんだ。こんなぼくのことをどう仕様もない馬鹿だと、きみは思うかもしれないがね？」

「そうは思わないさ」とヘンリー卿が答える。「全然そうは思わないさ、バジル君。きみはぼくが結婚しているのをどうやら忘れているらしいが、結婚生活の一つの魅力はだね、欺し合いの生活っていうやつが夫婦にとって絶対に必要だということなんだよ。ぼくは女房がどこにいるのかまるで知らないし、女房のほうもぼくが何をしているのかまるで知っちゃいないのだ。ぼくらが顔をつき合わせるとき――つまり一緒に食事をしに出かけるときとか、公爵のお屋敷に行くときとかにたびたび顔をつき合わせるのだがね――ぼくらはいかにも真面目くさった顔つきをしてまるっきり馬鹿げた話をし合うんだよ。女房はその点、実にうまいものでね——本当のところ、ぼくなんかよりもずっとうまいんだよ。女房は逢びきのことでへまを仕出かすことなんて絶対にないが、ぼくときたらいつもへまばかりしているという始末さ。だけど、ぼくの尻尾をつかまえても、女房のやつ全然やかましく言わないんだよ。やかましく言ってくれたらいいのにとたまには思うこともあるんだけど、ただぼくの顔を見てにやにや笑っているだけなんだ」

「自分たちの結婚生活について話すきみの話し方が気に食わないな、ハリー」と、庭につづいている扉のほうへぶらぶら歩いて行きながらバジル・ホールワードが言う。「きみは本当はひどく善良な夫のくせして、自分の長所をすごく恥ずかしがっているのだからな。きみは変なやつだよ。一度だって修身めいたことを口にしないけれど、一度だって悪事を働いたことがないのだからね。きみの皮肉癖(シニシズム)はまったくのポーズじゃないか」

「自然のままでいることもまったくのポーズじゃないかね、しかもひどく苛立たしいポーズだな」と、笑いながらヘンリー卿が大声で言う。そして二人の青年は一緒に庭へ出て行き、背の高い月桂樹の影のなかにある長い竹製の椅子に腰をおろした。なめらかな月桂樹の葉の上に陽光がそっと射し込んでいる。芝草のなかで、白い雛菊が顫(ふる)えている。

ややあってから、ヘンリー卿は懐中時計を引っ張り出した。「もうそろそろ帰らなくちゃ、バジル」と彼がつぶやく。「ところで帰る前に、さっきぼくが訊ねた質問にぜひ答えてくれないかね」

「何だったっけ？」と画家は地面にじっと眼を注いだまま言う。

「よくわかっているくせに」

「わからないんだよ、ハリー」

「そうか、それなら言ってやろう。きみがどうしてドリアン・グレイの肖像画を出品しないのか、そのわけを説明してもらいたいのだよ。本当の理由を知りたいのだよ」

「本当の理由はもう話したじゃないか」

「いや、話しちゃいない。あの肖像画にはきみ自身が随分入りこみすぎているから出品しないと言っただけじゃないか。そんな理由なんぞ子供だましもいいとこじゃないかね」

「ハリー」と、相手の顔をまっすぐ見据えながらバジル・ホールワードが言う。「感情をこめて描いた肖像画はね、その一枚一枚が芸術家の肖像画であって、モデルの肖像画じゃないんだよ。モデルは単なる偶然、きっかけにすぎないのだよ。画家の手によって明らかにされるのはモデルなんかじゃない。色あざやかなカンヴァスの上に明らかにされるのは、むしろ画家自身なんだよ。この絵を出品しない理由も、そのなかにぼく自身の魂の秘密を暴露しているのじゃないか、ということを気にしているからなんだ」

ヘンリー卿は笑った。「じゃ、魂の秘密って何だい？」と彼が訊ねる。

「教えてあげよう」とホールワードが言う。だが、困惑の表情が彼の顔に現れる。

「面白い話になりそうじゃないか、バジル」と、相手は彼をちらっと眺めながら言い添える。

「ああ、教えることなんて実はほんの少ししかないんだよ、ハリー」と、画家が答える。「それに教えたところできみにはほとんど理解できないのじゃなかろうか。たぶん、ほとんど信じてもくれないだろうね」

ヘンリー卿は微笑んだ。それから身体をかがめて、芝草のなかからピンク色の花びらのある雛菊を引き抜き、それをじっと眺めた。「ぼくには理解できる自信があるよ」と、小さな黄金色に光る白い羽毛状の花盤を熱心に見つめながら彼が答える。「物事を信じるということにかけては、まるで信じがたいことであればあるほど、ぼくは何でも信じることができるんだよ」

風が花びらを幾枚か吹き散らし、星団状に咲いている重たげなライラックの花が、物憂げな微風にあたってゆらゆらと揺れた。きりぎりすが一匹塀の傍で鳴きはじめ、一本の青い糸のように細長いとんぼが、茶褐色の薄紗のような羽を拡げて飛び去った。ヘンリー卿は、バジル・ホールワードの心臓の鼓動の音が聞えるような気がして、一体どんな話が出てくるものやらと怪しんだ。

「話というのはね、ありていに言えばただこういうことなんだよ」と、少し間をおいてから画家が言う。「二ヵ月ほど前にぼくはブランドン夫人邸のパーティに出かけたんだ。ぼくたち哀れな芸術家どもが世間の連中に野蛮人でないことを忘れさせないためにだね、たまには社交界に顔を出さざるをえないっていうことはきみも知ってるだろう。夜会服と白い蝶ネクタイを身に着ければ、きみもいつだか言っていたように、どんな人間も、株屋でさえもが、礼儀正しい教養人としての評判を手に入れることができるんだからな。ところで、部屋に通されてから十分ほど経った頃だったか、図体の大きいごてごてと着飾った中年の貴婦人やら退屈な美術院会員たちと話を交わしたあと、誰かがぼくのほうをじっと見つめているのに不意に気づいたんだ。わずかばかり向きを変えてそのほうを見たんだが、それがドリアン・グレイとの最初の出会いだったのだよ。眼と眼が合ったとき、ぼくは自分が真蒼になっていくのを感じたんだ。奇妙な恐怖感に襲われてね。おれはいまその人柄そのものがおそろしく魅力的な人物と顔をつき合わせている、もしもその人柄のなすがままにまかせていれば、おれの全存在が、おれの魂全部が、おれの芸術そのものが吸い取られてしまうのではないか、ということを知ったからだよ。ぼくは自分の生活のなかに外部から何らかの影響を受けることを望んだことなんかない人間だ。ぼくが生まれつきどれほど独立独歩の人間であるか、ハリー、きみもよく知っているじゃないか。ぼくはいつだって自分の思いどおりに行動してきたんだよ。少なくとも、ドリアン・グレイに会うまではいつもそうだったんだ。会ってから――だが、会ったときのことをどうきみに説明したらいいかわからないんだ。おまえは人生の恐るべき危機にぶつかりそうになっている、と何者かがぼくに語りかけているような気がしてね。〈運命〉が強烈な喜びと強烈な悲しみをぼくのために準備している、というような奇妙な感じに襲われたんだよ。ぼくは恐ろしくなって、部屋を出ようとした。ぼくにそうさせたのは良心なんかじゃない。一種の臆病のせいだったんだ。逃げ出そうとしたなんてわれながら面目ないことだったと思っているよ」

「良心と臆病は実は同じものなんだよ、バジル。良心っていうやつは会社の商号みたいなものさ。ただそれだけのことだよ」

「そんなことは信じられないな、ハリー。きみだってそう信じているわけじゃないと思うが。まあ、いずれにせよ、ぼくの動機が何であれ――自惚れのせいだったのかもしれない、ぼくは何しろひどく自惚れの強い男だからね――ぼくは間違いなく出入口に向かってやっきになって進んだんだ。するとそこでブランドン夫人にばったり出くわしたというわけさ。〈まさかこんなに早やばやとお帰りになるのじゃございませんでしょうね、ホールワードさん？〉と、夫人が金切声で叫ぶんだ。きみも夫人の妙に甲高い声なら知ってるだろう？」

「知ってるさ。美しさという点を除けば、夫人は何から何まで孔雀（くじゃく）そっくりだからね」

ヘンリー卿は、雛菊を、長い、神経質そうな指で細かく引きちぎりながら言った。

「ぼくは夫人から逃れられない羽目になったのだよ。王族方とか、星形勲章やガーター勲章を飾ったお歴々とか、宝石を鏤（ちりば）めた途方もなく大きな頭飾りを着け、鸚鵡（おうむ）の嘴（くちばし）みたいな鼻をした年配の貴婦人たちのあいだをさんざん引っ張りまわされる始末さ。一番親密な友人として紹介されてね。夫人には前にたった一度きり会ったことがあるだけなんだが、どうやらぼくを引き立ててやろうという気になったらしいのだ。ぼくのある絵がその時分大いに当たっていたんだよ、少なくとも三流新聞にいろいろと書きたてられていたと思うな。そんな新聞に書きたてられれば、十九世紀的な標準からすると不滅の名声を手に入れたも同然ということになるのだがね。そのとき不意にぼくは、さきほどその人間的魅力に何とも訳のわからないくらい惹きつけられてしまった、例の若者と顔をつき合わせていることに気がついたんだ。すぐ傍にいて、ほとんど身体が触れ合わんばかりだったよ。また眼が合った。向こう見ずなことだったのだが、ぼくはブランドン夫人にその若者を紹介してほしいと頼んだのだよ。結局、それほど向こう見ずなことではなかったのかもしれないのだがね。ただそうせざるをえなかっただけの話なんだ。紹介されなくたって、ぼくたちはお互いに口をきき合っただろうからね。きっとそうなっていたと思うよ。ドリアンもあとでそう言っていたしね。彼も、ぼくたちはお互いに知り合いになる運命にあると感じていたそうなのだから」

「で、ブランドン夫人はそのすばらしい若者のことを何て言ってたんだい？」と、相手が訊ねた。「夫人ときたら、招待客一人一人の素姓を手短に話すという趣味の持主なのだからね。たとえば、勲章と飾りリボンをいっぱい身に着けた、野蛮そうな赤ら顔の老紳士のところへ連れて行かれたときのことを憶えているが、彼女はぼくの耳に、部屋中のみんなにすっかり聞えたに違いないような無慈悲な大声で、胆をつぶすようなことをこまごまと吹き込むのだからね。ぼくはただもう逃げ出すばかりだったよ。自分の眼で他人を見抜きたいからね。しかし、ブランドン夫人ときたら、競売人が品物を扱うときとそっくり同じに客を扱うのだからな。客の素姓をすっかりばらしてしまうか、さもなければ、こちらが知りたいと思っていること以外は全部話してしまうか、そのどちらかなんだから」

「それじゃブランドン夫人も可哀そうというものだよ！　きみは夫人に対して厳しすぎるよ、ハリー」ホールワードが物憂げに言う。

「ねえきみ、夫人はサロンを作ろうとしていたのだぜ。ところが、結果的にはレストランを開いただけじゃないか。そんな夫人をどうして褒めることなんてできるかね？　まあそれはともかく、ドリアン・グレイ氏について夫人が何て言っていたか、教えてくれよ」

「ああ、ざっとこんな具合だったよ。〈魅力的な方でしょう――この方のお母様とあたくし、絶対に離れられないくらいの仲でしたのよ。この方が何をなさっているのかすっかり忘れましたわ――そう、何もなさっていないのじゃないかしら――ああ、そうそう、ピアノを弾いていらっしゃるのだわね――それとも、バイオリンでしたかしら、ねえ、グレイさん？〉二人ともこれには思わず笑ってしまってね。そしてすぐに友達になったというわけさ」

「笑いをきっかけにして友情がはじまるというのは悪くないな、友情にけりをつけるのも笑いによってという具合にいけばもっといいのだがね」若い貴族は雛菊をまた引きちぎりながらそう言った。

ホールワードは頭を横に振った。「きみには友情がどういうものかわかっちゃいないね、ハリー」と彼がつぶやく。「その点についてなら、敵意がどういうものかもね。きみは誰でも好きになる。ということは、誰に対しても無関心ということじゃないかな」

「随分無茶なことを言うじゃないか」ヘンリー卿は帽子を後ろへかしげ、つややかな白い絹糸の縺(もつ)れたような小さな雲が、夏空の青緑色のくぼみを横切って漂うのを見上げながら声高に言った。「そうさ、無茶だよ。ぼくは大いに区別をつけているのだがね。友人には美貌を、知人には評判のよさを、さらに敵には頭のよさを求めて選んでいるのだから。敵を選ぶときには注意のしすぎということはあり得ないはずだよ。ぼくの敵には馬鹿なやつは一人もいないのさ。みんな相当頭のいい連中ばかりだし、当然、ぼくのことをちゃんと理解してくれているんだ。こんな言い方は思いあがっているということになるかな？　どうも少々思いあがっているようにも思えるのだがね」

「そうだと思うよ、ハリー。しかし、きみの分類によれば、ぼくは単なる知人ということになるに違いないな」

「バジル君、きみは知人以上の存在だよ」

「だが、友人よりも少々劣る存在というわけか。まあ、兄弟みたいなものかね？」

「えっ、兄弟だって？　兄弟なんてまっぴら御免だよ。兄貴はなかなか死にそうにもないし、弟たちは死ぬほかにはどう仕様もないときているからな」

「ハリー！」ホールワードが眉をひそめながら叫んだ。

「ねえきみ、ぼくは本気で言っているわけじゃないんだよ。しかし、ぼくは身内の者たちが何としても嫌いなんだ。たぶん、人間っていうやつは、自分と同じ欠点を持っているほかの人間に我慢ならないからだと思うな。いわゆる上流階級の悪徳に対するイギリスの民衆の怒りにぼくはまったく共感するよ。民衆は酒乱や愚行や不品行を働いたりすることを自分たちの特権であるべきだと感じているんだ。そこでわれわれ上流階級の誰かが馬鹿なことを仕出かすと、自分たちの領地で密猟されているような気になるんだよ。あの哀れなサザークが離婚裁判にかけられたときなんか、民衆の憤慨はものすごいものだったからね。と言っても、プロレタリアだって品行方正な生活をしている者は一割もいないのじゃないかな」

「きみの言ったことには一言も賛成しかねるね。それに、ハリー、きみだって本気で言ってるわけじゃないと思うんだ」

ヘンリー卿は先端の尖った褐色の髭を撫で、エナメル革の半長靴(ブーツ)のつま先をふさ飾りのついた黒檀(こくたん)のステッキで軽くたたいた。「きみは何てイギリス人的なんだろう、バジル！　そんなことを言い出すのも、これで二度目なんだからな。生粋(きっすい)のイギリス人にある考えを話す場合——話すほうがいつだって軽率なのだがね——聞かされるほうは、その考えが正しいか間違っているかをじっくり考えるなんていうことはまるで思いもよらないのだよ。多少とも重要だとして考える唯一のことと言えば、話す本人がそれを信じているかどうかということだけなのだからね。だから、ある考えの価値はそれを表明する人間の誠実さとはおよそ無関係ということになる。事実、本人が不誠実であればあるだけ、その考えは純粋に知的なものとなる確率が高いんだ。その場合、本人の欲求とか、欲望とか、あるいは偏見とかによってその考えがゆがめられることがないからだよ。しかしだね、ぼくはいまきみと、政治とか、社会学とか、形而上学とかを議論し合うつもりなんかないさ。ぼくは主義よりも人間のほうがずっと好きだし、主義を持たぬ人間には他のどんなものよりも眼がないときているんだから。ドリアン・グレイ氏のことをもっと話してくれないかね。ちょくちょく会っているのかい？」

「毎日会っている。毎日会っていないと楽しくないのでね。彼はぼくにとって絶対に必要な人間なんだ(9)」

「これは驚いた！　きみは自分の芸術のことしか頭にない人間かと思っていたのだがね」

「彼はいまじゃ、ぼくにとってぼくの芸術のすべてなんだ」画家は重々しく言った。「時々思うんだが、ハリー、世界史のなかで多少とも重要な時代は二つしかないんだよ。

その第一は芸術のための新しい媒体が出現した時代、第二は芸術のための新しい個性の出現した時代さ。油絵の発明がヴェネチア派にとって決定的であったことは、アンティノウス[10]の美貌が後期ギリシア彫刻に対してそうであったのと同じだよ。ドリアン・グレイの美貌はいずれぼくに対してそれと同様な影響を与えることだろう。ぼくはね、彼をモデルにして肖像画を描くとか、写生をするとか、スケッチをするとかいうことだけを言ってるんじゃないのだよ。もちろん、そんなことはみんなやったさ。だが、彼はぼくにとって単なるモデル以上の存在なんだ。彼をモデルにしていままでやってきたことに満足していないとか、彼の美しさは〈芸術〉では表現不可能なものだとか、言うつもりはないさ。〈芸術〉で表現できないようなものは何もないし、それにドリアン・グレイに会って以来、ぼくが描いた作品が傑出していて、ぼくの生涯を通じての最高の作品だということを、自分で承知しているのだからね。でもどういうわけか――きみに理解してもらえるだろうか？――彼の個性は芸術上のあるまったく新しい流儀を、画風のまったく新しい様式を、ぼくに示唆してくれたのだ。ぼくのものの見方は一変してしまったのだよ。考え方も一変してしまったのだ。いまじゃ以前のぼくには未知だったあるやり方で人生を再創造できるんだよ。〈思索の日々を送りつつ見る形相の夢[11]〉――こんなことを言ったのは誰だったたっけかな？　忘れてしまったが、ドリアン・グレイがぼくにとってまさにそのとおりなんだよ。この少年の姿をただ見るだけで——本当は二十歳(はたち)を越えているんだが、ぼくにはまだ少年にしか見えないんだ——ただ彼の姿を見るだけで——あぁ！　この意味のすべてがきみにわかるだろうか？　無意識のうちに彼はぼくに対して新しい流派を明らかにしてくれたんだ。それはロマン主義精神にあるいっさいの情熱、ギリシア精神にあるいっさいの完璧さをそのなかに持っている流派なんだ。魂と肉体の調和——それは何てすばらしいことだろう！　われわれは、気でも狂ったように、この二つを別々に切り離し、卑俗なリアリズムや、空虚な観念性をこしらえ上げたんだ。ハリー、ドリアン・グレイがぼくにとってどんな存在か、きみにわかってもらえたらなあ！　ぼくの例の風景画をきみは憶えているかい。アグニュー(12)が法外な値段で買い取ろうとしたがぼくが手離さなかったあの風景画を？　あの絵はぼくの傑作の一つなんだ。でもなぜそうなったのだろう？　それを描いているあいだ、ドリアン・グレイがぼくの傍に坐っていたからさ。ある微妙な影響力が彼からぼくに伝わり、生まれて初めてぼくはありふれた森林地の風景のなかに、いつも探し求めていながらいつも見逃していた驚異を発見したのだよ」

「バジル、こいつは驚くべきことじゃないか！　ドリアン・グレイにぜひ会わせてくれなくては」

ホールワードは座席から立ち上がり、庭のなかをあちこち歩きまわった。しばらくしてからまたもとの場所へと戻って来る。「ハリー」と彼が言う。「ドリアン・グレイはぼくにとって単に芸術上の動機(モチーフ)にすぎないのだ。彼を見てもきみにはたぶん何一つ見えまい。ぼくにはすべてが見えるのだがね。彼のイメージが直接描かれていないときほど彼の存在がぼくの作品中に感じられることはないんだよ。さっきも言ったように、彼は新しい様式を暗示してくれるんだ。ぼくはある種の曲線のなかに、ある種の色彩の美しさや微妙な綾(あや)のなかに彼を見出すんだ。ただそれだけのことだよ」

「じゃ、きみはなぜその肖像画を出品しようとしないのかね？」とヘンリー卿が訊ねる。

「別にそのつもりじゃなかったのに、こうした奇妙な芸術的心酔ぶりのすべてをそのなかにかなり表現してしまったからだよ。むろん、そんなことについて彼に話したいと思ったことなど一度だってないがね。彼はぼくの心酔ぶりについて何も知っちゃいないのさ。今後も絶対に知らせないつもりだがね。だが、世間の連中はたぶん嗅ぎつけるのじゃあるまいか。だから、連中の浅薄で、詮索好きの眼にぼくの魂をさらしたくはないのだよ。ぼくの心が連中の顕微鏡の下で覗(のぞ)かれるようなことが絶対にあってはならないのだよ。あの絵には過剰なほどぼく自身が入り込みすぎているからだよ、ハリー――とにかく入り込みすぎているんだよ！」

「詩人だってきみほど慎重ではないぞ。いざ出版となると情熱がどれくらい役立つものか、詩人はちゃんと心得ているからね。最近じゃ、失恋はそのまま多くの版を重ねるということにつながっている有様だからな」

「だから詩人は嫌いなんだ」ホールワードが声を荒らげて言う。「芸術家は美しいものを創造しなければならない。しかし、自分自身の生活をそのなかに少しでも入れるべきじゃないのだ。われわれは芸術がまるでもともと自伝の一形式であるみたいに扱われている時代に生きているんだよ。われわれは美に対する抽象的な感覚を失っているんだ。いずれ、それがどんなものかをぼくは世間に見せてやろうと思っているんだ。だからこそ、ドリアン・グレイの肖像画を世間の連中に見せたくないんだよ」

「きみの考えは間違っていると思うな、バジル。でも、きみと議論しようとは思わないよ。議論なんてするやつは知的に駄目な連中ばかりだからさ。それはそうと、ドリアン・グレイはきみをたいへん気に入っているのだろうね？」

画家はしばらくじっと考え込んでいた。「気に入ってくれているよ」一息ついてから彼が答えた。「気に入ってくれていることはわかっている。むろん、ぼくはおそろしく彼を持ち上げているさ。口に出してしまってから思わず照れくさくなるようなことをいろいろ言うことに妙な快感を覚えているんだ。まあおおよそのところ、彼はぼくに対して優しいし、ぼくらはアトリエに坐ってありとあらゆることを語り合うんだ。しかし、時々、彼はひどく思いやりがなくなり、ぼくに苦痛を与えることに心から喜びを感じている様子に見えることがある。そんなとき、ぼくはね、ハリー、ぼくの魂全部を上着の胸に挿す一輪の花とか、虚栄心を満足させる一個の勲章とか、夏の日の装身具みたいに扱う人間にくれてやったような気がするのさ」

「夏の日はなかなか暮れにくいものだよ、バジル」とヘンリー卿がつぶやく。「たぶんきみのほうが彼よりも先に飽きがくるだろうな。考えただけでも悲しいことだが、〈天才〉のほうが〈美〉よりも長つづきすることは疑いないところだからね。われわれがみないろんな苦労を重ねて過剰なほどの教育に走ろうとする理由もそこにあるのさ。すさまじい生存競争のなかでわれわれは長もちするものが何かほしいものだから、くだらないことやいろんな事実などを頭に詰め込もうとするわけだ。自分の地位を守りつづけようという愚かな望みを抱いてね。たいへん博識な人間——それが現代の理想なんだよ。だが、たいへん博識な人間の精神ときたらどう仕様もない代物なんだよ。ちょうど古道具屋みたいなもので、どいつもこいつも埃だらけの奇々怪々なものばかり、しかも実際の価値以上の値段がつけられているというわけさ。いずれにせよ、きみのほうが先に飽きがくるとぼくは思うな。そのうちきみはこの若い友人を見て、彼の容姿が少しばかり絵に向いていないように見えるとか、肌の色合いがどうも気に食わないとか何とか思うようになるさ。きみは心のなかで彼を激しく非難したり、彼のせいでひどい目にあわされたと本気で考えるようなことにもなるだろう。その次に彼がやって来ても、きみはたぶんまったく冷淡で無関心になっている。非常に気の毒なことだが、きみのほうが変わってしまうからだよ。きみが話してくれたことはまったくのロマンスさ、芸術のロマンスと言ってもいいがね。しかも、どんなたぐいのものであれ、ロマンスを味わうことで一番始末に困るのは、そのあとでひどくロマンティックじゃなくなるっていうことなんだ」

「ハリー、そんなふうに話すのはやめてくれ。ぼくが生きている限り、ドリアン・グレイの個性はぼくを支配するだろう。きみにはぼくの気持がわからないんだ。きみは随分変わり身の早い人間だからね」

「ああ、そのとおりだよ、バジル君。だからこそぼくにはきみの気持がよくわかるんだ。実直な人間には恋愛のくだらない側面しかわからない。恋愛の悲劇がわかるのは不実な人間なんだよ」こう言ってヘンリー卿は優美な銀製の煙草入れを取り出してマッチをつけ、気障(きざ)な、満足した様子で煙草を喫いはじめた。まるで一言で全世界を要約して見せたかのようだ。緑色の漆を塗ったような蔦の葉のなかで、雀が囀りながらがさがさ音を立て、青い雲の影が燕のように芝生を横切り、走り過ぎて行く。この庭は何と心地よいのだろう！　それに他人の感情の動きの何と愉快なことか！――他人の思想よりも感情のほうが遥かに愉快だと、彼には思えるのだった。自分自身の魂、そして友人の熱情――これらこそが人生における魅力的なものにほかならないのだ。バジル・ホールワードのところに長居したため出席できなかった退屈な午餐会のことをふと思い浮かべながら、彼は無言のまま一人で楽しんでいた。もしも叔母の家での午餐会に出席していたなら、きっとそこでグッドボディ卿に会っていたことだろうし、おまけに話と言えば、貧民への食料援助とか、模範宿泊所の必要性などについての話ばかりであっただろう。(13)どの階級の者も、どのみち自分の生活では実行する必要もないようないろんな美徳の重要性を説教したことだろう。金持は節約の価値について語り、怠け者は労働の尊厳を雄弁にまくしたてたに違いない。そうしたこと全部をうまく免れられたなんて、このうえもなく愉快だ！　彼が叔母のことを考えていたとき、ある考えが不意に浮かんだ。そこでホールワードのほうを振り向いてこう言った。「ねえきみ、いま思い出したよ」

「何を思い出したのだい、ハリー？」

「ドリアン・グレイの名前を聞いた場所だよ」

「どこだったんだ?」かすかに眉をひそめながら、ホールワードが訊く。

「そんなに怖い顔をしないでくれたまえよ、バジル。叔母のアガサ夫人のところだよ。叔母の話ではね、貧民街(イースト・エンド)で彼女の救済事業を手伝ってくれるはずのすばらしい若者が見つかったということで、名前はドリアン・グレイというわけだったのさ。断っておくが、叔母はこの若者が美貌だなんて一言もぼくに洩らしはしなかったぜ。女は美貌に対して眼が高くないんだな。少なくとも、善良な女はそうなんだよ。叔母の話じゃ、この若者はたいそう真面目で美しい性質の持主なんだそうだ。ぼくはすぐさま、眼鏡をかけ、柔らかい長髪の持主の、そばかすだらけで、でか足でどたどた歩く男の姿を想像したよ。きみの友人だということをあらかじめ知っていたならよかったのにと思うよ」

「知っていなかったので本当によかった、ハリー」

「どうして?」

「彼に会ってほしくないからだよ」

「じゃ、会わせたくないって言うんだな?」

「そうだよ」

「ドリアン・グレイ様がアトリエにおみえです」と、庭に出て来た執事が言った。

「さあ、ぼくを紹介してくれなくちゃ」笑いながら、ヘンリー卿が言う。

画家は、陽ざしのなかにまぶしそうに立っている執事のほうを向いた。「グレイ君に待つようにと言ってくれ、パーカー。すぐ行くから」執事は一礼して、散歩道を登って引き返した。

それから画家はヘンリー卿を見つめた。「ドリアン・グレイはぼくの一番の親友なんだ」と彼が言う。「単純で美しい性質の持主なんだ。きみの叔母さんが言われたことはまったく正しいのだ。彼を駄目にしないでくれたまえよ。彼に影響を与えるようなことをしないでほしいのだ。きみの影響は悪影響にきまっているからな。世間は広いし、驚嘆すべき人間も大勢いるじゃないか。ぼくの芸術にそれ特有の魅力をもたらしてくれるたった一人の人間をぼくから奪わないでくれたまえよ。芸術家としてのぼくの人生はあの人間次第なのだからね。ぼくの言うことを聞いてくれ、ハリー、お願いだから」彼はたいそうゆっくりと話したが、その言葉はほとんど彼の意志に逆らって無理に絞り出されたもののようだった。

「くだらないことを喋る男だな！」と、微笑みながらヘンリー卿が言う。そしてホールワードの腕を摑（つか）んで、家のなかへほとんど引張るようにして入れてしまった。

第二章

彼らが入って行くと、ドリアン・グレイの姿が見えた。二人に背を向けてピアノの傍に坐り、シューマンの「森の情景」の楽譜のページを繰っている。「この楽譜をぜひ貸してくれませんか、バジル」と彼が言う。「練習をしてみたいんですよ。とても魅力的な曲ですからね」

「貸してやるかどうかは、今日きみがおとなしくモデルになってくれるかどうか、その結果いかんによるな、ドリアン」

「とんでもない、ぼくはモデルになることにうんざりしてるんですよ。それに等身大の肖像画なんてほしくないですからね」若者は、いかにもわがままで、気まぐれな態度を見せて、ピアノ用の椅子の上でぐるっと一回転しながら答えた。それからヘンリー卿を見かけると、一瞬かすかに頰を赤らめながら、急いで立ち上がった。「どうも失礼してしまって、バジル。お一人だとばかり思っていたものですから」

「ドリアン、こちらはヘンリー・ウォットン卿だよ、オックスフォード時代からの旧友でね。きみがどんなにすばらしいモデルであるかをいままで話していたのだが、きみはこれで何もかもぶちこわしにしてしまったようだね」

「きみに会えてうれしいというぼくの気持がぶちこわしになるなんて、そんなことはないよ、グレイ君」前へ歩み寄って手を差しのべながら、ヘンリー卿が言った。「ぼくの叔母がきみのことをよく話してくれてね。きみは叔母のお気に入りの一人なんだよ、いや、お気の毒ながら、犠牲者の一人でもあるんだ」

「ぼくはいまじゃ、アガサ夫人に睨まれていましてね」ばつの悪そうな悔悛の表情を浮かべながら、ドリアンが答える。「先週の火曜日に貧民街（ホワイトチャペル）のクラブに一緒に行く約束をしたのですが、実はそのことをすっかり忘れてしまいましてね。そこで一緒に二重奏をやることになっていたのですが――確か、三曲だったと思います。夫人は何ておっしゃるでしょうか。怖くてとても訪問などできかねる始末ですよ」

「ああ、それならぼくが仲直りさせてあげるよ。叔母はきみにぞっこんまいっているからね。それにきみがそこに行かなかったことも本当に大したことじゃないと思うな。聴衆はたぶん二重奏が演奏されたと思ったのじゃないかな。叔母がピアノの前に坐ると、二人分の騒音をふんだんに聞かせてくれることは確かだからな」

「それは随分夫人に酷な言い方ですよ。それにぼくに対してもあまり親切な言い方じゃないですね」と笑いながら、ドリアンが答えた。

ヘンリー卿はドリアンを眺めた。そう、この若者は確かにすばらしい美貌の持主だ。きれいな曲線を描いている赤い唇、率直な青い眼、縮れた金髪。その顔にはすぐさま人に信頼感を抱かせるような何かがある。いかにも若者らしい情熱溢れる純粋さだけでなく、若者特有の率直さのすべてがそこにはある。これまで世間の汚辱に少しもまみれずに過ごしてきたことが感じられる。バジル・ホールワードが崇めているのも不思議ではない。

「慈善事業なんぞに身を入れるにしては、きみはあまりにも魅力的すぎるよ、グレイ君――あまりにも魅力的すぎるよ」そう言ってヘンリー卿は寝椅子に身を投げ出し、シガレット・ケースを開いた。

画家は絵具を混ぜ合わせたり、絵筆を用意したりすることに忙しかった。彼は何か気がかりな様子に見えたが、ヘンリー卿の最後の言葉を耳にすると、卿のほうをちらっと眺め、しばらくためらってからこう言った。「ハリー、ぼくはね、この絵を今日中に完成させたいのだよ。帰ってもらえまいかと頼んだりしたら、ひどく無作法と思われるだろうか?」

ヘンリー卿は微笑んで、ドリアン・グレイを見た。「ぼくは帰ったほうがいいかね、グレイ君」と彼が訊ねる。

「とんでもない、どうかお帰りにならないで下さい、ヘンリー卿。バジルは例によってすねているんですよ。すねているときのバジルときたら我慢なりませんね。それにですね、このぼくが慈善事業に身を入れるべきじゃない理由を教えていただきたいのですが」

「そんなことなんか話したってどう仕様もないじゃないか、グレイ君。それはひどく退屈な話題なものだから、話すとなるとどうしても真面目に話さざるを得ないことになるからだよ。でも、きみにいてほしいと言われたからには、もちろん逃げ出したりはしないさ。本当にかまわないだろう、バジル？　モデルには誰かお喋り相手がいたほうがいいってよく言ってたじゃないか」

ホールワードは唇を噛んだ。「ドリアンの望みとあらば、もちろんいてもらわなくちゃなるまい。ドリアンの気紛れは、すべての人間にとって法律も同然だからね。御当人は別だが」

ヘンリー卿は帽子と手袋を取り上げた。「いやにすすめるけれど、バジル、実はもう行かなくちゃならないのだ。〈オーリアンズ・クラブ〉(1)で人と会う約束があるんだ。じゃ失礼するよ、グレイ君。カーゾン街のぼくの家をいつか午後にでも訪ねてくれたまえ。五時にはたいてい在宅しているから。来るときにはそのむね知らせてくれたまえ。留守をして会えないと残念だからね」

「バジル」ドリアン・グレイが声高に言った。「ヘンリー・ウォットン卿がお帰りになるのなら、ぼくも帰りますよ。絵を描いているあいだ、あなたは絶対に口をきいてくれないし、台の上に立って楽しげな顔つきをしているのはおそろしく退屈なことですからね。ヘンリー卿に残って下さるように頼んで下さい。ぜひ頼んで下さいよ」

「いてくれたまえよ、ハリー、ドリアンのためにも、ぼくのためにも」絵をじっと眺めながら、ホールワードが言った。「仕事中は絶対に口をきかないし、人の言うことにも耳を傾けない、というのは本当なんだ。だから運悪くぼくのモデルになった人たちはひどく退屈に違いないだろうと思うよ。お願いだからいてくれたまえよ」

「でも、〈オーリアンズ〉で会うはずの男はどうなるんだ?」

画家は笑った。「そんなことなど別に面倒をかけるわけでもあるまいに。さあ、もう一度腰をかけてくれたまえよ、ハリー。それじゃ、ドリアン、台の上にのってくれたまえ。あまり動いたり、ヘンリー卿の言葉に気を取られないようにしてくれよ。この男は友人たちにひどい悪影響を及ぼす人間でね。ただしぼくだけは例外中の例外だけどね」

ドリアン・グレイは、若いギリシアの殉教者のような様子で台上に上がり、ヘンリー卿のほうに少しばかり不満げに口をとがらせて見せたが、彼は卿を相当気に入っている様子であった。卿はバジルとは随分違う。二人は愉快な対照をなしている。それに卿はたいへんな美声の持主だ。しばらくしてからドリアンはヘンリー卿に言った。「あなたは本当にひどい悪影響を及ぼされるのですか、ヘンリー卿？　バジルの言うとおりの悪影響を？」

「良い影響なんてものはないのだよ、グレイ君。影響はすべて不道徳的なものでね――つまり科学的な観点からすると不道徳的だということだ」

「なぜですか？」

「ある人間に影響を及ぼすということは、その人間に自分の魂を与えるということにほかならないからだよ。いったん影響を受けると、その人は自分本来の考えで考えなくなったり、自分本来の情熱で燃えることもなくなる。美徳も自分にとって実感が伴わず、罪悪も――罪悪などというものがもしもあればの話だが――借物になってしまう。その人は誰か他人の奏(かな)でる音楽の共鳴音とか、自分のために書かれたのではない役割を演ずる役者になるのだよ。人生の目的は自己発展ということじゃないかな。自分の本性を完全に実現すること――それこそがわれわれ一人一人がこの世に生きている目的なのだ。

今日、人びとは自分を恐れている。彼らはあらゆる義務のうちで最高のもの、すなわち自分みずからに対して負うている義務を忘れてしまっている。もちろん、彼らは慈善的だし、飢えた人びとに食料を与え、貧乏人に衣服を恵んではいるがね。しかし、彼ら自身の魂は餓死し、裸のままという有様なのだからね。勇気がわが民族から失われてしまったのだよ。おそらく、そんなものを本当に持ったためしなどなかったのかもしれないんだがね。いろんな道徳の基盤である社会への恐怖心と、宗教の極意である神への恐怖心——この二つのものがわれわれを支配しているんだよ。だけど……」

「ドリアン、頭をもう少し右へ向けてくれないかね、いい子だから」制作に没頭していた画家が言った。以前に一度も見たことがないようなある表情が若者の顔に現れた、ということしか念頭になかったのである。

「だけど」とヘンリー卿は、低い音楽的な声で言葉を継ぎ、いかにも彼特有の癖であるしとやかな手振りをして見せたが、その癖はすでにイートン校時代からのものだった。「ぼくはこう信じているんだよ。つまりだね、もしもある人間が自分の人生をまったく完璧に生き、あらゆる感情に形式を、あらゆる思想に表現を、あらゆる夢に現実性(リアリティ)を与えることができるなら——そのときこそ世界は清新な歓喜の衝動に駆られ、中世主義につきまといういっさいの疾患を忘れ、ギリシア的理想——いや、おそらくギリシア的理想よりもっとすばらしく、もっと豊かな何かに立ち帰るだろうとね。でも、われわれのうちで最も勇敢な人間でさえも自分を恐れている始末なのだからね。未開人の身体損傷の習慣が、例の自己否定という形で悲しいことにいまも生き残っていて、それがわれわれの生活を台なしにしているのだからね。そうした拒否的な態度のせいでわれわれは罰を受けているわけなんだよ。われわれは何とかしていっさいの衝動を押えつけようとするが、それが心のなかに鬱積してわれわれを毒しつづけているんだよ。肉体はひとたび罪を犯せば、その罪と縁を切ることができる。行動は一種の浄化作用になるからだ。その際あとに残るのは、快楽の思い出か、後悔という贅沢な楽しみだけなのだ。誘惑から逃れる唯一の方法は、誘惑に負けることなのだ。それに逆らえば、きみの魂はみずからに対して禁じたものへの憧れに疼き、その法外な法則ゆえに、法外とも不法とも見做されるにいたったものへの欲望に悶えて病み衰えてゆくことになるのだ。世界の大事件は頭脳のなかで起こると言われてきている。世界の大いなる罪悪が生じるのもまた頭脳のなかであり、ただ頭脳のなかでのみなのだよ。いいかね、グレイ君、きみ自身も、薔薇のように赤い青春と薔薇のように白い少年期を過ごして来たきみ自身も、われながら怖くなるようないろんな情熱や、恐怖の虜となるくらいの恐ろしい思いや、ちょっと思い出しただけでも恥ずかしさのため頰が赤く染まるような白昼夢や睡眠中の夢をいろいろと経験してきたはずだよ――」

「やめて下さい！」ドリアン・グレイが口ごもりながら言った。「やめて下さい！　頭のなかがめちゃめちゃになりそうです。何て言ったらいいのか、ぼくにはよくわからないんですよ。あなたに何か返事ができそうな気もするんですが、思いつかないんです。何もおっしゃらないで下さい。ぼくに考えさせて下さい。いや、むしろ、考えないようにさせて下さい」

およそ十分間も、身動き一つせず、唇を開いたまま、そして眼を異様に輝かせながら、ドリアンは台上に立っていた。自分の内部にひどくなまなましい力が活動しているのがぼんやりと感じられる。しかもそれは、彼自身の内部から本当に流れ出て来るもののような気がするのだ。バジルの友人が言ったわずかな言葉――それは疑いもなく偶然に述べられ、そのなかに勝手気ままな逆説を含んだ言葉なのだが――は、いままで一度も触れられたことのない秘められた心の琴線に触れたのだが、その琴線がいま、つねならぬ脈搏に合わせて振動し顫(ふる)えているのを、彼は感じていた。

音楽がこれと同じように彼の心を動かしたことがある。音楽が彼の心をかき乱したことも幾度となくある。だが、音楽は明瞭な言語表現ではない。音楽がわれわれのうちに創り出すのは、ある新しい世界ではなく、むしろ別個の渾沌にほかならぬ。言葉！　単なる言葉！　その言葉の何と恐ろしかったことか！　何と明瞭で、あざやかで、残酷な言葉だったことか！　その言葉から逃れることなど誰にもできようはずがない。けれども、何という名状しがたい魔力があの言葉のなかにはこもっていたことか！　それは無形なものに手応えのある形を与えることができ、バイオル(2)やリュートの音と同じくらい美しい音色を持っていたように思われる。単なる言葉！　だが、言葉ほど真に迫るものが果たして他にあるだろうか？

そうだ、自分の理解の及ばぬことがいろいろと少年時代にはあった。それがいまわかったのだ。人生が突然火焔のような色彩を呈するようになったのだ。火焔のなかを歩んでいるような感じになったのだ。なぜこうしたことが以前にはわからなかったのだろうか？

かすかな微笑を浮かべて、ヘンリー卿はドリアンを見つめている。何も言ってはならぬ心理的瞬間がどういう瞬間かを、彼は正確に知っているのだ。彼は激しい興味を掻き立てられていた。自分の言葉が相手に与えた不意打ち的な効果を知って驚かざるをえなかったからだ。そして十六歳の頃に読んだある書物、それ以前には知らなかった多くのことを明示してくれたある書物(3)のことを思い出しながら、ドリアン・グレイもそれと同様な経験をたどりつつあるのではないかと思ったりした。自分はただ大空に一本の矢を放ったにすぎないのだ。それは標的に命中したのだろうか？　この若者の何と魅力的なことだろう！

ホールワードは例によっていかにも彼らしい、驚くべき大胆なタッチで描いていた。少なくとも、芸術においては力強さからのみ生ずるあの正真正銘の洗練さと完璧な繊細さを伴ったタッチで。彼は沈黙には気づいていない。

「バジル、立っているのにもううんざりしちゃった」不意にドリアン・グレイが大声で言った。「外へ出て庭で休ませて下さいよ。ここは息が詰まりそうだ」

「そうだったのか、すまないね。制作中は、他のことなど何も考えられなくなるものでね。でも、今日のきみは行儀よくポーズをとっていてくれたね。申し分ないくらいじっとしていたじゃないか。お蔭でぼくの望みどおりの効果が得られたよ――半分開いた唇とか、きらきら輝く眼の表情とかをね。ハリーがきみに何を言っていたのか知らないが、たいそうすばらしい表情をきみに浮かべさせたことだけは確かだな。たぶんきみにお世辞でも言っていたんだろう。あいつの言うことなんぞ一言も信じちゃいけないよ」

「お世辞なんてまるでおっしゃってはくれませんでしたよ。たぶんそのせいでおっしゃったことが何も信じられないのでしょうね」

「全部信じているよ、きみは」夢見るような、物憂い眼でドリアンを見やりながら、ヘンリー卿が言う。「さあ、一緒に庭へ出ようじゃないか。アトリエのなかは暑くてやりきれないよ。バジル、何か冷たい飲物でもくれないか、苺入りのやつでも」

「いいとも、ハリー。ベルをちょっと鳴らしてみてくれ。パーカーが来たら、お望みのものを言いつけるから。この背景を仕上げなくちゃならないから、ぼくはあとで行くことにするよ。ドリアンをあまり長く引き留めないでくれたまえよ。ぼくは今日ほど調子よく絵が描けたことなんか一度もないのだから。こいつはきっとぼくの傑作になるよ。このままでも傑作だけどね」

ヘンリー卿が庭に出て行くと、ドリアン・グレイが大きなひんやりとしたライラックの花のなかに顔を埋めて、その香をまるでワインでも飲むようにやっきになって吸っている。卿は彼のすぐ傍に近づいて、肩に手をかけた。「きみがいまそうしているのはまったく正しい」と卿が囁く。「感覚のほかに魂を癒せるものはないからね、ちょうど魂のほかに感覚を癒せるものがないのと同じようにね」

若者はぎくりとなって後ろへ退いた。頭をむき出しにしていたので、ライラックの葉がほつれやすい毛髪をかき乱し、その金色の毛をすっかり縺れさせた。不意に眠りを醒まされた人びとに見られるような、ある不安の表情がその眼に浮かんだ。精巧に彫り刻まれた鼻孔がぴくりと動き、ある隠れた神経のせいか、真赤な唇が顫え、いつまでも顫えつづけている。

「そうだよ」とヘンリー卿が言葉を継ぐ。「それこそ人生の大いなる秘密の一つなんだよ――感覚によって魂を癒し、魂によって感覚を癒すっていうことは。きみは実にすばらしい創造物だ。きみは自分で知っていると思っている以上のことを知っているよ。ちょうど知りたいと思っている以下のことしか知らないようにね」

ドリアン・グレイは不機嫌な顔つきをして、そっぽを向いた。彼は自分の傍に立っている背の高い、優美な青年を気に入らずにはいられない。ロマンティックなオリーヴ色の顔とやつれた表情が彼の興味をそそる。低く、気怠い声のなかに、途方もなく魅惑的な何かがある。冷たく、白い、花のような両手にさえも、奇妙な魅力がある。話しながら両手は音楽のように動き、それ独自の言葉を語っているように見える。だが、ドリアンはヘンリー卿が恐ろしかった。そして恐ろしがっていることが恥ずかしかった。自分を自分にあらわにすることをなぜこの見知らぬ他人の手にゆだねたりしたのか？　バジル・ホールワードと知り合ってから数ヵ月経つが、二人のあいだの交友が自分を変えたということなど絶対になかったのに。だが突如として、人生の神秘を自分にさらけ出してくれるように見える人間にふと出くわしてしまったのだ。けれども、一体何を恐れる必要があるのだ？　自分は学童でも女の子でもないというのに。びくびくするなんて馬鹿らしいではないか。

「木蔭に入って腰をおろそうじゃないか」とヘンリー卿が言った。「パーカーが飲物を持って来てくれたし、こんな暑い陽ざしのなかにこれ以上いたら、きみはまったく使い物にならなくなって、バジルは二度ときみの絵を描かなくなってしまうよ。本当の話、きみは日焼けしないように注意しなくちゃいけないな。日焼けなんてきみに似つかわしくないからね」

「そんなことどうでもいいじゃありませんか」ドリアン・グレイは庭のはずれの椅子に腰をおろしながら、笑い声で言った。

「でも、それはきみにとってすごく大事なことであるはずだよ、グレイ君」

「なぜですか？」

「きみは実にすばらしい若さの持主だし、若さというのは持つに値する唯一のものだからさ」

「ぼくはそんなふうに感じてなんかいませんがね、ヘンリー卿」

「そう、いまはそうは感じていないだろう。いずれきみが年をとり皺だらけで醜くなったときとか、物思いのせいで額(ひたい)に筋(すじ)を刻み、情念の忌わしい焰がきみの唇に焼印を押すようになるとき、きみはきっとそう感じるよ、嫌になるほど感じるよ。いまは、どこへ行こうと、きみは世間を魅了することができる。でも、いつまでもそうはいかないのじゃないかな？……きみはすばらしい美貌の持主だよ、グレイ君。別に眉をひそめなくたっていいじゃないか。現にそうなんだから。ところで〈美〉は〈天才〉の一つの形態なんだ——いや、説明の必要もないが、本当のところ、〈天才〉よりも高度なものなんだ。ちょうど日光とか、春とか、ぼくたちが月と呼んでいるあの銀色の貝殻が暗い水面に映す影みたいに、この世界の偉大な事実の一つであるのだよ。それは疑問の余地のないものだし、天与の至上権を持っているんだ。美の所有者は王者にだってなれる。きみは笑っているね？　ああ！　きみが美を失ったとき、きみは笑ってなどいられなくなるだろうに……〈美〉なんて浅薄なものにすぎないと言う人間もたまにはいる。ことによるとそうかもしれない。しかし、少なくとも〈思想〉ほど浅薄なものじゃないよ。ぼくにとって、〈美〉は驚異のなかの驚異なんだよ。見かけで判断しないのは浅薄な人間だけなんだ。世界の真の神秘は眼に見えるもののなかにあるのであって、眼に見えないもののなかにはないのさ……確かに、グレイ君、神々はきみに対して恵み深かった。だが、神々っていうやつは一度与えたものをすぐに奪い取ってしまうものだからね。きみが真実の、申し分ない、充実した人生を過ごしてゆけるのもあとわずか数年のあいだだけだよ。若さが去れば、美もそれとともに消えてゆく。そうなったら、きみは自分にはもう勝ち誇るべきものなど何一つ残っていないということに突然気づいたり、過去の思い出があるだけに敗北よりもいっそうつらい思いを味わわされるさもしい誇りに、みずから甘んじなくてはならぬ羽目になるのさ。一月(ひとつき)が過ぎ去っていくごとに、きみはある恐ろしい何物かにますます近づいてゆくのだ。時はきみを妬(ねた)み、白百合と薔薇のようなきみの美貌に戦いを挑んでいく。きみは血色が悪くなり、頬はこけ、眼はどんよりとしてくる。きみはひどく苦しむことだろう……ああ！　若さがあるうちに自分の若さを自覚することだよ。きみの黄金の日々を浪費してはいけない。退屈な連中の話に耳を傾けたり、どう仕様もない失敗を取り繕おうとしたり、無知な輩(やから)や、平凡な連中や、卑俗なやつらのために自分の生活を犠牲にしたりしてね。こういうのが現代の病的な目標、偽りの理想となっているからだよ。生きるんだよ！　きみの掌中にあるすばらしい人生を生きるんだよ！　何一つ無駄にしてはいけない。いつも新しい感覚を追い求めるんだよ。何も恐れちゃいけない……新しい快楽主義(ヘドニズム)(4)――これこそぼくたちの世紀が求めているものなんだ。きみはことによるとその明白な象徴になり得るかもしれないじゃないか。きみの個性をもってすれば、きみにできないことは何一つないはずだよ。世界はしばらくのあいだきみのものだからね……きみに会った瞬間、ぼくは見てとったのだよ、きみが本当の自分はどういう人間なのか、自分が本当にどういう人間になるのかを全然意識していないということをね。きみのなかにはぼくをうっとりさせるものがたくさんあるので、ぼくはきみについて何か話さずにはいられない気持がしているんだ。もしもきみが駄目になったら、それこそ悲劇だとぼくは思ったのだ。なにしろ、きみの若さがそこなわれないでいるのはほんのわずかのあいだだけだからね——ほんのわずかのあいだだけだからね。丘に咲くありふれた花々はしおれてしまうけれど、ふたたび花が咲き出る。きんぐさりの花はいまと同じように来年の六月も黄色い花を咲かすだろう。一月もすればクレマチスには紫色の星型の花が咲くだろうし、毎年毎年緑の夜のようなその葉の上に紫色の星が輝くだろう。しかし、ぼくたちは絶対に自分の若さを取り戻すことなどできないのだよ。二十歳のときにぼくたちのなかで脈打つ歓喜の鼓動はやがて不活潑になっていく。四肢は衰え、感覚は朽ちてしまう。ぼくたちは醜い人形になり下がり、ただもう恐れおののいていた情熱とか、思い切って身をまかせることのできなかった強烈な誘惑とかの思い出につきまとわれるようになるのがおちなんだよ。若さ! 若さ! 若さのほかにこの世にはまったく何もないのさ!」

ドリアン・グレイは眼を見開いて、驚嘆しながら耳を傾けていた。ライラックの花のついた小枝が彼の手から砂利の上に落ちる。柔毛で覆われた蜜蜂が一匹やって来て、そのまわりをぶんぶんいいながら飛んでいたが、やがてちっぽけな花々の密集する卵型の放射状に並んだ球形の上をあちこち這うようにして進みはじめる。些細な事柄に対して抱くあの奇妙な関心を示しながら彼はそれを眺めていた。すなわちきわめて重大な事柄のせいで臆病風に吹かれたときとか、どう表現したらいいのかわからないような何か新しい感情に突き動かされるときとか、あるいはぞっとするようなある考えが不意に脳裡にこびりついて屈服を迫るというようなときに、われわれがやっきになって些細な事柄に対して抱くあの奇妙な関心を示しながら。しばらくして、蜜蜂は飛び去った。彼はその蜜蜂が紫色のひるがおの花の汚れたらっぱ状の管のなかへ滑り込むのを見た。花は身震いしたように見えたが、やがて左右にゆっくりと揺れた。

いきなり画家がアトリエの出入口に姿を見せ、なかへ入って来るようにと手短な合図をした。庭の二人は互いに顔を見合わせて、にっこりと微笑んだ。

「待っているんだぜ」と画家が大声で言う。「さあ、入ってくれたまえ。光の具合がまったく申し分ないんだ。飲物も持って来ればいいじゃないか」

二人は立ち上がって、散歩道を一緒にぶらぶらと歩いて行く。緑と白の模様の蝶が二匹、二人の傍を飛び過ぎ、庭のはずれの梨の木では、つぐみが鳴きはじめた。

「きみはぼくに会ったことを喜んでいるね、グレイ君」相手の顔を見ながらヘンリー卿が言う。

「ええ、いまは喜んでいますとも。でも、いつまでも喜んでいられるでしょうか?」

「いつまでもだって! それは恐ろしい言葉だ。そんな言葉を聞くとぞっとするよ。女性が好んで使いたがる言葉だからさ。女性っていうやつは、永遠に長つづきさせようとしてどんな恋愛(ロマンス)だって駄目にしちゃうのだからな。しかも、そんなのは無意味な言葉でもあるわけだ。気紛れと一生つづく情熱とのあいだの唯一の違いはね、気紛れのほうがほんの少しばかり長つづきするということなんだよ」

アトリエのなかへ入って行きながら、ドリアン・グレイはヘンリー卿の片腕に手を置いた。「そういうことでしたら、ぼくたちの友情も気まぐれということにしようじゃありませんか」と彼は小声で言ってから、自分の大胆さに顔を赤らめながら、台の上に上がってふたたびポーズをとった。

ヘンリー卿は大きな枝編み細工の肘掛椅子にどしんと坐って、ドリアンを眺めた。時々、ホールワードが遠くから自分の絵を見るためにうしろへ退るとき以外には、カンヴァスに絵筆を走らせたりぶつけたりする音だけがあたりの静けさを破る。開いたままの戸口から斜めに流れ込む光線のなかで、塵(ちり)が舞い踊り金色に輝いている。むせかえるような薔薇の香があらゆるものの上に立ちこめているようだ。

十五分ほどのちに、ホールワードは絵筆をとめて、ドリアン・グレイを長いこと見つめ、次に大きな絵筆の一本の端を嚙んだり、眉をひそめたりしながら、絵を長いこと見ていた。「これですっかり仕上がったぞ」やっと彼が叫び、身をかがめて、長い朱色の文字でカンヴァスの左側の隅に自分の名前を書き込んだ。

ヘンリー卿は近寄ってじろじろと絵を眺めた。確かにすばらしい芸術作品であり、まったく本物そっくりによく似てもいた。

「ねえきみ、本当に心からお祝いを言うよ」と彼が言った。「現代最高の肖像画だよ。グレイ君、ここへ来て自分の姿を見てごらんよ」

若者は、まるで何かの夢から醒めでもしたかのように急にはっとなった。「本当に仕上がったんですか?」と彼はつぶやくように言って台から降りた。

「すっかり仕上がったのさ」と画家が言う。「今日のきみのモデルぶりは実に見事だったよ。本当にどうもありがとう」

「それはもっぱらぼくのお蔭だよ」とヘンリー卿が口を挟（はさ）んだ。「そうじゃないかね、グレイ君?」

ドリアンは返事をしないで、絵の前をのろのろと通り過ぎようとしたが、そのほうをふと振り向いてしまった。絵を見ると、彼は後ずさりし、一瞬うれしそうに頰を赤らめた。まるで初めて自分のことがわかったような歓喜の表情が彼の眼に浮かぶ。身じろぎもせず驚嘆しながら彼はそこに突っ立っていたが、ホールワードが自分に話しかけているることをぼんやりと意識してはいたものの、その言葉の意味が呑み込めないでいる。自分はこんなにも美貌なのだという感覚が一つの啓示のように彼を襲う。そんなふうに感じたことなどこれまでになかったことなのだ。バジル・ホールワードの讃辞も単なる友情のたいそう快い誇張にすぎないとしか思えなかったのだから。それらの讃辞に耳を傾けはしたものの、一笑に付して、忘れてしまったのだから。それらが彼の性質に影響を及ぼしたことなどなかったのだ。それからヘンリー・ウォットン卿が現れて一風変わった青春讃美を述べ立て、青春のはかなさについて恐ろしい警告を発した。それを聞いたとき彼の心は動揺したのだが、いまこうして自分の美貌を映し出した肖像画を凝視しながら立っていると、卿の述べた言葉の本当の意味が彼の脳裡にさっと閃くのだった。そうだ、いつかは自分の顔も皺だらけになって萎び、眼はどんよりと曇って生気を失い、優美な姿態も崩れて醜悪なものとなってしまうのだ。唇からは赤みが消え去り、頭髪からは黄金色が失われてゆくのだ。自分の魂を形成していくはずの人生が肉体をそこなっていくことになってしまう。自分はいずれ恐ろしい、醜悪な、そして不恰好な人間になってしまうのだ。

そんなことを考えていると、まるでナイフで突き刺されたみたいに、鋭い苦痛が全身を貫いて走り、身体の繊細な繊維の一つ一つが震える。眼の色は濃くなって紫水晶のような色となり、眼は涙にかすむ。氷のような手が心臓の上に置かれているような感じがする。

「この絵が気にいらないのかい?」と、若者の沈黙の意味を解さず、いささかむっとしながら、ホールワードがやっと声高に言う。

「もちろん、気にいっているさ」とヘンリー卿が言った。「これが気にいらない人間なんていくかね? 現代芸術の最高傑作の一つなんだからね。それを譲ってくれるならきみのほしいものなら何でもやるよ。ぼくにぜひ譲ってくれたまえ」

「ぼくのものじゃないんだよ、ハリー」

「誰のものなんだい?」

「むろん、ドリアンのものだよ」と画家が答える。

「まったくひどく幸運な男だな」

「何て悲しいことだろう!」依然として肖像画に眼を釘付けにしたまま、ドリアン・グレイがつぶやく。「何て悲しいことだろう! ぼくが年をとって、見るも恐ろしい、醜悪な老人になるなんて。でも、この絵はいつまでも若さを失わない。今日という六月の一日よりも年をとるなんて絶対にないのですからね……もしもこれが逆だったらどんなにいいだろう！　いつまでも若さを失わないのがぼくで、年をとるのが絵だとしたならどんなにいいだろう！　そのためなら——そのためなら——何でもくれてやるだろうに！　そうだ、この世にあるものなら何だって惜しくない！　そのためなら魂をくれてやってもいいくらいだ！」

「そんなふうになったらきみはあまりいい気持はしないだろうね、バジル」とヘンリー卿は笑いながら大声で言った。「きみの作品へのいささかひどい仕打ちになるだろうからね」

「断乎として反対するよ、ハリー」とホールワード。

ドリアン・グレイは振り向いて、ホールワードを見つめながら言う。「きっとあなたは反対するでしょう、バジル。あなたは友人よりも自分の芸術のほうが大事なんだから。あなたにはこのぼくなんぞ緑色のブロンズ像にしかすぎないんだ。いや、それ以下だと言ってもいいぐらいですよ」

画家は驚き呆れて眼を丸くした。そんなものの言い方をするのはまったくドリアンらしくもないことだ。一体どうしたのだろう？　ドリアンはひどく腹を立てている様子だ。顔は紅潮し、頬は燃えるような具合なのだから。

「そうだ」とドリアンは言葉を継ぐ。「あなたにとってぼくなんかは象牙のヘルメス像や銀製の牧神(フォーン)にも劣る存在なんだ。あなたはそういうものをいつまでも好きでしょう。でも、このぼくをいつまで好きでいられるでしょうか？　たぶん、ぼくの顔に最初の皺が出るときまでじゃないですか。ぼくにはいまわかったんですよ、美貌を失うっていうことはつまり、それがどんなものであれ、すべてを失うことなのだということがね。あなたの絵がそのことを教えてくれたのです。ヘンリー・ウォットン卿の言われたことはまったく正しい。青春こそが持つに値する唯一のものなんですよ。年をとりかけているということがわかったときには、ぼくは自殺してやりますよ」

ホールワードは顔色を変えて、相手の手を摑(つか)んだ。「ドリアン！　ドリアン！」と彼は叫んだ。「そんなふうな話し方はやめてくれよ。きみみたいな友人はいままでに持ったことがなかったし、これからも持つことは絶対にないだろう。きみはまさかあの物体にやきもちをやいているのじゃあるまいね？——あんな物体よりもきみのほうがずっとすばらしいというのに！」

「その美しさが死に絶えることのないものなら何にだって、ぼくはやきもちをやきますよ。ぼくはあなたの描いた肖像画にやきもちをやいているのです。ぼくがいつかは失う運命にあるものを、なぜこの絵はいつまでも持ちつづけていられるのですか？　過ぎ去ってゆく一瞬一瞬がぼくから何かを奪い取り、何かをその絵に与えるのです。ああ、もしもこれが逆だったなら！　絵のほうが変化してゆき、ぼくのほうはいつまでも現在のままであり得るとしたなら！　あなたはどうしてそんな絵を描いたのですか？　いつかその絵はぼくを笑い物にするでしょう――さんざん笑い物にすることでしょう！」熱い涙が彼の眼ににじみ出た。彼は摑まれていた手を振り払うと、寝椅子の上に身を投げ出して、まるで祈禱の文句でも唱えているように、クッションに顔を埋めた。

「これはきみのせいだぞ、ハリー」と、画家が苦々しげに言う。

ヘンリー卿は肩をすくめた。「これが本当のドリアン・グレイなのだ――ただそれだけのことじゃないか」

「そうじゃないよ」

「そうじゃないとしたなら、ぼくは一体どうしたらいいのだね？」

「きみはぼくがさっき頼んだときに帰るべきだったのだ」と画家が小声でつぶやく。

「きみがいてくれと頼むからいただけのことじゃないか」というのがヘンリー卿の返事である。

「ハリー、ぼくは二人の親友と同時に言い争うことなんかできないよ。だがね、きみたち二人していままでに描いた最高の作品をぼくに嫌わせるようにしたのだから、ぼくはこの絵を破り捨ててしまうよ。こんなものなんか所詮カンヴァスと絵具だけじゃないか？　こんなものがぼくたち三人の生活のなかに侵入して来てそれをめちゃめちゃにするのを黙って見ていられるものか」

ドリアン・グレイは枕からその金髪の頭を持ち上げ、青白い顔と涙のこびりついた眼でバジルを眺めたが、そのとき画家は、高い、カーテンのかかった窓の下に置かれた樅材の画机のほうへと足を運んでいた。そこで何をしようとするのだろうか？　彼の指は散らかった錫製のチューブや乾いた絵筆のあいだを、何かを探しながらあちこち動いている。そうだ、しなやかな鋼鉄の、薄い刃の付いた、長いパレット・ナイフを探しているのだ。やっと見つかった。彼はカンヴァスをずたずたに引き裂くつもりなのだ。

すすり泣きを押し殺しながら、若者は寝椅子からはね起きて、ホールワードのもとへと駆け寄り、その手からナイフをもぎ取って、アトリエの片隅にほうり投げた。「やめて下さい、バジル、やめて下さい！」と彼は叫んだ。「人殺しになるじゃありませんか！」

「やっとぼくの作品を認めてくれてどうもありがとう、ドリアン」驚きから醒めたとき、画家は冷たくそう言った。「きみに認めてもらえるなんて思ってもいなかったよ」

「認めるですって？　ぼくはこの絵に恋しているんですよ、バジル。それはぼく自身の一部なのです。そんなふうに感じられるのですよ」

「そういうことなら、この絵が、つまりきみが乾いたならすぐに、ニスを塗り、額縁に入れて、家に届けてあげよう。そのあとはきみがきみ自身に対して何をしようと勝手だよ」それから彼は部屋を横切ってお茶の合図の呼鈴を鳴らした。「もちろん、きみはお茶を飲むだろうね、ドリアン？　きみも飲むだろう、ハリー？　それともきみたちはこれほど単純な快楽に異を唱えるつもりかね？」

「ぼくは単純な快楽っていうやつが大好きなんだよ」とヘンリー卿が言う。「それは複雑な人間の最後の逃げ場だからね。でも、舞台でならともかく、こんな喧嘩騒ぎなんて御免だよ。きみたち二人は何て馬鹿な人間なんだろう！　人間を理性的動物なんて定義したのは一体どこのどいつなのだ。まったく早合点もいいとこの定義じゃないか。人間はいろいろいるけど、理性的なんていうものじゃないんだよ。だが、結局のところそうじゃなくってぼくは喜んでいるんだ。もっとも、きみたち二人が絵のことでつまらない言い争いをするのは願い下げにしてもらいたいのだがね。絵はぼくにくれるほうがずっといいのじゃないかな、バジル。この愚かな坊やは本当はほしがってもいないのだが、ぼくは本当にほしいと思っているのだからね」

「誰にせよ、もしもぼく以外の誰かにあげたら、バジル、ぼくは絶対にあなたを許しませんからね！」とドリアン・グレイが声高に言った。「それに愚かな坊やだなんて呼ぶ人たちを許しませんよ」

「この絵がきみのものだっていうことぐらいわかっているくせに、ドリアン。描く前からきみにあげるつもりだったんだよ」

「それにきみが少しばかり愚かだったこともわかってるだろう、グレイ君。また、自分がひどく若いっていうことを思い知らされたことに本当は反対しているわけじゃないっていうこともね」

「これが今朝なら断乎として反対していたと思いますよ、ヘンリー卿」

「そうか！　今朝か！　そのときからきみは生きはじめたわけだな」

扉にノックの音がし、執事がお茶の道具一式を載せた盆を持って入って来て、小さな日本製のテーブルの上に置いた。茶碗や受皿のカチャカチャいう音や、縦溝(みぞ)彫り模様付きのジョージ王朝風のティーポットからシューシューと湯気を出す音がする。二枚の丸い陶器の皿を給仕が運んで来た。ドリアン・グレイはテーブルの傍へ行ってお茶を注いだ。二人の男ものろのろとテーブルの傍へ歩み寄り、蓋(ふた)の下にあるものをじろじろと眺めた。

「今晩劇場へ行かないかい」とヘンリー卿が言う。「きっとどこかで何かいい出しものをやっているはずだ。実は〈ホワイト〉(5)で夕飯を一緒にする約束をしているんだが、古くからの友人だけが相手だから、病気だとか、あとからの約束のせいで行けなくなったとかいった電報を打っておけばそれですむんだよ。あとからの約束というのはなかなかうまい口実だな。ありのままますぎるので相手はさぞびっくりするだろうな」

「夜会服を着るのはまったくうんざりだね」とホールワードがつぶやく。「それに、着てからも見てくれが悪いしね」

「そのとおり」ヘンリー卿がぼんやりとした口調で答える。「十九世紀の衣裳っていうやつは本当に胸が悪くなる。ひどく陰気で、重苦しいときているからな。罪悪だけが現代生活に残された唯一の本当の色彩要素だね」

「そんなふうなことをドリアンの前で言っちゃいけないよ、ハリー」

「どっちのドリアンの前でだい？　お茶を注いでいるほうか、それとも絵のなかにいるほうかね？」

「どっちのほうの前でもさ」

「劇場へ御一緒したいのですが、ヘンリー卿」と若者が言う。

「じゃ来たまえ。バジル、きみも一緒に来るだろう？」

「本当のところ、駄目なんだ。いや行きたくないんだ。いろいろと仕事があるものでね」

「それじゃ、きみとぼくだけで行くことにするか、グレイ君」

「それはたいへん結構ですね」

画家は唇を嚙みながら、茶碗を片手に持ったまま、絵のほうへと足を運んだ。「ぼくは本物のドリアンとあとに残るよ」と彼が悲しげに言った。

「そっちが本物のドリアンですって？」画家のほうへ歩み寄りながら、肖像画のもとになった人物が叫んだ。

「ぼくは本当にそんなふうなんですか？」

「そうだよ。きみはこの絵にそっくりだよ」

「何てすばらしいのでしょう、バジル！」

「少なくとも外見はそっくりだよ。しかし、これは絶対に老いることはないだろう」ホールワードがため息混じりに言う。「それは大したことじゃないか」

「誠実さのことで世間の連中は何でわあわあ騒ぎ立てるんだろう！」とヘンリー卿が声高に言った。「だってね、恋愛の場合ですらも、誠実さっていうやつは純粋に生理的な問題だからだよ。われわれ自身の意志なんかと無関係なのさ。若い男たちは相手に誠実でありたいと望んでもそうはいかないし、老人は不実でありたいと望んでもそうはできないからだよ。要するにそれだけの話なのさ」

「今晩劇場へ行くのをやめないか、ドリアン」とホールワードが言った。「ここに残ってぼくと夕飯を食べないかね」

「それは無理ですよ、バジル」

「どうして?」

「ヘンリー・ウォットン卿と一緒に行く約束をしてしまったからですよ」

「約束を守ったからといってこの男はそれだけきみを気に入ったりしないよ。いつも自分の約束を破っている男なんだから。お願いだから行かないでくれたまえ」

ドリアン・グレイは笑って、頭を横に振った。

「ぜひ頼むから」

若者はためらった。そして茶卓からにやにや笑いながら二人を眺めているヘンリー卿のほうを見やった。

「ぼくはどうしても行かなくちゃ」と彼が答えた。

「それじゃ仕方がないな」とホールワード。そしてつかつかと歩んで盆の上に茶碗を置いた。「もう相当遅いし、きみたちも着替えをしなくちゃならないだろうから、ぐずぐずしないほうがいい。失礼するよ、ハリー。さようなら、ドリアン。またすぐに会いに来てくれたまえ。明日、来てくれないか」

「もちろんですとも」

「忘れやしないだろうね？」

「ええ、もちろんですとも」とドリアンは大きな声で言った。

「ところで……ハリー！」

「何だい、バジル？」

「今朝庭に出ていたときにきみに頼んだことを忘れないでくれたまえよ」

「忘れてしまったよ」

「ぼくはきみを信用しているからね」

「ぼくは自分を信用できればいいなと思っているくらいなんだ」と笑いながら、ヘンリー卿は言った。「さあ、グレイ君、ぼくの馬車が外で待っているから、きみの家まで送って行くよ。さようなら、バジル。とっても楽しい午後だったよ」

二人が出たあと扉が閉まると、画家はソファーの上に身を投げ出したが、苦痛の表情が顔にありありと浮かんだ。

第三章(1)

翌日の十二時半、ヘンリー・ウォットン卿はカーゾン街から独身者専用の高級アパート(オールバニイ)のほうへと叔父のファーモー卿を訪ねるためにぶらぶら歩いて行った。この叔父はいささか無作法なところもあるが温和な独身の老人で、とりたてて何の利益も引き出せないので俗世間からは利己的な人間と呼ばれはしていたものの、自分を楽しませてくれる連中には食事を御馳走してやっていたものだから、社交界では気前のいい人物で通っていた。彼の父親はスペイン女王イザベラ(2)がまだ若く、プリム(3)が問題にもされていなかった時分のマドリッド駐在の英国大使であったが、パリ駐在の大使職を提供されなかったことにかっとなって酔狂にも外交界から引退してしまったのである。その家柄といい、怠惰癖といい、外交文書に用いる立派な英語といい、快楽に寄せる法外な情熱といい、その職には自分こそがまったくうってつけだと考えていたからだ。その父親の秘書を務めていた息子は、大使である父親と一緒に辞任したのだが、当時はいささか馬鹿げたことをするやつだと思われていた。そして数ヵ月後に爵位を継いでからというもの、まったくの無為徒食という大貴族的な生活技術の研鑽に真剣に取り組んだのだった。ロンドンに宏壮な邸宅を二つも構えていたのだが、わずらわしさが少ないというので独身者専用のアパートに住むことを好み、食事はたいていい行きつけのクラブですませていた。中部の諸州にある自分の炭鉱の経営にはかなりの注意を払っていたが、こうした産業に手を汚すのも、石炭を持っている唯一の長所は自宅の暖炉で薪を燃やすのに不自由することがなく、紳士の体面を維持できるという理由からだった[4]。政治的には保守党員(トーリー)であったが、ただし保守党が政権についているときは別で、その期間中は、党の連中を過激派の一味[5]だとして容赦なく罵倒していた。彼は従者たちにとって英雄(ヒーロー)ではあったものの、その従者たちに意地悪をされていた。だが、多くの親戚の者たちにとっては恐ろしい人であった。今度は逆に彼のほうが意地悪をしていたからである。彼のような人間は英国だけが生み出し得るのだが、その英国はいまや破滅しかけているというのが彼の口癖だった。その信念は時代遅れのものではあったが、その偏見には傾聴すべき言い分が多分にあった。

ヘンリー卿が部屋に入ると、叔父は目の粗(あら)い狩猟服を着て腰をかけ、両切り葉巻をふかし、『タイムズ』紙をぶつぶつつぶやきながら読んでいるところであった。

「やあ、ハリー」と老紳士が言った。「一体どういうつもりでこんなに早いお出ましなのかね？　きみたちダンディ連中ときたら二時までは絶対に起きてこないし、五時にならないと姿を現さないのじゃなかったかな」

「心からの親愛の情を示すためですよ、本当ですとも、ジョージ叔父さん。実は叔父さんから少しばかり手に入れたいものがありまして」

「たぶん、金だな」と顔をしかめながら、ファーモー卿は言った。「まあいいさ、坐ってその訳を全部話してごらんよ。近頃の若い連中ときたら、金がすべてだと考えているようじゃないか」

「そのとおりです」とヘンリー卿は上着のボタン穴に挿した飾り花を固定しながら言う。「でも、連中は年をとってから、そうと知るのですよ。だけど、ぼくは別にお金がほしいわけじゃありません。そんなものをほしがるのは勘定を払う連中だけじゃないですかね、ジョージ叔父さん。ところでぼくは自分では絶対に勘定を払ったりはしないのです。信用が次男坊の資本ですし、それをもとでにしてすてきな生活が送れますからね。おまけに、ぼくはいつもダートムアの商人(6)と取引をしているもので、どうやらうるさく言われないですんでいるんですよ。ぼくが手に入れたいのはですね、情報なんです。もちろん、役に立つような情報じゃなく、つまらない情報なんですが」

「そうか、わしは英国議会報告書(7)に出ていることなら何だって教えてあげられるよ、ハリー。もっとも、いまどきの連中ときたら馬鹿げたことをいろいろと書いているがね。わしが外交界にいた時分には、万事もっとましだったものだが。しかし、いまじゃ試験をして外交官(8)を採用しているそうじゃないか。そんなことをして一体何を期待できるというのかね？　試験なんていうやつは、きみ、徹頭徹尾まったくのいんちきにすぎないのだよ。もしある男が紳士であれば、それだけで知識は十分なんで、もしある男が紳士でないとすれば、どんなに知識があろうと、それだけで不適格なんだよ」

「ドリアン・グレイ君は議会報告書とは無縁な人物なんです、ジョージ叔父さん」ヘンリー卿はうんざりしたような口調で言った。

「ドリアン・グレイ君だって？　その男は何者なんだ？」毛深い白い眉毛を寄せながら、ファーモー卿が訊ねる。

「それを教えていただきたくて出かけて来たのですよ、ジョージ叔父さん。いやむしろ、その男がどんな人間か、実はぼくは知っているのです。先代のケルソー卿のお孫さんなんです。母親はデヴェルー家の出で、マーガレット・デヴェルー夫人というのです。その母親のことについて話していただきたいのです。どんな女性ですか？　結婚した相手はどなたなんですか？　叔父さんは昔はほとんど誰とでもお知合いだったから、たぶんその女性のことも御存じじゃないかと思いましてね。ぼくはいまグレイ君にたいへん興味を持っているところなんです。まだ会ったばかりなんですけれど」

「ケルソー[9]の孫だって！」と老紳士は鸚鵡返しに言った――「ケルソーの孫か！……もちろん……その母親のことならよく知っているよ。確か彼女の洗礼式に立ち会ったのじゃなかったかな。稀に見るほどの美人だった、あのマーガレット・デヴェルーは。それが文無しの若造と駆落ちしたものだから男たちはみんな気が狂ったみたいになってね。その若造というのがまったく身分の低い男で、歩兵連隊の下級士官とか、何だかそんなようなやつだったよ。そうそう、そのことなら全部昨日起こったみたいによく憶えているよ。その哀れな若造は結婚後数ヵ月してベルギーのスパーで決闘して殺されてしまったのだがね。その決闘についてはある不愉快な話があってね。噂ではケルソーが、ごろつきの山師のベルギー人のやくざを雇って、自分の義理の息子を公衆の面前で侮辱させたというんだ。しかもそのために金を払ったということなんだよ、きみ、金をだよ。それでそのやくざはまるで鳩でも突き刺すみたいに相手を刺し殺してしまったのだそうだ。事件はもみ消されたのだが、自業自得というのか、ケルソーのやつめ、その後しばらくはクラブで一人ぽつんと食事をしておったよ。娘は自分のもとへ連れ戻したそうだが、彼女は二度と彼と口をきかなかったそうだ、いや、まったく、ひどい話だったよ。娘もまた死んでね、一年も経たないうちに死んだのだよ。そうか、息子がいたのか？　すっかり忘れてしまっていたよ。どんな息子なんだい？　母親に似ていれば、きっと美男子のはずだが」

「たいへんな美男子ですよ」とヘンリー卿はうなずきながら言った。

「ちゃんとした人たちに面倒を見てもらえればいいと思うのだがね」と老人は言葉を継いだ。「ケルソーがその男にまともなことをしてやればかなりの大金がころがり込むはずだよ。母親のほうも大金の持主だよ。その祖父を通じて、セルビーの地所が彼女の手に入っていたからな。祖父はケルソーを嫌っていて、さもしい男だと思っていた様子だった。実際あいつはそうだったんだ。わしがマドリッドにいた時分に一度やって来たことがあるがね。いやもう、あいつのために恥ずかしい思いをしたよ。女王からは馬車代のことで御者といつも言い争っている英国貴族についてよく御質問を受けるしな。それはたいへんな噂になったものだよ。わしは一ヵ月も宮廷へ顔出しができなくなったくらいだよ。いくらあの男だって御者よりも自分の孫のほうをまともに扱うだろうと思うがね」

「ぼくにはどうともわかりませんが」とヘンリー卿は答えた。「あの男もいずれは裕福になるのじゃないでしょうか。まだ成年には達していないのです。セルビーの地所を持っていることは知っています。自分でそう言っていましたからね。それで……あの男の母親はたいへんな美人だったのですね？」

「マーガレット・デヴェルーは、わしがこれまでに会ったなかで一番愛らしい女性の一人だったよ、ハリー。何だってまたあんなことを仕出かす気になったのか、わしにはさっぱりわからんよ。彼女ならどんな身分の高い男とだって結婚できたはずなのに。カーリントンが彼女にのぼせ上がっていたっけな。もっとも、彼女はロマンティックだったがな。あの一族の女はみんなそうなんだ。男たちはつまらない連中ばかりだったが、いやはや！　女たちときたらすばらしい連中ばかりでね。それでカーリントンは跪いて彼女に求婚したんだよ。本人がそう話してくれたのさ。彼女はそれを一笑に付してしまったのだからな。ロンドンじゅうの女の子が彼のあとを追いかけていたというのにね。ところで、ハリー、愚かな結婚と言えば、ダートムアがアメリカ娘と結婚したがっているという話をきみのお父さんから聞いたが、一体何でまたそんな馬鹿なことをするのかね？　イギリス娘じゃお気に召さないというわけかね？」

「最近はアメリカ娘と結婚するのがちょっとした流行になっているんですよ、ジョージ叔父さん」

「わしは世間に逆らってでもイギリス女性の応援をしてやるからな、ハリー」握りこぶしでテーブルをどんと叩きながら、ファーモー卿は言った。

「アメリカ女性のほうが勝ちますよ」

「忍耐力がないそうじゃないか」と叔父がつぶやいた。

「婚約期間が長びけば参ってしまいますが、障害物競争には滅法強いのですよ。何しろ飛ぶように走りながら獲物を取るのですからね。ダートムアにはまず勝目はないでしょう」

「その女の家族はどういう連中だね？」と老紳士は低い声でぶつぶつ言った。「家族はいるんだろう？」

ヘンリー卿は頭を横に振った。「アメリカ娘は自分の両親の素姓を隠すのが上手でしてね、ちょうどイギリス娘が自分の過去を隠すのが上手なのと同じようにね」と彼は言って、立去るべく腰をあげた。

「豚肉の缶詰業者[10]じゃないかね？」

「ダートムアのためにもそうであってほしいですね、ジョージ叔父さん。豚肉の缶詰業っていうやつは、アメリカじゃ、政治に次いで一番儲かる職業だそうですから」

「その女はきれいかね？」

「まるで自分が美人であるみたいに振舞っていますよ。たいていのアメリカ娘がそうなんですから。それが彼女たちの魅力の秘密なのでしょう」

「そういうアメリカ娘連中はどうして自分の国にじっとしておれないのかね？　あの国は女性天国だといつも言いふらしているくせに」

「本当に女性天国ですよ。だからこそ女性たちは、イヴのように、母国からむやみと脱け出したがっているのです」とヘンリー卿は言った。「じゃ失礼します、ジョージ叔父さん。これ以上長居すると、昼食に遅れますもので。知りたいと思っていたことを教えて下さってどうもありがとうございました。ぼくは新しい友人については何でも知りたいのですが、古くからの友人については何も知りたくないたちなんですよ」

「どこで昼食をとるのかね、ハリー？」

「アガサ叔母さんのところでですよ。ぼくとグレイ君を招待してくれたのです。グレイ君は叔母さんの一番最近のお気に入り（プロテジェ）なんです」

「そうかい！　アガサ叔母さんに話しといてくれないか、ハリー。慈善の寄付でもうこれ以上わしを悩ませないでくれとね。寄付はもううんざりだよ。そう、あの善良な女は、自分の愚かな道楽のために小切手を書いてもらうほかには、このわしに何の用もないと思っているのだから」

「よろしいですとも、ジョージ叔父さん、その旨話しておきましょう。でも、何の効果もないでしょうね。慈善家には人間的な気持なんぞまるで欠けていますからね。それが慈善家の際立った特徴なのですから」

老紳士は満足げに唸り声をあげてうなずき、ベルを鳴らして召使いを呼んだ。ヘンリー卿は低いアーケードを通ってバーリントン通りに出て、そこからバークレー広場のほうへと足を向けた。

そうか、ドリアン・グレイの両親にまつわる話というのはこれだったのか。ごく大まかな話であったにもせよ、奇妙な、ほとんど現代風のロマンスを暗示していたせいで、その話は彼の心をもう揺り動かしていた。気違いじみた情熱のためにすべてを賭けた美女。恐るべき、卑劣きわまる犯罪行為によって断ち切られた熱狂的な数週間の幸福。無言の苦悶に明け暮れた数ヵ月、そして苦しみのなかで生まれた子供。死の魔手に奪い去られた母親、孤児としてあとに残され、愛情のかけらもない老人の非道な手に預けられた子供。そうだ、それはいかにも興味をそそられる素姓だ。それは若者に身構えをさせ、彼をいわばいっそう完璧なものとしたのだ。この世に存在するすべての美しいものの背後には、何かしら悲劇的なものがある。どんなに卑しい花でも、それが開花するためには[11]、陣痛の苦しみを味わわねばならぬ……昨夜の晩餐の席での若者は何と魅力的であったことか。眼には驚きの色を浮かべ、おびえたような喜びから唇を少し開けたまま、若者はクラブの差し向かいの席に坐っていたが、赤い蠟燭の笠が、その顔に萌しはじめている驚嘆の表情を、豊かな薔薇色で染めていたっけな。若者に話しかけることは精巧なバイオリンを弾くことに似ていた。弓を引くときのすべての手応え(タッチ)、すべての震動に反応してくれたからだ……人に影響力を行使することのなかには何かしらおそろしく魅惑的なところがある。これに似かよった働きかけは他にはあるまい。自分の魂をある優美な姿態のなかへと投入し、しばらくそこにとどまらせること、自分自身の知的見解がすべてにわたり情熱と青春の音楽を帯びて響き渡って戻って来るのを聞くこと、自分の気質をまるで霊液か不可思議な芳香のように他人に移し伝えること。こういうことのなかにこそ真の喜びがあるのだ――現代のようにひどく偏狭で卑俗な時代、その快楽ときたらひどく肉欲的なものばかりで、その目的もひどくありふれたものであるこの時代において、これこそわれわれに残されたおそらく最高の喜びではあるまいか……不思議なめぐり合わせによってバジルのアトリエで出会ったこの若者は、また、驚嘆すべき型(タイプ)の人間だ。あるいは、とにかく、驚嘆すべき型へと作り上げることのできる人間だ。優美さは若者のものであった。少年らしい純白の清純さも、古代ギリシアの大理石像がわれわれのために保存してくれているような美も。若者が相手では、なし得ぬようなことなど何一つとしてない。若者を巨人(タイタン)にすることも玩具にすることも可能なのだから。このような美が衰えてゆく運命にあるとは何と残念なことか！……だが、バジルは？　心理的な観点からすれば、彼は何て興味深い人間なのだろう！　芸術上の新しい様式、人生に対する新鮮な見方といったものを、はなはだ奇妙にも彼は示唆しているのだ、自分ではまったくそれと気づいていないある人間が単に眼に見えるところにいるというだけということに。薄暗い森林地帯に棲み、人知れず共同耕作地を歩んでいた無言の精霊が、いきなり森の精（ドライアド）のように、しかも恐れることなく、その姿を現したのだ。その精霊を求める彼の魂のなかに、それのみを通してさまざまな驚異的な事物が啓示されるあのすばらしいヴィジョンが目覚めていたからである。さまざまな事物の単なる形状や型がいわば精錬されてある種の象徴的価値を獲得し、あたかも形状や型はそれら自体何か別の形態、すなわちそれらがその影を実体あるものとしている、よりいっそう完璧な形態にほかならないかのようである。そのすべての何と不思議なことか！　彼はそれに似たようなことが歴史上にあったことを思い出した。それを最初に分析したのは、あの思想の芸術家プラトンではなかったろうか？　色鮮やかな大理石像のような十四行詩連（ソネット・シークエンス）のなかにそれを彫り刻んだのはブオナッローティ・ミケランジェロではなかったろうか？　だが、現世紀にあっては、これは不思議なことなのだ……そうだ、あの若者がすばらしい肖像画を作り上げた画家に対してそれと意識せずに持っていたような影響力を、自分はドリアン・グレイに対して行使するようにしてやろう。彼を支配するように努力してみよう――実際のところ、すでに半分は彼を支配しているのだが。あのすばらしい精神を自分のものにしてやろう。この愛と死の嫡子のなかには何かしら魅惑的なところがあるからだ。

不意に彼は足を止めて、家並みをちらっと見上げた。叔母の家をかなり通り過ぎているのに気がつき、苦笑しながら彼は引き返す。幾分陰気な玄関の間に入って行くと、執事がもう皆様は食卓におつきになっておりますと告げた。彼は召使いの一人に帽子とステッキを預け、食堂へ入って行った。

「例によってまた遅刻だわね」彼に向かって頭を振りながら、叔母が声高に言う。

彼は口から出まかせに言訳を述べ、叔母の隣りの空席に腰をかけ、誰が来ているのかを確かめるためにあたりを見まわす。頰にさっと喜色を浮かべながら、テーブルの端からドリアンが恥ずかしげに会釈する。向かい側にはハーリイ公爵夫人が坐っている。すばらしく人柄と気立てのいい貴婦人で、彼女を知っている誰からも非常に好かれており、しかも公爵夫人でない女性の場合には、現代の歴史家たちから肥満体と呼ばれるような、堂々たる建築物的な体軀の持主である。彼女の右隣りにはサー・トマス・バードンが坐っていた。彼は議会の急進派の一員で、公的生活では党の指導者に従い、私生活では一番腕ききの料理人に従い、賢明にして周知の規則通りに、食事は保守党の連中と、思案は自由党の連中と練ることにしている人物である。公爵夫人の左隣りの席には、トレッドリイのアースキン氏が坐っている。相当な魅力と教養のある老紳士ではあるが、沈黙を守るという悪癖に陥っていて、一度アガサ夫人にみずから説明したところによると、三十歳になる前に言うべきことは全部言ってしまったからなのだそうだ。ヘンリー卿の隣席は彼の叔母の一番古くからの友達の一人であるヴァンデルー夫人で、彼女は非の打ちどころのない聖者のような女性であったが、あまりにも身なりがむさくるしいので、製本の悪い讃美歌集を思い起こさせるほどだった。彼にとって幸運なことには、夫人の向かい側にフォーデル卿がいたことである。彼はひどく物わかりのいい平凡な中年男で、その言葉の味けなさときたら下院での大臣の答弁そっくりなのだが、その男をつかまえてヴァンデルー夫人は例によってひどく生真面目な態度で話を交わしている。こうした生真面目さというものは、かつてヘンリー卿自身が述べたことなのだが、本当に善良な人たちのすべてが陥り、そこから誰一人として完全に逃げ出すことのできない、唯一の許しがたい誤りにほかならないのである。

「あたくしたちはいまあの可哀そうなダートムアのことを話していたのですよ、ヘンリー卿」と大きな声で言って、公爵夫人はテーブル越しに彼に対してにこやかにうなずいて見せた。「あの人、本当にその魅力的なお若い方と結婚なさるとお思いになる?」

「女性のほうが彼に求婚することに心を決めたようですよ、公爵夫人」

「まあ恐ろしいこと!」とアガサ夫人が声高に言った。「本当に、誰かが口出ししてやらなくては」

「確かな筋から耳にしたのですが、その女性の父親はアメリカでいうドライグッズ(織物)の店を経営しているのだそうですよ」と高慢な表情を見せながら、サー・トマス・バードンが言う。

「叔父は豚肉の缶詰業者じゃないかと言っていましたが、サー・トマス」

「ドライグッズですって! アメリカのドライグッズって一体何のことかしら?[12]」と公爵夫人は不思議そうに大きな両手をあげ、動詞のところを強く発音しながら訊いた。

「アメリカ小説のことですよ」鶉(うずら)の肉を自分で取りながらヘンリー卿は言った。

公爵夫人はまごついたような顔をした。

「あの人の言うことを本気になさってはいけませんよ、あなた」とアガサ夫人が小声で言う。「いつも茶化してばかりいるのですから」

「アメリカが発見されたときのことですが」と急進派の議員が話を切り出して、うんざりするような幾つかの事実を並べはじめた。ある問題を徹底的に洗い出そうとする人びとの御多分に洩れず、彼は聴き手を辟易させてしまうのだ。公爵夫人はため息をついて、話を途中で遮るという彼女だけが持つ特権を行使した。「アメリカなんてそもそも発見されなかったならよかったのにと思いますわ！」と彼女が声高に言った。「本当に、イギリス娘には近頃全然機会(チャンス)がないのですからね。まったく不公平というものですわ」

「たぶん、結局のところ、アメリカは一度も発見されたことがなかったのじゃないでしょうか」とアースキン氏。「それは単に探りあてられただけだと、わたしなら言いたいところですが」

「まあ！　でもあたくしはそこの住民の見本をいろいろとこの眼で見たのですのよ」と公爵夫人が曖昧に言う。「くやしいですけど、あの連中はたいていとってもきれいなんですのよ。それに着こなしも上手だし。ドレスはみんなパリで仕立てているのですからね。あたくしだってそうできればと思いますわ」

「善良なアメリカ人が死ぬとその霊魂はパリへ行くそうじゃないですか」と、「ユーモア」の神が脱ぎ捨てた衣服の詰まった、大型の衣裳箪笥の持主たるサー・トマスがくすくす笑いながら言う。

「まあ本当なの！　じゃ、善良でないアメリカ人が死ぬとどこへ行くんですの？」と公爵夫人が訊く。

「アメリカへ行くんですよ」とヘンリー卿がつぶやくように言う。

サー・トマスは顔をしかめた。「どうもあなたの甥御(おいご)さんはあの偉大な国に対して偏見を抱いておられるようですな」と彼はアガサ夫人に言った。「わたしは重役たちが用意してくれた車に乗って、アメリカじゅうを旅行したことがありましてね。そういうことにかけては彼らはこのうえもなく親切なのです。アメリカへ行くことは教育的価値がきっとありますよ」

「しかし、教育されるためにわざわざシカゴ見物をしなくちゃなりませんか？」とアースキン氏が憂鬱そうに訊ねる。「わたしはアメリカ旅行をしてみたい気にもなりませんがね」

サー・トマスは片手を振った。「トレッドリイのアースキン氏はいわば世界を書棚の上に載せておいでになる。われわれ実際的な人間はですね、いろんなことについて本で読むのじゃなく、この眼で実地に見たがるものなんですよ。アメリカ人はたいへん興味深い国民です。彼らはまったく合理的でしてね。それが彼らの目立った特徴だと思います。そう、アースキンさん、まったく合理的な国民ですよ。アメリカ人には馬鹿げたところ(ナンセンス)がありませんからね」

「実に恐ろしいことだ！」とヘンリー卿が声高に言う。「ぼくは野蛮な暴力には我慢できますが、野蛮な理性にはまったく堪えられませんよ。理性の使い方に何かしら不当なところがありますからね。それは知性の下腹を狙って打つようなものじゃないですか」

「おっしゃることがよくわかりませんな」やや顔を赤らめて、サー・トマスが言う。

「わたしにはわかりますよ、ヘンリー卿」とにっこり微笑みながら、アースキン氏がつぶやく。

「逆説もそれなりにたいへん結構なものではありますがね……」と准男爵は答えた。

「いまのは逆説でしたかね？」とアースキン氏。「わたしはそうは思いませんな。いや、たぶん逆説だったのかもしれませんがね。それはともかく、逆説への道は真理への道でもありましてね。〈現実（リアリティ）〉を吟味するためには、それに綱渡りをさせて見なくてはならないのですよ。〈真実〉が軽業師になって初めて、われわれはそれを判断できるようになるのですから」

「おやおや！」とアガサ夫人が言った。「殿方の議論のやり方といったら！　あたくしには何を話しておられるのかさっぱりわかりませんわ。ああそうそう、ハリー、あなたのことをとっても怒っているのよ。あなたったら、どうしてドリアン・グレイさんにイースト・エンドの貧民救済をやめるようにって説得なんかしようとしているの？　ほんとにグレイさんはとっても大事な方だっていうのに。グレイさんの演奏をみんな大好きなのよ」

「ぼくのために演奏してほしいからですよ」と、にっこり頰笑(ほほえ)みながらヘンリー卿は言って、テーブルの端を見やると、ドリアンが眼を輝かせながらちらっと目配せして来た。

「でも、貧民街(ホワイトチャペル)の人たちはとっても不幸なんですのよ」とアガサ夫人がつづけて言う。

「ぼくは何にだって同情できますが、苦しみだけには同情できませんね」肩をすくめながら、ヘンリー卿が言う。「それだけは同情できませんね。あまりにも醜悪で、恐ろしくて、悲惨だからですよ。他人の苦痛に寄せる現代の同情っていうやつには、何かひどく病的なところがありますよ。われわれが同情すべきなのは色彩であり、美であり、生の喜びでなければなりませんよ。生の苦痛についてはできるだけ口を慎んだほうがそれだけいいのですから」

「そうは言っても、イースト・エンドのことはやはりたいへん重要な問題ですよ」深刻そうに頭を振りながら、サー・トマスが言った。

「まったくおっしゃるとおりですよ」と若い貴族は答えた。「奴隷状態の問題のことでしょう。でも、われわれは奴隷たちを楽しませてその問題の解決を図ろうとしているのですからね」

相手の政治家は彼を鋭い眼つきで見た。「それじゃ、きみはどんな改革を提案されるのですか？」

ヘンリー卿は笑った。「ぼくがイギリスで何か変えたいと思っているのはお天気ぐらいなものですよ」と答えた。「ぼくは哲学的な瞑想ですっかり満足していますからね。しかし、この十九世紀は同情の濫費によって破産したのですから、ちゃんと立ち直るためには科学の助けを求めてみたらいかがなものだろうと思うわけなのです。感情の強味というのはわれわれを迷わせる点にあるわけですし、科学の強味は感情的でない点にあるわけですからね」

「でも、わたしたちにはひどく重大な責任がかかっていますのよ」ヴァンデルー夫人がおずおずと口を挟んだ。

「おそろしく重大な責任がね」とアガサ夫人が相槌(あいづち)を打つ。

ヘンリー卿はアースキン氏のほうを見た。「人間は自分のことをくそ真面目に考えすぎますよ。それこそが世界開闢(かいびゃく)以来の原罪というものなのです。もしも原始人が笑いとはどういうものかを認識していたなら、歴史は違ったふうになっていたでしょうに」

「あなたの話を伺っているとほんとに気が楽になりますわ」と公爵夫人が囀(さえず)るように

言った。「あなたの叔母様のところへ伺うと、あたくしいつも、かなりうしろめたい気がしていましたのよ、イースト・エンドのことには全然興味が湧かないからですわ。もうこれからは顔を赤らめないで叔母様にお目にかかれるというものですわ」

「顔を赤らめるのがとってもお似合いですよ、公爵夫人。「あたくしみたいなお婆さんが顔を赤らめるなんていうときは、とっても悪い兆候ですわ。ねえ、ヘンリー卿、あたくしに若返り法を教えていただけませんこと」

彼は一瞬考え込んだ。「お若い時分になさった何か大きな過ちを憶えておられますか、公爵夫人？」テーブル越しに夫人を見つめながら、彼が訊ねる。

「たくさん憶えておりますわ」と彼女が声高に言う。

「じゃ、もう一度それを犯してみるのですね」と彼は真面目くさって言った。「若さを取り戻すためには、昔の過ちをただ繰り返せばいいのですよ」

「面白い考え方だこと！」と彼女は叫んだ。「ぜひ実行に移さなくては」

「危険な考え方だ！」という言葉がサー・トマスの堅く結んだ唇から洩れた。アガサ夫人は頭を横に振ってはいたが、やはり面白がっている。アースキン氏は耳を傾けているだけだ。

「そうです」と卿はつづけた。「それこそ人生の偉大な極意の一つなのです。今日ではたいていの人間がある種の卑屈な常識の虜（とりこ）となって死んだも同然なのです。そしてもう手遅れだというときになってから、人生で絶対に後悔しない唯一のものは自分の過ちだということを発見するのですよ」

笑い声がテーブルじゅうに拡がって行った。

彼はその考えを弄んでいるうちにだんだん気ままになっていった。それを空中にほうり投げたり、その形を変えてみたりする。逃がしてはふたたび捕えてみる。空想で虹色に染めたり、逆説の翼を生えさせたりする。話が進むにつれて、愚行礼讃[13]は一つの哲学へと高まり、〈哲学〉の女神自身が若返り、〈快楽〉の奏（かな）でる浮かれ音楽に惹きつけられ、どうやら葡萄酒で汚れた衣裳に蔦（つた）の冠という出立（いでた）ちで、バッカス酒神の巫女（みこ）のごとく、人生の丘の上で踊りまくるのだ。それから元気のないシレノス[14]が素面（しらふ）でいるのを嘲った。〈事実〉はおびえる森の動物たちのように巫女の前から逃げ去る。彼女の白い両足は賢者オマル[15]が坐っている巨大な葡萄搾（しぼ）り器を踏みつけていたが、やがて盛んに泡立つ葡萄の汁が紫色のあぶくの波となって彼女のあらわな両足のまわりに盛り上がったり、あるいは赤いあぶくとなって、大樽の黒ずんだ、雫（しずく）の垂れている、傾斜した横腹を伝って這うように流れ落ちる。それは実に見事な即興だった。彼はドリアン・グレイの視線が自分に注がれているのを感じていた。聴き手のなかに、自分がその気質を魅惑してやりたいと願っているその当人がいるという意識が、どうやら彼の機智に鋭さを与え、彼の想像力に色合いを添えているようだった。彼は才気縦横で、奇想天外であり、いい加減でもあった。聴き手たちはわれを忘れるほど魅惑され、彼の吹く笛に喜々として従った。ドリアン・グレイは決して彼から視線を逸(そ)らさず、呪文にかけられた人のように坐っていた。微笑があとからあとから追いかけるように唇に浮かび、次第に濃さを増してゆくその瞳には、驚異の表情が重々しく漂いはじめていた。

ついに、現代の衣裳を身に纏い、召使いの姿をして、〈現実〉が部屋のなかに入って来て、馬車がお待ちしておりますと、公爵夫人に告げた。夫人はさも落胆したように自分の両手をふり絞った。「ああうるさいこと!」と彼女は叫んだ。「あたくしは行かなくちゃなりませんわ。主人をクラブまで迎えに行って、集会所(ウィリス・ルームズ)で催される何か馬鹿げた会合に連れて行かなくちゃなりませんのよ。主人はそこで議長をすることになっていますの。あたくしが遅刻しますと、主人はきっと怒りますわ。こんな帽子(ボンネット)を被っていたら喧嘩なんかできませんしね。これはとっても毀(こわ)れやすいものなんですから。乱暴な言葉一つで台なしになってしまいそうですもの。いいえ、アガサさん、どうしてもお暇(いとま)しなくては。さようなら、ヘンリー卿、あなたはとっても愉快な方だけど、おそろしく反道徳的なところがおありになるわね。あなたのお考えについてあたくし何て申し上げたらよいかわかりませんわ。いつかぜひあたくしどものところへ夕食にいらして下さるわね。火曜日はどうかしら？　火曜日は何かお約束でもございまして？」

「あなたのためならどんな人との約束もうっちゃって参上しますよ、公爵夫人」と会釈しながら、ヘンリー卿は言った。

「まあ！　それはたいへん御親切だわね。でも悪い方ね」と彼女は声高に言った。「それじゃ忘れずにいらして下さいませね」そして彼女は、アガサ夫人やその他の貴婦人たちを従えて、静々と部屋を出て行った。

ヘンリー卿がふたたび腰をおろしたとき、アースキン氏がテーブルをぐるりと廻って、彼の隣りの席に坐り、彼の腕に手を載せた。

「あなたはいろんな本のことをよく喋りましたね」と彼が言った。「どうして御自分で本を書かないのですか？」

「ぼくは本を読むことのほうが大好きでして、本を書く気などしないのですよ、アースキンさん。そりゃ、小説を書きたいとは思っていますよ。ペルシャ絨毯（じゅうたん）みたいに美しく、しかも現実離れしたような小説をね。でも、新聞とか、入門書とか、百科事典とかいったようなもの以外のものを読んでくれそうな文学的読者というものがイギリスにはいないのですからね。こともあろうにイギリス人は、文学的な美の感覚に世界じゅうで一番欠けている国民なんですよ」

「残念ながらそのとおりです」とアースキン氏が答える。「このわたしだって、以前は文学的野心をいつも持っていたものですが、随分前に捨ててしまいましたよ。ところで、わが親愛なる若き友人よ——こういうふうに呼んでも許していただけますでしょうな——あなたが昼食のときに言われたことはみんな本気のことなのかどうか、それをお訊ねしたいのだが？」

「何を喋ったのかすっかり忘れてしまいましたよ」とヘンリー卿は微笑を浮かべながら言った。

「実に不とどきなお話でしたぞ。本当のところ、わたしはあなたをはなはだ危険な方だと思っております。もし万一あの善良な公爵夫人に何か起こったなら、あなたにまず責任があるとわれわれの誰しも思うことでしょうな。しかし、わたしはあなたと人生について話し合ってみたいのですよ。わたしと同世代の連中は退屈でしてね。いつかロンドンにうんざりされたようなときには、トレッドリイの田舎まで御足労下さい。幸いにも極上のバーガンディーがありますから、それでも一杯やりながら快楽哲学について詳しく説明していただきたいものです」

「喜んでお伺いしますとも。トレッドリイへ伺えるというのは大した特権ですからね。何しろ非の打ちどころのない御主人がおられるし、完璧な御蔵書もありますしね」

「いや、あなたに来ていただいて初めて非の打ちどころのないものとなるのですよ」と老紳士は丁重に頭を下げながら答えた。「ところでわたしはもうそろそろあなたのすばらしい叔母さんに暇乞いをしなくてはなりません。〈アシニーアム〉[16]に行く予定になっておりましてな。あそこでみんなが居眠りをする時間なのですよ」

「皆さん全員がですか、アースキンさん？」

「われわれ四十人が、四十個の肘掛椅子でね。イギリス学士院でするための稽古をしているのですよ」

ヘンリー卿は笑って、立ち上がった。「ぼくはハイド・パークにでも行くことにするか」と彼は大きな声で言った。

彼が戸口を出ようとしたとき、ドリアン・グレイがその腕に手を触れた。「ぼくも連れて行って下さい」と彼は小声で言った。

「しかし、きみはバジル・ホールワードのところへ会いに行く約束をしてたじゃないか」とヘンリー卿は答えた。

「あなたのお供をしたほうがいいのです。そう、ぜひあなたのお供をしなくちゃならないという気がしているのです。そうさせて下さい。そして一緒にいるあいだずっと、話をして下さると約束していただけませんか？　あなたみたいにすばらしい話し手はいませんよ」

「おやおや！　今日のぶんはもうすっかり話してしまったのだけどな」とヘンリー卿は微笑みながら言った。「ぼくがいまからしたいことは、人生を眺めることなんだよ。もしよかったら、ぼくについて来て眺めてもいいよ」

第四章(1)

一ヵ月後のある午後、ドリアン・グレイはメイフェア(2)にあるヘンリー卿の邸宅の小さな書斎で、豪奢な肘掛椅子にもたれかかるようにして坐っていた。そこは一種独特の、すこぶる魅力的な部屋で、オリーヴ色に着色された樫材が高い位置まで貼られている羽目板や、クリーム色の帯状装飾（フリーズ）と浮彫りのある漆喰（しっくい）の天井や、長いふさ飾り付きのペルシャ敷物をところどころに配した、赤煉瓦色の毛氈（もうせん）の絨毯がある。繻子木（しゅすぼく）の小机の上には、クロディオン(3)作の小像が立ち、その脇には『新百物語（レ・サン・ヌーヴェル）』(4)が一冊置かれている。この版本はマルグリット・ド・ヴァロア(5)のためにクロヴィス・イヴ(6)が装幀したもので、王妃が自分の紋章として選んだ金箔の雛菊が一面に装飾されている。数箇の大きな中国産の青磁の花瓶とそこに生けられた色鮮やかなチューリップが、炉棚の上に並べられ、小さな鉛枠付きの窓の仕切りからは、ロンドンの夏の日の杏（あんず）色の光が流れ込んでいる。

ヘンリー卿はまだ姿を見せない。彼は主義に基づいていつも遅刻するのである。時間厳守とは時間泥棒[7]のことなり、というのが彼の主義であったからだ。そのため若者は幾分不機嫌な顔つきをして、本棚の一つで見つけた『マノン・レスコー』[8]の精緻な挿絵付きの版本のページを、気乗りのせぬ手つきでぱらぱらとめくっていた。ルイ十四世王朝風の置時計の堅苦しい、単調なカチカチいう音がうるさいほどだ。一、二度もう帰ろうかと思った。

やっと、書斎の外に足音が聞えて、扉が開いた。「随分ごゆっくりじゃないですか、ハリー！」と彼はつぶやいた。

「残念ながらハリーじゃありませんのよ、グレイさん」と甲高い声が答えた。

ドリアンは素早く後ろを振り返って、さっと立ち上がった。「どうも失礼しました。ぼくはてっきり——」

「主人だと思ったのでしょう。家内で申訳ございませんね。お目にかかるのは初めてですわね。あなたのこと、お写真でとってもよく存じあげておりますのよ。主人はお写真を十七枚も持っていると思いますわ」

「まさか十七枚も、奥さま?」

「じゃ、十八枚だったかしら、それに先夜オペラ座で主人と御一緒だったのをお見かけしましたわ」と彼女は話しながら神経質そうに笑い、ぼんやりとした、忘れな草のような青い眼で彼を見つめている。一風変わった女で、その衣服(ドレス)はいつも、かっと怒りながらデザインし、大騒ぎしながら身に着けた、とでもいうような様子に見える。たいていどこかの男を恋しているのだが、その恋情が報いられることなど絶えてなかったものだから、いつも幻影だけを胸に抱き締めている女なのだ。美しく見せよう見せようとするのだが、だらしがないと見えるのがおちである。名前はヴィクトリアで、教会へ行くことにすっかり熱中している。

「それじゃ〈ローエングリン〉[9]のときじゃなかったかと思いますが、奥さま?」

「ええ、大好きな〈ローエングリン〉のときでしたわ。あたくしはワーグナーの音楽が一番気に入っておりますの。とっても騒々しいでしょう、ですから演奏中ずっとお喋りしていても他人に聞かれる心配などございませんものね。これはたいへんありがたいことですわ。そうお思いになりません、グレイさん?」

さきほどと同じの神経質で断音風(スタッカート)の笑い声が彼女の薄い唇から不意に洩れ、指は鼈甲(べっこう)の紙切りナイフをいじくりはじめる。

ドリアンはにっこり笑って、頭を横に振った。「残念ながらぼくはそうは思いませんよ、奥さま。ぼくは演奏中は絶対に喋りません——少なくとも、良い音楽の演奏中はね。もっとも、下手糞な音楽を聞かされるようなときには、お喋りし合ってそれを聞えなくしてしまうのがわれわれの義務ですけれど」

「まあ！　それはハリーの考えじゃありませんこと、グレイさん？　ハリーの考えはいつもあの人のお友達から聞かされるのですからね。それしか知りようがないのですもの。でも、あたくしが良い音楽まで嫌いだなんて思わないで下さいな。大好きですわ、でも怖いんですの。とってもロマンティックになってしまいますもの。ただもうピアニストに入れあげたこともございましたが――時には、よくも一度に二人のピアニストにもだって、とハリーが申しますわ。あの人たちのどこがいいのか自分にもわかりませんけれど。たぶん外国人だからでしょうね。だってみんなそうじゃございませんこと？　イギリス生まれのピアニストだって、しばらくすると外国人になってしまいますもの、そうじゃございませんこと？　それはとっても利口なやり方ですし、それに芸術に対してたいへんな敬意を払ったことになりますわ。芸術をとっても国際的(コスモポリタン)なものにすることになるわけですからね。そうじゃございませんこと？　あなたはあたくしどものパーティへ一度もいらしたことがございませんわね、グレイさん？　ぜひいらして下さらなくてはいけませんわ。蘭を買う余裕はありませんけど、外国人にならいくらでもお金を出しますわ。外国人がいるだけでお部屋がとっても引き立ちますもの。あら、ハリーが参りましたわ！――ハリー、あたくし、何かのことを訊こうと思ってあなたを探しにここへ入って来たのよ——でも何のことだったかしら——するとグレイさんがここにいらしたっていうわけ。音楽についていろいろ楽しいお喋りをしていましたの。すっかり意見が一致しちゃって。いいえ、すっかり違っていたと思いますわ。でも、この方ってとってもいい方ね。お目にかかれてうれしいわ」

「それはうれしいね、きみ、ひどくうれしいね」ヘンリー卿は濃い三日月形の眉毛をあげ、二人をにこにこ笑って眺めながら言った。「遅くなってたいへんすまなかったね、ドリアン。ウォーダー街(10)へ古い錦織を探しに行ったんだが、値段の折り合いがつくまでに時間がかかってしまったのだよ。近頃の人間ときたら、品物の値段は何でも知ってるくせして、その値打ちのほうは何にも知らないのだからな(11)」

「あたくしもう行かなくちゃなりませんの」と、例の間の抜けた笑い声を突然あげて、ぎごちない沈黙を不意に破りながら、ヘンリー卿夫人が声高に言う。「公爵夫人と御一緒に馬車でドライヴする約束がありますの。さようなら、グレイさん。行って来ますわね、ハリー。お食事は外でなさるんでしょう？　あたくしもそうしますの。ひょっとしたら、ソーンベリー夫人のところでお会いするかもしれませんわね」

「そう、たぶんね」と言って、ヘンリー卿は夫人が出て行ったあとで扉を閉めたのだが、まるで雨のなかを一晩中外を飛びまわっていた極楽鳥そっくりの様子をして、そのとき夫人はさっと出て行き、あとには赤ジャスミン香水のかすかな匂いが残った。それから彼は煙草(たばこ)に火をつけ、ソファーの上に身を投げ出す。

「麦藁(むぎわら)色の髪の毛をした女と結婚なんかしてはいけないよ、ドリアン」煙草を二、三服ふかしてから、彼が言った。

「どうしてですか、ハリー？」

「ひどく感傷的(センチメンタル)だからだよ」

「でもぼくは感傷的な人間が好きだな」

「そもそも結婚なんか絶対にしないに越したことはないよ、ドリアン。男は退屈したというので結婚し、女は好奇心から結婚する。両方とも失望するのがおちだからさ」

「ぼくは結婚なんかしそうにもないと思っていますよ、ハリー。すごく熱烈な恋をしているものでね。これはあなたの箴言の一つでしたっけね。ぼくはそれを実行に移すつもりなんですよ。あなたの言われることはみんな実行していますようにね」

「きみが恋している相手は誰だい？」しばらくしてからヘンリー卿が訊く。

「ある女優ですよ」顔を赤らめながら、ドリアン・グレイが言う。

ヘンリー卿は肩をすくめた。「それはかなり平凡なデビューじゃないか」

「彼女にお会いになればそんなふうにはおっしゃらないと思いますが、ハリー」

「その女優って誰だい？」

「シビル・ヴェインというんです」

「一度も聞いたことがない名前だな」

「まだ無名なんです。でも、そのうちきっと有名になりますよ。天才なんですから」

「ねえきみ、女に天才なんかいないんだよ。女っていうやつはただのお飾りの人間なんだよ。言うべきことなんか何もないくせに、その言い方だけは魅力的なんだから。女は精神に対する物質の勝利を象徴しているんだ、ちょうど男が道徳に対する精神の勝利を象徴しているようにね」

「ハリー、よくもそんなことが言えますね？」

「ねえドリアン、これはまったく本当のことなんだよ。ぼくはね、いま女を分析しているところなんだ、だから知っているのが当たり前なんだよ。この問題は思っていたほどむずかしくはない。結局のところ、女は二種類しかいないっていうことがわかったからさ。つまり地味な女と派手な女さ。地味な女はたいへん役に立つんだ。もしも立派な人物だという評判を立てられたかったなら、地味な女を夕食に連れて行きさえすればいいんだ。派手な女はたいへん魅力的だ。だがね、一つだけ過ちを犯すんだ。若く見せようとして厚化粧することだよ。われわれの祖母たちも厚化粧したけれど、それは才気煥発なお喋りをしようとするためだったのさ。頬紅(ルージュ)と機知(エスプリ)がほどよく調和していたわけだ。でも、いまやそんなことは全部昔話になってしまってね。女っていうやつは自分の娘よりも十歳若く見えているうちは、すっかり満足しきっている。会話にも、話し相手にしてもいいような女はロンドンじゅうにたった五人しかいないし、しかもそのうちの二人は上流社会に入れてもらえないときている。まあそれはさておき、きみのいう天才女優の話を聞かせてくれないか。知り合いになってからどれくらい経つのかね？」

「ああ！　ハリー、あなたのお話を聞いていると恐ろしくなりますよ」

「そんなことは気にしなくてもいいよ。知り合いになってからどれくらいになるのかね？」

「三週間ほどです」

「どこで出会ったのかね？」

「いまからお話ししますよ、ハリー。でも、あまり冷たくあしらわないで下さいよ。結局のところ、あなたに会わなかったならば、そんなことは絶対に起こらなかったでしょうからね。あなたは、人生のすべてを知りたいという猛烈な欲望でぼくをいっぱいにしたんですよ。あなたに会ってから数日間というもの、何やらぼくの血管のなかでぴくぴく動いているような感じでしたからね。ハイド・パークを散歩したり、ピカデリー通りをぶらついたりしているとき、ぼくはよく通行人一人一人の顔を眺めては、気違いじみた好奇心を抱いて、一体この人たちはどんなふうな人生を送っているのだろうかと思ったものです。ある人たちはぼくをうっとりさせました。他の人たちはぼくを恐怖でいっぱいにしました。強烈な毒気が空気中に漂っているようでした。ぼくはいろんな刺戟をいちずに追い求めました……そういうわけで、ある夕方の七時頃でしたか、ぼくは思い切って何か危険を求めに出かけて行ったのです。おびただしい数の人間、卑しい罪人たち、そしてあなたが前にそうおっしゃったようなすばらしい罪悪をかかえ込んだ、この灰色の、怪物的なロンドンには、ぼくを待ちうけているものが何かあるに違いないと感じたからなんです。ぼくはいろんなことを空想しました。危険なことだけがぼくに快楽の感じを与えたのです。ぼくたちが初めて一緒に食事をしたあのすばらしい夜に、あなたがおっしゃったことを、つまり美の追求こそが人生の真の秘密なのだということを、ぼくは思い出しました。あのときぼくが何を期待していたのか知りませんが、とにかくぼくは外に出て東のほうへとぶらぶら歩いて行きました。でも、すぐに、汚い街路と黒々した、草一本生えていない広場の迷路のなかに迷い込んでしまったのです。八時半頃、ぼくは、大きなゆらゆら燃えているガス灯とけばけばしい芝居の広告ビラの貼ってある、滑稽なほど小さな芝居小屋の傍を通り過ぎました。これまで見たこともないような、ものすごいチョッキを着た、見るも恐ろしいユダヤ人が入口に突っ立って、安物の葉巻を喫っていました。脂だらけの巻毛の持主で、汚れたシャツの真中にはばかでかいダイヤモンドがきらきら光っているのです。〈席をお取りしましょうか、旦那？〉その男はぼくを見るとこう言って、おそろしくへり下った様子で帽子を脱ぎました。その男には何となくぼくを面白がらせるようなものがあったのです、ハリー。何しろ怪物みたいな男だったのですから。あなたに笑われるかもしれないけれど、ぼくは本当に小屋のなかへ入って行き、舞台脇の特別席にまるまる一ギニー払ったのですよ。いまでもどうしてあんなことをしたのか自分にもよくわからない始末なんです。だけど、もしもあのときそうしなかったなら――ねえ、ハリー、もしもあのときそうしなかったなら、ぼくはわが生涯で最高のロマンスを取り逃がしていたはずですよ。やっぱりあなたは笑っている。ひどい人だなあ！」

「笑ってなんかいないよ、ドリアン。少なくともきみを笑っちゃいないさ。しかし、わが生涯で最高のロマンスだなんて言わないほうがいいよ。わが生涯の最初のロマンスとでも言ったほうがいいからさ。きみはいつまでも愛され、いつも恋に恋しつづけることだろう。大いなる情熱（グランド・パシオン）こそ無為徒食の人間の特権なのだから。それが一国の有閑階級のたった一つの効用なのさ。恐れることはないよ。きみの前途にはいろんなすばらしいことが待っているんだから。これはまだほんの序の口にすぎないのさ」

「ぼくの性質をそんなに浅薄なものとお考えなんですか？」ドリアン・グレイは怒気を含めながら叫んだ。

「いや、きみの性質はとっても深みのあるものだと考えているよ」

「どういう意味ですか？」

「ねえきみ、生涯でたった一度きりしか恋をしない人間こそ本当に浅薄な人間ということなんだよ。そんな連中が忠誠とか、貞節とか呼んでいるものなんぞ、ぼくに言わせれば、習慣の惰性とか想像力の欠如とかいうものにすぎないのだよ。感情生活における忠実さなんて、知的生活における一貫性と同じくらい――単なる失敗の告白にすぎないからさ。忠実さか！　いつかそれを分析してみなくては。忠実さのなかには激しい所有欲が隠れているんだよ。他人に拾われる心配などなかったなら、思い切りよく捨て去れるようなものがこの世の中にはいっぱいあるからね。いや、別にきみの話の邪魔をするつもりはないさ。さあ、話をつづけてくれたまえ」

「そういうわけで、ぼくは、おそろしく小さな貸切り席に腰をおろしたのですが、すぐ眼の前には俗悪な垂れ幕が迫っていました。ぼくはカーテンの蔭から覗（のぞ）き見して、小屋のなかを見まわしてやりました。全体がキューピッドや豊穣の角（コーニュコピア）で飾られた、安ぴかものだらけのつくりで、まるで三流のウェディング・ケーキといった代物なんです。二階後方席と平土間は結構詰まっていましたが、みすぼらしい一階前方の一等席（ストール）はがらんとしていて、二階正面の桟敷席（ドレス・サークル）と呼ばれているところには一人の客もいない有様です。女の売子たちがオレンジやジンジャビールを持ってうろつき、客たちはひどくがつがつと胡桃を食べているじゃありませんか」

「〈大英帝国の演劇〉の全盛時代[12]そっくりというわけだな」

「まさにそのとおりだと思いますが、ひどく気が滅入りましてね。一体どうしたらよいものかと思案しはじめたとき、出し物を書いた広告ビラが眼に入りましてね。出し物は何だったと思いますか、ハリー？」

「たぶん〈うすのろの小僧、口はきけぬが無邪気〉なんていうのじゃないかね。ぼくたちの親父連中はそんなのが好きだったからね。生きるのが長くなればなるほど、ぼくはいっそう痛切に感じるんだが、親父たちには結構ずくめのものも、ぼくたちにとっては不満だらけのものとなる、ということがあるね。政治と同じく、芸術の場合も、〈お祖父さんはいつも間違いだらけ〉（レ・グランペール・オン・トゥジュール・トール）[13]というわけさ」

「ところが、その出し物は結構ずくめだったんですよ、ハリー。『ロメオとジュリエット』だったのです。シェイクスピアがこんな惨めたらしい穴ぐらみたいな場所で演じられるのを観るのだと思うと、やはり戸惑いを感じたのは確かですけれども、それでもどういうわけか興味を覚えましてね。とにかく、第一幕までは待つことに心を決めました。ひびの入ったピアノの前に若いユダヤ人が坐っていて、その男の指揮でオーケストラがすさまじい音を出しはじめたので、すんでのことでぼくは逃げ出しそうになりましたが、やっと幕が開いて、芝居がはじまりました。ロメオはずんぐりした初老の紳士で、眉毛を黒く塗りたくり、その声ときたら嗄(しわが)れた悲劇調で、身体つきはビール樽そっくりという始末。マーキューシオもそれに劣らずひどいものでした。これを演じていたのは品のない喜劇役者でしたが、自作の駄洒落を勝手に入れたりして、土間の客たちと一番うまが合っているようでした。この二人は舞台背景と同様にグロテスクでしたが、その背景がまた田舎の芝居小屋から持って来たみたいに見えるのです。でも、ジュリエットは！ハリー、こんな娘を想像して見て下さい——年のころは十七になったかならぬくらいで、小さな花のような顔と、濃い茶色の髪を巻毛に編んだ小さなギリシア風の頭と、情熱のこんこんと湧き出るすみれ色の泉のような眼と、薔薇の花びらみたいな唇の持主を。ぼくがいままでに見たこともないような美しい娘だったのです。悲哀(ペイソス)には心を動かされることはないが、美には、ただもう美というだけで、思わず眼がしらが熱くなるほどだと、あなたは前におっしゃいましたね。本当に、ハリー、にじみ出る涙で眼がかすんで、この娘の姿がほとんど見えないくらいだったのです。しかもその声ときたら――あんな声は一度も聞いたことがありませんね。最初のうちはたいそう低く、太い柔らかな音色の一つ一つが、こちらの耳にひとりでに注がれるような気がしたものです。それからだんだん大きくなって、まるでフルートか遠くに聞えるオーボエの音色のように響いて来たのです。あの庭園の場では、その声はわななくような恍惚たる調子を帯びていて、ちょうど夜明け前に夜鶯（ナイチンゲール）が囀（さえず）るのを聞いているみたいになったのです。そのあとには、バイオリンの激情的な調べを思わせる瞬間もありました。声というものがどんなに人の心をかき乱すものか、あなたも御存じでしょう。あなたの声とシビル・ヴェインの声は、ぼくには決して忘れられないものなのです。眼を閉じると、二人の声が聞えて来ますが、それぞれ別なことを語りかけるのです。どちらの声に従ったらよいのか、ぼくにはわからない。どうして彼女を愛してはいけないでしょうか？　ハリー、ぼくは本当に彼女を愛しているのですよ。彼女はぼくにとって人生のすべてなのです。毎晩ぼくは彼女の芝居を見物しに行っています。ある晩はロザリンド[14]に、次の晩にはイモージェン[15]に扮していました。恋人の唇から毒を吸い取ってやりながら、イタリアの薄暗い納骨所で死んでいくのを見たこともあります。膚にぴったりくっついた長ズボンと上衣（ダブレット）と優美な帽子を身に着けた美少年に扮して、アーデンの森を逍遥するのを眺めたこともあります。気が狂って、罪深い王の前に進み出て、悔み草を身に着け、苦い薬草を味わってごらんと差し出すのも見ました[16]。貞節を守っていたのに、嫉妬の黒い手が彼女の芦笛のような喉を押し潰したこともありました[17]。あらゆる年齢の人間に扮し、あらゆる衣裳を身に纏った彼女を見ました。ありふれた女なんて想像力を全然刺戟しやしません。生きていた時代に縛られすぎているからですよ。どんなに魅力があってもその姿を変えるということがありませんからね。女たちの心を知ることなんて彼女たちが被っている帽子（ボンネット）を見るのと同じくらいたやすいことなのです。いつだって見抜くことができるのです。神秘的なところなんか全然ないのですからね。朝はハイド・パークを馬車で乗りまわし、昼はお茶の会でお喋りときている。こういう連中は紋切り型の微笑に、当世風な物腰を売物にしているんですから。まったく一目瞭然というわけですよ。しかし、女優ときたら！　何という違いでしょう！　ハリー！　女優こそ愛する値打ちのある唯一の存在だということを、あなたはなぜ教えてくれなかったのですか？」

「女優なんて大勢愛したことがあるからだよ、ドリアン」

「ああ、わかりました、毛を染めておしろいを塗りたくった顔をしたぞっとするような連中をでしょう」

「染め毛やおしろいを塗りたくった顔をけなしちゃいけないよ。時には、そういうものにだって途方もない魅力があるからね」とヘンリー卿が言う。

「あなたにシビル・ヴェインのことを話さなければよかったなあ」

「いや、話さずにはいられなかったはずだよ、ドリアン。これから一生を通じてずっと、きみは自分のしたことを何でもぼくに話してくれるのじゃないかな」

「そうなんです、ハリー、それは本当だと思います。あなたにはいろんなことを話さずにはいられないのですよ。あなたは奇妙な影響力をぼくに与えていますからね。仮にぼくが犯罪を犯したとしても、やはりあなたのところへやって来てそれを打明けるのじゃないかな。あなたはぼくを理解して下さいますからね」

「きみみたいな人間――わがままいっぱいに生命の光を浴びているような人間――は、犯罪なんて犯しはしないさ。でも、きみが払ってくれた敬意はやはりありがたいと思うよ。ところで話してくれないかね――すまないが、そこのマッチを取ってくれたまえ、どうもありがとう――一体きみとシビル・ヴェインとの関係はいまどの程度まで進んでいるのかね?」

ドリアン・グレイはさっと頬を赤らめ、燃えるような眼をして、いきなり立ち上がった。「ハリー! シビル・ヴェインは神聖なんです!」

「神聖なものこそ手を触れるに値する唯一のものだよ」とヘンリー卿は、声のなかに奇妙な哀感をこめて言った。「しかし、なんだってそんなにどきまぎしなくちゃいけないのかね？　たぶん彼女はいつかきみのものになるよ。[18] 恋をしているときには、いつも自分自身を欺くことからはじまり、他人を欺くことで終わるものだからね。それが世間でいうロマンスというものなんだ。いずれにせよ、きみは彼女と知り合いなんだろう？」

「もちろんですとも。芝居小屋に初めて行った晩に、芝居がはねてからあのぞっとするようなユダヤ人の老人がぼくの席までやって来て、舞台裏まで連れて行って、彼女に紹介してやると言うじゃありませんか。ぼくは向かっ腹を立てて、ジュリエットは何百年も前に死んで、その死体はヴェローナの大理石の納骨所のなかに横たわっているんだと言ってやったんですよ。びっくりしてぽかんとした顔つきをしていたところから見ると、あの老人は、ぼくがシャンペンか何かを飲みすぎたのじゃないかと思っている様子でした」

「ぼくは別に驚かないけれどもね」

「それから、あなたはどこかの新聞にものを書く人じゃないかと訊くのです。新聞なんて読んだこともないと答えてやりました。それを聞くと老人はひどくがっかりしたような様子を見せて、劇評家たちはみんなぐるになって自分に反対している、やつらは一人残らず金で釣られているくせにと、ぼくにそっと打明けるのです」

「それが本当の話だとしても、別に不思議じゃないね。しかし、あの連中の身なりから察するところ、たいてい端金(はしたがね)ですみそうだな」

「それでも、あの老人は、劇評家たちは自分の収入なんかじゃとても手の届かぬ存在だと思っているふうでしたよ」とドリアンは笑いながら言った。「でも、こんな話をしているうちに、小屋のなかの明りが消えたので、ぼくは帰らなくちゃならなくなりました。老人はひどく自慢の葉巻を喫わせたがっていましたが、ぼくは断わりました。次の晩も、もちろんまた出かけて行きました。ぼくを見つけると、老人は丁寧に頭を下げて、ぼくが気前のいい芸術の保護者(パトロン)であるということを、自信たっぷりに言うのです。不愉快きわまるやつでしたが、シェイクスピアには異常なほどの情熱を持っていました。一度などいかにも誇らしげに、自分が五回も破産したのはまったく〈詩人〉のせいだと語るのです。シェイクスピアのことを老人はしきりにそう呼んでいたのですよ。どうやら破産したことを名誉に思っているらしいのです」

「そりゃ、名誉というものだよ、ドリアン君——たいへんな名誉だよ。大多数の人間は、生活という散文にあまりにも金を注(つ)ぎ込みすぎて破産する。詩に自分を注ぎ込みすぎて破滅するなんていうのは、一つの名誉だよ。ところで、シビル・ヴェイン嬢と初めて口をきいたのはいつだい？」

「三日目の夜です。彼女がロザリンドを演じた夜ですよ。ぼくは出かけて行かずにはいられなかった。彼女に花を投げたら、こっちを見たんです。少なくとも見たような気がしたんです。例のユダヤ人の老人はしつこくて、どうやらぼくを楽屋裏へ連れて行くことに決めている様子だったものだから、とうとうぼくも承知しました。彼女と知り合いになりたくないなんて、妙な話じゃありませんか？」

「いや、そうは思わないな」

「ねえ、ハリー、どうしてですか？」

「そのうちに話してあげるよ。いまはその娘のことを知りたいんだ」

「シビルのことですか？　ええ、彼女はとても恥ずかしがり屋で、とてもおとなしい娘でした。どことなく子供っぽいところがありましてね。彼女の演技についてこちらが思ったことを話しているとき、彼女の眼はすごく美しい驚きの表情を浮かべたまま大きく見開いていましたが、どうやら自分の才能に全然気づいていないようなのです。ぼくたちは二人ともかなり神経質になっていたと思います。ユダヤ人の老人は埃っぽい楽屋の入口ににやにや笑いながら立っていて、ぼくたちが突っ立ったまま子供みたいに互いに顔を見合わせているあいだ、ぼくたち二人のことをいろいろと念入りに他の連中に話していました。老人がぼくのことを〈御前(ごぜん)〉としきりに呼ぶものだから、ぼくはそんな身分の者なんかじゃないということを、シビルに言ってきかせなくちゃなりませんでした。すると彼女はひどくあっさりと〈それよりも、王子様みたいに見えますわ。魅惑の王子様(プリンス・チャーミング)とお呼びしようかしら〉なんて言うんですからね」

「これはこれは、ドリアン、シビル嬢もなかなかお世辞がうまいじゃないか」

「あなたには彼女のことがわかっちゃいないのですよ、ハリー。彼女はぼくのことなんか単に一人の劇中人物としか思っていないのですから。彼女は人生について何も知っちゃいませんね。母親と一緒に暮らしているんですが、この母親は最初の晩に深紅色(マゼンタ)の部屋着みたいな衣裳を着けて、キャピュレット夫人[19]を演じていた、容色の衰えたくたびれた様子の女ですけれど、華やかだった昔をしのばせるような面影が残っていました」

「そういう面影ならよく知っているよ。そんなのを見ると憂鬱になるんだ」と自分の指環をじろじろ眺めながら、ヘンリー卿がつぶやく。

「ユダヤ人の老人はその女の身の上話をぼくに聞かせたがっていましたが、そんなことには興味がないと言って断わりました」

「まったく当然のことだよ。他人の悲劇というやつにはいつも何かしら途方もなくいやらしいところがあるからね」

「シビルだけがぼくの関心の的なんですよ。彼女の素姓がどうあろうと、それがぼくにとって何だというのですか？　あの可愛らしい頭から可愛らしい足まで、彼女は絶対にこのうえもなく神々しいのです。一生、ぼくは、彼女の芝居を毎晩観に行くつもりですが、一晩ごとに彼女はいっそうすばらしくなると思います」

「きみが近頃ぼくと一緒に食事をしなくなったのは、どうやら、そのせいのようだね。きっと何か風変わりなロマンスにでも関わり合っているに違いないと思っていたんだが、やっぱりそうだったのだね。でも、ぼくの予想していたのとは全然違っていたよ」

「ねえハリー、ぼくたちは毎日、昼食か夕食を一緒にしているじゃありませんか。それに〈オペラ座〉にだって何度かお供したでしょう」青い眼を不思議そうに見開きながら、ドリアンが言う。

「きみはいつもひどく遅れて来るじゃないか」

「そうです、シビルの芝居を観に行かずにはいられないからです」と彼は大声で言った。「たとえたった一幕でも見たいんですよ。彼女の姿を見ることに飢えているのですから。そしてあの小さな象牙色の身体のなかに隠されているすばらしい魂のことを思うと、ぼくは畏怖の思いでいっぱいになるのです」

「今夜一緒に食事をしてくれるだろうね、ドリアン？」

ドリアンは頭を横に振った。「今夜、彼女はイモージェンを演じるのですよ」と彼が答える。「明日の晩はジュリエットなんです」

「シビル・ヴェインの役を演じるのはいつのことかね？」

「そんな役は絶対にやりません」

「そいつはおめでとう」

「何てひどい言い草じゃありませんか！　彼女は世界中の偉大なヒロインたち全部を一つにしたような女優なんですからね。彼女は単なる個人以上の存在なんです。あなたは笑っているけれど、本当に彼女は天才なんですよ。ぼくは彼女を愛しています、だから、彼女にもぼくをぜひ愛させたいのです。あなたは人生の秘密をすべて知っているような人だから、ぼくを愛してくれるようにシビル・ヴェインを魅惑する方法を教えて下さいませんか！　ぼくはロメオにやきもちを焼かせてやりたいのです。世界中の死んだ恋人たちに、ぼくたちの笑い声を聞かせたり、悲しませてやりたいのです。ぼくたちの情熱の息吹を吹き込んで土と化した屍を甦らせ、灰となった骸を目覚めさせ苦痛を感じさせてやりたいのです。ああ、ハリー、ぼくは本当に彼女を崇拝しているんですよ！」

彼は話しながら部屋のなかをあちこち歩きまわっていた。消耗熱風の紅潮が頬を赤く火照らしている。おそろしく興奮しているのだ。

ヘンリー卿は一種微妙な快感を味わいながら彼を眺めていた。バジル・ホールワードのアトリエで初めて会ったときのあの内気な、おずおずした少年とはいまは何という変わりようだろう！　彼の性質がすくすくと成長して、真紅の焔のような花を生じるにいたったのだ。その秘密の隠れ家から彼の〈魂〉がそっと抜け出して、〈欲望〉がそれを途中で出迎えたのだ。

「それできみはどうするつもりなんだい？」とヘンリー卿がやっと訊いた。

「そのうちあなたとバジルに来ていただいて彼女の芝居を見てもらいたいのです。結果についてはいっこう心配してはいません。あなたがたはきっと彼女の天才を認めるでしょう。それから彼女をあのユダヤ人からうまく取り上げなくてはなりません。彼女は今後三年間も――少なくとも二年と八ヵ月も――あの男に拘束されるのです。もちろん、あの男には幾らか金を支払わなくちゃならないでしょう。それが全部片づいたら、ウェスト・エンドの劇場に連れて行って、彼女をちゃんとデビューさせてやるつもりです。ぼくをそうさせたと同じように、彼女は世間の人たちを熱狂させることでしょう」

「そんなにうまくいきっこないよ、きみ！」

「いいえ、きっとうまくいきますとも。彼女には単なる芸術とか、完璧な芸術本能があるだけじゃなく、個性もあるのですからね。それにあなたはよく教えて下さったじゃありませんか、時代を動かすのは個性であって、原理じゃないということを」

「それじゃ、いつ行こうか？」

「そうですね。今日は火曜日だから、明日にしませんか。明日はジュリエットをやるんですよ」

「いいだろう。八時にホテル〈ブリストル〉で会うことにしよう。ぼくはバジルを誘ってみるよ」

「八時じゃ駄目です、ハリー。六時半にして下さい。開幕前に行ってなくちゃならないからです。ロメオと出会う、第一幕をぜひ見てもらいたいのです」

「六時半だって！　随分早いじゃないか！　そんな時刻は肉料理付きのお茶を飲んだり、イギリス小説を読んだりするにはふさわしいだろうがね。七時にしてくれよ。七時前に夕食をとる紳士なんてどこにもいないからね。それまでのあいだにバジルに会うことはないかね？　それともぼくが手紙を書くことにしようか？」

「バジルですって！　一週間も彼に会ってはいませんよ。ぼくは何てひどい人間なんだろう、彼が自分で特別にデザインした、すごくすばらしい額縁（がくぶち）に入れてぼくの肖像画を送ってくれたというのに。あの絵は実際のぼくよりもまる一月（ひとつき）若いのでちょっとねたましい気もするけれど、ぼくがそれを気に入っていることは確かだというのに。どうやらあなたから手紙を書いてもらったほうがいいようですね。一人きりで彼に会いたくはないのですよ。彼はぼくを苛々(いらいら)させるようなことばかり言うんだから。つまりもっともらしい忠告をするんですよ」

ヘンリー卿は微笑んだ。「人間っていうやつは自分に一番必要なものを他人にくれてやるのが好きだからね。それが底なしの寛大さというものだろうな」

「ああ、バジルはとってもいい人なんだけど、ぼくにはどうも少しばかり俗物的に見えて仕方がないのです。あなたと知り合いになってから、ハリー、そのことを発見したんですよ」

「ねえきみ、バジルはね、自分のなかにある魅力的なものをすべて作品のなかへ注ぎ込んでしまうんだよ。その結果、彼の生活には、偏見と主義と常識しか残らないということになるのさ。ぼくが知り合った芸術家で人間的にいいやつはきまってひどい芸術家なんだ。立派な芸術家は自分の作る作品のなかにのみ存在していて、その結果として、人間的にはまったく面白くないんだよ。偉大な詩人、真に偉大な詩人っていうやつは、あらゆる人間のなかで一番詩的じゃないんだよ。ところが、へぼ詩人っていうやつはまったく魅力的なんだ。その詩の出来ばえが悪ければ悪いほど、その人間がいっそう美しく見えるんだ。二流のソネット集を出版したという事実だけで、その詩人はまったく抗しがたい魅力を持つようになる。自分では書けない詩を生きているのだからな。他の一流の連中は自分では実現できそうにもない詩を書いているんだよ」

「本当にそうでしょうかね、ハリー?」テーブルの上に置いてある金蓋付きの大きな壜からハンカチに少々香水を振りかけながら、ドリアン・グレイが言った。「あなたがそう言われるのだから、きっと本当のことに違いないでしょうが。それじゃ、もう行かなくちゃ。イモージェンがぼくを待っていますからね。明日のことを忘れないで下さいよ。さようなら」

ドリアンが部屋を出て行くと、ヘンリー卿の重い瞼は垂れ、彼は考え事をはじめた。確かにドリアン・グレイほど自分の興味を惹いた人間は滅多にいない。けれども、その若者が誰か他の者を熱狂的に崇拝しているということが、自分には苛立ちや嫉妬の苦痛をいささかも呼び起こしはしないのだ。彼はそれを面白いと思った。自分がひどく興味深い研究対象であるみたいな気がしてきたからだ。彼はつねづね自然科学の方法に魅力を感じていたが、自然科学でも、ありきたりの問題は取るに足りぬ、何の意味もないように思われるのだった。そんなわけで、他人を生体解剖することは終わったものだから、今度は自分自身の生体解剖をはじめたのである。人間生活——これこそ研究に値する唯一のものと彼には思われた。これに比べると、価値のあるものなど他にはないに等しかった。苦痛と快楽の奇妙な坩堝(るつぼ)のなかにある人生を眺めるとき、人はその顔にガラスの仮面を着けることもできず、また頭脳を惑乱し、奇怪な空想といびつな夢想とで想像力を濁らせる硫黄ガスを防ぐわけにもいかないのだ。その特性を知るためには、それに冒されてみなくてはわからないような、たいそう微妙な毒というものがある。その性質を理解したければ、それに罹ってみなくてはわからないような、たいそう奇妙な病気というものがあるのだ。けれども、そうやって得られる報いたるや何と大きなものであることか！　そういう人間にとって全世界は何とすばらしいものになることか！　情熱の奇妙かつ厳しい論理や、情緒に彩られた知性の生命力に心を留めること——それらがどこで出会い、どこで分離し、どういう点で調和し、どういう点で不調和になるかを観察すること——そこには何という喜びがあることだろうか！　その代償がどれほど高いものであろうとも、そんなことなど問題ではないじゃないか？　どういう感動であれ、それを手に入れるために払う代償が高すぎるということなど絶対にあり得ないのだ。

彼にはわかっていた——しかもそう考えただけで茶色の瑪瑙(めのう)(20)のような彼の眼に愉悦の輝きが浮かぶのだった——ドリアン・グレイの魂がこの白衣の少女になびき、その前に拝(おが)まんばかりにひれ伏すにいたったのは、ほかならぬ自分のある種の言葉、音楽的な口調で話された自分の音楽的な言葉のせいだということが。この若者は大部分彼自身が創造したものにほかならないのだ。しかも早熟に作り上げてしまったのだ。それはやはり大したことだ。普通の人間は人生がその秘密を解き明かしてくれるまで待っている。だが、少数の者、選ばれた者には、人生のかずかずの神秘は、そのヴェールが取り除かれる前にあらわとなる。時にはこれが芸術の及ぼす効果なのである。特に、いろんな情熱や知性を直接扱う文学芸術の及ぼす効果にほかならぬ。けれども、時としてある複雑な個性が芸術に取って代わってその役割を果たすことがあるが、実際個性こそ、それ独自の、本物の芸術作品であり、ちょうど詩や彫刻や絵画に傑作があるのと同じように、〈人生〉にも精巧な傑作があるのである。

そうだ、あの若者は早熟なのだ。まだ春だというのに収穫(とりいれ)をはじめているのだ。若さの鼓動と情熱が若者の内部にあるが、彼はそうした自分を意識するようになっている。彼を眺めていることは楽しい。美しい顔と、美しい魂を持った彼こそ嘆賞すべき存在というものだ。そのすべてがどのような結末を迎え、あるいはどのような結末を迎えるように運命づけられているのか、そんなことなど問題ではない。彼は野外劇や芝居に出てくるあの優美な人物たちの一人にも似て、その歓喜はわれわれからかけ離れたもののように見えるが、その悲哀はわれわれの美的感覚を刺戟し、その傷は赤い薔薇のように映るのだ。

魂と肉体、肉体と魂――それらは何と神秘的なものであることか！　魂にも獣性があり、肉体にも霊的な瞬間がある。感覚も洗練され得るし、知性も堕落し得る。どこで肉欲の衝動がやみ、あるいはどこで霊的な衝動がはじまるのかを、誰が識別し得ようか？平凡な心理学者たちの恣意的な定義の何と浅薄なことか！　しかもさまざまな心理学派の主張の優劣を決することは何と困難であることか！　魂とは罪の家という肉体のなかに宿る影なのか？　それとも、ジョルダーノ・ブルーノ[21]が考えたように、肉体は実は魂のなかに存在するのだろうか？　精神と物質の分離は一つの神秘であり、しかもその結合もまた一つの神秘なのだ。

彼はさらに、心理学を一つの完全無欠な科学にまで仕立て上げて、その結果、生の一つ一つの小さな源泉が明らかにされるようなことができるかどうかを考えはじめた。現状では、われわれはいつも自分自身を誤解しているし、他人を理解することなど稀にしかない。経験には何らの倫理的価値もない。それは自分たちの過ちに与えられた単なる名称にしかすぎないのだ。モラリストたちは、概して、経験を一種の警告と見做（みな）し、性格形成の面である種の倫理的効能があると主張したり、何に従うべきかを教えたり何を避けるべきかを示してくれたりするものとして賞讃してきている。だが、経験には原動力などまるでないのだ。良心と同じように積極的な動因にはほとんどならないのである。

経験が実際に示すことはただ、未来は過去と同じようであり、われわれがかつて嫌悪しながら犯した罪を、今後は嬉々として幾度も犯しつづけるだろう、ということにすぎないのだ。

実験的方法こそがいろいろな情熱の科学的分析に達し得る唯一の方法だということが、彼には明らかだった。そして紛れもなくドリアン・グレイは絶好の題材であり、豊かな実り多い結果を約束するように思われた。彼が突如としてシビル・ヴェインに対して抱いた熱狂的な恋は、少なからず興味ある心理学的現象である。好奇心がそれと多分に関係していること、つまり好奇心と新しい経験を求めたいという欲望がそれに関係していることは疑いの余地がない。だが、それは単純な情熱などではなく、むしろきわめて複雑な情熱なのだ。そのなかにある、少年時代の純粋に官能的な本能であったものが、想像力の働きによって変形され、若者自身には官能とは程遠いと思われるものへと変えられてしまい、それゆえそれだけいっそう危険なものと化しているのである。われわれに最もはなはだしく暴威をふるうのは、われわれがその源泉について自己欺瞞をおこなっている情熱にほかならないのだ。その性質を自分でも意識しているような動機など一番弱い動機なのだ。自分が他人を実験に供していると思っているのに、実は自分で自分を実験に供しているということはしばしば起こるものなのだ。

ヘンリー卿がこんなことを夢想しながら坐っていたとき、扉をノックする音が聞え、召使いが入って来て、夕食用の着替えをする時間だと告げた。彼は立ち上がって街路のほうを眺めた。夕陽が向かい側の家々の上窓を真紅色めいた金色に染めている。窓ガラスが熱せられた金属板のようにきらきら輝いている。上空は色褪せた薔薇のよう。彼は友人の若々しい焔に彩られたような生命を思い、それがどのような結末を迎えるようになるかを思案した。

零時半頃帰宅したとき、彼は玄関の間のテーブルの上に一通の電報が置かれているのに眼を留めた。開けてみると、ドリアン・グレイからのものだった。それはシビル・ヴェインと婚約したことを告げていた。

第五章(1)

「お母さん、お母さん、あたしとってても幸せだわ！」と娘は、容色が衰え、疲れた様子の女の膝に顔を埋めながら小声で言った。母親は、突き刺すように侵入して来る光線のほうへ背を向けて、薄汚ない居間にあるたった一つきりの肘掛椅子に腰をおろしていた。「とっても幸せだわ！」と娘は繰り返して言う。「それにお母さんだってきっと幸せに違いないわ！」

ヴェイン夫人は思わずたじろいで、おしろいで白くなった細い両手を娘の頭の上に置いた。「幸せだって！」と夫人は鸚鵡(おうむ)返しに言った。「わたしはね、シビル、おまえがお芝居をしているのを見ているときが一番幸せなんだよ。お芝居のこと以外は何も考えちゃいけないよ。アイザックスさんはわたしたちにとってもよくして下さるし、それにあの人にお金を借りていることだしね」

娘は顔を上げて口をとがらせた。「お金ですって、お母さん？」と彼女は大声で言った。「お金がどうしたっていうの？　愛情のほうがお金よりも大事だわ」

「アイザックスさんはわたしたちの借金をすっかり支払ったり、ジェイムズにちゃんとした支度をするようにと、五十ポンドも前貸しをして下さったのよ。それを忘れちゃいけませんよ、シビル。五十ポンドは大金(2)ですからね。アイザックスさんはとっても思いやりのある方だわ」

「あの人は紳士じゃないわ、お母さん。それにあたしに話しかけるときのあの人の口ぶりが嫌でたまらないの」と立ち上がりながら、娘は言って、窓のほうへと足を運ぶ。

「あの人がいなかったなら、わたしたちはどうやって生活できただろうかね」と初老の母親が怒りっぽく答える。

シビル・ヴェインは頭をつんとそらして笑った。「あたしたちはもうこれ以上あの人を必要としないわ、お母さん。〈魅惑の王子様(プリンス・チャーミング)〉がこれからあたしたちの生活の支配者になるのだもの」それから彼女は言葉を途切らせた。薔薇のようなものが彼女の血潮のなかで震え、頰に赤みを帯びさせた。激しい息づかいのために花びらのような唇がかすかに離れる。唇は震えている。情熱という南風が彼女に襲いかかり、その衣服の優美な襞(ひだ)を揺り動かす。「あたしはあの方を愛しているの」と、彼女は気取らずに言った。

「お馬鹿さんね！　お馬鹿さんね！」という繰り返しが返事の言葉だった。模造宝石を嵌めた、ねじれた指の動きが、この言葉にグロテスクな趣きを添えている。
娘はふたたび笑った。籠のなかの鳥に似た喜びの響きがその声のなかに聞きとれる。彼女の眼はそのメロディをとらえ、明るい輝きのなかにそれをこだまさせた。それからしばらく眼を閉じる。あたかも秘密を隠そうとでもするかのように。ふたたび開いたときには、夢見るような靄（もや）はすっかり消えていた。

薄い唇をした〈智慧〉が使い古した椅子から娘に語りかけ、分別をほのめかし、その著者が常識という名前を名のっている、あの〈臆病の書〉から引用して聞かせるのだった。娘は耳を傾けてはいなかった。彼女は情熱という牢獄のなかでのびのびとしていた。彼女の王子様、〈魅惑の王子様（プリンス・チャーミング）〉が自分と一緒にいてくれるからだ。彼女は〈記憶〉に呼びかけて彼を脳裡に思い描いた。魂を送って彼を探し求めさせ、彼を連れ戻した。彼の接吻（キス）がふたたび口の上に熱く燃え上がった。瞼は彼の息づかいで暖かくなった。

それから〈智慧〉はそのやり方を変え、相手に探りを入れてその正体を見極めることを説いた。この若者は金持かもしれない。金持なら、結婚を考えてもいいわけだわ。娘の耳もとに世間的な狡知という波が当たって砕けた。狡猾という矢が彼女を射る。彼女は薄い唇が動くのを見て、微笑んだ。

突然、彼女は喋りたくなった。黙っていることに苛立ってきたからだ。「お母さん、お母さん」と彼女は叫んだ。「あの方はどうしてあたしをこんなに愛しているのかしら？　あたしが彼を愛しているのはなぜだかわかるわ。〈愛の神〉御自身はあの方みたいじゃないかしらと思うものだから、あたしはあの方を愛するのよ。でも、あの方はあたしのなかに何を見ているのかしら？　あたしなんかあの方にふさわしくないわ。でも――なぜだかうまく言えないけれど――あの方よりもずっと身分が低いと感じながらも、別にいじけた気持にならないの。あたしは誇らしい、ひどく誇らしい気持になるのだわ。お母さん、あたしが〈魅惑の王子様〉（プリンス・チャーミング）を愛しているように、お母さんもお父さんを愛していたの？」

塗りたくった粗悪なおしろいの下で、老女の頰はさっと蒼ざめ、乾いた唇は苦痛の発作で引きつった。シビルは急いで駆け寄り、両腕を母親の首にまわして、接吻する。「許して、お母さん。お父さんのことを話すとお母さんがつらい思いをするのはわかっているわ。でも、それはお母さんがお父さんのことをとっても愛していたせいでつらいのよ。そんなに悲しい顔をしないで頂戴。二十年前のお母さんと同じように、今日のあたしは幸せなの。ああ！　いつまでも幸せでいたいわ！」

「ねえおまえ、おまえはまだ恋のことなんか考えるような年頃じゃないのよ。おまけに、その若者についておまえは何を知っているというんだい？　名前さえ知らないじゃないの。万事不都合だらけじゃないか。それに本当のところ、ジェイムズがオーストラリア[3]へ出かける矢先だし、わたしもいろんなことを考えてやらなくちゃならないときだというのに、おまえはもっと思いやりを見せてくれてもよさそうなものだよ。でも、前にも言ったように、もしもその若者が金持だとしたなら……」

「ああ！　お母さん、お母さん、あたしを幸せにさせて頂戴な！」

ヴェイン夫人は娘をちらっと眺め、舞台俳優にとって非常にしばしばある種の第二の天性と化している、わざとらしい芝居がかった身ぶりで、娘を両腕に抱き締めた。そのとき、扉が開いて、ぼさぼさの茶色の髪の毛をした若者が部屋のなかへ入って来た。ずんぐりした図体をしていて、手足は大きく、身のこなしは幾分ぎごちなかった。姉ほどの育ちのよさもない。二人が姉弟とは到底思われぬ。ヴェイン夫人は息子に視線を注ぎ、微笑をいちだんと強めた。そして心のなかで息子に観客の地位を授け、この見せ場(タブロー)はなかなか面白いに違いないことを確信するのだった。

「ぼくにも少しは接吻をとっておいてくれるんだろうな、シビル」と気さくに不平を漏らしながら、若者が言う。

「あら！　でも、あんたは接吻されるのが好きじゃないんでしょう、ジム」と彼女が声高に言う。「あんたときたらひどい無骨者なんだもの」そう言って、彼女は部屋を横切り、弟を抱き締めた。

　ジェイムズ・ヴェインは愛情をこめて姉の顔を覗(のぞ)き込んだ。「一緒に散歩に行ってほしいのだけど、シビル。この忌わしいロンドンを二度と見ることはないだろうからね。本当にもう見たくもないんだ」

「そんな恐ろしいことを言うものじゃないよ」とつぶやきながら、ヴェイン夫人は、けばけばしい舞台衣裳をため息まじりに取り上げて、それにつぎを当てはじめた。息子が一座に加わらなかったことを彼女は少しばかり残念に思っていた。加わっていたなら、この場の芝居めいたすばらしさももっと引き立っていたことだろうに。

「どうしていけないのですか、お母さん？　ぼくは本気で言っているんですよ」

「だって気になるからよ、おまえ。母さんはね、おまえが裕福になってオーストラリアからきっと戻って来ることを信じているのだよ。植民地には社交界らしきものなんぞ、わたしが社交界と呼んでいるようなものなんぞ全然ないと思うわ。だから、ひと財産こしらえたら、ぜひ戻って来てロンドンで身を立てなくちゃ駄目よ」

「社交界だって！」と若者はつぶやいた。「そんなものなんか何も知りたくないな。幾らかお金を儲けたなら、お母さんとシビルに舞台をやめてもらいたいと思っているんだ。ぼくは舞台が嫌いなんだよ」

「まあ、ジムったら！」と笑いながら、シビルが言う。「薄情なことを言うわね！　でも、本当にあたしと一緒に散歩に行ってくれるの？　すてきだわ！　お友達のところへお別れの挨拶をしに行くのじゃないかと思っていたのですもの――あんなひどいパイプをくれたトム・ハーディとか、それを喫っていたあんたをからかったネッド・ラングトンとかのところへね。最後の午後をあたしと一緒に過ごしてくれるなんて、とってもやさしい人ねえ。どこへ行きましょうか？　ハイド・パークがいいわね」

「服装がみすぼらしすぎる」と顔をしかめながら、彼が答える。「ハイド・パークに行くのは、ハイカラな連中だけだからなあ」

「馬鹿なことを言わないで、ジム」弟の上着の袖を撫でながら、彼女が小声で言う。

彼はしばらくためらっていた。「それじゃ、行こう」と彼がやっと言った。「でも、着替えに手間どらないでくれよ」彼女は小躍りしながら部屋を出て行った。二階へ駆け上がりながら歌を歌っているのが聞える。小さな足がパタパタいう音が頭上に響く。

彼は二、三度部屋のなかをあちこち歩きまわった。それから椅子に坐っている無言の人物のほうを向いた。

「お母さん、ぼくの仕度はできているの？」

「全部できていますとも、ジェイムズ」針仕事から眼を離さないで、彼女は答えた。

この数ヵ月というもの、この粗野できつい性格の息子と二人だけになると、彼女は気持が落着かなくなるのだった。眼が合うと、彼女の浅はかで秘密を抱いた心は苛立つのである。息子が何かを疑っているのではないかしらと、彼女はいつも思っていた。息子がそれ以上何も言わないので、沈黙が彼女には堪えがたいものとなった。彼女は愚痴をこぼしはじめた。女というものは、攻撃を仕掛けることによって自己を守る。ちょうど唐突で奇妙な降伏によって攻撃を仕掛けるのと同様に。「ジェイムズ、おまえは船乗りの生活に満足してくれるのだろうね」と彼女は言った。「おまえが自分で選んだ仕事だということを忘れちゃいけませんよ。おまえだって、弁護士の事務所に入れたかもしれないのよ。弁護士というのはとっても立派な階級で、田舎じゃ、上流家庭の晩餐に始終招かれるのよ」

「ぼくは事務所なんて嫌いなんだ、それに事務員も嫌いなんだ」と彼が答える。「でも、お母さんの言ったとおりだよ。ぼくは自分で自分の生活を選んだのだからね。ただ一言言っておきたいのは、シビルから眼を離さないでということなんだ。変なことが起こらないように気をつけて下さいよ。お母さん、姉さんから眼を離しちゃ駄目ですよ」

「ジェイムズ、おまえは本当に随分妙な言い方をするわね。もちろん、シビルから眼を離したりなんかするものですか！」

「噂じゃ、毎晩芝居小屋に通っている紳士がいるそうじゃないか。しかも姉さんに話しかけるために楽屋裏に押しかけているんだってね。それは本当のことなのかい？　お母さんはそのことをどう思っているの？」

「おまえは何にもわかっちゃいないからそんなことを言うんだよ、ジェイムズ。役者稼業じゃね、わたしたちはいつも随分と御贔屓にあずかるものなんだよ。このわたしだって昔は、一時にたくさんの花束を捧げられたりしたものなんだよ。演技が本当にわかってもらえたときには、そんなようなことになるんだよ。シビルについては、いまのところあの子の愛情が本物なのかそうでないのか、わたしにもよくわからない。でも、問題の青年が申し分のない紳士であることは確かだけれどもね。わたしにもいつだって礼儀正しいし、おまけに、お金持みたいななりをしているし、持って来て下さる花束だって、それはもう立派なものよ」

「でも、名前も知らないんでしょう」と若者は手厳しく言う。

「ええ」と穏やかな表情を顔に浮かべながら、母親が答える。「本名をまだ打明けては下さらないのだよ。とってもロマンティックな方じゃないかと思うんだがね。たぶん、貴族の一人じゃないかしら」

ジェイムズ・ヴェインは唇を噛んだ。「シビルから眼を離さないで下さいよ、お母さん」と彼は声高に言った。「眼を離さないで下さいよ」

「おまえはひどく気にさわるようなことを言うわね。シビルにはいつだって特別に気をつけていますよ。もちろん、あの紳士がお金持なら、婚約していけない理由なんてないわ。あの人はきっと貴族の一人だと思うの。どう見たって貴族らしく見えるんですもの。シビルにとってとってもすばらしい結婚になるかもしれないわ。きっと魅力的（チャーミング）な夫婦になるわよ。あの人のハンサムぶりときたら、それはもう本当にバツグンなんだから。みんなに眼をつけられているくらいなのよ」

若者は何やらぶつぶつ独り言をつぶやきながら、ざらざらした指で窓ガラスをとんとんと叩いた。そしてちょうど振り返って何かを言おうとしたとき、扉が開いて、シビルが駆け込んで来た。

「二人とも何て真面目な顔をしているの！」と彼女は叫んだ。「どうかしたの？」

「どうもしないよ」とジェイムズが答える。「人間、たまには真面目にならなくちゃいけないのじゃないかな。じゃ、行って来ますよ、お母さん。夕飯は五時に食べますから。シャツ以外は全部荷造りがすんでますから、心配しなくてもいいですよ」

「行っておいで、おまえ」わざとらしい威厳をつくろって軽く頭を下げながら、彼女は答えた。

彼女は息子が自分に対して使った口調にひどく当惑していたし、その表情にも自分を不安にさせるようなものが何かしら感じ取れたのである。

「接吻して、お母さん」と娘は言った。花のような唇がしなびた頬に触れ、その冷たさに暖かみを与えた。

「わが子よ！　わが子よ！」眼に見えぬ桟敷席を求めて天井を見上げながら、ヴェイン夫人は叫んだ。

「行こう、シビル」と弟がせっかちに言った。母親の気取った態度が嫌いなのだ。

二人は吹きさらしの、ちらつく陽光のなかへと出て行き、物寂しいユーストン・ロード(4)をぶらぶら歩いた。粗末で、仕立ての悪い衣服を身に着けた陰気で動作ののろい青年が、こんなに優美で、洗練された様子の娘と連れ立って歩いているのを見て、通行人たちはいぶかしげにちらっと視線を投げかけた。彼は一輪の薔薇を手に持って歩いている平凡な庭師といったところだった。

詮索するような他人の視線に気がつくと、ジムは時々眉をひそめた。天才には晩年に訪れ、凡人からは決して離れることのない、他人にじろじろと眺められたくないという気持が彼にもあったからだ。しかし、シビルは自分が与えている効果にまるで気づいてはいなかった。恋が笑い声となって彼女の唇の上で震えている。〈魅惑の王子様（プリンス・チャーミング）〉のことを考えていたのだが、さらにもっと王子様のことを考えられるように、彼女は王子様について語らずに、ジムが乗り込む船や、彼がきっと見つけるに違いない黄金や、赤シャツ姿の邪悪な山賊たちから彼がその生命を救うはずのすてきな金持娘のことなどをぺらぺら喋りつづけている。船乗りとか、船荷監督とか、その他何になろうとも、ジムはいつまでもそれだけにとどまっているはずはなかった。とんでもないわ！　船乗りの生活なんて恐ろしいわ。想像してもごらんなさい、忌わしい船のなかに閉じ込められたまま、猛り狂う、彎曲（わんきょく）して弓状に曲がった大波が押し寄せて来ようとし、マストは暗い風に吹き倒され、帆は裂けて長いひゅーひゅーと唸るリボンみたいになっている光景を！　だからメルボルンで船からさっさと降りて、船長に丁寧に別れの挨拶をして、その足ですぐさま金鉱地に行くのよ。一週間も経たないうちに、大きな純金の塊、まだ誰も見つけたことがないようなすごく大きな金塊に出くわして、六人の騎馬警官に護衛された荷馬車で海岸まで運ぶのよ。山賊たちが三度も襲って来るけれど、たくさんの死体を残したまま敗走してしまうのよ。いいえ、とんでもないわ。そもそも金鉱地なんかに行くべきじゃないわ。男たちが酔っ払ったり、酒場で撃ち合いをしたり、悪い言葉を使ったりする恐ろしいところですもの。それよりもジムは品のいい羊飼いになるべきだわ。そしてある夕方、馬に乗って帰宅する途中で、美しいお金持の娘が黒馬に股がった盗賊に連れ去られるのを見て、追跡し、その娘を救ってあげるのよ。もちろん、娘はあんたに恋をするし、あんたも娘に恋をするのだわ。そして二人は結婚して、帰国し、ロンドンの宏壮なお屋敷で暮らすのよ。本当に、ジムの未来にはすばらしいことがいろいろ待ちかまえているのよ。でも、善良でなくちゃいけないし、短気を起こしたり、お金の無駄遣(むだづかい)なんかしちゃダメよ。あんたよりは一つしか年上じゃないけど、あたしのほうがずっと人生のことをよく知っているのよ。それにまた、郵便船が来るたびにあたしに手紙を書いたり、寝る前に毎晩お祈りをすることをぜひ忘れないでね。神様はたいへん情け深くて、いつもあんたを見守っていて下さるでしょう。あたしもあんたのためにお祈りをするわ。そして二、三年もしたら、あんたはすごいお金持で幸せになって戻って来るのだわ。

若者はむっつりしたまま耳を傾けていたが、返事はしなかった。家を離れることを深く悲しんでいたからだ。

だが、彼を陰気で不機嫌にさせていたのは、このせいばかりではなかった。人生経験は乏しかったけれども、それでもやはり、シビルの立場が危険であることを強く感じ取っていたからだ。姉に言い寄っているこの若いダンディは、絶対に姉のためになるはずがない。その男は紳士だそうだが、彼にはそれが嫌だった。自分にも説明できぬ、しかも説明できぬからこそいっそう自分の内部に支配的になっていくある奇妙な種族本能によってその男を嫌だと思ったのだ。彼はまた母親の浅薄で虚栄心の強い性質にも気づいていて、それがシビルとシビルの幸福のためにははなはだ危険だということも見抜いていた。子供たちというのは両親を愛することによって人生を開始するが、年を取るにつれて、両親を裁くようになる。時には許すこともあるのだが。

おふくろか！　彼の心には母親に訊ねてみたいあることが溜まっていた。もう何ヵ月ものあいだそのことをじっと考え込んでいたのだ。芝居小屋でふと漏れ聞いた言葉、ある夜、楽屋口で待っていたときに耳に届いた陰口が、次から次へと恐ろしい考えを彼に吹き込んだのである。彼はその陰口の言葉を顔面に狩猟用の鞭でもくらったみたいに忘れなかった。額（ひたい）に八の字を寄せ、激しい苦痛を感じながら彼は下唇を嚙むのだった。

「あたしの言ってることを全然聞いてはいないのね、ジム」とシビルは声高に言った。「せっかくあんたの将来のとってもすばらしい計画をいろいろ立ててあげているというのに。ねえ、何か言ったらどう」

「一体何を言ってほしいんだい？」

「まあ、驚いた！　いい子にしていて、あたしたちのことを忘れたりしないっていうことにきまっているじゃないの」彼に微笑みかけながら、彼女は答えた。

彼は肩をすくめた。「ぼくが姉さんのことを忘れるよりも、姉さんのほうこそどうやらぼくのことを忘れてしまうのじゃないかな、シビル」

彼女はさっと顔を赤らめた。「それ、どういう意味なの、ジム？」と彼女が訊く。

「姉さんには新しい友達ができたそうじゃないか。一体どういう男なんだい？　どうしてぼくに話してくれなかったんだい？　その男は姉さんのためになんかならないよ」

「やめて、ジム！」と彼女は叫んだ。「あの方の悪口を言わないで頂戴。あたしはあの方を愛しているのよ」

「でも、姉さんはその男の名前だって知らないじゃないか」と若者が答える。「一体どういう男なんだい？　ぼくにも知る権利があるよ」

「あの方は〈魅惑の王子様（プリンス・チャーミング）〉という名前なの。いい名前でしょう。まあ、あんたったら馬鹿ねえ！　絶対にその名前を忘れちゃ駄目よ。一度でも会いさえすれば、世界じゅうで一番すばらしい方だってきっと思うわよ。いつか会えるわよ。あんたがオーストラリアから戻って来たときにね。あんただってとっても気に入るのじゃないかしら。みんなに好かれているのですもの。それにあたしは……あの方を愛しているんだもの。できたら、今夜芝居小屋に来てほしいわ。あの方がいらっしゃるはずだし、あたしはジュリエットを演じることになっているんだから。ねえ、あたしはどんなふうにジュリエットを演じるかしら？　想像して見て頂戴よ、ジム、恋をしているあたしがジュリエットを演じるっていうことを！　しかもあの方が客席にいらっしゃる！　あの方を喜ばせるためにジュリエットを演じるのよ！　一座の人たちをびっくりさせてしまうかもしれないわ。それともうっとりさせてしまうのかしら。恋をするっていうことは自分自身を超越するっていうことですものね。気の毒にあの恐ろしいアイザックスさんは酒場で遊び人たちに向かって〈天才だ〉ってわめくのじゃないかしら。あの人はいままでにあたしのことを模範的だと説いてきたのですもの。今度は啓示的だとふれまわることでしょうよ。そんな感じがするわ。そしてこんなことはみんなあの方の、〈魅惑の王子様（プリンス・チャーミング）〉の、すばらしいわが恋人の、恵み深いわが神様のお蔭なのよ。でも、あの方と並ぶと、あたしはいかにも貧乏くさいわ。貧乏？　そんなことは問題じゃないわ。金の切れ目が縁の切れ目っていうんじゃなくて、縁の結び目っていうべきよ。昔の諺なんて書き換える必要があるわ。その諺は冬に作られたのだわ。でも、いまは夏なのよ。そうだ、あたしたちには春なのよ、青空に花々が舞い踊っている春なのだわ」

「その男は紳士なんだぞ」と若者は不機嫌そうに言った。

「王子様（プリンス）よ！」と彼女ははずんだ声で言った。「それ以上一体何を欲しがるっていうの？」

「その男は姉さんを虜にしたがっているんだよ」

「自由の身でいるなんて考えただけでぞっとするわ」

「その男に気をつけてもらいたいんだ」

「あの方に会えば、誰だってあの方を崇拝し、あの方を知れば誰だってあの方を信頼するわ」

「シビル、姉さんはあの男にのぼせ上がっているんだよ」

彼女は笑いながら、弟の腕を摑んだ。「まあ、ジムったら、あんたはまるで百歳のお爺さんみたいな口の利き方をするじゃないの。いつかあんただって恋をすることになるのよ。そうしたら恋がどんなものかということがわかるわ。そんなにすねた顔をしないで頂戴。あんたは遠くへ行ってしまうけど、いままで一番幸せなあたしを残していくんだと思えば、あんただってきっとうれしいはずだわ。あたしたち二人にはいままでの生活は厳しかった、とっても厳しくて辛いものだったわ。でも、これからは様子が違うわ。あんたは新しい世界へ旅立つところだし、あたしは新しい世界を見つけたのですもの。椅子が二つここにあるわ。腰かけてハイカラな人たちが通り過ぎるのを眺めていましょうよ」

こちらをじろじろ見ている大勢の人たちのなかに二人は席を占めた。道路の向こうのチューリップの花壇がまるで震えている火炎の輪のように真赤に燃えている。白い埃(ほこり)のようなもの――どうやら白花イリスの花粉が震えているらしい――が、あえぐような空気中に漂っている。色鮮やかな日傘が巨大な蝶々のように高く上がったり下がったりしている。

姉は弟に、自分のこと、自分の希望や将来の見通しなどについて話させた。弟はゆっくりと努力しながら話した。二人は、トランプ遊びに興ずる連中が得点表をまわすときみたいに、互いに言葉を交わし合うのだった。シビルは重苦しい感じになった。自分の喜びを弟に伝えることができないのだ。不機嫌な口もとをゆがめているかすかな微笑のみが自分に得られる唯一の反応なのだ。しばらくしてから、彼女は口を閉ざしてしまった。突然、金髪と笑っている唇がちらっと彼女の眼に映ったかと思うと、二人の貴婦人と一緒に幌(ほろ)馬車に乗ったドリアン・グレイがさっと通り過ぎて行った。

彼女ははっとして立ち上がった。「あそこにあの方が!」と彼女は叫んだ。

「誰が?」とジム・ヴェイン。

「〈魅惑の王子様(プリンス・チャーミング)〉よ」四輪幌馬車のあとを眼で追いながら、彼女は答えた。

彼は飛び上がって、彼女の腕を荒々しく摑んで叫んだ。「その人を指さしてみてくれよ。どの人がそうなんだ? 指さしてみてくれよ。ぜひとも顔を見てやらなくちゃ!」

だが、その瞬間に、バーウィック公爵の四頭立ての馬車があいだに割り込んで来て、その馬車が行ってしまって見通しがきくようになったときには、ドリアンの馬車は公園から出て行ってしまっていた。

「行ってしまったわ」とシビルは悲しげにつぶやいた。「あんたにあの方を見せたかったわ」

「ぼくも見たかったよ。だってねえ、神様に誓ってもいいんだが、もしもあの男が姉さんをひどい目にあわせたなら、ぼくはきっと殺してやるつもりなんだから」

彼女は恐ろしそうに弟の顔を見た。彼は自分の言葉をふたたび繰り返した。それは短剣のように空気を切り裂いた。まわりの人たちはあきれながらじろじろ見つめ出していた。彼女の近くに立っていた婦人がくすくす笑っている。

「行きましょう、ジム。行きましょう」と彼女が囁いた。人込みのなかを通り抜けて行く姉のあとを、弟は仏頂面(ぶっちょうづら)をしながら追いかけた。彼は自分が言った言葉に満足していた。

アキレス像までやって来たとき、彼女は振り返った。その眼には哀れみの表情が浮かんでいたが、それは唇の上では笑いに変わっていた。彼女は弟に向かって頭を横に振った。「あんたは馬鹿よ、ジム、完全なお馬鹿さんよ。あんたはね、意地悪な男の子に尽きるわよ。どうしてあんな恐ろしいことが言えるの？　自分が何を喋っているのかも知らないんだから。あんたはただやきもちをやいて意地悪しているだけなんだから。ああ！　あんたが恋をしてくれたらいいのに。愛は人間を善良にしてくれるからよ。それに何よ、あんたがさっき言ったことはひどいじゃないの」

「ぼくはもう十六だよ」と彼が答えた。「自分が何をしているかぐらいちゃんとわかっているよ。お母さんは姉さんの助けになんかなりゃしないさ。どんなふうに気をつけたらいいのか、まるでわかっちゃいないんだから。いまとなってはオーストラリアへは行かないほうがいいのじゃないかという気がするんだ。何もかも投げ出したい気がしているんだよ。書類に署名(サイン)さえしていなければ、本当にそうするんだが」

「ああ、そんなに深刻にならないで頂戴、ジム。まるでお母さんがいつも喜んで演じている、例の馬鹿げたメロドラマの主人公みたいじゃないの。あんたと喧嘩をするつもりはないわ。あたしはあの方を見たの。ああ、あの方を見るなんてとっても幸せだわ。喧嘩はよしましょうよ。あたしが愛している人が誰であれ、あんたがその人を傷つけるようなことなど絶対にしないわよね、そうでしょう？」

「姉さんがその人を愛している限りはたぶんしないだろうな」というのが不機嫌な返事であった。

「あたしはあの方をいつまでも愛するわ！」と彼女が声高に言う。

「で、男のほうは？」

「もちろん、いつまでもよ！」

「そのほうがあいつのためにいいさ」

彼女は思わず弟から離れた。それから笑いながら、弟の腕の上に手を置いた。弟はまだほんの子供なのだ。

〈マーブル・アーチ〉[5]で、二人は乗合馬車を呼びとめ、ユーストン・ロードにある彼らのみすぼらしい家の近くまで乗って行った。五時を過ぎていたので、開演前の二時間、シビルは横になって休まねばならなかった。ジムがそうしたほうがいいと言い張ったのだ。姉との別れは母親が一緒にいないときのほうがすんなりいくと、彼は言った。母親はきっと愁嘆場を演じるだろうし、彼はそうした場面が大嫌いだった。

シビルの部屋で二人は最後の別れをした。若者の心のなかには嫉妬が入り込んでいた。どうやら二人のあいだに割り込んで来たように思える、見知らぬ男への激しい、兇暴な憎悪が感じられる。けれども、彼女の両腕が自分の首に巻きつけられ、その指が髪の毛を撫ではじめたとき、彼の心はさすがに和らぎ、心からの愛情をこめて姉に接吻するのだった。階下へ降りて行く彼の眼には涙が浮かんでいた。

母親は階下で彼を待っていた。彼が部屋へ入って行くと、時間通りに来ないとぶつぶつ文句を言った。彼は返事をしないで、貧弱な食事を食べるために腰をおろした。蝿が食卓の周囲をぶんぶん飛びまわったり、汚れたテーブル・クロスの上を這っている。乗合馬車のがたがたいう響きや、辻馬車の騒々しい音の聞える合間に、自分に残された時間を刻一刻と食いつぶしている単調な音を耳にすることができた。

しばらく経ってから、彼は皿を押しやって、頭を両手に抱え込んだ。彼は自分にも知る権利があると感じていた。もしも自分がうすうす感づいていたとおりだとすれば、もっと前に自分に話があってもよさそうなものではないか。不安のあまり蒼白になりながら、母親は彼を眺めた。彼女の唇からは言葉がただ機械的にこぼれ落ちるばかり。ぼろ切れのようになったレースのハンカチが指のあいだでぴくぴく動いている。時計が六時を打ったとき、彼は立ち上がって、扉のほうへ行った。それから振り返って、母親を見つめた。二人の眼が合った。母親の眼のなかに、彼は憐れみを乞う強い哀願の表情を認めた。それが彼を怒らせた。

「お母さん、ちょっと訊ねたいことがあるのですが」と彼は言った。母親の視線は室内をぼんやりと漂っている。何の返事もしない。「本当のことを話して下さいよ。ぼくにも知る権利があるからね。お母さんはお父さんと結婚していたんですか？」

母親は深いため息をついた。それはいかにもほっとした、というふうなため息だった。恐るべき瞬間が、何週間も何ヵ月も、日夜恐れていた瞬間がついにやって来たのだ。だが、彼女は何の恐れも感じなかった。実際のところ、ある程度は、失望感すらあった。問いかけが無作法であからさまであるだけに、こちらもあからさまに答えてやればいいのだ。状況は次第に追いつめられて答える、というのとはわけが違うのだ。最初からいかにもむき出しのままなのだ。下手糞な舞台稽古（リハーサル）のことが彼女には思い起こされた。

「してなかったわ」と彼女は、人生の苛酷な単純さに驚きながら答えた。

「お父さんはそれじゃ悪い人だったのだね！」拳（こぶし）を固く握り締めながら、若者が叫んだ。

彼女は首を横に振った。「お父さんが自由に結婚できない身分の人だっていうことは、わたしも知っていたよ。わたしたちはお互いにとっても愛し合っていたわ。生きておられたなら、わたしたちの生活の面倒をいろいろと見て下さったことでしょう。お父さんの悪口を言わないでおくれよ、おまえ。あの人はおまえの父親なんだし、しかも紳士だったのよ。本当にあの人は身分の高い人たちと縁続きだったのだからね」

呪いの言葉が彼の唇から迸り出た。「ぼくは自分のことなんかどうだっていいんだ」と彼は叫んだ。「でも、シビルだけは……姉さんに恋をしているあいつは紳士なんでしょう、少なくとも紳士だって自分で言っているんでしょう？　たぶん、あいつもまた身分の高い連中と縁続きじゃないかと思うんだけど」

一瞬のあいだ、忌わしい屈辱感が女を襲った。頭はうなだれたままだ。彼女は震える手で眼を拭った。

「シビルにはお母さんがついている」と彼女は低くつぶやいた。「わたしにはついていなかったんだから」

若者はさすがに心を動かされた。彼は母親のほうへ行き、腰をかがめて彼女に接吻した。「お父さんのことなんか訊ねたりして、お母さんの心を傷つけたとしたならどうもすみません」と彼は言った。「でも、訊かずにはいられなかったのだよ。もう行かなくちゃ。さようなら。お母さんが面倒を見てやれる子供はこれからはたった一人しかいないということを忘れないで下さいね。それにもしあの男が姉さんをひどい目にあわせたなら、ぼくはあいつの正体を探り出し、どこまでも追いかけて行って、犬みたいにぶっ殺してやるからね。そのことを固く誓ってやるよ」

この大げさで愚劣な脅迫の文句、それに随伴していた情熱的な身振り、気違いじみたメロドラマ調の言葉に触れて、彼女には人生が急に生き生きとしたものに見えて来た。こんな雰囲気が彼女には心安いものであったからだ。前よりものびのびと呼吸し、この数ヵ月のあいだで初めて、彼女は息子を心から讃嘆した。いまと同じ感情的な昂まりのままこの場面をつづけたいと思ったのだが、息子はそれをあっさりと打ち切ってしまった。トランクを運び出したり、マフラーを捜したりしなければならなかったからだ。下宿屋の人夫が盛んに出入りしていた。辻馬車の御者と値段の交渉もしなくてはならぬ。最後の一刻一刻がこうしたくだらない瑣事で費やされてしまうのだ。息子が馬車で去って行くとき、ぼろぼろのレースのハンカチを窓から振りながら、彼女は改めて失望の念が湧いて来るのを感じるのだった。またとない大事な機会が無駄に浪費されてしまったのだ。面倒を見てやれる子供が一人きりになってしまったいまとなっては、わたしの生活は何てわびしいものになってしまったのだろうとシビルに話すことによって、彼女は自分を慰めるのだった。面倒を見てやれる子供が一人きりになったという息子の言葉が彼女の気に入っていたからだ。脅迫の文句については何も言わなかった。あれは本当に生き生きと劇的に表現されたものだった。いつかそれを思い出してみんなで笑う日も来るだろう、彼女はそう思った。

第六章(1)

「たぶんきみもあのニュースをもう聞いているのじゃないかな、バジル」とその日の晩、三人分の食事が並べられている〈ブリストル〉の小さな個室にホールワードが案内されて入って来るなり、ヘンリー卿は言った。

「いや、聞いてないよ、ハリー」と、うやうやしくお辞儀をしている給仕に帽子とコートを手渡しながら、画家は答えた。「ニュースって何だい？　まさか政治のことじゃないだろうな？　政治には関心がないからね。下院には描くに値する人間なんてまず一人もいないだろう。少しばかり水漆喰(しっくい)を塗りたくってやればましになるような連中なら大勢いるのだが」

「ドリアン・グレイが婚約したんだよ」と画家の顔を見つめながら、ヘンリー卿が言った。

ホールワードはぎょっとなって、次に顔をしかめた。「ドリアンが婚約したって！」

と彼は叫んだ。「まさか！」

「正真正銘の事実なんだ」

「誰と？」

「どこかのつまらない女優か何かとだよ」

「信じられないな。ドリアンはもっと分別があるはずなのに」

「ドリアンは賢すぎるものだから、時々馬鹿なことを仕出かすんだよ、バジル」

「結婚っていうやつは時々するというわけにはいかないものだぜ、ハリー」

「アメリカ以外ではね」物憂げにヘンリー卿は答える。「しかし、彼が結婚したなんてぼくは言わなかったよ。婚約したと言っただけだぜ。これは大きな違いだよ。ぼくは結婚したときのことならはっきりと憶えているが、婚約したときのことなんてこれっぽちも憶えちゃいないからね。婚約なんてしなかったのじゃないかと思いたくもなるよ」

「しかし、ドリアンの生まれとか、身分とか、財産のことを考えてもみろよ。そんな身分の低い女と結婚するなんてまったく馬鹿げているじゃないか」

「もしもきみがドリアンをその女と結婚させたいのなら、彼にそう言ってやってもいいんだよ、バジル。彼はきっとそうするよ。人間がどう仕様もなく馬鹿げたことを仕出かすときにはね、いつだってひどく高貴な動機に促されるものなんだ」

「その女が善良であればいいのだが、ハリー。ドリアンがどこかのいかがわしい女に引っ掛かって、その性質を堕落させられたり、その知性を台なしにされるなんていうさまなんぞ見たくもないからね」

「ああ、その女は善良どころかもっとましなんだよ――美人なんだからね」オレンジビター入りのヴェルモットをすすりながら、ヘンリー卿がつぶやいた。「ドリアンの話じゃ、美人だそうだ。それにその種のことにかけては、ドリアンはめったに間違いをしないからね。きみの描いた肖像画のせいで、他人の容貌に対する彼の眼は随分肥えたからな。あの肖像画はとりわけそうしたすばらしい影響をもたらしたんだよ。あの坊やが約束を忘れない限り、ぼくらは今夜その女を見物することになっているんだ」

「きみは真面目に言っているのかい?」

「とても真面目だよ、バジル。いまくらい真面目になるなんていうことを考えただけでぼくはみじめな気持になるよ」

「しかし、その結婚に賛成しているのかい、ハリー?」個室のなかをあちこち歩きまわり、唇を噛みながら、画家は訊ねた。「きみはたぶん賛成しないだろうな。愚かにも少しばかりのぼせ上がっているだけなんだから」

「ぼくはね、いまは何事であれ、賛成とか、反対とかいうことを絶対に言わないことにしているんだ。そんなことを言うのは、人生に対して馬鹿げた態度をとることになるからだよ。自分の道徳的偏見を吹聴するためにこの世に生まれて来たわけじゃあるまいに。ありきたりの連中が何と言おうとぼくは全然無視するし、魅力的な連中がすることにいちいちお節介をしないことにしているんだ。もしある人間に魅力を感じたなら、その人間がどんな表現の仕方をしようとも、それはそれでぼくにはひどく面白いのだよ。ドリアン・グレイはジュリエットを演じる美少女に首ったけになって、結婚を申込んでいる。そのどこがいけないのかね？　仮に彼がメッサリーナ[2]と結婚したって、そのせいで彼がつまらない人間になるというわけでもあるまいに。むろんぼくは、結婚の擁護者なんかじゃないさ。結婚の本当の欠点というやつは、それが人間をわがままでなくさせるということだよ。わがままでない人間なんて無味乾燥だからな。個性が欠けているからね。けれども、結婚によってますます複雑になるという気質の持主もいるわけだ。そういう連中は自分の自己中心主義（エゴティズム）を維持しながら、それに別の多くの自我（エゴ）をつけ加えるんだ。つまり否応なく一人分以上の人生を持たざるを得なくなるんだよ。こういう連中はますます高度に組織化されるようになり、しかも組織化されるということは、ぼくが思うには、人間の生存の目的にほかならないのだよ。そのうえ、すべての経験には価値があり、どれほど結婚に対して反対を唱えようとも、結婚というのは確かに一つの経験だからね。ドリアン・グレイがこの娘を妻にして、六ヵ月くらい熱烈に彼女を崇拝し、それから不意に他の女に魅惑されるようになってほしいと思うんだ。きっとすばらしい研究材料になるだろうな」

「いろんなことを言ったけど、きみは一言だって本気で言っちゃいないんだ、ハリー。自分でも本気で言っちゃいないということがわかっているくせに。ドリアン・グレイの人生がめちゃめちゃになれば、誰よりもきみ自身が悲しむことになるだろうに。きみは見せかけよりもずっと人がいいんだよ」

ヘンリー卿は笑った。「ぼくたちが他人のことをよく思いたがるわけはね、本当は自分のことが怖いからなんだよ。楽天主義の根本にあるのはまったくの恐怖心なんだ。ぼくたちが自分のことを寛大だと思うのは、自分の利益になりそうな美徳を隣人にも持っていてほしいからなんだ。余分に金を借り出したいために銀行家にお世辞を言い、自分の財布を見逃してくれるようにという願いから追いはぎの長所をあれこれ言いたてるんだよ。ぼくが言ったことはみんな本気なのさ。ぼくは楽天主義というやつに対してこのうえもない軽蔑を感じているんだ。生活が駄目になるということだが、成長を妨げられている生活のほかに駄目なものはないのじゃないかな。ある性質を台なしにしたければ、ただそれを改善しさえすればいい。結婚ということだって、もちろん、そんなものは馬鹿げているにきまっているさ。しかし、男女のあいだには結婚なんかよりもずっと面白い別な関係というものがあるんだよ。ぼくはきっとそっちのほうをすすめるだろうな。当世風という魅力があることだしね。ところで、噂の主ドリアンの御登場だ。ぼくなんかよりもいろんなことを話してくれるのじゃないかな」

「ねえ、ハリーにバジル、お二人にぜひおめでとうと言ってもらいたいな！」繻子の裏地の袖付きの夜会用のケープを脱ぎ捨て、順繰りに友人たちの一人一人と握手しながら、若者は言った。「こんなに幸せなことって、いままでになかったくらいですよ。もちろん、不意打ち的にやって来たことなんですけど。本当に楽しいことってみんなこんなようなものなんでしょうね。だけど、これこそがぼくがいままでずっと探し求めていたものだという気がするんですよ」彼は興奮と喜びとで顔面を紅潮させていて、途方もなく美貌に見えた。

「いつまでも幸せであってほしいね、ドリアン」とホールワードが言った。「しかし、婚約したことをぼくに知らせてくれなかったことはまったくけしからんね。ハリーには知らせたくせに」

「食事に遅れたこともけしからんぞ」とヘンリー卿は若者の肩に手を置き、笑いながら言った。「さあ、席に着いて、ここの新しい料理長の腕前がどんなものか、それをためしてやろうじゃないか。そのあとで事の次第をすっかり話してもらうことにしよう」

「本当は大して話すこともないんですけど」三人が小さな円型の食卓に着くなり、ドリアンが声高に言った。「事の次第というのは要するにこういうことなんです。昨日の夕方あなたと別れてから、ハリー、ぼくは着替えをして、あなたが紹介してくれたルーパート街の小さなイタリア料理店で食事をし、八時に芝居小屋に出かけて行ったんです。シビルはロザリンド(3)を演じていました。もちろん、舞台装置はひどいものでしたし、オーランドも滑稽でした。でも、シビルは！　お二人に見せたかったほどでしたよ！　少年の扮装姿で舞台に出て来たときの彼女ときたら、それはもうまったくすばらしいものだったのですから。肉桂色の袖付きの苔みたいな緑色をしたビロードの胴衣を身に着け、十字型のガーター付きの細い茶色の長靴下を穿き、宝石で留めた鷹の羽を飾った優美な小さい緑色の帽子を被り、くすんだ赤い色の裏地の頭巾付きのマントを羽織っていました。彼女があんなに美しく見えたことはこれまでになかったことです。彼女は、バジル、あなたのアトリエにある例のタナグラ人形(4)の繊細優美さのすべてをそなえていました。彼女の髪の毛はまるで青白い薔薇の花のまわりに纏い付く濃い緑色の葉さながらに、顔のまわりを覆っていました。また、その演技ときたら――そうそう、今晩御覧になるのでしたね。まったく生まれながらの芸術家というのは彼女のことですよ。ぼくは薄汚ない座席に坐ったままうっとりとしていました。自分がロンドンにいることも、十九世紀に生きていることも忘れてしまったくらいです。誰もまだ見たこともない森のなかに、恋人と一緒にいるみたいな気になっていたのですから。終演後、ぼくは楽屋へ行って、彼女に話しかけました。そして一緒に坐っているとき、いきなりいままでに見たこともないような表情が彼女の眼に浮かんだのです。ぼくの唇は彼女の唇のほうへと吸い寄せられ、ぼくらは接吻を交わしました。その瞬間にどんなことを感じたか、とても口では言えません。ぼくの全生命が薔薇色に彩られた歓喜の一点に向かって完全に凝縮されてしまったみたいに思われたほどなんです。彼女は全身をわなわな震わせ、まるで白い水仙の花みたいに身体を揺り動かしていました。それから突然跪いたかと思うと、ぼくの両手に接吻するのです。こんなことをいちいちお話しすべきじゃないという気もしますが、やはり話さずにはいられないのです。もちろん、ぼくらの婚約は完全に内密のものです。彼女は母親に話すことすらしていないのですから。ぼくの後見人たちが何と言うか、ぼくにはわかりません。ラドリー卿はきっとかんかんになるにきまっています。それでもぼくはかまわないんです。一年もしないうちにぼくは成年に達しますから、そうすれば自分の好きなことができます。ぼくは別に間違ってはいなかったでしょう、バジル、詩のなかから恋人を選び、シェイクスピアの芝居のなかにぼくの妻を見つけたということは？　シェイクスピアが喋り方を教えた唇が、その秘密をぼくの耳のなかに囁いたのです。ぼくは自分の身体にロザリンドの両腕が巻きつくのを感じ、ジュリエットの口に接吻したのです」

「そうかい、ドリアン、たぶんきみは間違ってはいないようだね」とホールワードがゆっくりと言った。

「今日も彼女に会ってきたのかい？」とヘンリー卿が訊く。

ドリアン・グレイは頭を横に振った。「アーデンの森で別れたままです。今夜、ヴェローナの果樹園で会うことになっています」

ヘンリー卿はじっと考え込むような仕草でシャンペンをすすった。「一体どういう話の途中で結婚という言葉を持ち出したのかね、ドリアン？　それに彼女はどんな返事をしたんだい？　たぶん、もうすっかり忘れてしまったかもしれないがね」

「ねえハリー、ぼくは結婚を商取引みたいに扱いはしなかったし、正式の申込みも別にしませんでしたよ。ただ彼女を愛していると言ったら、彼女は、自分はぼくの妻にふさわしくないと言ったんです。ふさわしくないって！　冗談じゃない、彼女に比べたら全世界だってぼくにとっては無に等しいというのに」

「女っていうやつはすばらしく実際的だなあ」とヘンリー卿がつぶやいた――「われ

われ男よりもずっと実際的だ。そういう場面で、われわれは結婚について何か言うことなんてたいてい忘れているものだが、女はいつもちゃんとそれを思い出させてくれるんだからな」

ホールワードは片手を卿の腕の上に置いた。「そんなことを言っちゃいけないな、ハリー。ドリアンを困らせるだけだからね。彼は他の連中とは違うんだよ。誰にもみじめな思いを絶対にさせない男だからさ。性質が立派だからそんなことなんてできるはずもないんだ」

ヘンリー卿は食卓越しに相手を見やった。「ドリアンはぼくの言ったことなんかで別に困りはしないさ」と彼が答える。「ぼくが質問したのは、どんな質問をしても許されるような一番もっともな理由、いや、本当のところ、唯一の理由があったからなんだ――つまり単純な好奇心がね。ぼくはね、一つの持論を持っているんだ。求婚するのはいつも女のほうであって、われわれ男のほうじゃないという持論をね。もちろん、中流階級の生活では話は別だが。だって中流階級の連中ときたら現代的（モダーン）じゃないからね」

ドリアン・グレイは笑いながら、頭をぐいともたげた。「あなたにはまったく参りましたね、ハリー。でも、気にしたりなんかしませんよ。あなたに腹を立てるなんてことできませんもの。シビル・ヴェインにお会いになれば、彼女をひどいめにあわせることができるような男は畜生だし、冷血動物だっていうことがおわかりになるでしょう。一体誰が自分の愛しているものに恥をかかせたりすることを願うでしょうか。ぼくはシビル・ヴェインを愛しています。ぼくは彼女を黄金の台座の上に乗せて、世界中の人びとがぼくのものである女性を崇拝するのを見たいのですよ。結婚とは何でしょうか？　取り消しのきかない誓いです。こんなことを言うとあなたはさぞ馬鹿になさるでしょう。ああ！　馬鹿になさらないで下さい。ぼくがしたいと思っているのは取り消しのきかない誓いなんですから。彼女の信頼がぼくを誠実にし、彼女の信念がぼくを善良にするのです。彼女と一緒にいるとき、あなたが教えて下さったこと全部をぼくは後悔するのです。ぼくはあなたが御存じのぼくとは違った人間になるのですから。ぼくは変わり、しかもシビル・ヴェインの手がただ触れるだけであなたのことや、あなたの間違った、魅惑的で、毒のある、楽しい理論のすべてを忘れてしまうのです」

「で、その理論というのは……？」サラダを少し自分でよそいながら、ヘンリー卿が訊ねる。

「もちろん、あなたの人生論、恋愛論、快楽論のことですよ。要するに、あなたの理論の全部ですよ、ハリー」

「理論を持つに値するのは、快楽だけだよ」ゆっくりとした、音楽的な声で、彼は答えた。「しかし、ぼくには自分の理論を自分がこしらえたものだと主張できないな。本来〈自然〉のものであって、ぼくのものじゃないからね。快楽とは〈自然〉の試金石であり、その承認のしるしなんだよ。われわれは幸福なときには、いつも善良だが、善良であっても必ずしも幸福とは限らないからね」

「でもねえ、きみの言う善良とはどういう意味なのかね？」とバジル・ホールワードが声高に言った。

「そうですよ」とドリアンは相槌を打って、椅子の背にもたれかかり、食卓の中央に置いてある紫色の唇のような形をした、重苦しい一群のあやめ越しにヘンリー卿を見つめた。「善良とはどういう意味なんですか、ハリー？」

「善良であるということは自分自身と調和しているということなんだ」細く尖った、青白い指先でグラスの細い脚に触れながら、彼は答えた。「不調和とはやむなく他人と調和せざるをえないことをいうんだ。自分自身の生活——それこそが大事なものなんだよ。隣人の生活について言うなら、もしもやかまし屋とか清教徒(ピューリタン)にでもなりたければ、隣人の生活について道徳的見解をいろいろと誇示してやればいいんだけど、そんなのは本当は知ったことじゃないんだよ。それに、個人主義というのは本当はもっと高尚な目的を持っているものじゃないかな。現代の道徳は自分の生きている時代の規準を受入れることにあるんだ。ぼくは思うんだが、教養ある人間が自分の時代の規準を受入れるなどということは、一種のはなはだしい不道徳ではなかろうか」

「しかし、自分のことばかりのために生きていたなら、ハリー、きっと恐ろしい代償を支払うことになるのじゃないかな?」と画家はそれとなく言った。

「そのとおり、現在ではあらゆることに対して法外な代償を支払わざるをえないからね。貧乏人の真の悲劇は、自制心のほかに何も持つ余裕がないということに尽きるのだよ。美しい罪は、美しい物と同じように、金持の特権なんだ」

「代償は金以外の方法で支払わなければならないのだぜ」

「どんな方法でだい、バジル?」

「もちろん、後悔とか苦悩とか……えーと、自分が堕落したという意識とかでだよ」

ヘンリー卿は肩をすくめた。「ねえきみ、中世芸術は魅力的だが、中世的な感情なんて時代遅れのものだぜ。むろん、そういう感情を小説のなかで用いることならできる。しかし一方では、小説で用いることのできる唯一のものというのは、事実上用いられなくなってしまったものにほかならないのだよ。本当の話、文明人で快楽を悔いた者はいないし、未開人で快楽の何たるかを知る者はいまだかつていないのだよ」

「快楽がどんなものか、ぼくは知っていますよ」とドリアン・グレイが叫んだ。「誰かを崇拝することです」

「崇拝されるよりも崇拝することのほうがいいのは確かだね」果物を指でいじくりながら、卿は答えた。「崇拝されるなんていい迷惑だしね。人間が神々を扱うのとそっくり同じに女は男を扱うのだからな。女っていうやつは男を崇拝し、しかも何か自分たちのためになることをしてくれと言っては、いつも男を困らせているんだからな」

「女性たちが何を求めるにしろ、それはもともと彼女たちがわれわれ男性に与えたものなんだと、ぼくは言いたいですね」と若者は重々しくつぶやいた。「女性たちはわれわれの本性のなかに愛を創造するのです。ですから、それを取り戻す権利を持っているんですよ」

「まったく本当だよ、ドリアン」とホールワードが大声で言った。

「まったく本当だっていうことなんてありゃしないよ」とヘンリー卿は言った。

「いや、これだけは本当です」とドリアンが口をはさむ。「あなたはこれだけは認めなくちゃいけないですよ、ハリー、つまり女性たちは男性に対して自分の生涯の黄金期を捧げてしまうということを」

「たぶんね」と彼はため息混じりに言った。「しかし、せっかく捧げたものをほんの少しずついつも取り戻したがるのも女なんだよ。それが苦労の種なんだ。ある機智に富んだフランス人がかつて言ったように、女は男に傑作を作りたいという欲望を起こさせるが、それを実行する邪魔をするのはいつも女だ、ということだよ」

「ハリー、あなたは恐ろしい人だ！　どうしてあなたのことがこんなに好きなのか、自分にもよくわからないくらいですよ」

「きみはいつまでもぼくが好きだろう、ドリアン」と彼は答えた。「きみたち、コーヒーはどう？――給仕、コーヒーを頼む、それにブランデーと煙草を少々とね。いや、煙草はいいや。少しならあるから。バジル、葉巻を喫うのはやめにしろよ。喫うなら紙巻き煙草にぜひしなさいよ。紙巻き煙草は完璧な快楽を与えてくれる点では申し分ないものだからね。味は絶妙で、しかもこれで満足だという感じを与えないところがいいんだ。これ以上に望み得るものが他にあるかね？　そうだ、ドリアン、きみはいつまでもぼくが好きだろう。ぼくは、きみにとって、きみが勇気がなくて犯すことができなかったあらゆる罪悪の象徴みたいな人間だからね」

「何て馬鹿なことをおっしゃるんですか！」と、給仕が食卓の上に置いた火を吐き出している銀製の竜のライターから煙草の火をつけながら、若者は声高に言った。「そろそろ芝居小屋へ行きませんか。シビルの舞台姿を見れば、新しい人生の理想が訪れますよ。あなた方がいままでに知らなかったような何かを彼女は象徴していますからね」

「ぼくは何もかも知ってしまった人間なんだ」眼に疲れた表情を浮かべながら、ヘンリー卿は言った。「しかし、新しい感動はいつでも進んで受け入れるつもりだよ。けれども、残念なことに、とにかくこのぼくにとって、新しい感動なんてありそうにもないんだな。でも、きみのいうそのすばらしい娘に感動することになるかもしれないしね。第一、ぼくは芝居が大好きだし。芝居は現実生活よりもずっと現実的(リアル)なものなんだ。さあ行こうじゃないか。ドリアン、きみはぼくと一緒に来るんだ。たいへん申訳ないが、バジル、ブルーム型馬車には二人分の座席しかないんだ。きみは辻馬車を拾ってぼくたちのあとから来てくれないか」

三人は立ち上がってコートを身に着け、立ったままコーヒーをすすった。画家は黙ったまま、何かに気を取られている様子だった。憂鬱に襲われていたのである。この結婚は彼には堪えがたいものであったのだが、他の多くのことに比べればまだましだとも思えるのだった。数分後、三人は一緒に階段を降りた。画家は、前もって決められていたように、一人だけ別の馬車に乗り、前方の小さなブルーム型馬車の煌(きら)めく灯火を眺めた。彼は奇妙な喪失感にとらわれていた。過去のままのドリアン・グレイはもはや二度と存在することはないのだと、彼は感じた。二人のあいだに人生が割り込んで来てしまったのだから……彼の眼はぼんやりしてきて、混雑した、煌々と輝く街路もかすんで見えた。辻馬車が芝居小屋に着いたとき、彼は急に幾つも年を取ってしまったような気がした。

第七章[1]

どういうわけだか知らないが、その夜、芝居小屋は満席だった。入口で会った例の肥ったユダヤ人の支配人は、満面にお世辞たっぷりの、それでいて臆病そうな微笑みを浮かべていた。彼は宝石を嵌めた分厚い両手を振り、あらん限りの大声で喋りながら、一種の慇懃無礼な態度を示しつつ、彼らをボックス席まで案内した。ドリアン・グレイは以前にもまして彼を嫌なやつだと思った。ミランダ[2]を探しにやって来たのに、キャリバン[3]に出会ったような感じがしたからだ。ところが、ヘンリー卿はこのユダヤ人がむしろ気に入った様子なのだ。少なくとも気に入ったと公言し、何としても彼と握手するんだと言ってきかないし、また、正真正銘の天才を発見し、一詩人のために破産するにいたった人物に会えて誇りに思うときっぱりと言った。ホールワードは平土間の観客たちの顔を眺めては面白がっている。場内の暑さはむっとするほどで、巨大な照明装置が黄色い焰の花びらを持つ奇怪なダリアのようにぎらぎら輝いている。天井桟敷の若者たちは上着もチョッキも脱ぎ捨てて、それらを桟敷の脇に掛けている。彼らは場内のあちこちにいる仲間と話し合ったり、傍に坐っているけばけばしい衣裳姿の女たちとオレンジを分け合って食べている。平土間の女たちのなかにはげらげら笑っている者もいた。その声はおそろしく甲高くて耳ざわりだ。コルクの栓を抜くポンポンいう音がバーから聞えて来る。

「崇め奉っている人をこんなところで見つけるなんてね！」とヘンリー卿が言った。

「そうです！」とドリアン・グレイは答えた。「ぼくが彼女を見つけたのはここですし、彼女はどこの誰よりも神聖な人なのです。彼女が芝居をしているとき、あなたは何もかも忘れてしまうでしょう。下品な顔とがさつな身振りをした、この安っぽい、粗野な連中だって、彼女が舞台の上にいると、まったく別人みたいになるんですからね。黙って坐ったまま彼女をじっと見ているんですから。彼女の思うがままに泣いたり笑ったりするのです。ちょうどバイオリンのように敏感に反応させてしまうのです。つまり彼女はあの連中を霊化してしまい、連中もわれわれと同じ血肉をそなえているということが感じられるのです」

「われわれと同じ血肉だって！　ああ、冗談じゃないよ！」天井桟敷の観客たちをオペラ・グラスでじろじろ見ていたヘンリー卿が声高に言った。

「ヘンリー卿の言うことなんかに気をとられるんじゃないよ」と画家が言う。「ぼくにはきみが本気だっていうことがよくわかるし、またその娘を信じてもいる。きみが愛している人間なら誰であれ、きっとすばらしいに違いないし、きみがいま言ったような娘なら間違いなく立派で品がいいだろう。同時代人を霊化すること――それはやはり大したことだよ。もしもこの娘がいままで魂を持たずに生きて来た連中に魂を与え、不潔で醜悪な生活を過ごしていた者たちに美的感覚を持たせ、その利己心を取り去って、自分のものでない悲しみのために涙を流させるとしたなら、彼女は確かにきみの崇拝や、全世界の人たちの崇拝に値するのじゃないかな。きみの結婚はまったく正しいよ。最初はそうは思わなかったけれど、いまはそれを認めるよ。神々がきみのためにシビル・ヴェインを造って下さったのだ。彼女を欠いたら、きみは不完全というものだよ」

「ありがとう、バジル」相手の手を握り締めながら、ドリアン・グレイは答えた。「あなたにはわかっていただけるだろうと思っていました。ハリーはひどい皮肉屋で、ぼくを怖がらせるんですよ。さあ、オーケストラがはじまった。途方もなくすさまじいものですけれど、五分ほどつづいたら終わりますから。それから幕が上がって、あの人が登場します。ぼくが全生涯を捧げようとしている、ぼくのなかにあるよいものすべてを捧げてしまったあの人が登場するのです」

十五分後、法外な拍手の喧噪のなかを、シビル・ヴェインが舞台に歩み出た。なるほど、確かに見たところ美しい娘だ――これまでに見たうちで一番美しい女の一人だ、とヘンリー卿は思った。そのおずおずとした優美な姿態や驚いたような眼のなかにはどこかしら仔鹿を思わせるようなところがある。銀製の鏡に映った薔薇の影のような、ほんのりとした赤らみが、満員の、熱狂的な観客を見やる彼女の頰に訪れる。彼女は二、三歩後ろへ退いたが、その唇はどうやら震えているようだった。バジル・ホールワードはさっと立ち上がって拍手しはじめた。身動き一つせず、まるで夢のなかにいるように、彼女を食い入るように見つめながら、ドリアン・グレイは坐っている。ヘンリー卿はオペラ・グラスを覗き込みながら、「魅力的だ！　魅力的だ！」とつぶやいている。

場面はキャピュレット家の広間で、巡礼の衣裳を着けたロメオがマーキューシオやその他の友人たちと一緒に登場していた。実際のところ楽隊と言ったほうがいいようなオーケストラが、数小節音楽を演奏すると、舞踏がはじまった。不恰好で、薄汚ない衣裳姿の大勢の役者たちのなかを、シビル・ヴェインはたいそう華麗な別世界から来た人物のように動いている。踊っているとき、彼女の身体は、水中でゆらめく植物みたいに、揺れる。喉の曲線は白百合の曲線のようだ。その手は冷たい象牙でできているかと思えるほどだ。

だが、彼女は妙に気乗りがしない様子だった。眼がロメオにそそがれても、歓喜の色を少しも示さない。彼女が口にする数行の言葉――

巡礼様、御自分の手をそんなにひどくなじったらばちがあたりますわ、
こんなに立派なお勤めをなさったしるしがはっきりとあらわれていますのに。
巡礼様の手が触れるのは、聖者像の手なのですもの、手と手を触れ合わせるのが聖なる巡礼の口づけでございましょう(4)――

とそれにつづく短い台詞(せりふ)を、彼女はいかにもわざとらしい口調で話すのだ。声は絶妙に美しかったが、口調の点からすると、完全に的はずれであった。音色もおかしい。そのため、この韻文から生命がことごとく奪われてしまっている。ジュリエットの情熱をそらぞらしいものとしている。

ドリアン・グレイはじっと彼女を見つめていたが、その顔色はだんだん蒼白になっていった。彼は当惑し不安になった。友人は二人ともむっつりと黙り込んでいる。彼らの眼には彼女はどう仕様もない大根役者としか見えなかったのだ。二人ともひどくがっかりしていた。

だが、ジュリエット役のできのよしあしが本当にためせるのは、第二幕のバルコニーの場面であることを二人とも承知していた。彼らはそれまで待つことにした。そこで失敗したなら、彼女には何も見どころがないということになる。

月の光に包まれて姿を現したときの彼女は魅惑的だった。それは否定しようもない。しかし、その演技のわざとらしさは堪えがたいほどで、しかもますますひどくなっていった。身振りは滑稽なくらい不自然だった。口にする台詞はどれもこれも誇張されすぎている。あの美しい台詞――

おわかりのように、夜という仮面があたくしの顔にかぶさっております、
そうでなければ、乙女の羞らいがこの頰を赤く染めていたことでしょう。
今宵あのようなことを口にするのを聞かれてしまったのですもの(5)――

は、どこかの二流の芝居の朗読法の教師に朗読を習った女学生のように、痛々しいほど正確に暗誦されるのだった。いよいよバルコニーにもたれかかりながら例のすばらしい台詞――

お気持のほどはうれしゅうございますが、今宵この場で誓いを交わしたくはありませぬ。それではあまりに早まった、無分別で、唐突にすぎますもの。まるで稲光そっくりで、「あっ、光った」と言うか言わぬうちに、すっかり消えてなくなりますもの。ですから、今宵はこれでお別れにしましょう！この恋の蕾が夏の熟した息吹にあたってこの次お目にかかるときまでに美しい花となっていますように(6)――

を述べるときも、その言葉は彼女にとってまるで何の意味もないかのようだった。あがっていたからではない。いや、あがるどころか、このうえもなく冷静そのものであった。要するに拙劣な演技なのだ。完全な失敗だった。

平土間や天井桟敷の粗野で、無教養な観客でさえもこの芝居に興味を失ってしまった。彼らは落着かなくなり、大声で喋ったり、口笛を吹いたりしだした。二階正面桟敷の後方に立っていたユダヤ人の支配人は怒って足を踏み鳴らし、悪態をついている。ただ一人平気な顔をしているのは、その娘本人だけだった。

第二幕が終わると、すさまじい非難の声が湧き起こった。ヘンリー卿は椅子から立ち上がってコートを着た。

「たいへんな美人じゃないか、ドリアン」と彼は言った。「でも、芝居のほうは駄目だね。さあ、行こう」

「最後まで観て行くつもりです」と厳しい、悲しげな声で、若者は答えた。「ひと晩をすっかり台なしにしてしまって本当にすみませんでした、ハリー。お二人にお詫びしますよ」

「ねえドリアン、ヴェイン嬢は身体の具合でも悪いのじゃないかね」とホールワードが口を出す。「また別な晩に来ることにするよ」

「ぼくだって彼女の身体の具合が悪いせいだと思いたいですよ」と彼は答えた。「しかし、要するに無感覚で気乗りがしなくなっているというふうにしか思えないのです。彼女はすっかり変わりました。昨夜は偉大な芸術家だったのに、今夜の彼女はただのありふれた、三流女優にすぎないのですから」

「自分が愛している人のことをそんなふうに言ってはいけないよ、ドリアン。〈愛〉は〈芸術〉よりもすばらしいものなんだから」

「その両方とも要するに模倣の形態にすぎないのさ」とヘンリー卿が言った。「しかし、一緒に帰ろうじゃないか、ドリアン、これ以上ここにいてもどう仕様もないだろう。下手糞な芝居を見るのは道徳的にもよろしくないからね。おまけに、きみはまさか自分の妻に芝居生活をつづけてほしいなんて望んでいるわけじゃないだろうしね。そうだとすれば、たとえあの女が木偶(でく)の坊みたいなジュリエットを演じたとしても、そんなことは別に問題じゃないじゃないか？　彼女はとっても可愛いし、もしも芝居同様、人生についてほとんど何も知らないとしたなら、これから先彼女は愉快な経験をすることになるだろうしね。本当に魅惑的な人間は二種類しかいないのだ――つまり、何もかも完全に知り尽している人間と、完全に何も知らない人間だよ。おやおや、ねえ坊や、そんなに悲しそうな顔をするものじゃないよ！　いつまでも若いままでいる秘訣は、自分にぴったりこないような感情を絶対に持たないことなんだ。バジルやぼくと一緒にクラブへ来ないかね。煙草(たばこ)を喫いながらシビル・ヴェインの美貌に乾杯でもしようじゃないか。彼女は美しい。それ以上何も望むことはないじゃないか？」

「帰って下さい、ハリー」と若者は叫んだ。「ぼくは一人きりになりたいのです。バジル、あなたも帰って下さい。ああ！　あなた方にはぼくの心臓が張り裂けそうなのがわからないのですか？」　熱い涙が彼の眼に浮かんだ。唇は震えている。そしてボックス席の後方に駆け寄り、壁に寄りかかって、両手で顔を隠してしまった。

「行こうよ、バジル」声に奇妙な優しさを帯びさせながら、ヘンリー卿は言った。二人の青年は一緒に出て行った。

そのすぐあと、脚光がぱっと点り、カーテンが上がって第三幕となった。ドリアン・グレイは座席に戻った。顔色は蒼ざめていたが、傲然とした、しかも無頓着な態度を示している。芝居はだらだらと進行し、いつ果てるとも知れぬように見えた。観客の半数までが、重い半長靴でどたどたと床を踏み鳴らし、嘲笑しながら出て行く。芝居はまったくの失敗だった。最後の幕はほとんど空っぽになった客席に向かって演じられた。忍び笑いと不満の声とが聞えるなかで幕が降りた。

終演になるやいなや、ドリアン・グレイは舞台裏の楽屋に駆け込んだ。顔に勝ち誇ったような表情を浮かべて、娘がただ一人そこに立っていた。彼女の眼はこのうえもなく美しい焔で燃えている。全身が輝きに包まれている。開かれた唇はそれ自身の秘密を漂わせながら微笑んでいる。

彼が入って行くと、彼女は彼を見つめたが、限りない歓喜の表情が彼女を蔽った。「今夜は何てひどい芝居をしたことでしょう、ドリアン!」と彼女は叫んだ。

「まったくひどかった!」驚き呆れて彼女を凝視しながら、彼が答える——「まったくひどかったよ! あれじゃどう仕様もないよ。身体の具合でも悪いのかい? 芝居がどんなふうだったか、きみはわかっちゃいないんだ。ぼくがどれほど苦しんだか、きみはわかっちゃいないんだ」

娘はにっこりと笑った。「ドリアン」長く引き伸ばした音楽的な声で彼の名をゆっくりと発音しながら、彼女は答えた。まるで彼の名が彼女の口の赤い花弁にとって蜜よりも甘いものであるかのように――「ドリアン、あなたならわかって下さるはずだわ。でも、もうおわかりでしょう?」

「わかるって、何を?」と彼は腹立たしげに訊く。

「今夜あたしがあれほど下手だったのはなぜか、ということをよ。これからはいつだって下手で、二度と上手に芝居ができないのはなぜか、ということをよ」

彼は肩をすくめた。「きみはたぶん、身体の具合でも悪かったんだろう。具合の悪いときには、舞台に出るべきじゃないよ。自分を物笑いの種にするだけじゃないか。ぼくの友人たちは退屈していた。ぼくも退屈していたんだ」

彼女はどうやら彼の言うことに耳を傾けてはいない様子だった。彼女は歓喜のせいで人が変わったようになっていた。恍惚たる幸福感が彼女を支配しているのだ。

「ドリアン、ドリアン」と彼女は叫ぶ。「あなたを知る前には、お芝居があたしの生活のただ一つの現実だった。あたしが生きていたのは芝居小屋のなかだけだった。お芝居は全部本当のことだと思っていた。ある晩はロザリンド[8]になり、別の晩にはポーシャ[7]になった。ビアトリス[9]の喜びはあたしの喜びであり、コーデリアの悲しみはあたしの悲しみでもあった。あたしはすべてを信じたわ。一緒にお芝居をした平凡な人たちまでがあたしには神様みたいに思えたの。絵具で描かれた背景があたしの世界だった。あたしの知っているのは影だけだし、しかもそれを本物と思っていたのだわ。そこへあなたがいらしたの——ああ、あたしの愛する美しい方！——あなたはあたしの魂を牢獄から解き放って下さった。あなたは現実が本当はどういうものかを教えて下さった。今夜、生まれて初めて、あたしは自分がいつも演じていた空虚なお芝居のむなしさ、偽善性、愚かさといったものを見抜いたのよ。今夜、初めて、あたしは気がついた、あのロメオがぞっとするような、老いぼれた、お化粧を塗りたくった男であることや、果樹園の月光が偽物で、背景がおよそ品のないものであることや、あたしが喋らなきゃならないいろんな台詞が非現実的で、あたし自身の言葉や、あたしの言いたい言葉なんかじゃないということにね。あなたはそれよりももっと高尚なものを、あらゆる芸術がその反映にほかならないようなものを、あたしに持って来て下さった。あなたは恋が本当はどんなものかを、あたしにわからせて下さったわ。愛しい方！　愛しい方！　〈魅惑の王子様〉！　人生の王子様！　あたしは影にうんざりしてしまったのよ。(10) あなたはあたしにとってどんな芸術よりもずっと大切な存在だわ。お芝居の操り人形とあたしと一体どんな関係があるっていうの？　今夜舞台に出たとき、どうしてあれほど気乗りがしなかったのか、よくわからなかったわ。これからすばらしいお芝居をしてやろうと思っていたのに。ところが何にもできないことがわかったのよ。でも、いきなりその意味のすべてがあたしの魂に閃いたわ。それを知ったのはあたしにはとってもうれしいことだった。お客が非難の声をあげているのが聞えて来たけど、あたしは笑っていられたわ。あのお客たちにあたしたちのような恋がどうしてわかるでしょう？　連れて行って頂戴、ドリアン――あたしたちが二人きりでいられるところへ連れて行って頂戴。あたしは舞台が嫌いになったのよ。自分に感じられない情熱を真似ることならできるかもしれないけれど、あたしをいま焔みたいに焼いている情熱を真似ることなんてとてもできないわ。ああ、ドリアン、ドリアン、どういうことかもうわかって下さったわね？　もし仮にあたしにできるとしても、恋のお芝居をすることは冒瀆的に思われるのよ。あなたのお蔭でそのことがわかったのよ」

彼はソファーの上に身を投げ出して、顔をそむけた。「きみはぼくの愛を殺してしまったんだ」と彼がつぶやいた。

彼女は不思議そうに彼を見つめていたが、やがて笑い出した。彼は返事をしなかった。彼女は彼の傍に近づき、小さな手で彼の髪の毛を撫でた。それから跪（ひざまず）いて彼の両手を自分の唇に押し当てた。だが、彼は両手を引っこめてしまった。身震いが彼の全身を貫いて走る。

それから彼は不意に飛び起きて、扉のほうへ行った。「嘘じゃない」と彼は叫んだ。「きみはぼくの愛を殺してしまったんだ。きみはいつもぼくの想像力を掻き立てていた。でもいまは、好奇心すらも掻き立てないいんだ。いまのきみは要するに何の影響も与えないんだ。ぼくがきみを愛していたのは、きみがすばらしかったからだよ。きみが天才と知性の持主だったからだよ。きみが偉大な詩人たちの夢を実現し、芸術という影に形と実体を与えていたからだよ。それなのにきみはそれをみんな捨ててしまった。きみは浅はかで愚かな女だ。ああ！　きみを愛するなんて、ぼくは何て気違いじみていたことだろう！　ぼくは何て馬鹿者だったのだろう！　きみはもうぼくにとってはないも同然だよ。もう二度ときみなんかには会いたくない。きみのことを二度と考えたくもない。きみの名前を口にすることもないだろう。以前のきみがぼくにとってどんな存在だったか、きみにはわかるまい。そうなんだ、以前は……ああ、考えるだけで我慢がならなくなる！　きみなんかに全然会わなきゃよかったんだ！　きみはぼくの一生のロマンスをめちゃめちゃにしてしまったんだ。恋が芸術を駄目にするときみは言うが、きみには恋のことなんかちっともわかっちゃいない。芸術を欠いたきみなんて無に等しいじゃないか。ぼくはね、きみを有名にしてあげ、立派で、堂々とした女優にしてあげたかったんだ。

世間の人たちがきみを崇拝し、きみはぼくの姓を名のることになっていたんだ。だが、いまのきみは一体何だ？　可愛らしい顔をしただけの二流の女優じゃないか」

娘はだんだん蒼白な顔色になり、身震いをはじめた。両手を堅く握り締め、声はどうやら喉に詰まって出てこない様子だった。「本気で言ってるのじゃないでしょうね、ドリアン？」と彼女はつぶやいた。「あなたはお芝居しているのだわ」

「芝居だって！　芝居ならきみにまかせるよ。何しろたいへんな芝居上手だからな」と彼は辛辣に答えた。

彼女は跪いていた姿勢から立ち上がり、見るも哀れな苦痛の表情を顔に浮かべながら、部屋を横切って彼のほうへやって来た。彼女は片手を彼の腕の上に置いて、彼の眼をじっと覗き込んだ。だが、彼は彼女を押し戻した。「ぼくに手を触れないでくれよ！」と彼は大声で言った。

低い呻き声が彼女の口から洩れたかと思うと、彼女は彼の足もとにがばっと身を投げ出し、まるで踏みにじられた花のようにそこに横たわった。「ドリアン、ドリアン、あたしを捨てないで！」と彼女は囁き声で言う。「上手に芝居ができなかったこと、本当にごめんなさい。ずうっとあなたのことを考えていたからだわ。でも、やってみるわ——本当に、やってみるつもりだわ。あなたのことを恋しているという気持になったのはあんまり急なことだったんですもの。もしもあなたが接吻して下さらなかったなら——もしもあたしたちが接吻していなかったなら、あたしは絶対にこんな気持になりはしなかったと思う。もう一度、接吻して、あたしの愛しい人。行かないで下さい。あたしにはとても堪えられない。ああ！　行かないで下さい。あたしの弟が……いいえ、気にすることはないわ。本気でそう言ったわけじゃないんだし、冗談を言っていたのよ……でも、あなたは、ああ！　あなたは今夜のあたしを許すことができないの？　あたしはこれからとても一生懸命に演技をして、上手になるように努力するわ。あたしにつらくあたらないで下さい、あたしは世界中の誰よりもあなたのことを愛しているんだから。あなたのお気に召さなかったのは今夜だけじゃありませんこと。でも、あなたのおっしゃることはすごく正しいわ、ドリアン。あたしはもっともっと芸術家的なところを示さなきゃいけなかったのよ。あたしは馬鹿だったわ。でも、そうせずにはいられなかったのですもの。ああ、あたしを捨てないで、捨てないで」激しいすすり泣きの発作が彼女の息を詰らせた。彼女はまるで傷つけられた品物のように床の上にうずくまった。ドリアン・グレイは、その美しい瞳で、彼女を見おろしていたが、のみで彫られたようなその唇は激しい侮蔑の表情を浮かべてねじ曲がっていた。もはや恋愛の対象ではなくなった相手に対する感情にはいつもどことなく滑稽なところがあるものだ。シビル・ヴエインもいまの彼にとっては馬鹿らしいほどメロドラマ風に見えるのだった。彼女の涙もすすり泣きも彼をただ当惑させるばかりなのだ。

「もう行くよ」落着いた、明瞭な声で彼がやっとそう言った。「冷たくしたくはないが、でも、もう二度ときみには会いたくないんだ。きみはぼくをがっかりさせたからね」

彼女は無言のまま泣いていて返事もせず、ただ彼の身近に這い寄って行くばかりだった。小さな両手があてもなく伸びて、彼を探し求めているように見える。彼は踵(きびす)を返して、部屋を出た。ほどなく彼は芝居小屋の外に出ていた。

それからどこへ歩いて行ったのか、彼はほとんど見当がつかなかった。ぼんやりと灯火に照らされた街路を彷徨し、気味の悪い黒い影に蔽われたアーチの下の道路や怪しげな家々の傍を通り過ぎたことは憶えている。嗄(しわが)れ声や不快な笑い声をあげる女たちが彼の背後から呼びかけた。酔っ払い連中がさんざん悪態をついたり、奇怪な猿みたいにぶつぶつ独り言をつぶやいたりしながら、千鳥足で歩いていた。入口の階段の上にひとかたまりになってうずくまっている醜怪な子供たちも見たし、陰鬱な中庭からの悲鳴や畜生呼ばわりする声も聞いた。

ちょうど夜が明ける頃、彼は自分がコヴェント・ガーデンの近く[11]にいることに気がついた。夜の帳(とばり)が持ち上げられ、淡いあかね色に染まった空は真ん中をえぐられて比類ない真珠のような空洞になっていく。すこぶる大きな荷馬車がゆらゆら揺れる百合の花を満載して清掃された無人の街路をゆっくりとがらがら音を立てながら通り過ぎる。あたりにはその花の香が強烈に立ちこめ、その美しさが彼の心痛を癒やす鎮静剤になるかと思われた。彼は荷馬車のあとについて市場へ入り、男たちが荷馬車から荷をおろすのを眺めた。白い仕事着を着た運送人夫が彼に桜桃（さくらんぼ）を少しくれた。彼は礼を言いながら、その人夫がどうして金を受取ろうとしないのかを訝（いぶか）りつつも、物憂げにそれを食べはじめた。桜桃は真夜中に摘まれたもので、月光の冷たさが染み込んでいる。縞のあるチューリップや、黄色や赤の薔薇の花を入れた竹編み籠を運ぶ少年たちが、長い縦列を作って彼の前を進み、翡翠色（ひすいいろ）の巨大な野菜の山のあいだを縫うようにして通って行く。日に晒（さら）された灰色の柱に支えられた柱廊玄関の下には、薄汚ない、帽子も被らぬ一群の女たちがぶらぶらしながら、せり市（いち）がすむのを待っている。広場（ピアザ）のコーヒー店の回転扉のあたりに群がっている女たちもいる。荷馬車を曳く鈍重な馬たちがでこぼこの石につまずいて滑り、足を踏み鳴らしては鈴や馬具をゆすぶっている。御者連中のなかには積み重ねた袋の上で眠っている者もいる。虹色の頸（くび）と桃色の脚を持った鳩たちが、種子をついばみながら駆けまわっている。

しばらくしてから、彼は辻馬車を呼びとめて帰宅した。玄関の石段の上を彼はしばらくぶらついて、しーんと静まり返っている広場を見まわした。どの家の窓も空漠とした感じでぴったりと閉ざされており、その鎧戸（ブラインド）だけがいかにも目立つのだった。空はいまや純粋なオパール色となり、家々の屋根は空を背景に銀色にきらきら光っている。向かい側にある煙突から細い渦巻状の煙が昇っている。それはすみれ色のリボンのようにちぢれ上がりながら、真珠色の空のなかに消えてゆく。

　大きな樫材の羽目板を嵌め込んだ天井から吊り下がっている巨大な金箔張りのヴェネチア製角灯（ヴェネチア総督の屋形船からの分捕り品）のなかでは、三つのガス噴出孔から灯火がまだ焔となって燃えていた。それは白い焔にふち取られた、薄く青い花弁のように見える。彼はそれを消し、帽子とケープをテーブルの上に投げ出し、書斎を通り抜けて寝室の入口のほうへと足を運んだ。その寝室は、最近目覚めたばかりの贅沢欲に駆られて、彼がみずから装飾を施したばかりの、一階にある大きな八角形の部屋で、セルビー・ロイヤルの屋敷のいまは使用されることのない屋根裏部屋に貯蔵されているのが見つかった、いささか風変わりなルネサンス時代の壁掛け（タペストリー）を掛けていた。扉の把っ手をまわしながら、彼の視線はふとバジル・ホールワードが描いてくれた自分の肖像画にそそがれた。そしてぎょっとしたようにあとずさりした。それから幾分困惑した表情を浮かべながら、彼は自分の部屋へ入って行った。上着から胸のボタン穴に挿す飾り花を取り除いてからも、彼はたじろいでいるような様子をしていた。だが、ついに彼は引き返して来て、つかつかと絵のところへ行き、それを調べるのだった。クリーム色の絹の日除けを通してやっきになって入って来ようとするほの暗い抑えた光のなかで、その顔が少し変わっているように見えたからである。表情が違っているように見えたのだ。口もとに少しばかり残忍さが感じられる、と言ってもいいだろう。確かに不思議なことだった。

彼は向きを変え、窓のほうへ歩んで、日除けを上げた。明るい早朝の光が部屋中に満ち溢れ、異様な影は埃っぽい片隅に押しやられ、そこで震えながら横たわっていた。しかし、肖像画の顔のなかにさきほど気づいた奇妙な表情はやはり消え失せず、どうやらいちだんと強まっているようにさえ見えた。震動する強烈な陽光のせいで口のまわりに残酷さを示す皺がくっきりと現れ、まるで何か恐ろしい悪事でも犯したあとに鏡を覗き込んででもいるような気がするのだった。

彼は思わずたじろぎながらも、ヘンリー卿からの数多い贈物の一つである象牙のキューピッドの枠に入れられた楕円形の鏡をテーブルの上から取り上げて、きれいに磨かれたその中心部にあわただしく視線を走らせた。さきほど見たような皺が彼の赤い唇を歪めている、などということはなかった。一体これはどうしたことなのか？

彼は眼をこすり、絵の傍に近寄って、それをもう一度しげしげと見た。実際の絵を覗き込んでも何らの変化のしるしもないが、それでもやはり全体の表情が変わっていることには疑いの余地もない。単に眼の錯覚ではなかった。事態は恐ろしいほど明らかだった。

彼は椅子に身を投げ出して、考えはじめた。突然彼の脳裡に、この絵が完成した日にバジル・ホールワードのアトリエで言った自分の言葉がさっと閃いた。そう、一言一句はっきり憶えているのだ。自分自身はいつまでも若く、肖像画のほうが年取ってくれないものかという気違いじみた願望をそのとき口に出したのだ。自分の美貌は汚されることなく、カンヴァスに描かれた顔が自分の情熱や罪悪の重荷を背負ってくれないものかと願ったのだ。肖像画が苦悩と物思いの皺という焼印を押され、自分はいつまでも、あのときちょうど意識しはじめた少年時代の繊細な美しさと愛らしさのすべてを取っておきたいとも願ったのだ。確かに自分の願いが満たされるということなどあるはずもないではないか？　そのようなことは到底不可能なのだ。考えるだけでもぞっとするほどだ。だが、しかし、彼の眼前には、口もとに少しばかり残酷さの表情をたたえた肖像画があるのだ。

残酷さ！　果たして自分は残酷だったのだろうか？　あれはあの娘が悪いのであって、

自分には咎などありはしない。自分は彼女を偉大な芸術家として夢に描いてきたし、偉大だと思えばこそ自分の愛を彼女に捧げていたのだ。それなのに彼女は自分を失望させた。浅はかで取るに足りぬ女だったからだ。けれども、自分の足もとにすがりついて小さな女の子のようにすすり泣いている彼女のことを思い浮かべたとき、限りない後悔の念に彼は襲われた。あのとき自分が何と冷ややかに彼女を眺めていたかを思い出した。自分がこんなふうになってしまったのはなぜなのだろう？　なぜこんな魂が自分に与えられたのだろう？　しかし、自分だって苦しんだのだ。あの芝居がつづいていた恐ろしい三時間のあいだじゅうずっと、数百年にも匹敵する苦痛、永劫の責め苦を味わっていたのだから。自分の人生だって彼女の人生同様値打ちのあるものなのだ。たとえ自分が彼女を一生傷つけたとしても、彼女だって自分を一瞬傷つけたではないか。そのうえ、女のほうが男よりも悲しみに堪えるのにずっと適しているのだ。女は自分の感情を食いつぶしながら生きている。自分の感情のことしか考えないのだ。恋人を作るにしても、それはただもう愁嘆場を演じられる相手が誰かほしいためにすぎないのだ。ヘンリー卿がそう話してくれたが、卿は女がどういうものかを実によく知っている。シビル・ヴェインのことで思い悩む必要などないではないか？　彼女はいまや自分にとって無に等しい存在なのだから。

だが、あの絵は？　あれは何と説明したらよいものだろう？　あの絵は自分の人生の秘密を所持し、その経歴を語っている。あの絵は自分の美貌を愛することを教えてくれた。だがいまは自分の魂を憎悪することを教えてくれるというのだろうか？　自分はあれをもう一度見たりするだろうか？

　そんなことはない。あれは単に混乱した感覚が作り出した幻想にすぎないのだ。さきほどまで過ごしていた恐ろしい夜が幻影たちを残していったのだ。突然、自分の頭脳に、人を狂気に追いやるあのちっぽけな真紅の斑点が付着したのだ。あの絵は別に変わってなどいない。そんなことを考えるのは実に馬鹿げているではないか。

　けれども、肖像画は、損なわれた美しい顔と残忍な微笑を浮かべて、彼を眺めていた。その明るい金髪が早朝の陽光にあたってきらきら輝いている。その碧眼(へきがん)が彼の眼と合う。自分自身に対してではなく、自分の肖像画に対する限りない哀憐の情が彼を襲う。それはすでに変化し、今後さらにいっそう変化していくのだ。その金髪は色褪(いろあ)せて白髪と化すだろう。その赤と白の薔薇も枯れてしまうだろう。自分が犯す一つ一つの罪の報いとして、汚点がその色白の顔面に付着し、それを台なしにしてしまうことだろう。だが、罪を犯したりするのはもうやめよう。変化するにせよ変化しないにせよ、この肖像画は自分にとって良心の眼に見える象徴と化してしまったのだ。誘惑に抗していくことにしよう。もうこれ以上ヘンリー卿と会うのはよそう――とにかく、バジル・ホールワードの庭園で不可能なものへの情熱を初めて掻き立てられた、あの狡猾で毒を含んだ彼の意見にはもう耳を傾けぬようにしよう。シビル・ヴェインのところへ戻って、赦しを乞い、結婚して、もう一度彼女を愛するように努力してみよう。そうだ、そうするのが自分の義務なのだ。自分などよりも彼女のほうがずっと苦しんだに違いない。可哀そうな女だ！　自分はわがままで、彼女に対して残酷であったのだ。自分をとらえていた彼女の魅力も戻って来るだろう。二人は一緒に幸福になるのだ。彼女と一緒の自分の生活は、美しく清らかなものとなるだろう。

彼は椅子から立ち上がって、肖像画のまん前に大きな衝立(ついたて)を置きながら、身震いしつつそれをちらっと眺めた。「何と恐ろしいことだ！」と彼は独り言をつぶやき、部屋を横切って窓際へ行き、窓を開けた。そして芝生に足を運んで、深呼吸をした。爽やかな朝の空気が陰鬱な情念をことごとく吹き払ってくれるような気がした。彼はシビルのことしか念頭になかった。愛情のかすかなこだまが戻って来る。彼は彼女の名前を何度も何度も繰り返した。朝露で濡れた庭でさえずっている小鳥たちまでが彼女のことを花々に語りかけているようだった。

第八章(1)

眼を覚ましたときは正午をとっくに過ぎていた。召使いは若い主人が起きているかどうかを確かめるために、部屋のなかに何度もそっと忍び足で入り込んでいたのだが、どうしてこんなに遅くまで眠っているのか、合点がいかなかった。それでもやっと呼鈴が鳴り、ヴィクターが古いフランス製のセーヴル焼の小さな盆の上に、一杯の紅茶と一束の手紙をのせて、静かに入って来た。そして三つの高窓の前にかかった、ちらちら光っている青色の裏地付きのオリーヴ色の繻子(しゅす)のカーテンを引いた。

「旦那様は今朝はよくお眠りでございましたね」と彼は微笑みながら言った。

「何時だい、ヴィクター?」まだ眠そうな声でドリアン・グレイが訊く。

「一時十五分でございますよ、旦那様」

随分朝寝坊したなあ! 彼は坐り直して、紅茶をすすり、手紙をひっくり返して見た。一通はヘンリー卿からのもので、その朝使いの者が持参したのである。彼は一瞬躊躇していたが、結局脇へ置いてしまった。他の手紙は大儀そうに開封した。それらは例によってカード類ばかりで、晩餐会への招待状とか、展覧会の内覧用の招待切符とか、慈善演奏会のプログラムとかいったような、社交シーズン中には毎朝人気のある若者に殺到してくるものだった。なかに相当な値段の勘定書があった。それは打出し彫り細工を施された銀製のルイ十五世風の化粧道具セットの勘定書であったが、はなはだ時代遅れで、不必要なものこそ唯一の必要品であるという時代にわれわれが生きているということを理解せぬ後見人のもとに、彼がまだ送りつけるだけの勇気を持っていなかったものである。それから、御用命があり次第即刻、たいへん手ごろな御利息で、いかような金額でも御用立て致しますと申し出た、ジャーミン街(2)の金融業者たちからのひどく丁寧な案内状も幾つかあった。

十分ほどしてから彼は起き上がり、絹の刺繡を施されたカシミア織の入念に仕立てられた化粧着を羽織り、縞瑪瑙（オニクス）を敷きつめられた浴室に入って行った。冷たい水が長時間の睡眠を貪ったあとの彼の心身を爽快にしてくれる。これまでに経験したことをすべて忘れてしまったような気がしたほどだ。何かしら奇妙な悲劇に加担したという漠然とした感じに一、二度襲われたが、それも夢のような非現実性を帯びたものでしかなかった。

着替えをすませるとすぐに、彼は書斎へ入って行き、開け放たれた窓の近くの小さな円卓の上に置かれた軽いフランス風の朝食の前に坐った。その日はこのうえもなくよい天気であった。暖かい大気には香料でも詰め込まれているようだ。蜜蜂が一匹飛び込んで来て、彼の眼前にある、硫黄色の薔薇をたくさん生けた、青竜の花鉢の周囲をぶんぶん飛びまわっている。彼はすっかり幸福感に浸っていた。

不意に彼の視線は、肖像画の前に自分で置いた衝立(ついたて)にそそがれ、思わずぎょっとなった。

「旦那様には寒すぎるのではございませんか?」食卓の上にオムレツを置きながら、召使いが訊ねた。「窓を閉めましょうか?」

ドリアンは頭を横に振った。「寒くはないよ」と彼はつぶやいた。

あれはみんな本当のことだったのか? 肖像画は実際に変化したのだろうか? それとも要するに自分の想像力のせいで、実際は歓喜の表情であったのに不吉な表情に見えてしまったのか? そもそも絵具を塗られたカンヴァスが変化するはずもないではないか? 馬鹿馬鹿しい話だ。いつかバジルに話してきかせてやろう。それを聞いたらバジルは微笑するだろうな。

けれども、何と鮮やかにすべてのことを記憶していることか! 最初はぼんやりとした薄明りのなかで、次は明るい朝の陽光のなかで、歪んだ口もとに漂う残酷さの気配を彼は見たのだから。召使いが部屋を出て行くのを彼は内心恐れていた。一人きりになったら、あの肖像画をきっと調べて見るに違いないということがわかっていたからだ。自分の記憶が確かなことを確認するのが恐ろしかったのだ。コーヒーと煙草を持って来て、召使いが部屋から出ようと向きを変えたとき、彼はまだいてくれと命令したい激しい欲求を感じた。召使いの背後で扉がまさに閉まろうとしたとき、彼は呼び戻した。召使いは彼の指図を待ったまま立っている。ドリアンはちらっとその顔を見た。「誰が来ても、いないことにしてくれ、ヴィクター」とため息をつきながら、彼は言った。召使いは一礼して立去った。

それから彼は食卓から立ち上がり、煙草に火をつけて、衝立の真向かいにある豪奢なクッション付きの長椅子に身を投げ出した。衝立は古い時代のもので、相当華麗なルイ十四世時代風の模様を刻み込まれ細工された、金箔付きのスペイン革でできていた。彼はそれを物珍しそうにじろじろと見ながら、この衝立がいままでにある人間の生活の秘密を隠したことがあったのだろうかと思うのであった。

やはり、これは脇へ移動しておくべきではないか？　いや、ここに置いておいてもいいではないか？　ちゃんと確かめたところでどうなるというものでもないじゃないか？　あれが本当のことだとすれば、恐ろしいことだ。だが、本当のことでないとすれば、くよくよする必要などないはずじゃないか？　しかし、もしも運命とかそれよりも恐ろしい偶然によって、自分以外の他人の眼がこの衝立の背後を覗き込み、あの恐ろしい変化を認めたならば、どうしたらいいのだろう？　もしもバジル・ホールワードがやって来て、自分の描いた絵を見せてほしいと言い出したら、どうすればいいのだろう？　バジルはきっとそうしたいと言うにきまっている。そうだ、本当のことを調べて見なくてはならぬ、しかもいますぐにだ。こんな嫌でたまらない不安な状態でいるよりも何とかしたほうがまだましなのだから。

　彼は立ち上がって、二つの扉に鍵をかけた。自分の恥辱の仮面を眺めるのだから、そのときぐらい少なくとも一人きりでいたかったからだ。それから彼は衝立を脇に寄せ、自分自身と対面した。まったく思ったとおりであった。肖像画は変化していた。

　彼があとでたびたび思い出し、しかもそのたびに少なからぬ驚異の念を抱いたことは、初めて肖像画を凝視したとき、自分がほとんど科学的興味と言ってよい感情を持っていたということである。このような変化がそもそも生じるなんて、彼には信じられないことだったからだ。だが、しかし、それはやはり事実なのだ。カンヴァスの上で形態と色彩へと形づくられているこの化学的原子と、自分の内部の魂とのあいだに、何か微妙な親和力でも働いているのだろうか。魂が考えたことを、化学的原子が現実化するということが果たしてあり得ようか？――魂が夢見たことを、実現するということがあり得ようか？　それとも、それとは別の、もっと恐ろしい理由でもあるのだろうか？　彼は身震いしながら、恐ろしくなっていった。そして長椅子のほうへ戻って、そこに横になり、胸が悪くなるような恐怖心に駆られながらじっと肖像画を凝視した。

しかしながら、この絵は一つだけ自分のためになるようなことをしてくれたと、彼は感じた。自分がシビル・ヴェインに対してどんなに不当で、残酷であったかを、この絵が意識させてくれたからである。その償いをするにはまだ遅すぎるというわけではない。彼女が自分の妻になるということは依然としてあり得ることなのだから。非現実的で利己的な自分の愛も、ある高尚なものの影響を蒙り、変容してある崇高な情熱と化してしまうだろう。そしてバジル・ホールワードが描いてくれたあの肖像画も、生涯を通じて自分の手引きとなり、自分にとっては、ある人たちには聖なるものが、他の人たちには良心が、さらにすべての人には神への畏怖心がそうであるように、欠くべからざるものとなるだろう。悔恨には鎮静剤があり、良心の咎(とが)めを和らげて眠らせてくれる麻薬がある。しかし、ここには罪の堕落を示す明白な象徴があるのだ。ここには人間がその魂にもたらす破滅の不断のしるしがある。

三時が鳴り、四時が鳴り、さらに四時半を知らせるダブル・チャイムが鳴ったが、ドリアン・グレイは身動き一つしなかった。彼は人生の真紅の糸を寄せ集めて、それを一つの模様に織り上げようとしているところだったのだ。いまさまよい歩いている情熱という血走った迷路を抜けて、自分の行くべき道を探しているところなのだ。どうしたらよいのか、どう考えたらよいのか、彼にはわからなかった。ついに彼はテーブルの傍に行って、自分が愛していたあの娘への手紙を書いたのである。彼女の許しを乞い、気違いじみた自分の行動を責める手紙を。激烈な哀憐の言葉や、それよりもさらに激烈な苦痛の言葉で、彼は手紙の一枚一枚を埋めていった。自責の念にはある種の快楽がある。われわれが自分自身を責めるとき、自分以外の誰一人として自分を責める権利などないと感じるものである。われわれに免罪を与えてくれるのは告白であって、司祭ではないのだ。ドリアンが手紙を書き終えたとき、彼は自分が許されたという気持になった。

不意に、扉をノックする音がして、ヘンリー卿の声が外から聞えて来た。「ねえきみ、どうしてもきみに会いたいのだ。ぼくをすぐに入れてくれたまえ。きみがこんなふうに閉じこもっているなんて堪えられない気がするじゃないか」

彼は最初は返事をしないで、じっと黙ったままでいた。ノックの音は依然としてつづき、だんだんやかましくなっていった。そうだ、ヘンリー卿はなかへ入れたほうがいい、そしてこれから自分が過ごそうとしている新生活を説明したほうがいい。喧嘩が必要になれば喧嘩をしてもいいし、絶交が避け得ないものならば絶交もしよう。彼はぱっと立ち上がって、衝立を大急ぎで絵の前に引き寄せてから、扉の鍵を開けた。

「まったく気の毒なことをしたな、ドリアン」と、部屋へ入るなりヘンリー卿は言った。「しかし、あまり考えすぎちゃいけないよ」

「シビル・ヴェインのことですか？」と若者が訊く。

「そうだよ、もちろん」と椅子に深々と腰かけ、ゆっくりと黄色の手袋を脱ぎながら、ヘンリー卿は答える。「ある観点からすれば、恐ろしい話だが、きみが悪いせいじゃないんだ。話してくれないか、芝居がはねたあと、きみは楽屋へ行って彼女に会ったのかね？」

「ええ」

「きっとそうするだろうという気がしていたよ。彼女と派手な喧嘩でもやらかしたのかね？」

「ぼくはひどい仕打ちをしたのです、ハリー――まったくひどい仕打ちをね。でも、いまはもうすっかり大丈夫なんです。起こったことは何一つとして後悔しちゃいません。そのお蔭で自分というものをもっとよく知れるようになったのですから」

「ああ、ドリアン、きみがそんなふうに受取っているのならとってもうれしいよ！

ぼくはね、きみが悔恨に打ちひしがれて、その見事な巻毛を掻きむしっているのじゃないかと心配していたんだよ」

「そんなことはみんな克服しましたよ」と頭を横に振り、にっこりと微笑みながら、ドリアンが言う。「いまはもうとっても幸せなんです。まず第一に、良心とはどういうものかがわかったのです。それはあなたが話して下さったようなものなんかじゃありません。良心はわれわれの内部にある一番神聖なものなんですから。もうこれ以上、ハリー、良心を嘲笑することはやめて下さい——少なくともぼくの前では。ぼくは善良になりたいのです。ぼくは自分の魂が忌わしいものだという考えに堪えられないのですよ」

「倫理学を築くためのたいへん魅力的な芸術的基盤じゃないかね、ドリアン！　おめでとうを言わせてもらうよ。でも、どうやってはじめるつもりなのかね？」

「シビル・ヴェインと結婚することによってですよ」

「シビル・ヴェインと結婚するだって！」とヘンリー卿は声高に言って、立ち上がり、当惑と驚きの表情を浮かべて相手を見つめた。「しかし、ねえきみ——」

「そうです、ハリー、ぼくにはあなたが何をおっしゃろうとしているのかよくわかります。結婚について何か嫌味をおっしゃりたいのでしょう。そんなことを言わないで下さい。そんなようなことをぼくに二度と言わないで下さい。二日前にぼくはシビルに結婚を申込みました。この約束を破りたくないんです。彼女はぼくの妻になるのです」

「きみの妻にだって！　ドリアン！……ぼくの手紙は届かなかったのかね？　今朝きみに手紙を書いて、家（うち）の使用人に持たせてやったのだがね」

「あなたの手紙？　ああ、そうそう、思い出しました。まだ読んでいないのです、ハリー。どうせぼくの気に入らないようなことが何か書いてあるのじゃないかと思ったものですから。あなたは御自分の警句で人生をずたずたに切り裂いてしまわれますからね」

「じゃ、きみは何も知らないのだね？」

「それはどういう意味ですか？」

ヘンリー卿は部屋を横切って足を運び、ドリアンの傍に腰をおろして、彼の両手を取り、それをきつく握った。「ドリアン」と彼が言う。「ぼくの手紙はね――驚かないでくれたまえよ――シビル・ヴェインが死んだことをきみに知らせる手紙だったのだよ」

苦悶の叫び声が若者の唇から洩れ出た。そしていきなり立ち上がると、彼はヘンリー卿に強く握られていた両手を引き離した。「死んだですって！　シビルが死んだですって！　恐ろしい嘘っぱちだ！　よくもそんなことが言えますね？」

「まったく本当のことなんだよ、ドリアン」ヘンリー卿は重々しく言った。「どの朝刊にも載っていることなんだから。ぼくが来るまでは誰にも会わないようにと、手紙には書いておいたんだ。もちろん、当然検屍があるはずだが、そんなことにきみがかかわり合ってはいけないと思ってね。こんなような事件に巻き込まれるとパリでは人気者になるけど、ロンドンではみんなひどく偏見が強いからな。ロンドンでは、醜聞によって社交界にデビューするなんていうことは絶対にできっこないからね。そんなことは老年に興趣を添えるために残して置けばいいんだよ。芝居小屋の連中はたぶんきみの名前を知らないと思うんだが？　知らなければ、好都合なんだ。彼女の楽屋へ行くところを誰かに見られはしなかっただろうね？　これは大事な点なんだ」

ドリアンはしばらく答えなかった。恐怖のあまり呆然となっていたからである。それでもやっと、押し殺したような声で、どもりながら言った。「ハリー、検屍があるって言いましたね？　それはどういう意味なんですか？　ひょっとしたらシビルは——？ああ、ハリー、ぼくには堪えられない！　でも、早く話して下さい。すぐに全部話して下さい」

「世間には事故だというふうに発表する必要があるけど、あれは事故なんかじゃなかったと、ぼくは信じるね。どうやら十二時半頃に、彼女は母親と一緒に芝居小屋を出ようとしたとき、彼女は二階に何か忘れ物をしたと言ったんだそうだ。しばらく待っていたのだが、彼女はなかなか降りて来ない。結局彼女は化粧室の床の上に死体となって横たわっているのが発見されたんだよ。彼女は誤って何かを、芝居小屋で使う何か恐ろしいものを飲み込んだのだよ。それが何であるか知らないが、青酸か白鉛がそのなかに入っていたのじゃないかな。どうやら彼女は即死した様子だから、たぶん青酸だったのじゃないかと思うんだ」

「ハリー、ハリー、実に恐ろしいことだ！」と若者は叫んだ。

「うん。もちろん、たいへん悲劇的なことだけど、きみまでこの事件にかかわり合ってはいけないよ。『スタンダード』紙によると、彼女は十七歳だそうだ。もっと若いとさえ思っていたんだがね。とっても子供っぽく見えたし、どうも演技についてほとんど何も知らないように見えたからな。ドリアン、この事件で神経を苛々させてはいけないよ。ぼくと一緒にぜひ夕食を食べに行こうじゃないか。そしてそのあとでオペラ座を覗いて見てもいいし。今夜はパティ(3)が出るはずだから、みんながやって来るのじゃないかな。きみはぼくの妹のボックス席に来ればいい。妹はハイカラな女性たちと一緒のはずだ」

「それじゃ、ぼくはシビル・ヴェインを殺してしまったのだ」とドリアン・グレイは半分独り言のように言った。「彼女の小さな喉笛をナイフで掻き切ったと同じくらい確かに、ぼくは彼女を殺してしまったのだ。けれども、そのために薔薇の美しさが少なくなるということもないし、小鳥たちは庭で幸福そうにさえずっていますよ。そして今夜あなたと夕食を共にし、それからオペラ座に行き、そのあとでたぶんまたどこかで夜食をとることになるのじゃないかな。人生って何と途方もなく劇的(ドラマティック)なものなんでしょうか！　こんなことをみんなもしも本で読んだとしたなら、ハリー、ぼくはさめざめと泣いていただろうと思いますよ。でも、そういうことが現実に、しかもわが身に起こったいまは、どういうわけか、あまり不思議な気持がしすぎて涙も出ない有様なんです。ここにあるのは、ぼくが生まれて初めて書いた、情熱的な恋文です。ぼくが書いた最初の情熱的な恋文がもう死んでしまった女性宛のものだなんて、奇妙な巡(めぐ)り合わせですね。あの人たち、つまり死者と呼ばれるあの透明な無言の人たちは感じることができるのでしょうか？　シビル！　彼女はいまも感じたり、知ったり、聞いたりすることができるでしょうか？　ああ、ハリー、ぼくはかつてどんなにか彼女を愛していたことでしょうか！　いまはもう何年も前のような気がするくらいですよ。彼女はぼくにとってすべてでした。それからあの恐ろしい夜が訪れたのです——あれは本当にまだ昨夜(ゆうべ)のことにすぎなかったのだろうか？——彼女が見るも無惨な芝居を演じ、ぼくの心臓がほとんど張り裂けんばかりになったのは。彼女はすべてを説明してくれました。おそろしく感動的な話でした。でも、ちっとも心を動かされなかったのです。ぼくは彼女を浅はかだと思ったのです。突然、気も動転するようなあることが起こったのです。それがどういうことかお話しできませんが、とにかく恐ろしいことだったのです。そこでぼくは彼女のところへ戻ろうと心に決めたのです。悪いことをしてしまったと感じたからです。ところがいまや彼女は死んでしまっているじゃありませんか。おお、神様！　神様、ぼくはどうしたらいいのでしょう？　ぼくがいま危険な状態にいることをあなたは御存じないし、ぼくを正道から踏みはずさないようにしてくれるものが何一つないのですからね。彼女だったらそれをぼくにしてくれたでしょうに。彼女には自殺する権利なんてなかったのですよ。自分勝手というものですよ」

「ねえ、ドリアン」と、シガレット・ケースから煙草と、金色の真鍮製のマッチ箱を取り出しながら、ヘンリー卿が答えた。「女が男を救済できる唯一の方法はだね、男をすっかり退屈させて人生に対するいっさいの興味をことごとく失わせてしまうことだけなんだよ。もしもきみがあの娘と結婚していたなら、きみはたぶんみじめになっていただろうな。もちろん、きみは彼女を優しく扱いはしただろう。人間っていうやつは、自分が何とも思っていない者にはいつも優しくしていられるんだ。しかし、彼女だって、きみが全然無関心だということにすぐさま気づいただろうよ。女というものはだね、夫が自分に無関心だとわかると、おそろしく野暮な女になるか、誰か他の女の亭主に買ってもらった、ひどくハイカラな帽子を被るようになるかのどちらかなんだよ。ぼくはきみたちの身分上の違いについては何も言わないよ。そんなことは目も当てられないことだし、もちろん、ぼくだって許しがたいことなんだから。しかし、いずれにせよ、きみたちの結婚がすべて完全な失敗に終わっていたことだけは確かだよ」

「ぼくもおそらくそうなっていただろうと思います」と若者はつぶやくように言って、部屋のなかをあちこち歩きまわったが、顔色はぞっとするほど蒼白だった。「しかし、結婚するのがぼくの義務だと思いました。この恐ろしい悲劇のせいで正しいことをぼくが果たせなかったとしても、それはぼくの罪じゃないのです。行いを改めようとする決意にはある宿命的なものが付きまとうし、そういう決意はいつだって手遅れになってからするものだと、あなたはいつか言われましたね。ぼくの場合が間違いなくそうだったのです」

「行いを改めようとする決意なんて、科学的な法則に嘴を容れようとする無益な企てにすぎないのさ。その動機は純然たる虚栄心から出ているんだ。その結果ときたら完全に無なんだよ。たまには、弱者に対してある種の魅力を感じさせる、心地よいけど無益な感動を幾らか与えることもある。それについて言えることはこれで全部なんだ。要するに全然預金もしてない銀行に小切手を振り出すようなものなんだよ」

「ハリー」とドリアン・グレイは近づいて行って彼の傍に腰をおろしながら、声高に言った。「ぼくがこの悲劇を自分の望んでいるほど痛切に感じられないのはなぜでしょうか？　自分が冷酷な人間だとは思えないのですけれど。あなたはそう思われますか？」

「きみはこの二週間のあいださんざん馬鹿げたことを仕出かしてきたんだから、自分を冷酷な人間だなんて呼ぶ資格はないよ、ドリアン」優しい、憂愁をたたえた微笑を浮かべながら、ヘンリー卿が答える。

若者は眉をひそめた。「そんな説明は気に入らないですね、ハリー」と彼が答える。「でも、ぼくが冷酷な人間じゃないと思っていて下さるのでうれしいですよ。ぼくは絶対にそんな人間じゃありませんからね。けれども、今度のことが、当然そうあるべきなのに、ぼくの心を動かさないということも確かなのです。要するに見事な芝居の見事な幕切れというように思えるのですよ。ギリシア悲劇みたいな恐るべき美のすべてがそこにはあるし、自分がそこで大役を演じている悲劇でもあるのですが、ぼくは少しも傷ついてはいないのです」

「それは興味深い問題だね」若者がわれ知らず自己中心主義（エゴティズム）を弄んでいるのに強烈な

快感を味わいながら、ヘンリー卿が言った。「たいへん興味深い問題だ。本当の説明はたぶんこういうことになるのじゃないかな。つまり、人生の真の悲劇っていうやつは、すこぶる非芸術的なやり方で起こるものだから、そのためにわれわれは、その露骨な強暴さとか、どう仕様もない支離滅裂さとか、馬鹿らしいほどの意味の欠如とか、方式(スタイル)の完全な欠如とかによって傷つけられるということが、たびたび起こるということだよ。こういう悲劇がわれわれに与える影響は俗悪さがわれわれに与える影響とそっくり同じようなものなんだ。まったく野蛮な暴力という印象が与えられるものだから、われわれはそれに反感を持つんだよ。だが、時には、美という芸術的要素を持つ悲劇にぶつかることもあってね。もしもこうした美の要素が本物であるとすれば、その悲劇全体は劇的効果を感じるわれわれの感覚に訴えかけてくるものなんだ。突然われわれはもはやその悲劇を演じる役者ではなくて、観客であることに気づくのさ。あるいはむしろ、その両方であることに気づくのさ。われわれは自分自身を見つめ、そしてただその光景の不思議さに心を奪われてしまうのだよ。今度の場合にしたって、現実に起こったことは要するにこういうことじゃないのかな？　つまりだね、ある女がきみを恋して自殺した、ということだよ。そういう経験に一度はあやかってみたいものだね。そうしたらこれからずっと恋を恋することができるだろうからね。ぼくを熱愛してくれていた女たちは——

もちろん大勢いたわけじゃなく、少しいただけの話なんだが――ぼくがその連中を構わなくなったあとも、あるいは向こうからぼくを見捨ててしまってからも、いまだって生きていてぴんぴんしているよ。その連中はしたたかだが退屈な女になってね、いまでも会うと早速昔の思い出話をはじめる始末さ。女のあの恐るべき記憶力！　あれは本当にたいしたものだね！　それにだね、あれほどどう仕様もない知性の停滞を暴露しているものはないよ！　人間は人生の色彩を吸収すべきだけれど、人生の細部なんか絶対に記憶すべきじゃないんだ。細部はつねに俗悪なものだからね」

「ぼくは家の庭に罌粟の種を蒔かなくちゃいけないな」とドリアンがため息をつきながら言う。

「そんな必要はないよ」と相手が答える。「人生はいつだってその両手に罌粟の花を持っているからね。もちろん、時には、なかなか忘れられないこともあるさ。かつてぼくは、ある季節中ずっと、菫の花しか胸に挿さなかったことがあるんだ。いつまでも忘れられぬあるロマンスに対する一種の芸術的な喪章としてね。しかしながら、結局はそのロマンスも忘れ去ってしまったのだよ。どうしてそうなったのか、もう記憶にはないがね。おそらくそのときの女がぼくのためなら全世界を犠牲にしてもいいなんてことを言い出したためだと思うよ。そういう瞬間はいつだってぞっとするからな。永遠というものへの恐怖心で心がいっぱいになるしね。ところで――きみは信じてくれるだろうか？――一週間前に、ハンプシャー夫人の屋敷で、ぼくは件の女と夕食会の席で隣り合わせになったんだ。すると女はもう一度全部やり直そうとか、過去をほじくり返し、未来を作り上げましょうとか、しつこく言い張るんだよ。ぼくときたら彼女とのロマンスなんてアスフォデルの花壇に埋めてしまっているのにね。彼女はそれをもう一度引っ張り出して、あなたのせいであたしの一生は台なしになったなんて断言するんだ。ここで言っておかなくちゃならないんだが、彼女は夕食をもりもり食べていてね、だからぼくはいっこうに不安なんて感じなかったよ。だが、それにしても、彼女のあの無趣味ぶりときたらどうだい！　過去の唯一の魅力なんてそれが過去であるということにあるのにね。連中はいつだって余計な一幕を要求するし、芝居の興味が完全に尽きるとすぐに、その続きを見たいとせがむんだ。もしも連中の言うとおりにさせておけば、どんな喜劇だって悲劇的な結末を迎えるし、どんな悲劇だってそのクライマックスが笑劇になってしまうだろうな。連中はうっとりするくらい化けるのが上手だが、芸術的感覚なんてこれぽっちも持っちゃいないのだ。きみはぼくなんかよりもずっと運がいいよ。はっきり言うけどね、ドリアン、ぼくが知っていた女たちの誰一人として、シビル・ヴェインがきみに対してしたようなことをしてはくれなかったよ。普通の女はいつも自分で自分を慰めるものなんだ。ある者は感傷的な色彩の服を着て自分を慰めるんだ。年齢がどうであれ、藤色の服を着ている女や、三十五を越していながら、ピンク色のリボンが好きな女なんかを絶対に信用しちゃいけないよ。そういう女たちには大抵(たいてい)過去があると思っていいんだ。また、自分の亭主の長所を突然発見してひどく慰めを感じる女もいる。そういう女たちは自分の結婚生活の幸福を他人の面前で得々と吹聴するんだよ。まるでそれが罪悪のうちで一番魅力的なものみたいにね。宗教に慰めを求める女もいる。宗教上の秘儀には恋愛遊戯めいた魅力がことごとくそなわっていると、ある女が以前話してくれたよ。ぼくにはそれがよく理解できるんだ。おまけに、自分は罪人(つみびと)なのだと言われることほど人間の虚栄心を煽(あお)ることはないんだよ。良心はわれわれすべてを自己中心主義者にするからさ。本当に、女たちが現代生活のなかに見出す慰めには際限(きり)がないのだからね。まったく、お蔭で一番大事なやつをまだ言ってない始末だし」

「それは何ですか、ハリー」と若者が気怠(けだる)そうに訊く。

「ああ、例の見えすいた慰めのことさ。自分を崇拝してくれる男に捨てられたら、他の女を崇拝している男を誰か横取りするということさ。上流社会ではそうすればいつも女の体面を繕うことができるんだよ。しかし本当に、ドリアン、シビル・ヴェインはそこらへんでお目にかかる女たちとは何という違いだろうね！　彼女の死にはすごく美しいものがあるよ。そういう驚異がまだ起こる時代に生きているなんてうれしいなあ。そのお蔭で、ロマンスとか、情熱とか、愛とかいうような、われわれみんなが弄んでいるものの現実性を信じさせてくれるからね」

「ぼくは彼女に対しておそろしく残酷だったのですよ。あなたはそのことを忘れていらっしゃる」

「女っていうやつは、何よりもまず、残酷さを、徹底的な残酷さをありがたがるものじゃないかな。連中は驚くほど原始的な本能の持主なんだ。われわれがせっかく解放してやったのに、連中はやはり、いつまでも主人を求めている奴隷にすぎないのだからな。連中は支配されることが大好きだからだよ。きみはきっとすばらしかったに違いないだろうな。きみが本当に心から怒ったのをぼくは一度も見たことはないが、そのときのきみの様子はさぞすばらしかったろうと想像できるよ。それに、一昨日きみが言ったことは、そのときはほんの気紛れの言葉に聞えたけど、いまになってみるとまったく本当のことに思えるし、あれこそすべてを解く鍵じゃないかな」

「ぼくは何て言いましたっけ、ハリー？」

「きみはぼくにこう言ったんだ、つまりシビル・ヴェインはきみにとってロマンスのすべての女主人公を代表しているとね——ある夜はデズデモーナであり、別な夜はオフィーリアであるとか、ジュリエットとして死んだかと思えば、イモージェンとして生き返る、なんてことを言ってたんだよ」

「彼女はもう絶対に生き返らないのですからね」顔を両手に埋めながら、若者がつぶやくように言った。

「そう、絶対に生き返らないさ。最後の役を演じきってしまったのだからね。しかしだね、安っぽい楽屋でのあの孤独な死については、要するにジェイムズ朝悲劇[4]か何かからの奇怪で悲劇的な一場面、つまりウェブスターとか、フォードとか、シリル・ターナーとかの書いた、すばらしい一場面というふうに考えなくちゃいけないよ。あの女は本当に生きたことなんて決してなかったのだから、本当に死んだわけじゃ絶対にないのだよ。少なくともきみにとって彼女はつねに一つの夢であり、いわばシェイクスピアの劇中で軽やかに飛びまわり、飛び去ったあともその存在がますますすばらしく思えるような一つの幻影であったのだよ。それを通じてシェイクスピアの音楽がいっそう豊かに、いっそう歓喜に溢れて鳴り響いた一本の芦笛であったのだよ。実人生に手を触れた瞬間に、彼女はそれを傷つけてしまい、また彼女のほうでも傷つけられて、結局死んでしまったのさ。お望みとあらば、オフィーリアの死を嘆くがいい。コーデリアが絞殺されたからといって頭に灰を撒（ま）いてもいいのだよ。ブラバンシオーの娘(5)が死んだからといって天を激しく呪ってもよかろう。だがね、シビル・ヴェインのために涙を流すのはよすことだね。彼女はこうした女主人公たちほどリアルな存在ではなかったのだから」

沈黙が流れた。夕闇が部屋のなかで濃くなってゆく。音もなく、銀色の足をした影が庭からそっと忍び込んで来る。色彩が気怠げに事物から薄れていく。

しばらくしてから、ドリアン・グレイは顔を上げた。「あなたはぼくという人間を明らかにして下さいました、ハリー」幾分ほっとしたようなため息をつきながら、彼はそうつぶやいた。「あなたの言われたことはみんな一応は感じていたのですが、どうも怖くって、自分に対してそうだと言い表わせなかったのですよ。あなたはぼくのことを本当によく御存じですね！　しかし、すんでしまったことを二度と話すのはやめにしましょう。まったく驚くべき経験でした。ただそれだけのことです。こんなに驚くべきことにこれからの人生で果たして出会えるものでしょうか」

「人生ではいろんなことに出会うものだよ、ドリアン。きみみたいな途方もない美貌の持主なら、できないことなんて何一つないさ」

「でも、ハリー、もしもぼくが痩せ衰え、老いぼれて、皺だらけになったとしたら？　そうしたらどうなるんです？」

「ああ、そのときはだね」立ち上がりながら、ヘンリー卿は言った。「そのときはだね、ドリアン君、きみは勝利を求めて戦わなくてはならないだろう。いまのところ、勝利は向こうからやって来ているがね。いや、いまだってきみは自分の美貌を保ちつづけなければいけないのだ。われわれはだね、本を読みすぎて賢明さを失い、考え事をしすぎて美しさを失ってしまうような時代に生きているからね。きみをそんな目にあわせることなんかできないよ。それじゃそろそろ着替えをして、馬車でクラブに行こうじゃないか。いまの時間じゃ、相当遅刻しそうだよ」

「オペラ座で御一緒したいと思うのですが、ハリー。ひどく疲れていまして全然食欲がないんです。妹さんの席の番号は何番ですか？」

「確か二十七番だったよ。特等席なんだ。扉に妹の名前が出ているはずだよ。しかし、きみが一緒に食事に行ってくれないなんて残念だな」

「どうもその気になれなくて」と、いかにも気が進まない様子でドリアンが言う。「しかし、いろいろと言って下さったことには、とても感謝しております。あなたは間違いなくぼくの第一の親友ですよ。あなたくらいぼくを理解して下さった方は他にはいませんからね」

「ぼくたちの友情はまだはじまったばかりじゃないか、ドリアン」相手の手を握り締めながら、ヘンリー卿は答えた。「さようなら。それじゃ、九時半前に会えるだろうね。パティが今夜歌うことを忘れないでくれたまえよ」

彼が扉を閉めて出て行くと、ドリアン・グレイは呼鈴を押したが、数分後にヴィクターがランプを持って姿を現し、ブラインドをおろした。ドリアンは彼が出て行くのを苛々しながら待った。この男はどうやら何事にも際限のない時間を費しているようだ。

男が出て行くとすぐに、ドリアンは衝立のほうへ飛んで行き、それを取り除いた。いや、肖像画にはあれから何の変化も認められぬ。この絵は、彼自身が知る前にシビル・ヴェインの死の知らせを受取っていたのだ。人生の出来事が起こるとすぐにそれを知覚するのだ。口もとの微妙なすじを台なしにしている邪悪で残酷な表情は、紛れもなく、それが何であれ、ある毒物をあの女が飲んだまさにその瞬間に現れたものとしか思えないのである。それとも絵はそんな結果には無頓着なのだろうか？　魂の内部に生じたことをただ単に認知しただけにすぎないのだろうか？　彼は訝しく思った。そしていつか自分の眼前でそうした変化が起こるのを見たいと願ったが、そう願いながらも思わず身震いするのだった。

可哀そうなシビル！　あれはみんな何というロマンスだったことか！　彼女は舞台上でしばしば死ぬ真似をして見せたものだった。それから〈死〉自身が彼女に手を触れ、連れ去ってしまったのだ。その恐ろしい最後の場面を彼女はどんなふうに演じたのだろうか？　死の間際に、彼女は彼を呪っただろうか？　そんなはずはない。彼女はこのぼくを愛するがゆえに死んだのだし、愛は今後ぼくにとっていつまでも聖典であることだろう。彼女は自分の生命を犠牲にすることによって、すべてを償ったのだ。芝居小屋でのあの恐ろしい夜に、彼女がぼくに味わわせた苦しみのことを思うのはもうよそう。彼女のことを思うときは、〈愛〉の崇高な実体を示すために、この世という舞台上に送り込まれたすばらしい悲劇的人物として思うことにしよう。すばらしい悲劇的人物か？　彼女の子供っぽい容貌や愛嬌のある気紛れな仕草や、いかにも内気で脆弱な優美さを思い出したとき、涙が彼の眼に浮かんだ。彼はあわてて涙を拭い去り、もう一度肖像画を眺めた。

選択をするべき時がまさしく訪れたということを彼は感じた。それとも、選択はもうなされてしまっているのだろうか？　そうだ、人生が彼の代わりに選択を下してしまっているのだ——人生と、人生に寄せる彼自身の無限の好奇心が。永遠の若さ、計り知れぬ情熱、不可思議でひめやかな快楽、激しい歓喜と、いっそう激しい罪——これらのいっさいを自分は所有する定めにあるのだ。肖像画は自分の恥辱を重荷として担ってゆく定めにあるのだ。ただそれだけのことなのだ。

カンヴァスの上に描かれたあの美しい顔を汚すべく待ちかまえている冒瀆のことを思うと、ある苦痛感に彼は襲われるのだった。以前に、少年っぽくナルシスの真似をして、彼は、いまやたいそう残忍そうな微笑を自分に投げかけている赤く描かれた唇にキスした、いやキスするふりをしたことがあった。毎朝毎朝彼は肖像画の前に坐って、その美しさに驚嘆し、時にはほとんどうっとりしてしまいそうになることもあった。自分が浸るあらゆる気分に応じて、これからこの肖像画は変化してゆくのだろうか？　いずれ醜怪で胸が悪くなるような姿と化し、鍵のかかった部屋のなかに隠して、波打つすばらしいその金髪をしばしばいちだんと金色に染め上げていた日光とて当たらぬ暗闇のなかへと閉じ込めてしまわねばならなくなるのだろうか？　まったく残念なことだ！　まったく残念なことだ！(6)

しばらくのあいだ、彼は自分とこの肖像画とのあいだに存在する恐ろしい共感が消え失せるようにと祈りたいと思った。この肖像画は祈りに応じて変化した。たぶん祈りに応じていつまでも変化しないままでいるかもしれない。けれども、〈人生〉について多少とも知っている者が、いつまでも若くありたいという希望を捨てることなどあり得ようか？　その希望がどれほど途方もないものであろうとも、または、それがどんなに致命的な結果を伴おうとも。おまけに、そういう希望は本当に自分の意のままになるのであろうか？　自分の身代わりを作り出したのは本当に祈りのせいであったのだろうか？　そうしたことすべてには何か奇妙な科学的理由でもあったのだろうか？　もしも思考が生きている有機体にその影響力を行使することができるとしたなら、おそらく思考は生命のない無機物にも影響力を及ぼすことができるのではないだろうか？　いや、思考や意識的欲望などなくとも、われわれ自身の外部にある事物が、われわれの気分や情熱と一致して震動し、ひめやかな愛とか奇妙な親和力のうちに原子が原子に呼応する、ということがあり得ないだろうか？　だが、理由なぞおよそ重要ではない。彼はもう二度とふたたび祈りによって何か恐るべき力を験(ため)すこともないだろう。もしも肖像画が変化するものならば、変化させておけばよいのだ。それだけのことなのだ。いちいち細かく調べたところでどう仕様もないではないか？

というのも、変化を眺めることのうちにこそ本当の快楽があるのかもしれないのだから。それに自分の心をその秘密の隠れ場まで追跡することだって可能かもしれないのだ。この肖像画は自分にとって最も魔術的な鏡となってくれるだろう。ほかならぬぼく自身の肉体を明示してくれたように、それはぼく自身の魂を明示してくれることだろう。そしてこの肖像画に冬が訪れたときでも、自分はまだ春がいまにも夏に入りかけているような地点にとどまることができるだろう。その顔から血色が消え失せ、どんよりした眼つきをした蒼白い白堊色の仮面があとに残るばかりとなっても、自分は少年時代の輝きを維持することができよう。自分の花のような美しさが少しでも色褪(いろあ)せることなどよもやあるまい。自分の生命の脈動は一つとして弱まるまい。ギリシア人の神々のように、自分は力強く、軽やかで、歓喜に浸っていよう。カンヴァス上の着色画像にどんなことが起ころうとも、そんなことはどうでもいいではないか？　自分は安全なのだから。万事それに尽きるのだ。

彼は、微笑を浮かべながら、肖像画の前に衝立をまたもとのように置いて、寝室のなかへ入って行ったが、そこでは召使いがすでに彼を待ちうけていた。一時間後、彼はオペラ座に出かけた。ヘンリー卿は椅子に寄りかかるようにして坐っていた。

第九章(1)

翌朝、彼が朝食の席に坐っていると、バジル・ホールワードが部屋に通されて来た。

「やっときみが見つかってとってもうれしいよ、ドリアン」と、彼が真面目な口調で言う。「昨夜(ゆうべ)も来たんだが、きみはオペラ座に行っているということだった。もちろん、そんなはずはないとわかっていたよ。しかし、きみが本当はどこへ出かけていたのか、一言言い残しておいてくれてもよかったのにと思ったのだがね。ぼくはね、一つの悲劇が別な悲劇を招き寄せるのじゃないかと、それが心配で、恐ろしい一夜を過ごしたんだぜ。あの事件のことを聞いたとき、ぼくに電報ぐらい打ってくれてもよさそうなものだったのに。ぼくはクラブで手にした『グローブ』(2)紙の遅版(おそばん)をまったく偶然に読んで知ったのだがね。すぐにここへ駆けつけたのだが、きみがいないので惨めな気持になったよ。今度の一件でどれほどぼくが悲しい思いをしているか、言葉では言えないくらいなんだ。きみが苦しんでいるに違いないということはよくわかる。でも、一体どこへ出かけていたのだい？　あの女の母親に会いに行っていたのかい？　実はきみのあとを追って母親のところに行ってみようかとしばらく思ったりもしたんだ。新聞に住所が出ていたからね。ユーストン・ロードのどこかじゃなかったかな？　でも、到底軽くしてやれそうにもない悲しみに立ち入る気がどうにもしなくてね。可哀そうに！　あの母親はどんなに気も転倒していることだろう！　しかも一人っ子だそうじゃないか！　母親は事件について何て言ってたかね？」

「ねえバジル、どうしてそんなことがぼくにわかるでしょう？」とドリアン・グレイはつぶやくように言って、優美な黄金色の数珠玉のような泡沫の浮かんだヴェネチア製グラスから淡黄色のワインをすすり飲んだ。いかにもうんざりした様子に見える。「ぼくはオペラ座に行ってたんですよ。あなたはそこへいらっしゃるべきでしたね。ハリーの妹さんのグエンドリン夫人に初めて会いましてね。彼女の特別席に坐ったものですから。とても魅力的な女性ですよ。それにパティの歌も見事でした。忌わしい話題に触れるのはやめて下さい。喋りさえしなければ、それは起こらなかったも同然なのですから。ハリーも言っているように、いろんな事柄に現実性を与えるのは、要するに表現なんですよ。彼女が一人っ子じゃないことだけは言っておいたほうがいいかもしれません。息子が一人いて、きっと魅力的な男だと思います。でも、舞台には出ていないのです。船乗りか何かなんです。ところで、あなた御自身のこととか、いま何を描いておられるのかとかいったようなことを話してくれませんか」

「オペラ座へ行ってたって?」とホールワードは、ひどくゆっくりと話しかけたが、その声には無理に苦痛に堪えているような響きがあった。「シビル・ヴェインがどこかの薄汚ない下宿でまだ死んで横たわっていたときだというのに、きみはオペラ座へ行っていたというのだね? きみの愛していた女が静かに永遠の眠りにつく墓場にすら入っていないというのに、きみは他の女が魅力的だとか、パティの歌が見事だとか、ぼくに話してきかせるのかね? ねえ、きみ、彼女のあの小さな白い肉体には恐ろしいことが待ちかまえているんだぜ!」

「やめて下さい、バジル! そんな話なんか聞きたくもありませんよ!」ぱっと立ち上がりながら、ドリアンが声高に言った。「あの事件のことは話さないで下さい。すんでしまったことはすんでしまったことなのですから。過ぎ去ったことはもう過去のことなんですから」

「昨日(きのう)のことを過去だと言うのかね?」

「現実の時間の経過とこれとどういう関係があるんですか? ある感情を克服するのに何年も要するなんていうのは浅はかな人間だけですよ。自分を自由に操ることのできる人間なら、自分で快楽を作り出せるのと同じくらいたやすく悲しみにけりをつけることだってできるのですから。ぼくは自分の感情のなすがままにはなりたくないのです。反対にそれを利用し、享楽し、支配してやりたいのですよ」

「ドリアン、何て恐ろしいことを言うんだ！　何かのせいできみはすっかり変わってしまったね。見たところは、毎日毎日、絵のモデルを務めるためにぼくのアトリエへ通ってくれていたときとそっくり同じすばらしい青年に見えるのに。しかし、あの時分のきみは単純で、素直で、優しかった。世界中で一番無邪気な人間だった。ところがいまは、一体きみはどうしたのかね。心も、哀れみの情もまるでないみたいな話し方をするじゃないか。みんなハリーの影響のせいだな。なるほどね」

若者はさっと頰を赤く染めて、窓際に行き、しばしのあいだ、ゆらめくような陽光に煌めいている庭を見た。「ぼくはハリーにいろいろと恩恵を受けています、バジル」彼がやっとそう言った――「あなたの恩恵を受けている以上にね。あなたが教えてくれたのはただ自惚れだけですからね」

「なるほど、そのせいでぼくは罰を受けているわけなのか、ドリアン――それともいずれ罰を受けることになるのかね」

「どういうことだかぼくにはわかりませんね、バジル」ぷいと横を向きながら、ドリアンが語気を強めて言う。「一体どうしろとおっしゃるのかわかりませんね。どうしろとおっしゃるのですか？」

「前にモデルとして描いていた頃のドリアン・グレイでいてほしいのだよ」と画家が悲しげに言う。

「バジル」と若者は彼のほうへと足を運び、その肩に片手を置きながら言った。「あなたがいらっしゃるのが遅すぎたのですよ。昨日、シビル・ヴェインが自殺したということを聞いたときには——」

「自殺しただって！　これは驚いた！　それは確かなことなのかね？」恐怖の表情を浮かべて彼を見上げながら、ホールワードが叫んだ。

「ねえ、バジル！　まさかあなたはあれが俗悪な事故だと考えておられるのではないでしょうね？　もちろん、シビルは自殺したんですよ」

年上の男は顔を両手に埋めた。「何て恐ろしいことだ」と彼は低くつぶやき、身震いに襲われた。

「いいえ」とドリアン・グレイは言う。「何も恐ろしいことなんかありませんよ。現代の偉大でロマンティックな悲劇の一つですよ。概して、役者はひどく平凡な生活を送っています。善良な夫とか、貞節な妻とか、そうでなくとも退屈な役割を演じているのですよ。ぼくの言うことがおわかりでしょう――つまり中流階級的な美徳とか、そういうたぐいの事柄です。でも、シビルは随分違っていました！　彼女は彼女なりに最高の悲劇を生きたのですから。彼女はいつも女主人公(ヒロイン)でした。彼女が芝居をした最後の夜に――あなたが御覧になった夜ですが――ひどい演技を披露したわけは、彼女が愛の実体を知ったからなのです。でも、愛の非実体性を知ったとき、ジュリエットの死もかくやと思わせるように、彼女も死んだのです。ふたたび芸術の領域に還(かえ)ったのです。彼女には何かしら殉教者みたいなところがあります。彼女の死には、殉教者の死につきものの痛ましい無益さとか、むなしく朽ちていった美のすべてがそなわっています。でも、さきほども言いかけたように、ぼくが苦しまなかったと考えちゃいけませんよ。あなたが昨日のある特定の時間に――たぶん、五時半頃か、五時四十五分頃に――ここにいらしていたなら、ぼくが涙にくれていたのを御覧になっていたでしょう。ここにやって来て、あの知らせを伝えてくれたハリーでさえも、実のところ、ぼくがどんなに苦しんでいるか、見当もつかなかったくらいなのですから。ぼくはひどく苦しみました。でも、それもうなくなってしまったのです。ぼくには一つの感情を繰り返して感じることなどできません。感傷主義者以外には誰にもできないでしょう。それなのにあなたは随分無理なことをおっしゃるものですから、バジル。あなたはぼくを慰めるためにここへいらした。それはありがたいと思いますよ。でも、来て見たらぼくが慰められているものだから、あなたは腹を立てておられる。これじゃまるで同情家じゃありませんか！　あなたの様子を見ていると、ある慈善家についてハリーが語ってくれた話を思い出しますよ。その慈善家は、確かなことはよく憶えていませんが、ある不満の種を取り除くとか、ある不公平な法律を改正するとかしようとして二十年も費したのです。ついにそれを成し遂げることに成功したのですが、あとに残ったのはただ失望感だけだったのです。まったく何もすることがなくなり、〈倦怠（アンニュイ）〉のためにほとんど死なんばかりとなり、とうとうどう仕様もない人間嫌いになってしまったのですよ。ですから、ねえバジル、もしもあなたが本当にぼくを慰めたいと思っているのなら、むしろ起こってしまったことを忘れるすべを教えて下さるとか、あるいはそれをしかるべき芸術的観点から見ることを教えていただきたいのですよ。〈芸術の慰め（ラ・コンソラシオン・デ・ザール）〉(3)ということについてよく書いていたのはゴーチエではなかったですか？　ある日あなたのアトリエで子牛皮（ベラム）装幀の小型本をぱらぱらめくっていたとき、偶然その魅力的な文句に出くわしたことを憶えていますよ。そう、ぼくはね、御一緒にマーロウ(4)へ行ったときあなたが話してくれたあの若者、人生のどんな不幸だって黄色の繻子（しゅす）があれば慰められるということを言っていたという、あの若者なんかとは違いますよ。ぼくは手で触れ扱うことのできる美しい物を愛してはいますよ。古い紋織、緑色のブロンズ像、漆器、象牙細工、絶妙な環境、贅沢、華麗さ、こうしたものすべてから得られるものはたくさんあります。でも、そうしたものが創り出す、あるいはとにかく啓示してくれる芸術家的気質のほうがぼくにはもっと大切なんです。ハリーが言うように、自分自身の人生の傍観者になるっていうことは、人生の苦しみから逃避することなんですよ。こんなふうな話し方をしてあなたが呆気(あっけ)にとられていることぐらいわかります。ぼくがどんなに成長したか、あなたにはわかっちゃいないのですよ。あなたと知り合ったとき、ぼくはまだ学生でした。でも、いまはもう大人です。新しい情熱、新しい思想、新しい観念の持主なんですから。ぼくは昔とは違いますが、だからと言って嫌いになってほしくありませんね。ぼくは変わりましたけれど、あなたはいつもぜひ友達でいて下さらなくちゃいけませんよ。もちろん、ぼくはハリーが大好きです。でも、あなたのほうが彼よりもずっと善良だってことは確かですよ。あなたは強くはないし――ひどく人生を恐れているし――でも、あなたのほうが善良です。それに以前ぼくたちは一緒にどんなに楽しい時を過ごしたことでしょう！　ぼくを捨てないで下さい、バジル。ぼくと口論なんかしないで下さい。ぼくはあるがままのぼくなんですから。これ以上もう何も言うことはありませんよ」

　画家は不思議な感動を覚えた。この若者は彼にとってこの上もなく親しい存在であり、その個性は彼の芸術に大きな転回点を与えたものにほかならなかった。若者をこれ以上咎(とが)める気にはなれない。結局のところ、若者の冷淡さはたぶんすぐに消え去ってしまうような、単なる気分のせいだったのだろう。この若者は善良さや高貴さを多分に持っている人間なのだ。

「わかったよ、ドリアン」ついに悲しげな微笑を浮かべながら、彼は言った。「今後はこの恐ろしい事件について二度ときみには話さないよ。ただ、この事件に関連してきみの名前が挙げられたりしなければいいがね。今日の午後検屍があるはずだよ。きみは召喚されているのかね？」

ドリアンは頭を横に振ったが、「検屍」という言葉を聞くと、困惑の表情が顔をかすめた。その種の事柄にはすべて何かしら露骨で野卑なところがあるものだ。「ぼくの名前は知られてはいませんよ」と彼が答える。

「しかし、彼女のほうははっきり知ってたんだろう？」

「洗礼名だけは知ってましたけれど、彼女はきっと誰にも絶対に話さなかったのじゃないかな。彼女がいつか話してくれたのですが、ぼくが何者かをみんなが知りたがっているけれども、ぼくの名前は〈魅惑の王子様(プリンス・チャーミング)〉だといつも言っておいたということですからね。なかなか愛嬌があるじゃありませんか。あなたはぜひシビルの絵を描いてくれなくちゃいけませんよ、バジル。何度かの接吻とか少しばかりの断片的で悲痛な言葉の思い出だけではなく、もっと彼女の記念になるような何かがほしいのです」

「きみが喜ぶのなら、何か描いてあげてもいいよ、ドリアン。しかし、きみ自身だってもう一度ぼくのところへ来てモデルになってくれなくちゃいけないよ。きみなしではぼくはうまくやってゆけないのだからね」

「ぼくは二度とモデルなんかにはなりませんよ。そんなことはもうできませんよ！」と尻込みしながら、彼は叫んだ。

画家は彼を凝視した。「ねえきみ、何て馬鹿なことを言うのだね！」と彼が声高に言う。「ぼくが描いたきみの絵が気に入らないとでも言いたいのかね？　絵はどこにあるんだ？　絵の前になぜ衝立（ついたて）などを置いているのかね？　ぼくに絵を見せてくれないか。ぼくがいままでに描いたなかで一番の傑作なんだから。衝立をどけてくれないか、ドリアン。ぼくの作品をあんなふうに隠してしまうなんて、きみの召使いはまったく恥知らずもいいところだよ。道理で入って来たとき部屋の様子が何だかいつもと違うなと思ったんだ」

「召使いには何の関係もありませんよ、バジル。まさかぼくの部屋の整頓まで召使いにさせているなんてお考えじゃないでしょうね？　時々花を生けてくれますが——彼がするのはその程度のことだけですから。あれはぼくが自分でやったんです。光線が肖像画には強すぎるからですよ」

「強すぎるだって！　冗談じゃないよ、きみ。そこはあの絵にぴったりの場所じゃないか。絵を見せてくれよ」そしてホールワードは部屋の隅のほうへつかつかと歩んだ。

恐怖の叫び声がドリアン・グレイの唇から洩れ、彼は画家と衝立のあいだに突進した。「バジル」と蒼ざめた顔で彼が言った。「それを見ちゃいけない。見てもらいたくないんだ」

「自分の作品を見るなだって！　まさか本気でそう言っているわけじゃないだろう。なぜ見ちゃいけないのかね？」と笑いながら、ホールワードが声高に言った。

「どうしてもそれを見ようとするのなら、バジル、名誉に誓って、一生あなたとは二度と口を利かないことにしますよ。ぼくはまったく本気なんですから。何も説明はしませんが、あなたも説明を求めないで下さい。でも、忘れないで下さいよ、もしもこの衝立に手を触れたりしたなら、ぼくたちの関係はみんなおしまいになるということを」

ホールワードは肝を潰していた。彼は途轍もなく驚いてドリアン・グレイを眺めている。こんなふうなドリアンを以前には一度も見たことがなかったからだ。若者は憤怒のせいで本当に蒼ざめている。両手を堅く握り締め、瞳孔は青い焰の円盤のようだ。全身をぶるぶる震わせている。

「ドリアン！」

「何も言わないで下さい！」

「でも、一体どうしたんだ？　もちろん、きみが見てほしくないのなら見やしないが」とかなり冷やかに言ってから、画家は踵を返して、窓際のほうへと行った。「しかし、本当のところ、自分が描いた作品を見ちゃいけないというのは随分馬鹿げた話じゃないか。特にあれを秋にはパリの展覧会に出品するつもりでいるときだというのに。その前にたぶんニスの上塗りをもう一度やっておかなくちゃならないのだから、いずれ見なくちゃならないのだよ。なぜ今日じゃいけないのかね？」

「あれを出品するですって！　出品したいと言われるのですか？」とドリアン・グレイは叫び、奇妙な恐怖感に襲われた。自分の秘密が世間に晒されようとしているのか？　世間の人びとは自分の人生の秘密をあきれて見つめることになるのか？　そんなことなど真っ平御免だ。どうしたらよいかわからなかったが――すぐに何か手だてを講ずる必要がある。

「そうなんだよ。まさかきみは出品することに反対じゃないだろうね。ジョルジュ・プティ(5)がぼくの一番出来のいい作品を集めてセーズ街で特別展を催すことになっているんだ。十月の第一週に幕開けになるんだがね。きみの肖像画も一月ほど手もとを離れることになるんだよ。それくらいの期間なら手離すことなんて楽にできるだろう。本当のところ、きみだってきっとロンドンを離れているだろうしね。それにいつも衝立のうしろに隠しているんだとすれば、それほど関心があるはずもないだろうからな」

ドリアン・グレイは手を額の上に当てた。玉のような汗がそこに吹き出している。恐るべき危険の瀬戸際に臨んでいるような感じであった。「一月前には絶対に出品しないって言ってたじゃないですか」と彼は声高に言う。「どうして考えを変えたりしたんですか？　あなたみたいに言行一致を心がけている人だって、やはり他の連中と同じ気分屋なんですね。違いがあるとすれば、それはただあなたの気分がどちらかと言うと無意味だっていうことに尽きますよ。どんなことが起ころうとも、あの絵を展覧会に出すことだけは絶対にしないって、あれほど厳粛な口調でぼくに誓ったことを、よもやお忘れじゃないでしょうね。ハリーにもまったく同じことを話したじゃありませんか」彼は不意に言葉を途切らせたが、その眼に一条の光が煌めいた。以前ヘンリー卿が、なかば真面目に、なかば冗談に、こう言ったことを思い出したからだ。「もしもきみが十五分ほど奇妙な時間を過ごしたいのなら、バジルがなぜきみの絵を出品したがらないか、そのわけを彼に話させてみるといいよ。彼はそのわけを話してくれたが、それはぼくにとって一つの啓示だったよ」そうだ、たぶんバジルだって、秘密を持っているかもしれないのだ。よし、彼にそれを訊いてやろう。

「バジル」すぐ近くに寄って、相手の顔を真直ぐ見据えながら、彼は言った。「ぼくたちはお互いに秘密を持っています。あなたの秘密を話して下されば、ぼくの秘密を話してあげましょう。ぼくの肖像を出品するのを拒んだのは一体どういう理由からなんですか？」

画家は思わず身震いした。「ドリアン、その理由を話したら、きみはいまよりもぼくがずっと嫌いになるだろうし、きっとぼくを嘲笑（あざわら）うのではないかな。ぼくはね、きみに嫌われたり、嘲笑されたりすることに我慢ならないのだよ。もしどうしても絵を見てほしくないのなら、仕方がない。これからいつもきみを眺めることにするからね。これまでに描いたうちで一番出来のいい作品を世間から隠していてほしいのなら、それでもいいよ。どんな名声や評判よりもきみとの友情のほうが大事だからね」

「いや、バジル、ぜひ話してくれなくちゃいけませんよ」ドリアン・グレイがしつこく言う。「ぼくには知る権利があると思います」恐怖感は遠ざかり、代わって好奇心に取り憑かれていた。バジル・ホールワードの秘密を何としても見つけてやろうと心に決めたからだ。

「腰をおろそうじゃないか、ドリアン」と困惑した表情で画家は言った。「腰をおろしたまえよ。それから一つだけ質問に答えてくれないか。あの絵のなかに何か奇妙なものを見つけでもしたのかい？――最初はたぶん別に気にもかからないでいたが、突然きみに明らかになった何か奇妙なものを？」

「バジル」と若者は叫び、震える手で椅子の肘掛けを摑んで、激しく興奮した、驚愕したような眼差しで相手をじっと見つめた。

「やっぱりそうだったのだな。何も言わないでくれ。ぼくの言うことを聞くまで待っていてくれたまえ。ドリアン、きみに会った瞬間から、ぼくはね、きみの個性にひどく途方もない影響を受けてしまったのだよ。ぼくは魂も、頭脳も、才能も、きみに支配されてしまったのだよ(6)。われわれ芸術家はね、その記憶にまるでこのうえもなく美しい夢みたいに取り憑かれてしまうんだが、きみはぼくにとってその見えざる理想っていうやつの眼に見える化身になってしまったのだよ。ぼくはきみを崇拝した。きみが話しかけるすべての人間を嫉妬した。きみのすべてを独り占めにしたかったからだよ。きみと一緒にいるときだけぼくは幸せだった。きみがぼくから離れたときも、きみは依然としてぼくの芸術のなかに存在していた……もちろん、こんなことについて何もきみには知らせなかったさ。そんなことなどおよそ不可能だったからだよ。きみもぼくの気持を理解してはくれなかっただろう。ぼくだって自分でほとんど理解できなかったくらいなんだから。ぼくにわかっていたことと言えば、ただ、自分は完璧なものを間近に見たということと、世界が自分の眼にすばらしく映るようになったということだけなんだから——それはたぶんあまりにもすばらしすぎたかもしれない。というのも、そのような狂信的な崇拝には危険が、いつまでも崇拝の気持を保っていく危険に劣らず、それを失ってしまう危険もあるからなんだよ……何週間も経ったが、ぼくはますますきみに夢中になるばかりだった。それから新たな進展が訪れたのさ。ぼくはね、それまできみのことを優美な鎧姿をしたパリスだとか、狩人のマントを身に着け、ぴかぴかに磨かれた猪狩りの槍を携えたアドニスだとかいうふうに描いていたんだよ。重たげな蓮の花の冠を被り、緑色に濁ったナイル河を見つめながら、ハドリアヌス帝の屋形船の舳(へさき)の上に坐っているきみも描いたさ。[7]ギリシアのある森林地帯の静かな池の上に身を乗り出して、さざ波一つ立てぬ銀色の水面に映る自分の顔のすばらしさに見とれているきみも描いたさ。そしてこうしたものすべてこそが芸術のあるべき姿、つまり無意識的で、理想的で、かつ超越的なものであると思っていたんだ。ところが、ある日のこと、ぼくは時々その日を運命の日だと思うのだがね、過去の時代の服装姿ではなく、現代の、いま着ている服装姿の、実際のあるがままのきみのすばらしい肖像画を描いてみようと心を決めたのだよ。

それが方法上の写実主義（リアリズム）のせいなのか、それとも、霧とかヴェールに遮られることなくじかにぼくの前に現れた、単にきみ自身の個性のすばらしさのせいなのかどうか、ぼくにはどうとも言えないさ。しかし、その肖像画を描いているうちに、絵具のどの薄片も薄膜もぼくには自分の秘密を明らかにしているように思われて来たんだよ。ぼくの偶像崇拝ぶりが他人に知られはしないかとだんだん心配になって来てね。ぼくはこう感じたのだ、ドリアン、つまりだね、自分はあまりにも多くのことをこの絵に語らせてしまった、あまりにも多くの自分自身をこの絵のなかに注（つ）ぎ込みすぎてしまったとね。そのときだったのだよ、ぼくがその絵を絶対に出品すまいと心に決めたのは。きみは少しばかり不愉快に感じていたが、そのとききみは、その絵がぼくにとってどんな意味を持っているか、それをわかってはいなかった。そのことをハリーに打明けてみたんだが、彼はぼくを笑うんだ。でも、そんなことは別に気にもならなかった。絵が仕上がって、一人きりでそれと向かい合って坐ったとき、ぼくは自分の考えが正しかったと感じたんだ……ところで、それから数日後に、この絵はぼくのアトリエから持ち去られ、その堪えがたいほどの魅惑から離れるや否や、きみがたいそう美貌であるということ以上の、またぼくに描けること以上の何かをその絵のなかに見たように想像したことは馬鹿げていたというふうに思えてきたのだよ。創作の際に感じる情熱が、出来上がった作品のなかに実際に示されると考えるなんていうことは誤りだと、いまでさえもぼくは感じないわけにはいかないのだよ。芸術はわれわれが空想する以上にいつも抽象的なものなんだ。形と色彩はわれわれに形と色彩を語っている——それだけのことなんだ。芸術は芸術家を露呈させるよりも遥かに完璧に芸術家を隠蔽するものだと、ぼくにはたびたび思えるんだ。そんなわけで、パリから今度の申し出があったとき、きみの肖像画をぼくの出品物の目玉にしてやろうと決めたんだ。でも、まさかきみが拒否するなんて夢にも思わなかったな。でも、いまはきみのほうが正しいと思う。あの絵は人には見せられないものなんだ。ぼくが言ったことで怒ったりしないでくれたまえよ、ドリアン。前にハリーに言ったように、きみは崇拝されるために生まれて来たのだからね」

ドリアン・グレイは長いため息をついた。両頰には血色が戻り、口もとには微笑が浮かんだ。危険は過ぎ去ったのだ。しばらくは安全なのだ。だが彼は、こんな奇妙な告白を自分にしたばかりの画家を何とも気の毒だと感じないわけにはいかなかったし、また、自分自身も一人の友人の個性にこんなにも支配されることがあるだろうかと怪しむのだった。ヘンリー卿は非常に危険であるような魅力を持っている。しかし、それだけのことなのだ。卿はあまりにも才気走り、あまりにも冷笑的すぎて本当に好きにはなれない人間なのだ。自分の心を奇妙な偶像崇拝で満たしてくれるような人間が誰かそもそもいるだろうか？　それは人生が取って置いてくれるものの一つなのだろうか？

「ぼくにとっては驚くべきことだよ」とホールワードが言う。「きみが肖像画のなかにそれを見たということは。きみは本当に見たのかね？」

「何かをぼくは見ました」と彼は答えた。「ひどく奇妙に見えるような何かをですよ」

「それじゃ、もうあの絵を見ても別にかまやしないだろう？」

ドリアンは頭を横に振った。「そんなことを頼んだら駄目じゃありませんか、バジル。あの絵の前にあなたを立たせることだけはどうしてもできませんよ」

「いつかきっと立たせてくれるだろうね？」

「絶対に駄目ですよ」

「それじゃ、きみの言うとおりにしよう。ではこれで失礼するよ、ドリアン。きみはぼくの芸術に本当に影響を与えた、生涯を通じてただ一人の人間なんだ。いままでにいい作品を描いたことがあるとすれば、それはきみのお蔭なんだ。ああ、さっきのような話を全部きみに言うのに、ぼくがどんなにつらい思いをしたか、きみにはわからないだろうね」

「ねえバジル」とドリアンは言った。「あなたは一体ぼくに何を言ったのですか？　要するにぼくをとっても崇拝しているという、あなたの気持だけじゃないですか。そんなのじゃお世辞にもならないですよ」

「お世辞のつもりで言ったわけじゃないんだ。あれは告白だったのだよ。告白をしてしまったいまじゃ、何かが自分から抜け出してしまったような気がする。自分の崇拝の気持を言葉になんかたぶん絶対にすべきじゃないんだ」

「ひどくつまらない告白でしたよ」

「なぜだい、一体何をきみは期待していたのかね、ドリアン？　きみは絵のなかに何か他のものを見たわけじゃないのだろうな？　他には別に何も見なかったのだろうね？」

「ええ、他には別に何も見なかったですよ。なぜそんなことを訊くんですか？　でも、崇拝なんていうことをあまり喋らないほうがいいですよ。馬鹿げていますからね。あなたとぼくは友達なんだ、バジル。そしていつまでもぜひ友達でいましょうよ」

「きみにはハリーがいる」と悲しげに、画家が言う。

「ああ、ハリーですか！」とさざめくように笑いながら、若者は声高に言う。「ハリーは昼間は信じがたいことを言って費し、夜は夜でまさかと思うようなことをして過ごしているんですからね。そんな生活をぼくもしてみたいな。でもやはり、困ったときにハリーのところへ行こうとは思いませんね。やはりあなたのところへ駆けつけるでしょうよ、バジル」

「きみはまたモデルになってくれるだろうね？」

「とんでもない！」

「そんなふうに拒絶されると芸術家としてのぼくの一生は台なしになってしまうよ。一生に二度も理想的なものに出会う人間なんていないからね。一度出会う人間だってわずかだし」

「理由は言えないけれど、バジル、ぼくは二度とモデルにはなりませんよ。肖像画というものには何かしら不吉なところがありますからね。それ自身の生命を持っているのですから。お茶を飲みに伺ったりはしますよ。それだって結構楽しいじゃありませんか」

「どうもそのほうがきみには楽しいようだな」と残念そうにホールワードはつぶやいた。「それじゃこれで失礼するよ。もう一度あの絵を見せてくれないなんて残念だな。しかし、それも仕方があるまい。きみの気持もよくわかるしね」

彼が部屋を去ると、ドリアン・グレイは一人で微笑んだ。哀れなバジル！　本当の理由なんて彼はほとんど何も知っちゃいないのだ！　しかも自分の秘密を無理矢理洩らす羽目に陥るどころか、ほとんど偶然に、友人から秘密を見事にほじくり出すことができたなんて、何とも奇妙な話ではないか！　あの奇妙な告白のお蔭でいろんなことが自分にはわかったというものだ！　あの画家の馬鹿げた嫉妬の発作、猛烈な献身、法外な褒め言葉、妙な沈黙――ドリアンにはこれらのことがいまやことごとく氷解したのだが、彼は画家を気の毒に思った。これほどのロマンスに彩られた友情には、どことなく悲劇的なものが潜んでいるような気がしたからだ。

彼はため息をついて、呼鈴を鳴らした。何としてでも肖像画は隠さねばならぬ。人目につくような危険を二度と冒してはならないのだ。友人たちの多くが近づけるこの部屋のなかに、たとえ一時間でも、あの絵を置いたままにしていたなんてまったく頭がどうかしていたのだ。

第十章[1]

召使いが入って来たとき、ドリアンは彼をじっと見つめながら、この男は衝立の後ろを覗いてみようと思ったことがあるのじゃないかと疑った。その男はまったく平然とした様子で、彼の指図を待っている。ドリアンは煙草に火をつけ、鏡の傍まで足を運んでちらっとなかを覗き込んだ。ヴィクターの顔が映っているのをはっきりと見ることができる。落着き払った奴隷の仮面そっくりな顔だ。そこには、何も恐れるものはなかった。けれども、用心にこしたことはないと思った。

ひどくゆっくりとした口調で、ドリアンは家政婦をここへ来させるようにと告げ、そのあとで額縁屋へ行って、職人を二人すぐに寄越すようにしてくれと頼んだ。召使いが部屋を出て行くとき、彼の視線が衝立のほうに何気なく向けられたような気がしたが、それは単に彼自身の思いすごしにすぎなかっただろうか?

数分後、黒い絹のドレスを身に着け、皺だらけの両手に古風な糸編みの指なし長手袋をはめたリーフ夫人がせかせかと書斎に入って来た。彼は夫人に勉強部屋の鍵を出してくれと頼んだ。

「あの昔の勉強部屋のことでございますか、ドリアン様？」と彼女は声高に言った。「まあ、あそこは埃(ほこり)だらけでございますよ。お入りになる前に、きちんと整理したり、片づけたりしませんことには。御覧になれるような状態ではありませんもの、旦那様。本当に、それはもうひどいものですわ」

「片づけてもらわなくてもいいんだよ、リーフ。鍵がほしいだけなんだから」

「さようですか、旦那様、あの部屋へお入りになれば蜘蛛の巣だらけになりますよ。もちろん、大旦那様がお亡くなりになってから、もうかれこれ五年も開けたことがないのですもの」

祖父のことを言われると彼はすくみ上がった。祖父には嫌な思い出があったからだ。

「そんなことはどうだっていいんだ」と彼は答えた。「ただあの部屋を見たいだけなんだから――それだけのことなんだからね。鍵をくれたまえ」

「鍵はこれでございます、旦那様」不安定な震える両手で鍵束を入念に調べながら、老婦人が言った。「鍵はこれでございます。すぐに鍵束からはずしますから。でも、まさかあそこでお暮らしになるのじゃございませんでしょうね、旦那様？　ここはとっても住み心地がよろしいはずですのに」

「いや、そんなことはしないさ」と苛々(いらいら)しながら、彼は声高に言った。「ありがとう、リーフ。用はこれだけなんだ」

彼女はしばらくぐずぐず居残って、家政上のこまごましたことをいろいろ喋った。彼はため息をついて、彼女が一番いいと思うように万事取り計らうようにと言った。彼女は満面に笑みをたたえながら部屋を去った。

扉が閉まると、ドリアンは鍵をポケットに入れて、部屋をぐるりと見まわした。彼の眼は金糸で重々しく刺繡を施された大きな紫色の繻子(しゅす)の長椅子覆いに注がれた。それは祖父がボローニャ近郊のある修道院で見つけた十七世紀後半のヴェネチア製の工芸品だった。そうだ、あれならあの恐ろしい代物を包むのにぴったりだろう。あれはたぶんしばしば死者の棺を覆うものとして用いられていたのじゃないかな。だがいまは、死そのものの腐敗よりも悪い、それみずから腐敗していくものを——恐怖を生み出し、しかも決して死滅することのないものを隠すためにあるのだ。蛆(うじ)が死骸を食い荒らすのと同様に、彼の罪悪がカンヴァス上の肖像を食い荒らすのだ。罪悪は肖像の美しさを台なしにし、その優美さを食いつぶしてしまうだろう。肖像を汚(けが)し、恥ずべきものと化してしまうのだ。だがそれでも、その肖像はいつまでも生きつづけるだろう。いつまでも生きていることだろう。

彼は震えおののき、一瞬、自分がなぜ肖像画を隠したがったのか、その本当の理由をバジルに話さなかったことを後悔した。バジルは自分がヘンリー卿の影響力や、さらに自分自身の気質に由来するなおいっそう有害なさまざまな影響力に抗していくために助けとなってくれただろうに。バジルが自分に対して抱いている愛――それこそ本当に愛と言えるものなのだ――には、高貴で知的でないようなものは何も含まれていないのだ。その愛は、感覚から生まれ、感覚が倦んでしまえば死に絶えてしまうような、そういう単なる肉体的な美の讃美などではないのだ。それはミケランジェロや、モンテーニュや、ヴィンケルマンや、シェイクスピア自身が知っていたような愛なのだ[2]。そうだ、バジルなら自分を救うこともできたはずだ。しかし、いまはもう遅すぎる。過去をすっかり葬ってしまうことはいつでもできるじゃないか。後悔、否認、あるいは忘却がそれをしてくれるのだから。だが、未来を避けることはできない。自分のなかには、いつかその恐るべき捌け口を見つけ出すような情熱が、その悪の影を現実のものにしてしまうような夢が潜んでいるのだ。

彼は長椅子から、それを覆っていた大きな紫色と金色の織物を取り上げ、両手に抱えて衝立の後ろへ行った。カンヴァス上の顔は前よりもひどくなっただろうか？　どうやら少しも変化していないようだ。けれども、彼の嫌悪感はいちだんと強まった。金髪、碧眼、それに薔薇のように赤い唇――それらはみな元どおりそこにあった。変わってしまったのはただ表情のみだった。その醜怪さは見るも恐ろしいほどだ。ここに見られる非難や叱責の表情に比べると、シビル・ヴェインのことでバジルが述べた非難など何と薄っぺらなものであったことか！――何と薄っぺらで、実に取るに足りぬものであったことか！　自分自身の魂がカンヴァスから自分を眺め、裁きの場へと呼び寄せているのだ。苦痛の表情が彼の顔を横切り、彼は豪華な棺衣を肖像画の上に投げつけた。そうしているとき、扉をノックする音が聞えた。彼が衝立の後ろから出ると同時に召使いが部屋に入って来た。

「額縁屋が参りました、旦那様」

この男はすぐに追い払わねばならない、と彼は思った。肖像画がどこに運ばれるかをこの男に知らせてはならない。この男はどこか陰険なところがあり、分別臭い、裏切者めいた眼つきをしている。書き物机に坐って、彼はヘンリー卿に短い手紙を書いた。何か読み物を貸してほしいということと、今夜八時十五分に会うことになっているのを忘れないようにという内容だった。

「返事をもらって来てくれないか」と彼は手紙を渡しながら言った。「それから、額縁屋をここへ通してくれ」

二、三分すると、またノックする音がして、南オードリー通り(3)の著名な額縁商ハバード氏自身が、やや粗野な容貌の若い助手と一緒に入って来た。ハバード氏は血色のよい、赤い頬髭を生やした小柄な男だったが、その芸術に対する讃美の念も、彼と取引のある大部分の芸術家たちが常時貧乏暮らしをつづけているものだから、相当弱まっているのであった。概して、彼は自分の店を離れるということはなかった。客が自分のところへ来るのを待つことにしていたからだ。だが、ドリアン・グレイのためならいつでも彼のほうから進んでやって来るのだった。ドリアンには何かしら誰もが惹きつけられるような魅力があるのである。彼を見ているだけでも楽しいほどなのだから。

「どういう御用でございますか、ドリアン様?」雀斑(そばかす)だらけの肥った両手を揉みながら、彼は言った。「わざわざ御用命下さいましたのでわたし自身出向いたほうがよろしかろうと思いまして参上した次第です。ちょうど、それはもう美しい額縁を手に入れたところでございますよ。売りに出ているのを見つけたのでございます。古いフィレンツェ物ですよ。フォントヒル(4)から来たものに相違ないと思います。宗教画を入れるのにまことにぴったりの額縁でございますよ、グレイ様」

「わざわざ御足労下さって申訳ないね、ハバードさん。そのうちにきっとお店に寄ってその額縁を見せていただきますよ――もっとも、いまのところ宗教芸術には大して興味はないのですがね――ところで今日は、一枚の絵を一番上の部屋まで運んでいただきたいのです。かなり重いものですから、あなたのところのお若い方を二人ばかり貸していただこうと思いまして」

「お安い御用ですとも、グレイ様。少しでもお役に立てばうれしゅうございますよ。その美術品はどれでございましょうか?」

「これなんです」と衝立を押しのけながら、ドリアンは答えた。「これを覆いも何もかもそのまま動かすことができますか? 階段を登るとき傷をつけたくないですからね」

「それくらい何でもございませんよ」と親切な額縁屋は言って、助手の助けを借りて、絵が吊り下げられている長い真鍮の鎖から絵をはずしにかかった。「それで、これをどこへお運びしましょうか、グレイ様?」

「ぼくが案内しますから、どうぞあとからついて来てくれませんか、ハバードさん。それとも、あなたのほうが先に行ったほうがいいかな。申訳ないが、屋根裏部屋までなんですよ。正面の階段から登ることにしましょう、そこのほうが広いですからね」

彼は二人のために扉を開けたままにしてやった。二人は玄関の間へ出て、登りはじめた。額縁が凝った造りになっているので、絵はたいそう嵩張(かさば)っていた。そのため、紳士ともあろう方から手伝ってもらうことを、いかにも商人気質丸出しで嫌っていたハバード氏が、追従的におやめ下さいと言ったにもかかわらず、ときどき、ドリアンは、二人の手助けをするために手を貸してやるのだった。

「運ぶのに相当手間がかかる荷物ですな」と一番上の踊り場に辿り着いたとき、小柄な男が喘ぎながら言った。そして汗で光る額を拭った。

「大分重くて申訳ない」とつぶやきながら、ドリアンは、これから自分の人生の奇妙な秘密をしまい込み、自分の魂を他人の眼から隠してしまうことになる部屋へと通じる扉の鍵を開けるのだった。

もう四年以上も、彼はこの部屋に入ったことはなかった——実際、最初は子供の頃に遊び部屋として、次にやや年長になってからは勉強部屋として使用して以来、一度も入ったことがないのだった。大きな、よく釣合いの取れた部屋で、故ケルソー卿が小さな孫息子のために特別に作らせたものなのだが、その孫息子が妙に母親似であることや、またその他の理由のせいで、彼は孫息子をいつも嫌っていて自分の身辺から遠ざけておきたがったのである。部屋はほとんど変わっていないようにドリアンには思われた。異様な彩色を施されたパネル画や変色した金箔の繰形付きの、巨大なイタリア・ルネサンス風の箱があったが、そのなかに彼は子供の頃よく隠れたものだった。ページの角が折れ曲がった教科書のいっぱい詰まったマホガニー材の書棚もある。その背後の壁には、昔のままぼろぼろになったフランドル産の綴れ織が掛っており、色褪せた王と王妃が庭園でチェスに興じ、籠手をはめた手首に頭巾を被せた鷹をのせて、一団の鷹匠たちが騎馬で通り過ぎるという模様が描かれている。何もかも実によく憶えている！　部屋を見まわしているとき、一人ぼっちだった少年時代の一瞬一瞬が甦って来る。少年の頃の生活の汚点一つない純真さを思い出すにつけても、あの不吉な肖像画を隠しておくのがこの部屋であることが彼には恐ろしく思えるのだった。あの過ぎ去った日々に、自分を待ちかまえているこうした運命について、彼に予測することなどできるはずもなかったのだ！

だが、この屋敷内で、ここほど詮索好きの人の眼に触れぬ場所はほかにはない。鍵は自分が持っているし、自分のほかには誰も入ることができないのだ。紫色の棺衣の下で、カンヴァスに描かれた顔はますます獣的になり、ふやけ、不潔になることだろう。だが、それがどうしたというのだ？　誰もそれを見ることができないはずではないか。彼自身もそれを見たりはしないだろう。自分の魂の忌わしい腐敗ぶりを眺める必要などどこにある？　自分はいつまでも若さを保つ――それで十分ではないか。それに、そのほかになお、自分の性質が結局のところいちだんとすぐれたものになるかもしれないではないか？　未来は恥辱にまみれているはずだということには何の理由もないのだ。これからの人生で、ある愛にめぐりあい、それが自分を浄化し、どうやらすでに彼の霊と肉のなかでうごめいているいろんな罪悪――まさしくその神秘さのゆえに名状しがたい特性と魅力とを生じさせている、あの奇妙で想像もつかぬいろんな罪悪――から自分を保護してくれるかもしれないではないか。おそらく、いつの日にか、あの醜悪な表情が繊細な真紅の口から消え去ったなら、バジル・ホールワードの傑作を世間の人たちの眼に触れさせることもできるのではあるまいか。

　いや、そんなことなど不可能だ。刻一刻、一週間経つごとに、カンヴァス上の肖像はだんだん年取っていくのだ。ことによると罪悪の忌わしさは免れることができるかもしれぬが、老齢の忌わしさはちゃんと待ちかまえていて免れることなどできないからだ。頬はこけたり、たるんでくるだろう。鴉（からす）の足跡のような黄色い小皺が輝きの薄れた眼のまわりに忍び寄り、見るも恐ろしいものにしてしまうだろう。髪の毛もその光沢を失い、いかにも老人の口にふさわしく、口はぽかんと開いたり涎（よだれ）を垂らしたり、阿呆のような、あるいは野卑なものとなるだろう。喉には皺が寄り、手は冷たく、青い静脈が浮き上がり、身体は曲がってしまうだろう。少年時代に自分にひどく厳格だった祖父がそのようであったことが思い出される。肖像画はどうしても隠さなければならないのだ。そうしないわけにはいかないのだ。

「なかへ入れて下さい、どうぞハバードさん」振り返りながら、彼は疲れたような口調で言った。「長いことお待たせしてすみませんでした。他のことを考えていたものですから」

「ひと休みできるというのはいつだってありがたいものですよ、グレイ様」まだはあはあと喘ぎながら、額縁屋が答えた。「どこへ置きましょうか？」

「ああ、どこでもいいですよ。そう、ここでいいでしょう。壁に掛けなくてもいいんです。そこの壁にただ立て掛けてもらえばいいんだから。ありがとう」

「この作品を拝見できませんでしょうか？」

ドリアンはぎょっとなった。「あなたの興味を惹くような代物じゃありませんよ、ハバードさん」と相手をきっと見据えながら、彼は言った。もしもこの男が自分の人生の秘密を覆い隠している豪華な覆いを少しでも持ち上げようとしたなら、すぐにも飛びかかって男を床に投げ飛ばしてやろうと彼は思った。「もうこれ以上面倒をかけることはしませんよ。わざわざ出向いてくれてどうもありがとう」

「いやいや、どういたしまして、グレイ様。あなた様のためならいつでも喜んでお手伝いに参上いたしますよ」それからハバード氏は重い足取りで階段を降りて行った。助手もそのあとにつづいたが、彼は粗野で不器量なその顔にはにかんだような驚嘆の表情を浮かべてドリアンのほうをちらっと振り返って見るのだった。これほどの美男をいままでに見たことがなかったからだ。

彼らの足音が聞えなくなったとき、ドリアンは扉の鍵をかけ、その鍵をポケットにしまい込んだ。これで安心というものだ。あの恐るべき絵を誰も見やしないのだから。自分以外の誰の眼もあの恥辱を見ることはないだろう。

書斎に戻ったとき、ちょうど五時で、お茶がすでに運ばれていた。真珠貝を一面に鏤(ちりば)めた黒い芳香のする小さなテーブル――これは彼の後見人の妻のラドリー夫人からの贈物で、夫人は始終病気をこさえている美人で、前年の冬をカイロで過ごしたのだった――の上に、ヘンリー卿からの手紙が置いてあり、その傍には、カバーが少しばかり破れ、縁(ふち)が汚れた黄色い紙で装幀された一冊の本があった。(5)『セント・ジェイムズ』(6)紙の第三版も一部、茶盆の上に載せてある。ヴィクターが帰宅したことは明らかだった。額縁屋が出て行くときに玄関の間で出会って、いままで何をしていたのか、それを彼らから聞き出しはしなかっただろうかと、彼は怪しんだ。ヴィクターはきっと絵がなくなったことに気づくだろう――いや、お茶の道具を置きに来たときにきっともう気づいたに違いない。衝立は元に戻してなかったので、がらんとした空間が壁の上にむき出しになってていたからだ。おそらく、そのうち夜に、あの男がそっと階段を登って行ってあの部屋の扉をこじ開けようとしているところを、自分が見つけることになるかもしれない。自分の屋敷内にスパイがいるなんて恐ろしいことだ。手紙をひそかに読んだり、会話を盗み聞きしたり、住所付きの名刺を拾ったり、枕の下に萎（しな）びた花とか、くしゃくしゃになったレースの切れはしを見つけた召使いから、一生恐喝されつづけていたという金持の男の話を聞いたことがある。

彼はため息をついて、自分でお茶を注いでから、ヘンリー卿の手紙を開いた。その内容は要するに、夕刊とドリアンの興味を惹きそうな一冊の本を届ける、そして八時十五分にはクラブに行くということを知らせているだけだった。彼は『セント・ジェイムズ』紙を気乗りのしない様子で開き、それに眼を通した。赤鉛筆の印が五ページ目に付けられているのが眼にとまる。その赤印は次のような記事の一節に注意を向けさせるためのものだった。

女優の検屍――今朝ホクストン通りのベル・タヴァーンで、同地区の検屍官ダンビー氏によって、若い女優シビル・ヴェインの検屍がおこなわれた。同女優は最近ホルボーンのロイヤル劇場に出演中だった。過失による事故死との判定が報告された。故人の母親に対しては少なからぬ同情が寄せられている。彼女はみずから証言している最中も、また故人の死体解剖をおこなったビレル博士の証言中も、すこぶる取り乱していた。

ドリアンは眉をひそめ、新聞を二つに引き裂くと、部屋を横切ってそれを投げ捨てた。何もかも何て醜悪なのだ！　しかも醜悪さというやつは事態を何と恐ろしいほど現実的なものにすることか！　こんな記事をわざわざ寄越したヘンリー卿に対して、彼はいささか不愉快に感じた。しかも赤鉛筆で印までつけるなんて、まったく馬鹿馬鹿しいもいいところではないか。ことによるとヴィクターに読まれてしまったかもしれぬ。それくらいの英語なら十分読めるだけの知識をあの男は持っているからだ。

おそらくあの男はそれを読んで、うすうす何かに感づきはじめたのではないだろうか。しかし、そんなことはどうでもいいではないか？　ドリアン・グレイがシビル・ヴェインの死と一体何の関係があるというのだ？　何も恐れることはないのだ。ドリアン・グレイが彼女を殺したわけでもあるまいに。

彼の眼はヘンリー卿が届けてくれた黄色い本に注がれた。何の本だろうと思った。彼は小さな真珠色の八角形の小卓のほうへ行った。この小卓は銀で作られた不思議なエジプトの蜂の巣のように彼にはいつも見えるのだったが、彼はその小卓から本を取り上げ、肘掛け椅子に身を投げ出して、ページを繰りはじめた。二、三分もすると、彼はその本に夢中になってしまった。それはこれまで読んだうちで最も不思議な本だった。美麗な衣服を身に着け、繊細なフルートの音に合わせて、世の中のいろんな罪悪が自分の前を黙劇を演じながら通り過ぎているような気がする。これまでぼんやりと夢見ていたことが、不意に現実的なものと化した。およそ夢にも思わなかったことも、徐々に明らかになっていった。

それは筋のない小説だった。事実、登場人物はたった一人きりで、要するにある若いパリジャンの心理研究であった。その青年は、自分自身の生きている世紀を除くすべての世紀のものであった情念と思考様式のすべてを、この十九世紀に実現しようとして一生を費したのである。つまり、いわば、世界精神がかつて経験した種々様々な気分を自分自身のなかに集約させようとしたのだ。しかも人びとが浅はかにも美徳と呼んできたさまざまな自制心を、賢者たちがいまなお罪悪と呼んでいる本能的な反抗心と同様に、単にその不自然さのゆえに愛するのである。その小説の文体は珍奇な宝石を鏤めたような文体で、鮮明であると同時に晦渋であり、隠語(アルゴ)と古語や、専門用語や丹念な釈義が満ち満ちていたが、それこそフランス象徴派の最も優れた芸術家たちの作品を特徴づけているものなのだ。そこには蘭のように怪奇で隠微な色彩を帯びた隠喩(メタファー)もある。感覚の生活が神秘哲学の用語で記述されている。これを読んでいると、自分は一体中世時代のある聖者の霊的恍惚を読んでいるのか、それとも現代の罪人の病的な告白を読んでいるのか、時々ほとんどわからなくなってしまった。それは有毒な本であった。重苦しい香(こう)の匂いがそのページに纏い付き、脳髄をかき乱しているのではないかと思われた。文章の単なる調子、その音楽の微妙な単調さは、念入りに繰り返される複雑な反復句や律動をふんだんに伴っており、章から章へと読み進む若者の心のなかに、ある種の幻想や、病的な夢想を生み出し、そのため日が暮れ、夜の影が忍び込んでくるのも気がつかぬほどだった。

雲一つなく、たった一個の輝く星に穴をあけられた青銅色の空が、窓を通してきらきら光っている。彼はその薄明りを頼りに、もうこれ以上読めなくなるまで読みつづけた。それから、もう遅い時刻だということを召使いに何度も注意されてから、やっと立ち上がり、隣室に入って行き、いつもベッドの傍に置いてあるフィレンツェ風の小卓の上に本を載せて、夕食のために着替えをはじめた。

彼がクラブに着いたとき、もうかれこれ九時になっていた。そこにはヘンリー卿が一人きりで居間に坐っていたが、ひどく退屈そうな様子をしていた。

「どうもすみません、ハリー」と彼は大声で言った。「でも、本当の話、まったくあなたのせいなんですよ。届けていただいたあの本にあんまり夢中になっていたものだから、時間の経つのもつい忘れてしまったんですよ」

「そうかい。きみの気に入る本だろうと思っていたよ」椅子から立ち上がりながら、主人役(ホスト)が答えた。

「気に入ったなんてぼくは言いませんでしたよ、ハリー。夢中になったとは言いましたがね。これはたいへんな違いですよ」

「ああ、きみにもそれがわかるようになったかね?」とヘンリー卿はつぶやいた。そして二人は食堂へ入って行った。

第十一章(1)

数年ものあいだ、ドリアン・グレイはこの本の影響から脱することができなかった。あるいはたぶん、その影響からみずから脱しようとは決してしなかったと言ったほうがより正確だろう。彼はパリから大型の初版本を九冊も取り寄せて、それらにそれぞれ異なった色彩の装幀をさせた。時としてほとんどまったく抑制がきかなくなるように思われる自分のさまざまな気分や、生まれつきのよく変わる気紛れに合わせられるようにという目的からだった。ロマンティックな気質と科学的な気質とがはなはだ奇妙な具合に混ざり合っている驚くべき(2)、若いパリジャンの主人公は、ドリアンにとって、自分自身を予想させる型(タイプ)の人間のように思われてきた。いや、実際のところ、この本全体が、彼の生まれる以前に書かれた、彼自身の生涯の物語を含んでいるように思われるのだった。

ある一つの点で、彼はこの小説の風変わりな主人公よりも幸運であった。彼は、生涯のごく早い時期にこの若いパリジャンを襲った、鏡とか、ぴかぴかに磨かれた金属の表面とか、静止した水とかいったものへのいささか奇怪(グロテスク)な恐怖などをまるで知らなかったし――実際、まるで知るよしもなかったからだ。この恐怖は、かつては明らかにすこぶる際立っていた美貌が突如として衰えたことによって引き起こされたものなのだ。この本の後半部を読むとき、彼はいつもほとんど残酷な喜びを味わうのだった――だがおそらく、ほとんどすべての喜びには、紛れもなくすべての快楽の場合と同様に、残酷さが潜んでいるのだ。後半部には、他人や世間に存在するもので、自分が最も高い価値があるものと見做(みな)していたものをみずから失った人間の悲しみと絶望とが、幾分誇張されすぎているとはいえ、まさしく悲劇的な筆致で描かれているのである。

それというのも、バジル・ホールワードや、他の大勢の人びとを魅惑した彼の驚くべき美貌が、どうやら絶対に彼のもとを離れないように思われたために ほかならない。彼に対するきわめて悪質な評判を耳にした者でさえも――事実、彼の生活ぶりに関する奇妙な噂が時折ロンドンじゅうにひそかに伝わり、いろんなクラブでの話題になっていたのだが――いざその姿に接すると、彼の不名誉になることは何一つ信じることができなくなった。彼はいつも世間の汚辱などに染まらぬ人間の風貌をそなえていたからである。低劣な話をしている連中も、ドリアン・グレイが部屋のなかへ入って来ると口をつぐんだ。彼の純真な顔つきにはそういう連中を暗黙のうちに咎めるようなものが何かしらあったからだ。ただ彼がいるというだけで、自分たちがとっくに汚してしまった純粋無垢の記憶を呼び醒ますかのようだった。彼のようにたいそう魅力的で優美な人間が、汚辱と官能に染められた時代の汚れからどうやって逃れることができたのか、それを彼らは不思議に思うのだった。

　彼はたびたび、不可解な長期にわたる失踪を試みることがあり、それで彼の友人たちや、友人だと思っている連中のあいだに、奇妙な憶測を立てさせることがあったが、そういう失踪から帰宅するやいなや、彼はみずからひそかに階段を登って例の鍵のかかった部屋へ足を運び、いまは肌身離さず持っている鍵で扉を開き、バジル・ホールワードが描いてくれた肖像画の前に、鏡を手にして立ち、カンヴァス上の邪悪でだんだん老けてゆく顔と、ぴかぴかに磨かれた鏡から自分を笑い返している美しく若々しい顔とを見くらべるのであった。そのあからさまな対照がいつも彼の快感を強めてくれるからだ。彼はますます自分の美貌に心を奪われ、ますます自分の魂の腐敗に興味を抱くようになった。だんだん皺の寄っていく額に焼印を押すように現れたり、厚ぼったい官能的な口もとに這い寄るあの醜悪な皺を、彼は眼を皿のようにして、時には奇怪な恐るべき喜びを覚えながら調べて見ては、罪悪のしるしと老いのしるしのいずれが恐ろしいだろうかと、時々思案にくれるのだった。また、荒れてむくんだ肖像の手の傍に自分の白い手を置いて、にっこりと微笑むこともあった。彼は不恰好になった肖像の肉体と衰えていく手足を嘲笑した。

かすかに芳香の漂う自室や、偽名を使ったり変装したりしてしばしば訪れることにしていた、波止場近くのいかがわしい小さな旅籠(はたご)の汚ならしい部屋のなかで、眠れぬまま横になっている夜には、なるほど、彼は自分の魂にみずからがもたらした破滅について考える瞬間もあったが、そんなときに感じる不憫の念も、まったく利己的な動機からきているものだけに、それだけいっそう身にこたえるものだった。だが、このような瞬間は稀にしかなかった。共通の友人宅の庭園に一緒に坐っていたとき、ヘンリー卿が初めて彼のうちに掻き立てた人生に対する好奇心は、満たされれば満たされるほどますます強くなっていくように思われた。知れば知るほど、彼はさらにもっと知りたいと欲した。食物を与えられるにつれてますます貪欲になっていく気違いじみた飢餓感に襲われたのである。

けれども、少なくとも社会との関係において、彼は無謀なことはしなかった。冬のあいだは月に一度か二度、社交の季節(3)がつづいているときは毎水曜日に、彼は自分の美邸を世間に開放し、当代の最も名高い音楽家たちを招いて、彼らの驚嘆すべき芸術で客を魅了するのだった。ヘンリー卿がいつも手伝ってくれたのだが、彼が催す少人数の夕食会は、招待客の念入りな選択や席順の決定はもちろんのこと、異国風な花々や刺繡を施されたテーブル・クロスや古風な金銀製の食器類を、微妙な調和を保てるように配置する食卓の装飾に示された優雅な趣味ゆえに人びとの注目の的となっていた。実際、多くの人びと、とりわけ青年たちは、彼らがイートン校やオックスフォード大学時代にしばしば夢想していた一つの型(タイプ)の真の具現化を、ドリアン・グレイのなかに見ていた、いや見たと思っていた。すなわち学者の持つ真の教養と国際人的な優美さと非凡さと完璧な礼儀作法とを兼ねそなえた一つの型(タイプ)を。そういう青年たちにとって、彼こそ、ダンテが述べている「美への崇拝によって自己を完璧なもの」[4]とするべく努めた人間の一人のように思われたのである。ゴーチエと同じく、彼は自分のために「眼に見える世界が存在する」[5]人間なのだ。

そして、確かに、彼にとって「人生」自体がさまざまな芸術のうちで第一の、最大の芸術であり、しかもこの人生のために、他のすべての芸術はただ準備をととのえているにすぎないように思えるのだった。流行というものは実際、風変わりなものがあっという間に一般的になることであり、ダンディズム[6]とは、それ独自のやり方で、美の絶対的な近代性を主張する企てにほかならないのだが、それらはもちろん、彼にとって魅力的であった。彼の服装の型や、時折彼が好んで用いた特定のスタイルは、メイフェアの舞踏会やペル・メルのクラブの窓辺に寄りかかる若いダンディたちに目立った影響を及ぼしていたが、その連中は彼の一挙手一投足を真似し、彼にとってはなかば冗談に気取って見せるにすぎなかったのだが、彼の優雅なおしゃれがたまたま醸し出す魅力を何とかして再現しようと懸命になるのだった。

というのも、彼は成年に達するやいなや、ほとんどすぐに与えられた地位を進んで受け入れたり、また実のところ、自分はことによると、ネロ皇帝時代のローマで『サテュリコン』の著者[7]がかつてそうであったような役割を現代のロンドンで本当に果たすことになるかもしれぬという考えに、一種名状しがたい喜びを感じたりはしていたものの、しかし心の奥底では、宝石の着け方とか、ネクタイの結び方とか、ステッキの持ち方について指南を求められる、単なる「趣味の指南役(アルビテル・エレガンティアルム)」以上の者になりたいものだと願っていた。だから、道理に基づいた哲学と整然たる原理を持つ新しい生き方を作り上げ、感覚の霊化のなかにその最高の実現を見出そうと努めるのであった。

感覚の崇拝は、至極当然のことながら、しばしば非難されてきた。人間というものは自分自身の力の及ばぬと思われるさまざまな情熱や感情に対して自然本能的な恐怖を抱いているからである。人間ほど高度に発達していない動物にもそれがあることを意識して恐れてきたからである。しかし、ドリアン・グレイには、感覚の真の性質は一度だって理解されたためしはないように思われた。感覚が依然として野蛮で動物的なままにとどまっているのは、要するに世間の人たちがそれを新しい精神性の要素にすることを目指そうとしないで、やっきになってそれを飢えさせて屈服させたり、苦痛を与えて抹殺しようと努めてきたからにほかならないと、彼には思われるのだった。そして新しい精神性について言えば、美への繊細な本能がその支配的な性格となるはずだった。〈歴史〉のなかを歩んで来た人間を振り返って見るとき、彼は人間が何という損失をしてきたかという感じに取り憑かれるのだった。何と多くのことが放棄されてきたことか！　しかもほとんど何の意味も持っていなかったではないか！　これまで存在していたものは気違いじみた、片意地な排除であり、あきれるほかないたぐいの自己虐待と自己否定であった。そしてその原因は恐怖心であり、その結果はと言うと、人間が無知であるためにそれから逃れようと努めた、あの想像上の堕落などよりも遥かに恐ろしい堕落にほかならなかった。〈自然〉のすばらしい皮肉なのだが、〈自然〉は隠者を砂漠に追いやって野獣どもとともに餌を漁(あさ)らせ、世捨て人には野の獣(けもの)たちを友として与えているではないか。

　そうだ、ヘンリー卿が予言したように、人生を再創造し、現代において、奇妙な復活を示しつつある例の苛酷で、野暮な清教主義(ピューリタニズム)[8]から人生を救うための新しい快楽主義(ヘドニズム)[9]が興（おこ）らねばならない。なるほど、それは知性にも仕えねばならぬが、しかし、いかなる種類のものであれ、情熱的な経験を犠牲にするような理論や体系を断じて受け入れてはならないのだ。その目的は、実際のところ、経験そのものであって、経験の所産であってはならないのだ。たとえ経験の所産が愉快なものであろうともつらいものであろうともだ。感覚を鈍らせる禁欲主義は、やはり感覚を鈍麻させる俗悪な放蕩と同じく、新しい快楽主義のまったく関知するところではないのだ。この快楽主義は、それ自体一つの瞬間にほかならぬ人生の瞬間瞬間に自己を集中させることを人間に教えるのだから。

　ほとんど死の魅力の虜（とりこ）となるほどのまんじりともせぬ夜とか、あるいは恐怖と倒錯的な歓喜の一夜を過ごしたあとで、夜明け前に時々眼を覚ましたことのない人は少なかろう。そんなとき、頭脳の密室のなかを、現実そのものよりも恐ろしい、しかもすべての奇怪（グロテスク）なもののなかに潜み、ゴシック芸術にその永続的な活力を与えている、あの溌剌たる生命に溢れた幻影たちが通り過ぎていくのである。そしてこのゴシック芸術こそが、とりわけ夢想の病いに心を掻き乱されている人びとの芸術である[10]、と考えられよう。徐々に白い指がカーテンのあいだからそっと忍び込み、揺れ動いているように見える。黒々とした異様な形となって、無言の影が部屋の片隅に這い寄り、そこにうずくまる。戸外には、鳥たちが木の葉のなかを動きまわり、仕事に出かける人たちの足音が聞える。

あるいは丘から吹きおろし、しんと静まり返った家のまわりを、まるでまだ眠っている人たちを起こすのを気づかいながらも、それでもやはり紫色の洞窟からは眠りをぜひ呼び出さなくてはならぬといった風情で、さ迷っている風のため息とすすり泣きの声が聞える。ほの暗い薄靄のヴェールが一枚一枚剝がされてゆき、少しずつ事物の形状と色彩がもとに戻り、われわれは、夜明けが世界を大昔のままの型取りで再生するのを眺める。青白い鏡がその模倣的生活を取り戻す。焰の消えた蠟燭は昨夜置かれた場所にそのまま立っており、その傍には、勉強のために読んでいた、半分までページを切った本や、舞踏会で胸に挿していた針金付きの花や、読むのが恐ろしくてそのままにしてあったり、何度も何度も読み返した手紙が置いてある。どうやら何一つ変わっていないらしい。夜の非現実的な影のなかから、馴染み深い現実の生活がまた戻って来る。われわれは中断しておいたところからまたはじめなければならないのだ。すると、型通りの習慣の相も変わらぬ冗漫な繰り返しのなかで、今日もまた活動をつづけなければならないのかという、ぞっとするような感じに襲われるのである。あるいは、ある朝眼を覚ますと、夜の暗闇のなかで世界が自分の気に入るように新たに作り変えられて、その世界では、事物という事物がみずみずしい形状と色彩を呈して、すっかり一変していたり、あるいは従来とは異なる別の秘密を帯び、また過去もほとんどまったく存在しないか、少なくとも義務とか後悔とかいうような意識的形態においてはもはや存在しない——喜びの思い出さえも苦々しさを帯び、快楽の記憶にも苦痛を伴うものなのだから——そういう世界が訪れるのを熱狂的に憧れることになるのかもしれない。

ドリアン・グレイにとっては、こういう世界の創造こそがまさに、人生の真の目的、あるいは真の目的の一つであるように思われるのだった。そして、新しいと同時に歓喜のもとになるような、しかもロマンスにはすこぶる不可欠なあの風変わりという要素を持つさまざまな感覚を追求する際に、彼はしばしば、本当は自分の本性とは相容れないとわかっているある種の思考様式を取り入れて、その微妙な影響力にわが身を委ね、そうすることによっていわばその色調をとらえ、自分の知的好奇心を満たしてしまうと、真に熱情的な気質とは両立し得ぬものでないだけではなく、現代の心理学者たちのある一派によると、事実、しばしばそうした気質上の必要条件ともなっているような、あの奇妙な冷淡さをもってさっさとそれを捨て去ってしまうのである。

一度など、彼がローマ・カトリック教会に入ろうとしているという噂が流れたことがある(11)。確かにカトリックの儀式はいつも彼にとって大きな魅力であった。古代世界のどんな生け贄(にえ)の儀式よりも実際には厳粛な、毎日おこなわれる聖餐式は、パンと葡萄酒というその秘蹟的要素の原始的な単純さと、それが象徴しようとする人間的悲劇の永遠不変の悲哀感によってばかりではなく、感覚的なものの存在を実に見事に拒絶していることによってもまた、彼の心を強く動かすのだった。彼は冷たい大理石の敷きつめられた床の上に跪(ひざまず)いて、ごわごわした花模様の祭服(ダルマチカ)を着た司祭が白い手でゆっくりと聖櫃(せいき)を包む覆いを取り除いたり、時にはあれこそ本当に「天使のパン(パニス・ケレスティス)」と思いたくなるようなあの淡い白色の聖餅(せいべい)の入った、宝石を鏤(ちりば)めた提灯形の聖体顕示台を高々と掲げたり、あるいは、〈キリスト受難〉の衣服を身に纏って、〈聖餅〉を割って聖杯のなかに入れたり、自分の罪の許しを求めて胸を強く叩いたりする姿を眺めるのが大好きだった。レースと真紅の祭服を着けた厳粛な面持ちの少年たちが、まるで大きな金色の花々のように急に空中へ持ち上げる香煙の立ち昇る吊り香炉も、彼には何とも言えぬ魅力があった。礼拝堂を出るとき、彼はいつも驚異の念を抱いて暗い告解室を見つめながら、その薄暗い一室に坐って、男や女たちが自分の本当の身上話を古ぼけた格子ごしに低い声で告げるのを聞いてみたいと思うのだった。

　しかしながら、信条とか体系を正式に認めることによって自分の知性の発展を阻止したり、一夜の滞在とか、星も月もまだ出ぬ夜の数時間を過ごすのにふさわしいにすぎぬ宿屋を、定住すべき家と取り違えるような誤りを犯すことは絶対になかった。ごく普通の事柄を異化するという不思議な力を持つ神秘主義と、つねにそれに随伴しているように見える複雑微妙な反道徳主義とが、一時期彼の心をとらえたことがあった。だが、別な時期には、ドイツのダーウィン主義運動[12]の唯物論的教義に傾き、人間の思考や情念を脳髄のなかの真珠のごとき細胞や、体内の白色の神経にまで遡って確かめることに奇妙な喜びを見出し、病的にせよ健康にせよ、あるいは正常であれ異常であれ、精神はある種の肉体的条件に完全に左右されているという概念に歓喜するのだった。けれども、前に述べておいたように、どのような人生論も人生そのものと比べるなら、何ら重要ではないと彼には思われたのである。行動や実地の試みから遊離したとき、知的な思索がすべてどれほど不毛なものになるかということを、彼は痛切に感じていたのだ。魂に劣らず、感覚もまた啓示すべきさまざまな霊的な秘義を宿していることを、彼は知っていた。

こうして彼はいまや、香料とその製法の秘密を研究し、強烈な香を放つ油を蒸溜したり、東洋産の芳香性の樹脂を焚(た)いてみるのだった。どんな精神的気分も、感覚的な生活のなかにそれに対応するものを持っているということに気づいたので、彼はそれらのあいだの真の関係を発見してやろうとしたが、そのとき不思議に思ったのは、人間を神秘的な気持にするのは一体乳香のどんな成分であり、人間の情熱を掻き立てるのは竜涎香(りゅうぜんこう)のどんな成分であり、昔のロマンスの記憶を呼び醒ますのは菫(すみれ)の、脳髄を攪乱するのは麝香(じゃこう)の、想像力を混濁させるのはきんこうぼくのどんな成分であるのか、ということだった。そして、しばしばいわば真の香の心理学を精巧に作り上げようとして、香のよい木の根や、芳しい花粉をいっぱいにつけた花々や、芳香性の樹脂や、黒ずんだ香木や、胸が悪くなるような悪臭を放つ甘松香や、人間を狂気にするうめもどき(ホヴィーニア)の類や、魂から憂鬱な気分を追い払うことができると言われる沈香などの、いろんな影響力を測定してみるのだった。

またあるときは、音楽にすっかり夢中になって、朱色と金色の天井とオリーヴ色がかった緑の漆(うるし)を塗った壁のある、格子作りの細長い部屋で、彼はよく奇妙なコンサートを催したものだった。熱狂したジプシーたちが小さなチターを奏(かな)でて荒々しい音楽をかき鳴らしたり、地味な黄色のショールを着けたチュニジア人たちが、途方もなく大きなリュートのぴんと張った弦を爪弾(つまび)いたこともあり、またそうかと思うと、歯をむき出して笑う黒人たちが銅張りのドラムを単調に叩いたり、真紅の敷物の上にあぐらをかいて、ターバンを頭に巻きつけた細身のインド人たちが、細長い芦笛か真鍮製の笛を吹いて、大きなかさ状の頸部(けいぶ)を持つコブラや恐ろしい角(つの)状突起のある蝮(まむし)に魔力をかけたり、いや魔力をかけるふりをするのだった。シューベルトの優美さ、ショパンの美しい悲哀、さらにベートーベンの力強い和音も、耳に留まらないような感じがするとき、野蛮な音楽の耳ざわりな音程や鋭い不協和音が彼の心を動かしたのである。彼は世界各地から、滅亡した民族の墓とか、西洋文明との接触後も生き残った少数の蛮族のあいだで見つかった、この上もなく珍奇な楽器を寄せ集めては、それに手を触れて弾いてみることを好むのだった。彼はリオ・ネグロのインディアンの神秘的なジュルパリスという楽器を持っていたが、それは女たちが見ることを許されず、青年たちですらも断食と鞭打ちの儀式に服従するまでは見てはならぬ楽器であった。また、鳥のような鋭い叫び声を出すペルー人の土製の壜とか、アロンソ・デ・オヴァリエ[13]がチリで聞いたような、人骨で作られた笛とか、クスコ近辺で見つかった、一種独特の甘美な調べを発する、音のよく響く緑色の碧玉(へきぎょく)とかを持っていた。さらにまた、振るとがらがら鳴る小石のいっぱい詰まったけばけばしい色彩の瓢箪(ひょうたん)や、そのなかへ息を吹き込むのではなく、それを通して息を吸い込みながら鳴らす、メキシコの細長いクラリオンや、終日高い木に坐っている見張りが鳴らし、約九マイルの遠方まで聞えるという、アマゾンの蛮族の耳ざわりなテューレや、二枚の木製の振動する舌状物を持ち、植物の乳状液から採取した弾力性のある樹脂を塗りつけてある棒で叩くテポナストリや、葡萄のように房状に吊り下げられた、アステカ人のヨトル鈴や、ベルナール・ディアスがコルテスと一緒にメキシコの寺院のなかへ入ったときに見たという、そしてその悲哀を帯びた音について彼が実に鮮明な記述を残しているあの太鼓にも似た、大蛇の皮で覆われている巨大な円筒形の太鼓なども持っていた。これらの楽器の奇異な特性に彼は魅了され、「芸術」にも、「自然」と同じく、怪物的なものがある、野獣のような形をしたものや恐ろしい声を出すものがある、という考えに奇妙な喜びを感じるのだった。だが、しばらくすると、彼はそれらにも倦きてしまい、一人きりかヘンリー卿と一緒に、オペラ座の特別席に坐って、うっとりと喜びに浸りながら〈タンホイザー〉に耳を傾け、その偉大な芸術作品の序曲のなかに、自分自身の魂の悲劇の表現を認めるのであった。

　またあるときには、宝石の研究に着手したこともあり、ある仮装舞踏会に、五百六十個の真珠を一面に鏤めた衣装を纏って、フランス提督アンヌ・ド・ジョワイユーズ[14]として現れたこともあった。この趣味は何年も彼を魅惑の虜にしたが、事実、それから離れることは彼には決してできなかったと言えよう。彼は自分で蒐集したさまざまな宝石類をケースのなかに入れたり出したりしながらまる一日をしばしば過ごすのだった。宝石類にはたとえば、ランプの光に当たると赤色に変わるオリーヴ色がかった金緑玉とか、針金状の銀色のすじの入った蛋白光を発する白色金緑玉とか、淡黄緑色の橄欖石とか、薔薇色がかったピンク色や葡萄酒色めいた黄金色のトパーズとか、震えるように光る四条の星を持つ、焔のように真紅の紅玉とか、真赤な肉桂石とか、オレンジ色と菫色に輝く尖晶石とか、ルビーとサファイアの層が交互にある紫水晶などがあった。彼は日長石の赤味がかった黄金色や、月長石の真珠色風の白色や、乳白色のオパールの断続的に光る虹色を愛好していた。アムステルダムからずば抜けて大きく色彩も豊かな三個のエメラルドを取り寄せたし、すべての宝石鑑定家たちの垂涎(すいぜん)の的になっていた、由緒(ド・ラ・ヴィエイル)あるトルコ石も持っていた。

彼はまた、宝石に関するいろんな不思議な物語を発見した。アロンソの『聖職者指針』のなかには、本物の風信子石(ヒアシンス)の眼をした蛇の話が載っているし、アレクサンダー大王についてのロマンティックな歴史書には、この〈エマシアの征服者〉がヨルダンの谷で「首輪状の本物のエメラルドがその背に生えている」蛇を見つけたという言い伝えが書かれている。フィロストラトス[15]が語っているところによれば、竜の脳髄のなかには宝石があり、「黄金の文字と真紅の衣を見せると」その怪物は、魔法にかかったように眠りに陥り、殺すことができるそうである。また、偉大な錬金術師のピエール・ド・ボニファスによると、ダイヤモンドは人間を透明人間にし、インド産の瑪瑙(めのう)は人間を雄弁家にするという。紅玉髄は怒りを和らげ、風信子石(ヒアシンス)は眠気を掻き立て、紫水晶は葡萄酒の酔いを醒ます。ガーネットは悪魔払いをし、水腫石は月からその色を剝ぎ取ってしまう。透明石膏(セレナイト)は月とともに満ちたり欠けたりし、盗人を見破る瓜石(メロセウス)は、ただ仔山羊の血によってのみ影響される。レオナルドス・カミルスは、殺されたばかりのひきがえるの脳髄から取り出された白色の宝石を見たが、それにはある種の解毒作用があった。アラビア産の鹿の心臓のなかから見つかった胃石には、ペストを癒すことのできる魔力があった。アラビアの鳥の巣には、アスピラテスがあり、デモクリトス(16)によると、それを身に着けている者は火難を免れるそうである。

セイラン(17)の王は、戴冠式の際に、手に大きなルビーを持って市中を騎馬で進んだ。プレスター・ジョン(18)の宮殿の門は「宮殿内に毒物を誰も持ち込めぬように、毒蛇の角(つの)状突起を象眼した紅玉髄で作られていた」。宮殿の切妻の上には「二つの柘榴石を嵌め込んだ二個の黄金の林檎」があり、昼は黄金が輝き、夜は柘榴石が輝いた。ロッジ(19)の奇譚「アメリカの真珠」には、ある女王の私室では「世界中の貞淑な婦人の姿が銀で浮彫りにされ、貴橄欖石、柘榴石、サファイア、緑玉の美しい鏡を覗(のぞ)いている」のが見られると記されている。マルコ・ポーロはジパングの住民たちが死者の口のなかに薔薇色の真珠を入れるのを見た。ある海の怪物は、潜水夫がペロゼス王に献上した真珠恋しさのあまり、その潜水夫を殺して、その真珠を奪われたことを七ヵ月ものあいだ嘆き悲しんだという。匈奴(フン)族がその王を大きな穴のなかにおびき寄せたとき、王は真珠を投げ捨てたが——プロコピウス(20)が伝える物語によるのだが——皇帝アナスタシウス(21)がその賞金に重さ五百貫の黄金を提供しようと言明したにもかかわらず、真珠はその後ついに発見されなかった。インドのマラバルの王はあるヴェネチア人に三百四個の真珠でできた数珠(じゅず)を見せたが、その一つ一つは王が崇拝している神を表わしていたという。

アレクサンデル六世[22]の息子ヴァレンティノア公がフランスのルイ十二世を訪問したとき、ブラントーム[23]によると、公の乗馬には金箔の飾りが施され、その帽子には光り輝く二列のルビーが付けられていたという。イシグランド王チャールズは四百二十一個のダイヤモンドを鏤めた鐙(あぶみ)付きの馬に乗っていた。リチャード二世は、三万マルクの値はするという、バラス紅玉で蔽われた上着を持っていた。ホール[24]が記述しているのだが、ヘンリー八世は、戴冠式に臨む前にロンドン塔へ赴く途中、「金を浮彫りにした上着と、ダイヤモンドやその他の宝石で飾られた胸当てと、首のまわりには、大きなバラス紅玉の巨大な飾り帯」を身に着けていたそうだ。ジェイムズ一世の寵臣たちは金の線条細工を施されたエメラルドの耳飾りをしていた。エドワード二世は寵臣ピアズ・ギャヴストンに、風信子石(ヒアシンス)を鏤めた金と銅の合金の鎧をひと揃いと、トルコ石を嵌め込んだ黄金の薔薇模様の首飾りと、真珠を鏤めた兜(パルスメかぶと)を与えた。ヘンリー二世は肘まで届く宝石付きの手袋をはめていたし、また十二個のルビーと五十二個の高級真珠の縫い込まれた鷹狩り用の籠手(こて)を持っていた。一族中の最後のブルゴーニュ公であった勇胆公シャルルの公爵帽には、梨形の真珠が垂れ下がり、サファイアが飾られていた。

かつては何と人生は優雅なものであったことか！　その華麗さや装飾の何と絢爛としていたことか！　過去の人びとの贅沢のさまを読むだけでもすばらしいではないか。

その次に彼は刺繍や、ヨーロッパの北国の人たちの冷たい部屋のなかにあって壁画の役割を果たした綴れ織（タペストリー）に関心を向けた。その題目を詳しく調べていくうちに——どういう題目を取り上げるにもせよ、しばらくはそれにすっかり夢中になってしまうという非凡な能力を彼はつねに持っていた——〈時間〉が美しくてすばらしいものにもたらす破滅のことを思って、彼はほとんど悲しみに沈んでしまうほどだった。だが彼は、ともかく、破滅を逃れてきた。夏が幾たびもめぐり来て、黄水仙は幾度も咲いてはまた萎（しぼ）み、恐怖の夜々はその恥辱の物語を繰り返しはしたものの、彼はいっこうに変わらなかった。冬が何度訪れても彼の顔をそこなったり、花のような輝きを汚したりはしなかった。だが、物質的なものの場合は何と違っていることか！　それらのものはどこへ消え去ってしまったのか？　女神アテナ[25]を喜ばせるために褐色に日焼けした乙女たちによって織られ、その上には神々が巨人族（タイタン）と戦っている図柄の刺繍されていた、あの大きなクローカス色の外衣はどこにいってしまったのか？　ネロがローマの円形闘技場（コロセウム）の上に拡げたあの巨大な天幕や、星を鏤めた夜空と、金色の手綱を付けた白馬が曳（ひ）く戦車を走らせるアポロの描かれたあの巨人族の紫色の帆はどこにいったのか？　饗宴に欠かすことのできぬありとあらゆる山海の珍味が描かれた、〈太陽神の司祭〉のために作られたあの奇妙な食卓用ナプキンを、彼は見たいと思った。三百匹の黄金の蜜蜂の描かれたキルペリク王(26)の屍衣や、ポントス(27)の司教の憤怒を掻き立てた怪奇な外衣で、「獅子、豹、熊、犬、森林、岩、猟人――つまり、実際のところ、画家が自然から写し取ることのできるいっさい」が象られていた外衣も見たかった。さらに、オルレアンのシャルル(28)がかつて着ていた上着で、その袖の上には「奥方よ(マダム)、われは喜びに溢れんばかり(ジュ・スイ・トゥ・ジョワユー)」ではじまる唄の文句が刺繍され、それに付された楽譜が金色の糸で縫い上げられ、しかも当時は四角い形をしていた音譜の一つ一つが四つの真珠で象られていたという上着も見たかった。ブルゴーニュのジャンヌ王妃の使用のためにランスの宮殿に作られた部屋のことを彼は読んだことがあるが、「そこには王の紋章が描かれ、刺繍細工を施された、千三百二十一羽の鸚鵡(おうむ)と、同様に王妃の紋章で飾られた羽を持つ、五百六十一匹の蝶々の装飾があり、すべてが金糸で作られている」のだった。カトリーヌ・ド・メディシス(29)は三日月と太陽とを一面に鏤めた黒い天鵞絨(ビロード)製の喪中の寝台を自分用に作らせた。その垂れ幕はダマスコ織で、金銀の地の上に葉をあしらった花冠や花束の模様を施され、その縁(ふち)は真珠の刺繍で飾られていた。そしてその寝台は、銀の布地に黒い天鵞絨(ビロード)の切れという、王妃の考案した壁掛けが何列も垂れ下がった部屋のなかに置かれていたのだ。ルイ十四世はその自室に十五フィートの高さの金糸で刺繍された女人像柱を所持していた。ポーランド王ソビエスキー(30)の豪奢な寝台は、コーランの聖句をトルコ石で刺繍したスミュルナ(31)の金襴で作られていた。その支柱は銀箔を施され、美麗な彫り物をされ、琺瑯引きの宝石を鏤めたメダルがふんだんに嵌め込まれていた。その寝台はウィーン郊外に迫っていたトルコ軍の幕営から奪い取ったもので、かつてはマホメットの軍旗がその天蓋のかすかに顫える金箔の下に立っていたこともあったのだ。

　こうして、まる一年のあいだ、彼は織物類やら刺繍細工で見つけられる限りのこの上もなく美しい品を蒐集しようとした。手に入れたもののなかには、金糸の掌状模様で見事に作られ、真珠のような光沢の玉虫の羽を縫い飾った、優美なデリー産のモスリンや、透明であるために東洋では「空気の織物」とか「流れる水」とか「夕露」とかいった名で知られるダッカ産の紗や、ジャワ産の奇妙な模様付きの布や、精巧な黄色の中国の壁掛けや、黄褐色の繻子か淡い青色の絹で装幀されたり、白百合の紋章(32)や鳥や人物像を彫り込んだ本や、ハンガリーの編針で編まれた網状のヴェールや、シシリーの錦織にスペインのごわごわした天鵞絨や、金貨を用いたジョージ王朝時代(33)の細工や、緑色がかった金糸や驚くほど見事な羽毛を持つ鳥の描かれている日本の袱紗などがあった。

　彼はまた、聖餐式の祭服にも格別の愛着を寄せていた。事実、彼は教会の儀式に関連するものなら何でも熱愛していたからだ。彼の屋敷の西側の通廊に一列に並べられた細長い杉材の櫃(ひつ)のなかには、まさしく〈キリストの花嫁〉[34]にふさわしい衣装の珍重すべき美しい見本がふんだんに収納されていたが、〈花嫁〉たる者はみずから求める苦難のせいで窶(やつ)れ、みずから自分に加えた苦痛によって傷ついた蒼白な痩せ細った肉体を隠すために、紫衣と宝石と織目の細かいリンネルを身に着けねばならないのだ。彼はまた真紅の絹と金糸のダマスコ織で作られた豪華な大外衣(ローブ)を持っていたが、それには六枚の花びらを持つ花を形式的に飾った金色の柘榴の模様が反復されて象られ、その背後には両側に小粒真珠で作られたパイナップルの図案があしらわれていた。金襴の帯[35]は〈聖母マリア〉の生涯の幾つかの場面を表わすパネル画風のものに分けられていて、〈聖母マリア〉が冠を戴く場面は、頭巾の上の色鮮やかな絹地に描かれていた。これは十五世紀のイタリアで作られたものだった。別の大外衣は緑色の天鵞絨(ビロード)製で、アカンサスの葉[36]がハート型に群がった刺繡を施され、そこからは長い茎のついた白い花々が拡がり、花々の細部は銀糸と着色水晶とで引き立たせてあった。玉飾りには金糸で浮彫細工された天使の頭がついている。金襴の帯は赤と金の絹の菱形模様で織られ、多数の聖人や殉教者たちの肖像の円形浮彫りが鏤められており、そのなかには聖セバスチャンの肖像もある。また、琥珀色の絹や、青絹や金襴、それに黄絹のダマスコ織や金布で作られた上祭服もあったが、そこにはキリストの受難と十字架上の死の絵が描かれ、獅子や孔雀や他の寓意画が刺繍されていた。チューリップと海豚(いるか)と白百合の紋章(フルール・ド・リィ)で飾られた、白い繻子と桃色の絹のダマスコ織とで作られた祭服(ダルマチカ)[37]もある。真紅の天鵞絨(ビロード)と青いリンネルでできた祭壇用の掛布もあったし、数多くの聖餐布、聖杯覆い、聖なるハンカチ(スーダリア)[38]もあった。このようなものが用いられる神秘的な祭儀には、何かしら彼の想像力を刺戟するものがあったのである。

　というのも、これらの宝物や、美しい自分の屋敷内に蒐集したものすべてが、彼にとっては忘却の手段となり、時としてほとんど堪えられぬほど大きなものに思える恐怖から、しばしのあいだでも逃れることのできる方途となってくれたからだ。少年時代の大半を過ごしたあの寂しい、鍵のかかった部屋の壁の上に、彼は、その変わりゆく容貌が自分の生活の真の堕落を示す恐ろしい肖像画をみずからの手で吊し、その前に紫色と金色の棺衣を覆いとして掛けたのだった。何週間も彼はその部屋へは行かず、あの醜怪な絵のことを忘れて、軽やかな心、すばらしい歓喜を取り戻し、ただ生きることのみに熱中するのだった。それからいきなり、ある夜屋敷をそっと抜け出して、ブルー・ゲイト・フィールズ附近のいかがわしい場所に出かけ、ついに追い払われるまで、何日もそこに逗留するのだった。帰宅すると、例の絵の前に坐って、時にはその絵と自分自身を呪いながら、また別な折には、なかば罪の魅力でもあるあの個人主義という誇りに満たされ、もともと当然自分自身が背負わねばならぬはずの重荷を背負うことになったこの奇形の影に対して、ひそかに快感を覚えながら、微笑を向けることもあったのである。

　数年経ったあとで、彼はイギリスを長く離れていることに堪えられなくなり、ヘンリー卿と一緒に暮らしていたトルヴィル[39]の別荘だけではなく、一度ならず二人で冬を過ごしたアルジェの小さな白い壁で囲まれた家も手放してしまった。自分の人生の非常に大きな部分を占めているあの肖像画から離れることが嫌だったし、また、扉の上に念入りに何本も閂（かんぬき）をかけておいたとはいえ、自分の留守中に誰かあの部屋に忍び込みはしないかという心配があったからである。

　そんなことをしても肖像画が他人に何事も語らないことはよくわかっていた。顔がすっかり品のない醜いものとなっているにもせよ、肖像画がまだ彼自身に著しく似通っていることは確かだったのだから。他人がそれから何を知り得ようか？　それを見て彼を嘲る者がいたなら、こちらから相手を嘲ってやろう。あれは自分が描いたものではないのだ。あれがどんなに卑しく恥辱に満ちて見えようが、自分にとってそれがどうしたというのだ？　たとえ自分の秘密を話したところで、他人がそれを信じるだろうか？

　それでもやはり彼は心配だった。時々ノッティンガムシャーの大邸宅に滞在して、自分の主（おも）だった仲間である同じ階級の社交界の青年たちをもてなし、その奔放な贅沢さと豪奢で眼も眩むばかりの生活ぶりで地方の人びとを驚倒させているときでも、彼は突然客たちを置きざりにして、ロンドンへ急遽引き返し、もしやあの扉がこじ開けられはしなかったかとか、あの肖像画がまだちゃんとそこにあるかどうかを確かめるのだった。もし盗まれでもしたらどうしよう？　そう思っただけで、恐怖のため背筋が冷たくなるのだった。盗まれたらきっと世間の連中は自分の秘密を知ることだろう。ひょっとするともう感づいているかもしれないではないか。

　というのも、彼に魅惑される者も大勢いたが、彼に不信感を持っている者も少なからずいたからだ。彼の生まれや社会的地位からして十分に会員になる資格があるウェスト・エンドのあるクラブで、危くのけ者にされそうになったこともある。またある時、友人に連れられてチャーチル・クラブの喫煙室に入って行った際に、バーウィック公爵ともう一人の紳士がいかにもあらわに不快の念を見せて立ち上がり、そのまま出て行ったこともある。二十五歳を過ぎてからというもの、彼をめぐる奇妙な噂話が広く行き渡るようになった。貧民街（ホワイトチャペル）(40)のはずれにある、下等な居酒屋で彼が外国人の水夫と喧嘩騒ぎを起こしているのを見た者がいるとか、盗賊や贋金づくりの連中と付き合って、その連中の稼業の秘密に通じているとかいった噂が流れたこともある。彼の突拍子もない失踪はますます悪名高いものとなり、社交界にふたたび姿を現すようになると、人びとは部屋の片隅で互いにひそひそと囁き合ったり、冷笑を浮かべて彼の傍を通り過ぎたり、彼の秘密を絶対に見つけてやるぞといわんばかりに、冷たい、詮索するような眼差しで彼を見つめるのだった。

こうした無礼な態度やこれ見よがしの侮辱に対して、彼はもちろん、まったく注意を払わなかった。多くの人びとの意見では、彼の率直で晴れやかな態度や、その魅力的で若々しく快活な微笑や、絶対に失われそうにも見えぬ例のすばらしい若さの持つこの上もない優美さなどが、それだけで十分、彼の身辺に流されている中傷——人びとはそれを中傷と呼んでいた——への解答になるというのだった。けれども、彼ときわめて親密だった者のなかに、しばらくしてからどうやら彼を避けるようになった者もいる、ということも噂された。熱狂的に彼を崇拝し、彼のためならどんな社会的非難をも物ともしないし、因襲を無視していた女性たちも、ドリアン・グレイが部屋へ入って来ると、恥ずかしさか恐怖のために蒼白になるのも見うけられた。

しかし、こんなふうにひそひそと囁かれる醜聞も、多くの人びとの眼には、彼の奇妙で危険な魅力をただ強めるばかりであった。彼の莫大な財産がある種の安全弁の要素となっていたからだ。社会、少なくとも文明社会は、富裕で魅力的な人間の不利になるようなことは何も進んで信じようとはしないのである。文明社会は行儀作法のほうが道徳律よりも大切だということを本能的に感じており、その意見によれば、最高の品位などは腕ききの料理長（シェフ）を雇っていることに比べれば遥かに価値が低いものなのだ。そして、結局のところ、まずい料理や品質の落ちるワインを客に出した人間が、その私生活で非の打ちどころがない人だと聞かされていても、それで客の気が大して安まるわけでもないのである。その問題に関する議論の最中に、ヘンリー卿がかつて述べたように、冷えかかったアントレ[41]を出した罪に対しては、七つの徳もこれを償うことができないのだ。しかもヘンリー卿の見解にはおそらく傾聴すべき点がたくさんあるのだ。というのも、良き社会の規範は、芸術の規範と同じであるか、同じであるべきなのだから。形式がそれにには絶対不可欠なものなのだ。儀式めいた威厳ばかりではなく非現実的なところもなければならず、ロマンティックな演劇に登場する不誠実な人物をそういう演劇を観て楽しいものとする機智とか美しさと結びつけるものでなくてはならないのである。不誠実さはそれほど恐ろしいものなのだろうか？　ぼくはそうは思わない。それは単にわれわれが自分の個性を増大させ得る一つの方法にしかすぎないのだ。

　とにかく、以上がドリアン・グレイの意見であった。人間の〈自我（エゴ）〉は単純で、永続的であり、信頼し得る、一つの本質から成るものだと考える連中の浅薄な心理を彼はつねづね不思議に思っていた。彼にとって、人間とは、無数の生活と無数の感覚を持つ存在であり、思考と情念という奇妙な遺産をみずからの内部に有し、その肉体はまさに死者の奇怪な疾病で汚されている、複雑多様な生物(いきもの)なのである。彼は田舎屋敷(カントリー・ハウス)にある寂しい、寒々とした画廊をぶらつきながら、その血がいまも自分の血管のなかを流れている人たちのさまざまな肖像画を眺めることが大好きだった。そこにはフィリップ・ハーバートの肖像画があった。フランシス・オズボーン[42]によって、その著作『エリザベス女王とジェイムズ王の治世に関する回想録』のなかで、「その美貌のゆえに宮廷の寵児となったものの、その美貌も長くは保てなかった」と記されている人物である。彼が時として過ごしているのは若きハーバートの生活なのだろうか？　ある奇妙な病菌が肉体から肉体へとひそかに移り渡っているうちに、ついにこの自分の肉体へと到達したのだろうか？　自分の生活をこれほどまでに変えてしまったあの気違いじみた願い事を、バジル・ホールワードのアトリエで、あんなにも突然に、しかもほとんど理由もなく発するように自分を仕向けたのは、この衰退した美貌へのある漠とした感じであったのだろうか？　ここに立っているのは、金糸で刺繍された赤い胴衣(ダブレット)と、宝石を鏤めた外衣と、金箔で縁どられた襞襟(ひだえり)と袖帯とを着けたアントニー・シェラード卿[43]で、足もとには銀と黒の甲冑(かっちゅう)が積み重ねてある。この男が自分に与えた遺産は何だろうか？　ナポリのジョヴァンナ[44]の愛人だったこの男は、自分に罪と恥辱という遺産を残したのか？　ほかならぬ自分の行為のかずかずも、この死者も敢えて実現できなかった単なる夢にすぎないのか？　次には、色褪せつつあるカンヴァスから、薄紗の頭巾を被り、真珠の胸当てを着け、桃色の開け口の広い袖付きの衣裳姿のエリザベス・デヴェルー夫人(45)が微笑んでいる。右手には一輪の花が握られ、左手は白色と淡紅色の薔薇の形のエメナル細工の首飾りを摑んでいる。彼女の傍のテーブルの上にはマンドリンと一個の林檎が置いてある。先の尖った小さな靴の上には、大きな緑色の薔薇結びの飾りがついている。彼はこの夫人の生涯と、その愛人たちについて語られている奇妙な物語を知っていた。この夫人の気質も幾らか自分のなかにあるのだろうか？　卵型の重たげな夫人の瞼が物珍しそうに自分を眺めているような気がする。頭髪に化粧粉を振りかけ、奇怪な付けぼくろをしたジョージ・ウイロビー(46)はどうだ？　何と邪悪な容貌だろうか！　顔は陰気で浅黒く、その肉感的な唇は侮蔑をたたえて歪んでいるかに見える。優美なレースの袖襞が、指輪をたくさん飾った細長い黄ばんだ両手の上に垂れ下がっている。この男は十八世紀の大陸帰りの伊達男で、青年時代はフェラーズ卿(47)の友人だった。放蕩三昧の日々を送っていた頃の〈摂政殿下(48)〉の仲間であり、フィッツハーバート夫人(49)と殿下との秘密結婚式の立会人の一人だった二代目のベクナム卿はどうだ？　栗色の巻毛と傲慢なポーズを誇示している、この男の誇りの高さと美貌はどうだろう！　彼はどんな情熱を遺産として残してくれたのか？　世間の連中は彼を破廉恥な男と見做していた。彼はカールトン・ハウス(50)での乱痴気騒ぎの音頭取りだった。ガーター勲章がその胸に燦然と輝いている。彼の横には、彼の妻であった、蒼白い、唇の薄い黒衣の女の肖像画がかかっている。この女の血もまた自分の体内で脈打っているのだ。いっさいが何と奇妙に思えることか！　そしてハミルトン夫人(51)風な顔をし、しっとりとワインを含んだような唇をした自分の母親がいる――この母親から自分が何を受け継いだか、それはわかっている。それは自分の美貌であり、他人の美貌に寄せる情熱にほかならないのだ。母はバッカス神に仕える巫女(みこ)のようなゆったりとした衣裳姿のまま、自分に笑いかけている。頭髪には葡萄の葉が絡んでいる。手にしている杯からは深紅色の酒がしたたり落ちている。描かれた肌の色は褪せてしまっていたが、眼はその色の深みと輝きがいまなおすばらしい。その眼は自分が足を運ぶところへはどこまでも追って来るような気がする。

しかし、自分の血族だけではなく、文学のなかにも人間は祖先を持っているのだ。いや、おそらく類型(タイプ)と気質という点では、その多くの者により近く、しかもその影響力だって血族の場合よりもっとはっきりと意識できることは確かである。ドリアン・グレイには、これまでの歴史のすべてが単に自分自身の生活の記録にすぎない、それも行為とか環境上の生活ということではなく、想像力が自分のために創造してくれた生活、自分の頭脳のなかや情熱のなかで過ごしてきた生活のそれであるように思えるときがあった。この世という舞台を通り過ぎ、罪をいともすばらしいものとし、悪をいとも絶妙なものとした異様な、恐るべき人たちをすべて知っているような気がした。ある神秘的な点で、彼らの生活が自分の生活にほかならぬ、というふうに思われたのである。

彼の生活に大きな影響を与えたあのすばらしい小説の主人公もこの奇妙な想念を知っていた。その第七章で主人公はこんなふうに語っている。つまり稲妻に打たれぬように、月桂冠を頭に被り、ティベリウス[52]のごとく、カプリ島の庭園に坐って、エレファンティス[53]の破廉恥な書物を読み耽り、そのあいだ侏儒や孔雀に自分の周辺を歩きまわらせ、笛吹きに吊り香炉を振る人の真似をさせたありさまを。また、カリギュラ[54]のごとく、緑色のシャツを着た馬丁たちと厩のなかで酒盛りをし、宝石の帯飾りを額に飾った馬と一緒に象牙造りの秣桶(まぐさおけ)で夕食を食べたこともある。また、ドミティアヌスのごとく、大理石の鏡を一列に張りめぐらした通廊をぶらつきながら、自分の命を絶とうとする短剣が映っていはしないかと憔悴(しょうすい)した眼であたりを見まわしたり、何一つ不自由しない生活を送る者に訪れるあの倦怠、あの恐るべき「生の倦怠(ティディアム・ヴィタエ)」に気が滅入ったこともある。さらにまた、透き通ったエメラルド色の窓越しに円形広場での血腥(ちなまぐさ)い殺戮の場面を覗き見したこともあり、そのあと、銀の蹄をはめた騾馬(らば)の曳く真珠色と紫色の担(にな)い駕籠に乗って、〈柘榴の通り〉を抜けて〈黄金の館〉まで運ばれて行き、その道すがら群集が〈ネロ皇帝〉と叫ぶのを聞いたこともある。また、エラガバルス[55]のごとく、自分の顔に化粧を塗りたくり、女たちのあいだに混じって糸巻棒をまわしたり、カルタゴから〈月の女神〉を連れて来て、〈太陽神〉と神秘的な結婚をさせたこともあるのだ。

何度も繰り返しドリアンはこの奇怪な章と、それにつづく二つの章をよく読んだものだったが、そこには、ある種の珍奇な綴れ織（タペストリー）や精巧に作られた琺瑯細工に見られるように、〈悪徳〉と〈流血〉と〈倦怠〉とが極悪非道とか狂気へ追いやった者たちの凄惨で美しい姿が描かれていた。[56] たとえばミラノ公フィリッポ、彼は妻を殺害し、その唇に真紅の毒物を塗って、彼女の愛人が死んだ愛しい人の唇に接吻して死を招き寄せようとたくらんだのだ。パウルス二世として知られるヴェネチア人ピエトロ・バルビ[57]、彼は虚栄心に駆られて〈美男子（フォルモスス）〉の称号を騙（かた）らんと欲し、二十万フロリンの価値のあるその三重冠[58]は、恐るべき罪の代償を払って手に入れたものである。ジャン・マリア・ヴィスコンティ[59]、彼は生身の人間を猟犬を使って追わせた。殺害された彼の死体は彼を愛していた娼婦の手によって薔薇で蔽われたという。白馬に跨がるボルジア[60]、彼は〈兄弟殺し〉を自分の供に従え、ペロットの血で汚れたマントを身に着けていた。フィレンツェの若き枢機大司教ピエトロ・リアリロ[61]、彼はシクストゥス四世の子供でその寵臣でもあったが、その美貌に匹敵するものはただその放蕩のみと評され、アラゴンのレオノーラ[62]を、女妖精(ニンフ)や半人半馬(セントォー)の扮装姿の男女たちが満ち溢れる白絹と真紅の絹とで作られた天幕のなかに招じ入れ、ガニュメデス[63]かヒュラス[64]に扮して酒宴にはべれるようにと、一人の少年の全身に金箔を塗らせたのだ。エッツェリン[65]、彼の憂鬱症は死の光景を見ることによってのみ癒やされ、他の人びとが赤ワインを愛好するように、赤い血に眼がなかったという——風説によれば、彼は〈悪魔〉の子であり、自分の魂を賭けて父たる悪魔と賭博をしたとき、骰子(さいころ)をごまかしたそうだ。ジャムバティスタ・チボー[66]、彼はふざけて〈無垢なる者(イノセント)〉の名を僭称し、そのたるんだ血管には、あるユダヤ人医師によって三人の若者の血が注入されたという。シジスモンド・マラテスタ[67]、彼はイソッタの愛人で、リミニの領主であり、その肖像画は神と人間の敵としてローマで焼かれ、また、ナプキンでポリセーナを絞め殺し、エメラルドの杯に毒を盛ってジネヴラ・デステに与え、さらに破廉恥な情熱を讃えて、キリスト教徒に崇拝させるべく異教的な寺院を建立したのである。シャルル六世[68]、彼は兄の妻をあまりにも熱狂的に崇(あが)めたものだから、ある癩病人がやがて彼を襲う狂気を彼に警告したのだが、ついに彼の頭脳が冒され精神異常を来したとき、彼の慰めになり得たものはただ〈愛〉と〈死〉と〈狂気〉の像の描かれたサラセンのトランプ・カードのみであったという。へり飾りの付いた揉み革製胴衣を着け、宝石を鏤めた帽子を被り、アカンサスの葉のような巻毛をした、グリフォネット・バリオーニ。彼はアストーレ(69)をその花嫁もろともに、また、小姓と一緒にシモネットも刺し殺したのだが、その容貌の美しさは大したもので、彼がペルージア(70)の黄色い広場で死んで横たわっているとき、彼を憎んでいた人たちさえも涙を抑えることができず、彼を呪ったアタランタもその冥福を祈ったほどなのだ。

これらの人びとにはみなぞっとするような魅力があった。ドリアンが彼らに夜接すると、昼はそのせいで想像力を掻き乱されるのだった。ルネサンス人は奇怪な毒殺法に通じていた——兜と燃える松明(たいまつ)とか、刺繍を施された手袋や宝石付きの扇とか、金箔を塗られた香料箱や琥珀の鎖とかを用いての毒殺だ。ドリアン・グレイは一冊の書物に毒されてしまっていた。悪とは要するに、自分が抱いている美の概念を実現し得る一つの方法にほかならないと見做すような瞬間が、彼にはたびたびあったほどなのだから。

第十二章[1]

のちに幾度も思い出したように、それは彼の三十八歳の誕生日の前夜、十一月九日[2]のことだった。

晩餐に招ばれていたヘンリー卿の邸宅から十一時頃彼は歩いて帰宅の途についていた。その夜は冷え込み霧が深かったので、彼は重い毛皮の外套に身を包んでいた。グローヴナー広場と南オードリー通りの曲がり角を、急ぎ足で歩き、灰色のアルスター外套[3]の襟を立てた一人の男とすれ違った。手には鞄を持っている。ドリアンには誰だかわかった。バジル・ホールワードなのだ。自分にも説明できぬ奇妙な恐怖感に襲われて、彼は相手に気づかぬふりをしたまま、自宅の方向へと足早に歩きつづけた。

しかし、ホールワードのほうも彼に気づいたのだ。まず舗道の上で立止まり、次に急いで自分のあとを追う彼の足音をドリアンは聞いた。ほどなく彼の手がドリアンの腕を摑(つか)んだ。

「ドリアン！　何て運がいいんだろう！　九時からずっときみの書斎で待っていたんだよ。結局、疲れている召使いが気の毒になって、帰りぎわに、もう寝なさいと言っておいたよ。真夜中の汽車でパリへ発つものだから、出発前にきみに何とか会いたいと思ってね。さっきすれ違ったとき、確かにきみだと、あるいはむしろきみの外套だと思ったんだよ。でも、全然あやふやだったのだ。きみはぼくに気がつかなかったのかい？」

「この霧のなかでですか、バジル？　これじゃグローヴナー広場だってわかりゃしませんからね。ぼくの家はどこかこのあたりじゃないかと思うんですが、全然あやふやな気がするんです。あなたが外国へ行かれるなんて残念ですね。何しろ長いことお会いしてなかったですからね。でも、たぶんすぐに戻って来られるんでしょう？」

「いや、半年ほどイギリスを離れているつもりなんだ。パリでアトリエを借りて、いま考えている大作を仕上げるまで閉じ籠っていようと思うのだ。でも、話したいのはぼく自身のことだけじゃないんだ。さあ、きみの家に着いたぞ。ちょっとだけぼくをなかへ入れてくれたまえ。話しておきたいことがあるんだ」

「喜んで拝聴しますよ。でも、汽車に乗り遅れはしませんか？」玄関に通じる階段を上がり、扉を鍵で開けながら、ドリアン・グレイは気乗りのしない口調で言った。

ランプの光が霧のなかからもがき出るようにして輝いている。ホールワードは腕時計を見た。「時間はたっぷりある」と彼が答える。「汽車は十二時十五分発だし、いまはちょうど十一時だ。実を言うと、さっき会ったときはきみを捜しにクラブへ行く途中だったのだよ。御覧のとおり、重いものは送ってしまったので、荷物のせいで遅れることはないんだ。持物はみんなこの鞄のなかに入れてあるし、ヴィクトリア駅まで二十分で楽に行けることだし」

ドリアンは相手の顔を見て微笑んだ。「流行画家の旅支度にしては随分簡単ですね！　旅行鞄にアルスター外套とくるのですから！　さあ、お入り下さい、霧が家のなかへ入って来ますから。それから真面目な話は御免ですよ。いまじゃ真面目なんていうものなど何一つありませんからね。少なくともあってはならないのですよ」

ホールワードは家のなかへ入りながら頭を横に振り、ドリアンのあとについて書斎へ行った。大きな平炉のなかで薪の火が明るく燃えている。ランプも灯され、蓋の開いたオランダ製の銀の酒壜入りのケースが、炭酸水入りのサイフォンや大きなカットグラスのタンブラーと一緒に小さな寄木細工のテーブルの上に置かれている。

「御覧のとおり、きみの召使いのお蔭ですっかりくつろがせてもらったよ、ドリアン。極上の金口の巻煙草やら何やら、ぼくのほしいものは何でも出してくれたからね。随分もてなし上手な男だな。前に使っていたあのフランス人よりもずっと気に入ったよ。ところで、あのフランス人はどうしたのかね？」

　ドリアンは肩をすくめて見せた。「ラッドリー夫人のところの女中と結婚して、パリで細君にイギリスのドレスメーカーをやらせているようですよ。あちらではいまイギリス熱（アングロマニー）が大流行だそうですからね。フランス人ってやつもどうやら馬鹿なことを仕出かすものらしいですね？　でも——御存じでしょうが——あの男だってまんざら悪い召使いじゃなかったですよ。絶対に好きにはなれなかったけれど、不満な点は何もなかったですからね。人間っていうやつは時々まったく馬鹿げたことをいろいろと想像するものでしてね。本当にたいそう献身的でいてくれたし、ここを出て行くときは随分残念そうな様子をしていました。ブランデーの水割りをもう一杯いかがですか？　それとも白ワインのセルツァー炭酸水割り（ホック・アンド・セルツァー）(4)はどうでしょう？　ぼくはいつもこれを飲むんですよ。きっと隣りの部屋に幾らかあるはずだ」

「ありがとう、でももう何も飲みたくないんだ」と画家は帽子と外套を脱いで、それを部屋の片隅に置いた鞄の上に投げかけながら言った。「ところで、ねえきみ、ぼくはきみに真面目な話をしたいのだよ。そんなふうに眉をひそめないでくれたまえ。ますます話がしにくくなるじゃないか」

「一体何の話ですか？」と、ソファーの上に身を投げ出しながら、いかにも苛々（いらいら）した調子でドリアンが声高に言う。「ぼく自身のことじゃないでしょうね。今夜は自分というやつにうんざりしているところなんですから。誰か他の人間になりたいくらいですよ」

「きみ自身のことなんだ」と厳かな、太くて低い声でホールワードが答える。「しかもどうしてもきみに言わなくちゃならないんだ。ほんの三十分もあればすむだろうしね」

ドリアンはため息をついて、煙草に火をつけた。「三十分ですって！」と彼がつぶやくように言う。

「そう大したことをきみに求めているわけじゃないし、ドリアン、それにぼくが話そうとしていることはまったくきみ自身のためなんだよ。きみのことでひどく恐ろしい噂がいまロンドンじゅうに流れているのを、きみも知っておいたほうがいいと思うからだ」

「噂なんて何も知りたくないですね。他人の醜聞（スキャンダル）は大好きですが、自分の醜聞なんか興味ないですから。そいつは珍しさという魅力を欠いていますからね」

「いや、ぜひ興味を持ってもらわなくちゃならないんだ、ドリアン。紳士たる者はすべて自分の名誉ということに興味を持つものなんだから。きみだって自分のことを不道徳だとか堕落しているとか言われたくはないだろう。もちろん、きみには地位も、財産も、その種のものなら何でもある。しかし、地位と財産だけがすべてじゃないんだ。いいかね、ぼくはそんな噂なんてこれっぽちも信じちゃいないんだ。少なくとも、こうしてきみに会っているときには信じられないのさ。罪は人間の顔にありありと刻み込まれるものだからだよ。隠すことなんかできはしない。秘められた罪なんて言うけれど、そんなものはありゃしないのだ。もしも不幸な男が罪を犯せば、その罪は、口もとの皺とか、瞼のたるみとか、手がいびつになることにすら現れるんだよ。ある男――名前は言わないが、きみも知っている男だ――が、昨年ぼくのところへ肖像画を描いてもらいにやって来たことがある。以前に一度も会ったことがないし、当時はその男について何の噂話も聞いたことがなかったんだ。もっとも、それ以来いろいろ噂話を聞くようになったのだがね。そいつは途轍もない礼金を出すと言ったのだが、ぼくは断わったんだ。そいつの指の形に何となく嫌悪感を覚えたからだ。いまじゃそう感じたのはまったく正しかったということを知っている。そいつの生活は恐ろしいものでね。だが、きみの場合は、ドリアン、純粋で明るくて無邪気な顔をしているし、悩みなどないようなすばらしい若さを持っているし、きみに不利な噂なんか何も信じられないよ。でも、きみには滅多に会わないし、いまじゃアトリエのほうへも全然来てくれないものだから、きみから離れていて、みんながひそひそと囁いている恐ろしい噂話を耳にするとき、ぼくには何とも言えないのだ。ドリアン、きみがクラブの部屋に入ると、バーウィック公爵のような人が出て行くのは一体どうしてなんだい？　ロンドン在住の多くの紳士たちがきみの屋敷を訪れず、またきみを彼らの屋敷に招待しないのはどうしてなのかね？　きみはかつてスティヴリー卿の友人だったじゃないか。先週ぼくは彼に晩餐会で会ったんだ。そのとき、きみがダッドリーの展示会用に貸した細密画[5]に関連して、たまたまきみの名前が話に出たんだ。スティヴリーは唇をねじ曲げて、こう言うんだ。きみは芸術的には最高の趣味の持主かもしれないが、きみが純真な心を持つ娘と知合いになることなど到底許せないし、貞淑な婦人が同じ部屋できみと同席することもあってはならない人間だと言うんだ。ぼくがきみの友人だということを彼に注意して、それはどういう意味なのか訊ねてやったんだ。すると彼は話してくれたのさ。みんなの前で洗いざらいぶちまけたのだよ。恐ろしい話だった！　きみと付き合う若い男たちが破滅するのは一体どういうわけなんだろう？　近衛連隊に自殺した不幸な若者がいたね。きみはその若者の大の親友だったはずじゃないか。汚名をきせられたまま、イギリスから出て行かねばならぬ羽目になったヘンリー・アシュトン卿もそうだよ。きみと彼はいつも一緒にいたじゃないか。エイドリアン・シングルトンと、彼の恐ろしい破滅はどうだ？　ケント卿の一人息子と、彼の経歴はどうだ？　昨日彼の父親にセント・ジェイムズ街で会ったがね、恥辱と悲しみとで打ちのめされている様子だった。それにあの若いパース公爵はどうだ？　彼がいまどんなふうな生活を送っていると思うかね？　どんな紳士が彼と交際していると思う？」

「もうやめて下さい、バジル。あなたは何も知らないことを喋っているんですよ」と、唇を嚙み、その声のなかに限りない侮辱の調子を含ませながら、ドリアン・グレイは言った。「ぼくが部屋へ入って行ったら、バーウィックがなぜ退席したかと、あなたは訊ねましたね。それはですね、ぼくが彼の生活について何もかも知ってるからなんです。あの男がぼくの生活について何もかも知ってるからじゃないんです。あんなような血が血管のなかを流れていれば、あの男の経歴なんてきれいなはずもないじゃありませんか？　ヘンリー・アシュトンと若いパースのことを訊かれましたね。このぼくが一人には悪徳を、もう一人には放蕩を教えたとでも言われるのですか？　ケントの馬鹿息子が淫売婦を自分の細君にしたからといって、それがぼくとどんな関係があるんですか？　エイドリアン・シングルトンが友人の名前を手形に書き込んだとしても、ぼくは彼の保証人でも何でもないじゃありませんか？　イギリス人の噂話のやり方ぐらい、ちゃんと心得ていますよ。中流階級の連中は、粗末な晩食を食べながら自分たちの道徳的偏見を吹聴するし、彼らが上流階級の連中の不品行と呼ぶものについてひそひそと噂をして、自分たちがハイカラな社交界にいるふりをしようとしたり、自分たちが中傷する連中と親しい間柄にある気になったりするんですからね。この国では、傑出していて頭のいい人間ということだけで、凡人たちがみなで寄ってたかってその人間に悪口を浴びせるのですから。でも、道徳的に見せかけているこういう連中だって、どんな生活を送っているかわかったものじゃない。ねえバジル、あなたはぼくらが偽善者の国にいるっていうことを忘れているんですよ」

「ドリアン」とホールワードが声高に言った。「そんなことを問題にしているのじゃないよ。イギリスがまったくひどい国であることも、イギリスの社交界が道を誤っていることも知ってるさ。だからこそ、ぼくはきみに立派な人間になってもらいたいのだよ。きみはこれまで立派な人間じゃなかったからね。われわれはその友人たちに及ぼす感化によってある人間を判断することができるんだ。きみの友人たちはみんな名誉や、善良さや、純粋性の感覚を失っているように見えるじゃないか。きみは彼らを気違いじみた快楽への欲求でいっぱいにしてしまったのだ。彼らは深みに落ち込んでしまったのだ。しかもきみが彼らをそこまで導いたのだ。そう、彼らを自分でそこまで導いておきながら、きみは平然と笑っていられるのだ。きみがいま笑っているようにね。だが、その微笑の背後にはもっとひどいものが潜んでいるのだ。きみとハリーがいつも一緒にいることぐらいぼくも知ってるさ。別のことならともかく、ただそうしたことだけの理由のために、ハリーの妹の名前を物笑いの種にすべきじゃなかったのだ」

「気をつけて下さい、バジル。それは言い過ぎですよ」

「いや、どうしても言わなくちゃならないし、きみに聞いてもらわなくちゃならないのだ。ぜひ聞いてくれたまえ。きみがグエンドリン夫人と会ったとき、夫人はこれっぽちの醜聞とも関わり合いのない人だった。しかし、いまじゃハイド・パークを夫人と一緒に馬車でドライヴしたいなんて言うまともな女がロンドンに一人でもいるかね？　子供たちでさえも夫人と一緒に暮らすことを許されていない有様なのだから。そのほかにもいろいろ噂話があるんだ――きみが明け方にいかがわしい宿屋からそっと抜け出すのを見たとか、ロンドンで一番汚ならしい巣窟に変装姿で忍び入るのを見たとかいった噂話がね。それは本当のことなのかね？　そもそもそれが本当なんていうことがあり得るだろうか？　初めて聞いたとき、ぼくは一笑に付してしまったよ。だが、いまは聞くたびに、ぞっとしてしまうのだ。きみの田舎屋敷での生活ぶりは一体どうなっているのかね？　ドリアン、きみはだね、自分についてどんな噂を立てられているのかを知らないんだよ。きみに向かってお説教をしたくないなんて言わないさ。ハリーがいつか言っていたことなんだが、しばしのあいだ素人牧師になる人間はみんな、いつもお説教なんかしたくはないと言って話を切り出しておきながら、すぐにその約束を破りはじめるとね。ぼくはきみに向かってお説教をしたいのだ。世間の連中に尊敬されるような生活をきみに送ってもらいたいのだよ。汚れのない名前と潔白な経歴の持主でいてほしいのだよ。きみが付き合っているあの恐ろしい連中と手を切ってほしいのだ。そんなふうに肩をすくめないでくれたまえ。そんな無関心な態度をとらないでくれたまえ。きみはすばらしい影響力を持っているんだ。それを悪にではなく、善に対して発揮してもらいたいのだ。きみはきみと親しくなった人間をみんな堕落させ、きみがある家へ入っただけで、あとで何かしら不名誉なことが起こるそうじゃないか。そのとおりかどうかぼくにはわからない。わかるはずもないじゃないか? しかし、きみについてそんなふうなことが言われているんだ。どうやら疑いの余地もないようなこともいろいろ聞かされているんだ。グロースター卿はぼくのオックスフォード時代の一番の親友なんだ。彼が一通の手紙を見せてくれたんだが、それは彼の細君がマントン(6)の別荘で、一人きりで瀕死の床についていたときに彼に書いて寄越したものなんだ。ぼくがいままでに読んだこともないようなひどく恐ろしい告白のなかにきみの名前がそれとなく触れられているんだよ。ぼくはそんなことは馬鹿げた話だって彼に言ってやったんだ――ぼくはきみを非常によく知っているし、きみにそんなようなことができるはずもないとね。きみを知っている?

ぼくは本当にきみを知っているんだろうか？　その問いに答える前に、ぼくはきみの魂をぜひ見なくてはならない」

「ぼくの魂を見るですって！」とドリアンはソファーから立ち上がり、恐怖のためほとんど真蒼になってつぶやくように言った。

「そうだ」とホールワードは重々しく、しかもその声に深刻な調子の悲しみをこめながら答えた——「きみの魂を見なくてはならないのだ。しかし、神だけしかそんなことはできないがね」

　年下の男の唇から激しい嘲笑の声が突然迸り出た。「ぼくの魂を見せてあげますよ、今夜」とテーブルの上からランプを摑みながら彼は叫んだ。「さあ来て下さい。あなた自身が描いた作品ですよ。あなたがそれを見てはならない理由なんぞありゃしないじゃないですか？　お望みなら、あとでそのことをみんな世間に吹聴してもいいですよ。誰も信じないでしょうがね。たとえ信じたとしても、世間の連中はそのためにかえっていっそうぼくを好きになるのじゃないかな。あなたは現代についてたいそうくどくどと他愛もない話をしておられるが、現代のことならぼくのほうがずっとよく知っていますよ。さあ、来て下さい。堕落についてのお喋りはもう十分なさったことだし。今度は堕落と顔をつき合わせて見ていただきたいのです」

彼が発する一語一語のなかには、狂気めいた自負の響きがこめられていた。彼は少年っぽい傲慢な仕草で足を床の上で踏み鳴らした。他人が自分の秘密を負担し、しかも自分の恥辱のいっさいの源泉たる肖像画を描いた男が、これから死ぬまで、自分が果たしてきた行為の忌わしい記憶を重荷として背負うようになるのだ、そう考えただけで彼は陰惨な喜びを感じていた。

「そうです」と相手に近づいて行って、厳しい表情をしたその瞳をじっと覗(のぞ)き込みながら、彼はつづけた。「あなたにぼくの魂を見せてあげましょう。神のみぞ見ることができると思っておられるその魂というやつをお目にかけましょう」

ホールワードは思わず後ずさりした。「罰当りなことを言わないでくれたまえ、ドリアン！」と彼は叫んだ。「そんなようなことを口にしてはいけない。恐ろしい言葉だし、それにそんなことができるわけもないじゃないか」

「そうですかね？」と彼はふたたび嘲笑した。

「そうさ。今夜きみに言ったことは、きみのためを思ってのことなんだぜ。ぼくがいつもきみの忠実な友人であったことぐらいわかっているじゃないか」

「ぼくに手を触れないで下さい。言いたいことがあれば言えばいいじゃないですか」

歪んだ苦痛の表情が画家の顔をさっと横切った。彼はしばらく休んで息をついたが、それから激しい哀れみの情が彼を襲った。結局のところ、自分にはドリアン・グレイの生活に立ち入る権利など果たしてあるのだろうか？　たとえ噂の種になったことの十分の一ぐらいのことを仕出かしたとしても、彼はきっとひどく苦しんだに違いないのだ！　それから彼は身体を真直ぐにして立ち上がり、暖炉の傍へ足を運んで、そこに突っ立ったまま、霜のような灰にまみれて燃える薪や、ゆらめく炎の芯を見つめた。

「じれったいなあ、バジル」きつい、明瞭な声で若者は言った。

バジルが振り返った。「ぼくが言わなくちゃならないことはこういうことなんだ」と彼が声高に言う。「きみに向かって投げつけられている恐ろしい非難に対する何らかの返答をぜひ与えてほしいのだ。あんな噂は金輪際嘘っぱちだと言ってくれれば、ぼくはきみを信じよう。嘘っぱちだと言ってくれ、ドリアン、嘘っぱちだと言ってくれたまえ！　ぼくがどんなに苦しんでいるか、きみにはわからないのかね？　ああ！　自分は悪人で、堕落した、恥ずべき人間だなんて言わないでくれないか」

ドリアン・グレイは微笑んだ。その唇には軽蔑の表情が漂っている。「上へ来て下さい、バジル」と彼は静かに言った。「ぼくは自分の生活日誌を毎日つけているんですよ。しかもそいつはぼくがつけている部屋から絶対に外へ出ることがないのです。一緒に来て下されば、それを見せてあげますよ」

「きみの望みとあれば、一緒に行くよ、ドリアン。もう汽車には間に合わないだろうしね。そんなことなどどうでもいいさ。明日発てばいいのだから。しかし、今夜生活日誌を読んでくれなんて言わないでほしいな。ぼくがほしいのは、さっきの質問への簡単明瞭な返答だけなんだから」

「それは上で答えてあげますよ。ここじゃ言えませんからね。読むのに大して時間がかかるわけでもないし」

第十三章(1)

彼は部屋を出て、階段を昇りはじめた。バジル・ホールワードもすぐ後ろからついて来る。人びとが夜中には本能的にそうするように、二人は忍び足で歩いた。ランプが壁や階段の上に奇怪な影を投げかけている。風が吹き起こったようで、幾枚かの窓ががたがた鳴っている。

一番上の踊り場にたどり着いたとき、ドリアンはランプを床の上に置き、鍵を取り出して錠前を開けた。「何としても知りたいのですね、バジル?」と彼が低い声で訊く。

「うん」

「それはうれしいですね」と微笑しながら彼が答える。それから、いささか耳ざわりな口調でこうつけ加えて言った。「ぼくのことで何もかも知る資格があるのは世界中であなただけです。自分で考えておられる以上に、あなたはぼくの人生に関わり合いを持って来たのですから」それから彼は、ランプを手に取り、扉を開いてなかへ入って行った。冷たい空気の流れが二人の傍をさっと通り抜け、ランプの明りが一瞬曇ったオレンジ色の炎となってぱっと輝く。ドリアンはぶるっと身震いした。「後ろの扉を閉めて下さい」とランプをテーブルの上に置きながら、彼が囁き声で言う。

ホールワードはどぎまぎしたような表情を浮かべて周囲をちらっと見まわした。部屋は長年人が住んでいないような様子に見える。色褪(いろあ)せたフランドル製の綴れ織(タペストリー)、覆いの掛けられた絵、古いイタリア製の箱(カッソーネ)、そしてほとんど空(から)の書棚——一脚の椅子と一個のテーブルのほかには、どうやらそれだけしかこの部屋にはないようだ。ドリアン・グレイが炉棚の上にある燃えさしの蠟燭に火を灯しているとき、バジルは部屋中が埃(ほこり)に覆われ、しかも絨毯が穴だらけになっているのを眼にした。板張り壁の背後では鼠がごそごそと走りまわり、白黴(かび)の湿った匂いがぷんと鼻をつく。

「魂を見るのは神のみだというのがあなたのお考えなのですね、バジル？　その覆いを取れば、ぼくの魂を御覧になれるのに」

そう語る声は冷たく残忍な響きを帯びていた。「気でも狂ったのかね、ドリアン、それともお芝居でもしているのかね」と、眉をひそめつつ、ホールワードがつぶやくように言う。

「覆いを取らないのですか？　それじゃ、ぼくが自分で取りましょう」と若者が言う。

そして覆いをその固定棒から引きちぎり、床の上にほうり投げた。

自分ににやりと笑いかけているカンヴァス上の恐ろしい顔を薄明りのなかで見たとき、恐怖の叫び声が画家の唇から迸り出た。その顔の表情には、何かしら吐き気を催させるような、嫌でたまらなくなるようなものがある。一体どうしたことなのだ！　いま自分が眺めているのは、ほかでもない、ドリアン・グレイ自身の顔ではないか！　それがどのようなものであるにせよ、その恐ろしい形相は、あのすばらしい美貌をまだ完全に損なっているわけではなかった。薄くなりかけている頭髪にはまだ幾らか金髪が残り、官能的な口にも幾らか赤味が認められる。鈍い表情の眼にもあの青い瞳の美しさが幾分残っているし、よく整った鼻孔や塑像的な喉もとからも、あの品のある曲線がまだことごとく消え去っているわけでもない。そうだ、これはドリアン自身なのだ。しかし、一体誰がその絵を描いたのだろう？　彼はほかならぬ自分自身の絵筆のあとをどうやら認めたように思ったし、額縁も彼自身の図案によるものだ。そんなことを考えるなんてとんでもないことだと思いながらも、やはり気になった。彼は明るく燃えている蠟燭を引っ摑んで、それを絵の傍に持ち上げた。画面の左手の片隅には、鮮やかな朱色の細長い文字で、紛れもなく自分の署名が書き記されているではないか。

これは自分の絵の汚らわしい模作、恥ずべき、下劣な諷刺画だ。自分はこんな絵など絶対に描いたことはないはずだ。だがそれでも、これはやはり自分の描いた絵なのだ。それがわかると、まるで血が一瞬のうちに炎から不活潑な氷にでも変わってしまったかのような感じに襲われた。このぼくが描いた絵なのだ！　これは一体どうしたことだろう？　なぜあんなふうに変わってしまったのだろう？　彼は振り返って、病人のような眼ざしでドリアン・グレイを見た。口は引きつり、舌は乾ききっているため、一言も発することができないようだ。片手で額(ひたい)を拭った。それはじっとりとした汗で濡れている。

若者は炉棚に寄りかかって、名優の演じる芝居にうっとりとしている人たちの顔に見られるような、例の奇妙な表情を浮かべたまま、彼を眺めている。そこには本当の悲しみも、本当の喜びも認められぬ。認められるのはただ、その眼におそらく勝利の輝きをちらつかせている、観客風の熱心さにすぎなかった。彼は上着から飾り花を取りはずして、その匂いを嗅いでいた。あるいは嗅いでいるふりをしていた。

「これは一体どういうことなんだ」とホールワードがやっと叫んだ。その声は自分の耳のなかに甲高く奇妙に響いた。

「何年も前に、ぼくがほんの若僧だった頃」と、ドリアン・グレイが手のなかで花を押し潰しながら言う。「あなたと出会い、あなたにおだてられ、自分の美貌を自慢にすることを教わりました。ある日、ぼくはあなたの友人に紹介されました。その男は若さの驚異ということをぼくに語り、そしてあなたはぼくの肖像画を完成して、美の驚異というこことをぼくに啓示してくれました。気違いじみた一瞬に、いまでさえ、その一瞬を悔んでいるのかいないのかわからないほどなのですが、その一瞬に、たぶん、あなたなら祈りとでも言うでしょうが、ぼくはある願いをかけたのです……」

「憶えているとも！　ああ、実によく憶えているとも！　いや、そんなことはない！　そんなことがあり得るはずもないじゃないか。この部屋は湿気でじめじめしている。それで白黴がカンヴァスに付いたんだよ。ぼくが使った絵具に何かひどい鉱物性の毒でも入り込んでいたのだ。いいかい、そんなことはあり得るはずもないことなんだよ」

「何があり得るはずもないのですか？」と若者はつぶやくように言って、窓際に行き、冷たい、霧で曇ったガラスに額を押し当てた。

「きみは絵をずたずたにしてしまったと言ったじゃないか」

「それは間違いでした。絵のほうがぼくをずたずたにしてしまったのですよ」

「これがぼくの絵だなんて信じられないよ」

「あなたの理想像がここに描かれていることがわからないのですか？」とドリアンが辛辣に言う。

「きみの言うぼくの理想像というのは……」

「あなたが以前に言った理想像のことですよ」

「あそこには邪悪な表情も、恥ずべき点もまるでなかったじゃないか。ぼくにとってきみは、二度と会えそうにもない理想像だったのだから。しかし、これは色情狂みたいな顔をしているじゃないか」

「ぼくの魂の顔ですよ」

「畜生！　何という代物をぼくは崇拝してきたんだろう！　これは悪魔のような眼つきをしているじゃないか」

「われわれは誰しも自分のなかに〈天国〉と〈地獄〉を持っているんですよ、バジル」[2]と、激しい絶望の身振りをしながら、ドリアンが叫ぶ。

ホールワードはふたたび肖像画のほうを振り向き、じっと見つめた。「ああ！　もしもこれが本当だとしたなら」と彼が大声で言う。「もしもこれがきみの生活の本当の姿とするなら、きみはきみの悪口を言ってる連中が想像しているよりももっとひどい悪人に違いない！」彼はまた蠟燭の焰をカンヴァスのほうへ近づけて、しげしげと見た。絵の表面はどうやらまったく手を加えられた形跡もなく、自分が完成したときのままである。この醜悪さと恐ろしい表情は、紛れもなく、内面から生じたものだった。内面生活のある不思議な胎動によって、罪悪という癩病がゆっくりとこの肖像画を食い荒らしつつあるのだ。水気を含んだ墓のなかの屍体の腐敗もこれほど恐るべきものではなかろう。彼の手はがたがた震え、蠟燭は燭台から床の上に落ちて、そこでぶつぶつ燃えつづけた。彼は片足をその上にのせて火を消した。それからテーブルの傍のぐらぐらする椅子に身を投げ出すようにして坐り、顔を両手のなかに埋めた。

「ああ、ドリアン、何という教訓だろう！　何という恐ろしい教訓だろう！」返事はなかったものの、若者が窓際ですすり泣いている声は聞える。「祈るのだ、ドリアン、祈るのだ」と彼はつぶやくように言った。「子供の時分に教わった祈りの文句はどんなだった？　〈われらを誘惑に導きたもうなかれ。われらの罪を許したまえ。われらの不正を洗い清めたまえ〉[3]というのじゃなかったかね。さあ、一緒にその文句を唱えようじゃないか。きみの傲慢さの祈りは聞き届けられたのだ。きみの改悛の祈りだって聞き届けられることだろう。ぼくはきみを崇拝しすぎていたのだ。そのためにいま罰せられているのだ。きみは自分自身を崇拝しすぎていたのだ。ぼくたちは二人とも罰せられているのだよ」

ドリアン・グレイはゆっくりと振り返り、涙でぼやけた眼で相手を見やった。「もう手遅れですよ、バジル」と彼が口ごもりながら言う。

「絶対に手遅れなんかじゃないよ、ドリアン。一緒に跪(ひざまず)いて祈りの文句を思い出すようにしてみようじゃないか。どこかにこんな一節があっただろう、〈汝らの罪は緋のごとくなるもわれ雪のごとく白くせん〉(4)という一節が」

「そんな文句などいまのぼくにとって何の意味もありゃしませんよ」

「黙れ！　そんなことを言うものじゃないよ。きみはいろいろ悪を重ねてきた人間じゃないか。ああ！　こっちを横目で睨んでいるあの忌わしい姿がきみには見えないのか？」

ドリアン・グレイは絵をちらりと見た。すると不意打ち的にバジル・ホールワードに対するどうにも抑えられぬ憎悪の気持に襲われた。それはまるでカンヴァス上の肖像が自分に暗示を与え、歯をむいてにっと笑っている唇が自分の耳のなかに囁きかけたかのようだった。追いつめられた動物のような狂気じみた激情が彼の心のなかに湧き起こり、いまだかつてどんなものにも抱いたことのないようなすさまじい憎悪を、彼はテーブルに坐っている男に感じた。彼は荒々しい素振りであたりをちらりと見まわした。真向かいの色鮮やかな箱の上で何かがきらっと光った。彼の眼はそれに注がれた。それが何であるかがわかった。数日前に、一本の紐を切るために持って上がり、そのまま置き忘れていたナイフだ。ホールワードの傍を通り過ぎながら、彼はゆっくりとそのナイフのほうへ足を運ぶ。相手の背後にまわるとすぐに、彼はナイフを摑んで、振り向く。ホールワードはいまにも立ち上がりそうな気配を見せて椅子のなかで身動きしている。ドリアンはさっと突進して、耳のうしろの大静脈にナイフを深々と突き立て、相手の頭をテーブルの上に押しつけて、繰り返しナイフを突き刺した。

息を詰らせた呻き声と、血にむせぶ人間の恐ろしい悲鳴が洩れて来る。三度も、ぐっと伸びた両腕が痙攣しながら突き出され、グロテスクな、指のこわばった両手が虚空で振りまわされる。ドリアンはさらに二度も突き刺したが、相手はもう身動き一つしない。何かが床の上にぽたりぽたりと落ちはじめた。まだ頭を押えつけたまま、彼はしばらく待った。それからナイフをテーブルの上に投げ出して、きき耳を立てた。

すり切れた絨毯の上に落ちるぽたりぽたりという音のほかには、何も物音は聞えない。彼は扉を開いて踊り場に出た。屋敷のなかはすっかり静まり返っている。人の気配も感じられぬ。しばらくのあいだ、彼は手摺りの上に身をかがめて立ち、黒々と逆巻いている井戸のような下の暗闇を覗(のぞ)き込んだ。それから鍵を取り出して部屋へ引き返し、内側から錠をおろした。

死体は依然として椅子に坐ったままで、頭を垂れ、背中を丸め、長く奇妙な恰好に両腕を伸ばしてテーブルの上にぐたりとなっている。首筋の赤いかぎ裂きの傷や、ゆっくりとテーブル上に拡がっているべっとり固まった黒い血の塊がなかったなら、この男はただ眠っているだけだと言われかねないだろう。

すべてが何とあっけなく終わってしまったことか！　彼は奇妙なほど落着いていた。そして窓際まで歩いて行って、窓を開け、露台へ出た。風が霧を吹き払ってしまっていて、夜空は無数の黄金の眼を鏤めた巨大な孔雀の尻尾のようだった。下を見ると、警官が巡回中で、提灯の長い光線を煌めかしながら寝静まった家々の戸口を照らしている。客を漁っている辻馬車の真っ赤な灯火が曲がり角できらりと光ったが、すぐに消えてしまった。ひらひらするショールを身に纏った女がよろめきながら、手摺りの傍をゆっくりと這うようにして歩いている。女は時々立ち止まっては、後ろを覗き見している。一度など、嗄れ声で歌を歌いはじめた。警官がやって来て女に何か言った。女は笑いながら、よろよろと立去った。激しい一陣の突風が広場を吹きぬけた。ガス灯が明滅し、青みを帯び、葉のない木々が黒い鉄のような大枝をあちこちで揺り動かす。彼は身震いし、部屋へ戻って窓を閉めた。

扉のところまで来ると、彼は鍵をまわして、扉を開けた。殺した男には一瞥すらも与えない。この事態を切りぬける秘訣は現状を認めぬことだ。自分のいっさいの不幸の原因となったあの運命的な肖像画を描いた友人が死んだのだ。それだけで十分ではないか。

そのときランプのことをふと思い出した。それはムーア人の手になる相当珍奇なランプで、磨き上げられた鋼鉄の唐草模様（アラベスク）が嵌め込まれ、きめの粗いトルコ玉を鏤めた鈍い銀で作られていた。たぶん召使いが紛失に気づいて、いろんなことを訊くかもしれない。彼はしばらく躊躇していたが、結局引き返して、テーブルの上からそれを取って来た。彼は死体を見ないわけにはいかなかった。それは微動だにしないではないか！　その細長い両手は恐ろしいほど白く見えるではないか！　まるで身の毛のよだつ蠟人形のようだ。

扉の錠をおろすと、彼は忍び足でそっと階段を降りて行った。木造の部分がきーきーと軋み、苦痛を訴えて悲鳴をあげているようだった。彼は何度も立ち止まって、聞き耳を立てた。いや、すべてがしんと静まり返っている。やはり自分の足音にすぎなかったのだ。

書斎にたどり着くと、片隅にある鞄と外套が眼に入った。それらをどこかに隠さなくてはならぬ。彼は壁板のなかの秘密の戸棚の錠前を開けた。それは奇怪な変装用具を入れて置く戸棚だったが、そのなかに鞄と外套を押し込んだ。あとで燃やすのは楽にできる。それから懐中時計を取り出した。二時二十分前だった。

彼は腰をおろして、考えはじめた。毎年——いや、ほとんど毎月のように——イギリスでは自分の犯した罪業のせいで人びとが絞首刑に処せられている。狂暴な殺人が広く行きわたっているのだ。不吉な赤い星が地球にあまりにも接近しすぎているのだ……けれども、自分の不利となる証拠がどこにあるというのだ？　バジル・ホールワードは十一時に屋敷を出た。彼がふたたび屋敷内に入ったのは誰にも見られていない。召使いの多くはドリアンの本宅セルビー・ロイヤルに行っている。自分の身のまわりの世話をしてくれる召使いはとっくに床に就いている……パリ！　そうだ。バジルはパリへ向けて発ったのだ。予定どおり真夜中の汽車で発ったのだ。自分の行先について奇妙なほど隠し立てをする癖があったから、ほかの連中がどうも変だと気づくまで数ヵ月はかかるだろう。数ヵ月！　それまでにすべてを消滅させることができるではないか。

不意にある考えが浮かんだ。彼は毛皮の外套と帽子を身に着け、玄関の間へ行った。それから立ち止まって、外の舗道を歩む警官のゆっくりとした重い足音に聞き耳を立て、手提げランプの閃光が窓に映るのを見た。彼はじっと息を殺して待った。

数分後に錠をはずして、忍び足で外へ出て、そっと扉を閉める。それから呼鈴を鳴らしはじめた。五分ほどして、中途はんぱな服装姿の、いかにも眠そうな様子をした召使いが現れた。

「起こしてすまなかったな、フランシス」と玄関に入りながら、彼は言った。「鍵を持って出るのを忘れてしまったものでね。いま何時かね？」

「二時十分すぎです、旦那様」と柱時計を見て瞬きしながら召使いが答える。

「二時十分すぎだって？　ひどく遅いんだな！　明日は九時に起こしてくれたまえ。少しばかりしておかなくちゃならない仕事があるものでね」

「かしこまりました、旦那様」

「今夜は誰か訪ねて来たかね？」

「ホールワード様がお見えでした、旦那様。十一時までここにおられましたが、汽車に乗り遅れないようにお帰りになりました」

「そうか！　会えなくて残念だったな。何か伝言を残していかなかったかね？」

「いいえ、旦那様。ただクラブで旦那様にお会いになれなかったなら、パリから手紙を書くとおっしゃっておられましたが」

「そうかい、フランシス。明日は九時に起こすのを忘れないでくれたまえよ」

「かしこまりました、旦那様」

男はスリッパを引きずりながら廊下を立去って行った。

ドリアン・グレイはテーブルの上に帽子と外套をほうり投げて、書斎に入った。そして十五分ばかり唇を噛み、考え事に耽りながら部屋のなかをあちこち歩きまわった。それから社交界人名録（ブルー・ブック）を書棚から取り出して、そのページを繰りはじめた。「アラン・キヤンベル、メイフェア、ハートフォード街一五二番地(5)」そうだ、これが自分の必要とする男なのだ。

第十四章(1)

翌朝九時に召使いが盆の上に一杯のチョコレートを載せて入って来て、鎧戸を開いた。ドリアンは右向きに横になって、片手を頰の下に当てたまま、至極穏やかに眠っていた。遊びとか、勉強で疲れ果てた少年そっくりに見える。

召使いが二度も肩に手を触れてから彼はやっと眼を覚ました。眼を開けたとき、かすかな微笑が彼の唇を横切った。それはまるで何か楽しい夢にでもいままで耽っていたみたいな微笑だった。だが、彼は夢などまるで見なかったのだ。快楽であれ、苦痛であれ、どんな幻像にも一晩中煩わされることなどなかったのだ。だが、若者はこれという理由もないのに微笑するものである。それが若者の主たる魅力の一つにほかならないのだ。

彼は向きを変え、片肘を立てて、チョコレートをすすり飲みはじめた。柔らかで美しい十一月の日射しが部屋のなかへ流れ込んでいる。空は明るく輝き、大気には穏やかな暖かさがみなぎっている。ほとんど五月の朝のようだ。

徐々に前夜の出来事が血だらけの静かな足取りでそっと彼の頭のなかに忍び入り、恐ろしいほどはっきりと再構成されていく。昨夜苦しんだことすべての記憶が甦って来て身のすくむ思いがする。それから、椅子に坐っているところを殺すように駆り立てたときと同じの、バジル・ホールワードに対するあの奇妙な憎悪感も一瞬のあいだふたたび甦って来て、激情のため全身が冷たくなる。あの死んだ男はまだあそこに坐ったままで、しかもいまは日射しを浴びているのだ。何と恐ろしいことだろう！　そうした醜悪なものは暗闇にふさわしいのであって、白日にはふさわしくないのだ。

昨夜経験したことをくよくよ考え込んだりしていれば、自分は病気になるか、気が狂ってしまうだろうという気がした。罪を犯すことよりも罪の思い出のほうが魅力的だという場合がある。それは情熱よりも誇りを満足させ、情熱が感覚にもたらす、あるいはもたらし得るどんな歓喜よりも大きな、潑剌とした歓喜の情を知性に与える奇妙な勝利感にほかならぬ。だが、この場合はそんなものなんかじゃない。それは心のなかから追い払い、阿片でも飲んで麻痺させ、絞め殺してしまわねばならないものなのだ。さもないとこちらが絞め殺されてしまう恐れがある。

時計が九時半を打つと、彼は手を額に当てて、急いで起き上がり、ネクタイとスカーフ・ピンを選ぶのに格別の注意を払い、指環も一度ならず取り換えたりしながら、いつもよりもずっと念入りに身仕度を整えた。さらに朝食にも長い時間をかけ、各種の料理を味わい、セルビーにいる召使いたちのために作らせてやろうと思っている新しい制服のことを召使いに話したり、手紙類に眼を通したりした。ある手紙を読んで彼は微笑した。三通の手紙にはうんざりした。一通は数回も読み返してから、かすかな当惑の表情を顔に浮かべたまま引き裂いた。「恐るべきものだな、女の記憶力っていうやつは！」まさしくヘンリー卿がかつてそう言っていたとおりだな。

ブラック・コーヒーを飲み終えると、彼はナプキンでゆっくりと唇をぬぐい、召使いにしばらく待つようにと身振りで合図し、テーブルの傍へ行って腰をおろし、二通の手紙を書いた。一通をポケットのなかへ入れ、もう一通を召使いに手渡した。

「これをハートフォード街一五二番地へ届けてくれないか、フランシス。もしキャンベル氏がロンドンにいないなら、その行先を聞いて来てくれ」

一人きりになるとすぐに、彼は煙草(たばこ)に火をつけて、一枚の紙の上にスケッチを描きはじめ、最初に花を、次に建物の小部分を、それから人間の顔を描いた。突然彼は、自分の描いたどの顔も異様なほどバジル・ホールワードそっくりに見えることに気がついた。彼は眉をしかめながら立ち上がって、書棚の前に足を運んででたらめに一冊の本を取り出した。考えることがどうしても避けられなくなるまで起こってしまったことについては考えまいと心に決めたからだ。

　ソファーの上に身体を伸ばして横になったとき、彼は本の題扉を見た。それはゴーチエの『七宝とカメオ』で、ジャクマールのエッチング入りの、日本の紙を用いたシャルパンティエ版である。装幀は淡黄色がかった緑色の革製で、金箔の格子縞模様に点々と柘榴をあしらった図案が描かれている。エイドリアン・シングルトンから贈られた本だった。ページを繰っているうちに、ラスネール[2]の手、すなわちうぶ毛のような赤い毛が生え、「半獣神の指（ドワ・ド・フォース）」を持つ「まだ刑罰の汚れも落ちぬ（デュ・シュプリス・アンコール・マル・ラヴェー）」冷たい黄色の手についての詩[3]にふと眼が留まった。彼は思わずかすかに身震いしつつ、自分の白く細長い指をちらっと見て、そのまま読みつづけたが、やがてヴェネチアについてのあの美しい詩節（スタンザ）のところまで来た——

半音階の調べに乗って、
　真珠の乳房を輝かせつつ、
アドリア海のヴィーナスが
　波間から薔薇色と白色の裸身を現す。

紺碧の波の上で、円屋根(ドーム)が、
　輪郭さやかな楽句につれて
ふくらむさまは、円い乳房が
　恋のため息で波打つよう。

小舟は岸につき、錨索(いかりなわ)を
杭に投げかけ、わたしを降ろす、
薔薇色の玄関の前、
　階段(きざはし)の大理石の上に。(4)

何と精妙な詩句であることか！　これを読んでいると、銀色の舳(へさき)と垂れ下がる帳(とばり)付きの黒いゴンドラに腰をおろして、桃色と真珠色に輝く都市の緑色の水路を漂っているような気持になる。彼にはこの詩行(ラインズ)そのものが、リド島に向かってゴンドラを漕ぎ出すとき、そのあとに残るあのトルコ玉のような青さの直線(ラインズ)のように見えて来るのだった。不意に閃く色彩的な詩句は、蜂の巣状の形をした、高い鐘塔(カンパニーレ)のまわりを飛んだり、薄暗い、埃(ほこり)だらけの拱廊(きょうろう)を堂々と優美に闊歩する、オパール色と虹色の入り混じった喉をしている鳥たちの輝きを、彼に思い起こさせた。眼をなかば閉じ後ろに寄りかかって、彼は幾度も幾度も次の詩句を口ずさんだ――

　薔薇色の玄関の前、
　　階段（きざはし）の大理石の上に。

ヴェネチアのすべてがこの二行のなかにある。彼はそこで過ごした秋のことを、気違いじみた愉快な愚行へと自分を駆り立てたすばらしい恋愛のことを思い出した。ロマンスはどんな場所にもある。だが、ヴェネチアは、オックスフォードと同様に、いつまでもロマンスにふさわしい背景を保っていた。しかも、本当にロマンティックな人間には、背景こそがすべて、いやほとんどすべてなのだ。バジルも一時は一緒にそこに滞在していて、ティントレット(5)に夢中になっていたものだ。可哀そうなバジル！　何という恐ろしい死に方をしたものか！

彼はため息をついて、さきほどの詩集をまた取り上げ、バジルの死のことを忘れようとした。回教徒（ハッジ）が坐って琥珀の数珠（じゅず）を数え、ターバンを巻いた商人たちが飾りふさ付きの長煙管（ながぎせる）を喫いながら真面目な顔で話し合っているスミュルナの小さなカフェーを出たり入ったりしている燕のことを読んだ。[6]コンコルド広場のオベリスクについても読んだ。[7]このオベリスクは、わびしい孤独な流謫の生活にあって花崗岩の涙を流しては、熱帯の、蓮の花で覆われたナイル河のほとりに帰りたがっている。そこにはスフィンクスも、薔薇のように赤い渉禽も、金色の爪をした白い禿げ鷹も、緑色の蒸気を発散させる泥沼のなかを這いまわる、小さな緑柱石のような眼をした鰐もいる。彼はさらに、接吻の跡の付いた大理石から音楽を引き出しながら、ゴーチエがコントラルト声音にたとえているあの奇妙な彫像、ルーヴル美術館の斑岩造りの部屋に横たわるあの「美しい怪物」について語る詩句を幾度も口ずさみはじめた。[8]だが、しばらくすると本は彼の手から落ちてしまった。彼は神経質になり、恐るべき恐怖の発作に襲われた。もしもアラン・キャンベルがいまイギリスにいなければどうしよう？　彼が帰国するまでには随分日数が経つことだろう。ひょっとすると、彼はここへ来るのを拒んでいるのかもしれぬ。その場合にはどうすればいいのか？　一瞬一瞬がきわめて重大なのだ。

　二人はかつて、そう五年前にはたいへんな親友であった――実際、ほとんど離れられぬ仲だったのだ。それなのに親しい交際が突如として途絶えてしまったのである。現在社交界で顔を合わせることがあっても、微笑みかけるのはいつもドリアンのほうばかりで、アラン・キャンベルは決してにこりともしないのだ。

アランはすこぶる頭のよい若者だった。もっとも、視覚芸術に対する本当の鑑識眼を持ってはいなかったし、少しでも詩の美しさに対する感覚を持っているとすれば、それはことごとくドリアンから得たものだったのだけれども。彼の主たる知的情熱は科学に向けられていた。ケンブリッジ在学中、彼は大半の時間を実験室で過ごし、自分の学年の自然科学優等卒業試験で優秀な成績を収めた。実際、彼はいまだに科学の研究に熱中し、自分専用の実験室を持ち、そのなかに一日中閉じこもってしまい、母親をひどくやきもきさせていた。母親は彼が議員に立候補することに望みをかけていたし、漠然と科学者なんて処方箋を書く人間ぐらいにしか考えていなかったからだ。しかしながら、彼はすぐれた音楽家でもあって、たいていの素人よりもバイオリンやピアノを巧みに弾きこなした。実のところ、彼とドリアン・グレイを最初に結びつけたのは音楽だった——音楽と、ドリアンが自分で望むときにはどうやらいつでも発揮できるように見え、事実、それと意識せずにしばしば発揮してきた例の何とも言いようのない魅力にほかならなかったのである。二人が会ったのはバークシャー夫人邸でルビンシテイン(9)が演奏した夜のことだったが、それ以来、オペラ座とか、よい音楽が演奏される場所にはいつも一緒にいるのが見うけられるようになった。十八ヵ月間、二人の親密な交際はつづいた。キャンベルはいつもセルビー・ロイヤルかグローヴナー広場の屋敷に入りびたっていた。他の多くの人たちにとってそうであったように、彼にとってもまた、ドリアン・グレイは、人生における驚異的で魅惑的なものすべての典型だった。二人のあいだに喧嘩でもあったのかどうか、それは誰も知らなかった。だが、二人は会ってもほとんど口をきかず、ドリアン・グレイの出席しているパーティからキャンベルが早々に退散するそうだという噂が突然広まった。キャンベルもまた変わってしまった――時々妙に憂鬱になり、音楽を聞くことすらほとんど嫌っているような様子に見え、自分で演奏することも決してしなくなり、演奏を所望されると、科学に夢中になりすぎて練習する暇がないという口実を述べて断わった。だが、これは確かに嘘ではなかった。日ましに彼はますます生物学に興味を惹かれているように見え、ある珍しい実験に関連して、彼の名前が一、二度科学雑誌に出たこともあった。

ドリアン・グレイが待っているのはこの男だった。彼は一分おきに柱時計に眼をやった。一分また一分と時間が経つにつれて、彼はひどく苛々(いらいら)してきた。ついに彼は立ち上がって、部屋のあちこちを歩きまわりはじめたが、その様子はまるで檻(おり)に閉じこめられた美しい獣のようだった。彼は音も立てずに大股で歩いた。その両手は奇妙なほど冷たくなっていた。

どっちつかずの不安な状態は堪えがたいものとなった。時間は鉛の足を引きずって這っているかと思えるのに、自分はすさまじい風に煽られてどこかの黒い裂け目や絶壁の鋸(のこぎり)状の歯のような先端へと向かって押しやられているのだ。自分をそこで待ちうけているものが何であるかを彼は知っていた。いや、本当のところそれを見たのだ。そして身震いしながら、あたかも頭脳から視力を奪い、眼球をその窩(あな)のなかへ追い戻してしまわんばかりに、燃えるような瞼に汗ばんだ手を押しつけた。だが、そんなことをしても無駄だった。頭脳はみずからを肥え太らせる食物を持っているのだ。恐怖のせいでグロテスクなものとなった想像力は、まるで生き物のように苦痛によってねじれたり歪んだり、小卓上の醜い操り人形のごとく踊りはねたり、そのくるくる変わる仮面を通してにやりと笑うのだった。それから、突然、〈時間〉が止まってしまった。そうだ、あの盲目の、ゆっくりと息づいていた〈時間〉はもはや這うことをやめ、しかもいまや〈時間〉が死んでしまったからには、恐るべき想念が自分の眼前をすばしっこく駆けまわり、その墓場から忌わしい未来を引っ張り出して来て、それを彼に見せるのだ。彼はその未来を凝視した。その恐ろしさのあまり彼は石と化してしまいそうになった。

やっと扉が開き、召使いが入って来た。彼はどんよりとした眼を向けた。

「キャンベル様がお見えです、旦那様」と召使いが言った。

乾涸(ひから)びた唇から安堵(あんど)のため息が洩れ、頬には血色が戻って来た。

「すぐに来るように言ってくれ、フランシス」彼はふたたび自分に戻ったような気がした。臆病風は吹き飛んでしまっていた。

召使いは一礼して、引き退った。ほどなくアラン・キャンベルが入って来た。たいそう厳しい、やや蒼ざめた顔つきをしていて、真っ黒な頭髪と濃い眉毛のせいでその蒼白さはいっそう際立って見える。

「アラン！　よく来てくれたね。本当にありがとう」

「もう二度ときみの家に足を踏み入れるつもりはなかったのだがね、グレイ。しかし、生きるか死ぬかの問題だときみが言うものだから」彼の声はこわばり冷たかった。喋り方もゆっくりと慎重だった。ドリアンに向けられた執拗な探るような眼つきには軽蔑の表情が浮かんでいる。両手はアストラカンの外套(10)に突っ込んだままで、自分を歓迎してくれた相手の身振りに気を配っている様子などまるで見えない。

「そうなんだ。生きるか死ぬかの問題なんだよ、アラン。しかも一人きりの問題じゃないんだ。坐ってくれたまえよ」

キャンベルはテーブルの傍の椅子に腰かけ、ドリアンは相手の真向かいに坐った。二人の男の眼が合った。ドリアンの眼には計り知れぬほどの憐れみがこもっていた。自分がこれからしようとしていることの恐ろしさを知っていたからだ。

わざとらしい沈黙の一瞬のあと、彼は上体を乗り出して、その一語一語がここへ呼びだした男の顔にどんな影響を与えるかを見守りながら、たいそう静かな口調で言った。

「アラン、この屋敷の一番上の鍵のかかった部屋に、ぼく以外の誰も入れない部屋に、一人の死人がテーブルの傍に坐っているんだ。死んでからちょうど十時間経っている。動かないでくれたまえ。それにそんなふうにぼくを見るのはやめてくれないか。その死人が誰で、なぜ、どのようにして死んだのかなどということは、きみには関係のない事柄だ。きみにぜひしてもらいたいことは――」

「よしてくれ、グレイ。ぼくはそれ以上何も知りたくはない。きみがいま言ったことが本当か嘘か、そんなことはぼくの知ったことじゃない。きみの生活に関わり合いになるなんて真っ平御免だよ。きみの恐ろしい秘密は自分だけの胸にしまっておきたまえ。ぼくには何の興味もないことなんだから」

「アラン、きみにはぜひ興味を持ってもらわなくちゃならないのだ。これはきっときみの興味を惹くだろうからね。きみには本当にすまないと思っているよ、アラン。しかし、ぼくにはどう仕様もないんだ。きみはぼくを助けることのできる唯一の人間なんだから。この事件にきみをどうしても巻き込まざるをえないのだよ。そうするより仕方がないんだよ。アラン、きみは科学者だ。化学とか、そんなようなことに通じている。実験もいろいろとしていることだしね。きみにしてもらわなくちゃならないことは、上の部屋にある死体を始末してもらうこと――跡かたも残らないように完全に始末してもらうことなんだよ。この人物が屋敷内にいたことを知る者は一人もいないんだ。実は、現在はパリにいることになっているんだよ。その人物の失踪は数ヵ月も発覚しないだろう。失踪が判明したとき、彼がいた痕跡がここにはまったく残らないようにしなくてはならないのだ。アラン、きみは彼を、そして彼の持物すべてを、ぼくが空中にばらまけるように、一握りの灰に変えてしまわねばならないのだ」

「きみは気でも狂ったのじゃないか、ドリアン」

「ああ！　きみがドリアンと呼んでくれるのを待っていたんだよ」

「本当に、きみは気が狂っているのだ――きみを助けるために、ぼくが指一本でも上げるなどと想像するなんて狂気の沙汰だし、こんな途方もない打明け話をするなんて血迷っているじゃないか。どのようなものであれ、ぼくはこんな事件と何の関わり合いも持ちたくないんだ。きみのためにぼくが自分の評判を危くするなんていうことをするとでも、まさかきみは思っているのじゃないだろうね？　きみがどんな悪魔めいた所業をしていようとも、そんなことがぼくに何の関わり合いがあるんだ？」

「自殺だったのだよ、アラン」

「それを聞いてうれしいよ。しかし、誰が自殺に駆り立てたのかね? たぶん、きみだろう」

「ぼくのためにこの仕事をやってくれるのをまだ断わるのかね?」

「もちろん断わるさ。ぼくはそんなことと関わり合いになるのは真っ平御免なんだ。どんな恥辱がきみの身に降りかかろうとも、ぼくの知ったことじゃない。当然の報いじゃないか。きみが体面を汚そうとも、人前に恥を晒そうとも、ぼくは気の毒だなんて思ったりなんかしないよ。一体きみはどうして、こともあろうに、このぼくをそんな恐ろしいことに巻き込もうとするんだい? 人間の性格というものについてきみはもっと物わかりがいいとばかり思っていたのに。きみの友達のヘンリー・ウォットン卿も、他のことはともかく、心理学についてはあまり教えてくれなかったようだな。きみを助けるために指一本動かすことだって御免だよ。きみは人を間違えたんだよ。誰か他の友達のところへ行くんだな。ぼくのところへ来たって無駄だよ」

「アラン、実は殺人だったのだよ。ぼくが殺したんだ。あの男がどれくらいぼくを苦しめたか、きみなんかにはわかるまい。ぼくの生活がどのようなものであるにせよ、あの男はハリーなんかよりもずっとぼくの生活の形成にも破壊にも大きな関係を持っているんだ。あの男のほうで別にそのつもりはなかったかもしれないが、結果的にはそうなってしまったんだ」

「殺人だって！　いやはや、ドリアン、きみはそんなことまで仕出かすようになったのかね？　ぼくはきみを密告したりはしないよ。そんなことはぼくの知ったことじゃないからね。それに、ぼくがその事件に嘴(くちばし)を入れなくたって、どうせきみは逮捕されるだろうしね。犯罪を犯す者は誰だってきっと何かしら間抜けなことを仕出かしているものだからね。そんなことに関わり合いを持つなんて絶対に断わるよ」

「いや、関わり合いを持ってもらわなくちゃならないのだ。待ってくれ、ちょっと待ってくれたまえ。ぼくの言うことを聞いてくれ。聞いてくれるだけでいいんだから、アラン。きみにお願いすることはただ、ある種の科学的実験をしてくれということだけなんだよ。きみは病院や死体置場へ行くんだろう。しかもそこできみがやる恐ろしいことはきみには別にどうっていうこともないのだろう。もし仮にどこかの忌わしい解剖室とか悪臭の漂う実験室とかで、血の流れをよくするためにえぐられた赤い溝(みぞ)付きの鉛の手術台の上にこの男が横たわっているのを見たとしても、きみはそれをただ絶好の研究材料としか思わないだろう。髪の毛一本逆立(さかだ)てはしないだろう。自分が何か悪いことをしているなんて決して思わないだろう。それどころか、自分は人類のためになることをしているのだとか、あるいは世界における知識量の増大に寄与しているのだとか、あるいは知的好奇心を満足させているのだとか、まあそんなようなことをしているんだとたぶん感じているのじゃないかな。きみにやってほしいことはだね、ただ、きみがいままでにたびたびしてきたことだけなんだよ。本当のところ、死体を始末するなんていうことは、きみがいつもやりつけている仕事に比べたら遥かに恐ろしいものではないはずだ。それに、忘れないでほしいのだが、あれだけがぼくにとって不利な唯一の証拠なんだよ。あれが発見されれば、ぼくは破滅するんだ。しかもきみが助けてくれなければ、きっと発見されてしまうだろうしね」

「きみを助けたい気なんてこれっぽちもないな。そのことをきみは忘れているよ。ぼくはそんなこといっさいにまるで無関心なのだから。ぼくには何の関わり合いもないことじゃないか」

「アラン、お願いだから。ぼくの立場も考えてくれよ。きみが来る前に、ぼくは恐ろしさのあまりほとんど気を失いそうになっていたんだぜ。きみだっていつか恐怖がどんなものかわかるようになるだろう。いや! そんなことを考えるのはもうよそう。この事件を純粋に科学的な観点から見てくれないか。きみの実験材料となる死体がどこから来たかなんて、いちいち訊ねたりなんかしないだろう。だからいまだって訊ねないでくれたまえ。これでも喋りすぎたくらいなんだ。しかし、お願いだから始末してくれないか。以前は友達だったじゃないか、アラン」

「あの時分のことは言わないでくれ、ドリアン。もうとっくに終わったことなんだから」

「とっくに終わったことも時にはあとに尾をひくものでね。上にいる男も退散しないでいるじゃないか。頭を垂れ、腕を伸ばしたまま、テーブルの傍にいまも坐っているのだからね。アラン！　アラン！　きみがぼくを助けてくれなければ、ぼくは破滅するんだ。ああ、ぼくは絞首刑にされちまうのだよ、アラン！　きみにはわからないのかね？　自分の所業のためにぼくは首をくくられるんだよ」

「いつまでもこんな言い争いをしても無駄だ。そんなことに関わり合いを持つなんてきっぱり断わるよ。ぼくに頼むなんて気違い沙汰だよ」

「断わるのかね？」

「そうだ」

「お願いだから、アラン」

「いくら頼んでも無駄だよ」

前と同じ憐れみの表情がドリアン・グレイの眼に浮かんだ。それから彼は手を伸ばして、一枚の紙切れを取り、それに何か書いた。彼は二度読んで、丁寧に折りたたみ、テーブルの向こう側に押しやった。そうしてから、立ち上がって窓際のほうに行った。

キャンベルは驚いて彼を眺め、それから紙切れを取り上げて、それを開いた。読んでいくうちに、彼の顔は死人のように蒼ざめ、どっと椅子に寄りかかった。恐るべき嘔吐感に襲われた。心臓が虚ろな空洞になって死への鼓動を搏っているような気がした。

二、三分の恐ろしい沈黙が過ぎたあと、ドリアンは振り返って、彼の背後にやって来て立ち、その肩に手を置いた。

「とってもすまないと思うが、アラン」と彼がつぶやいた。「しかし、他にどう仕様もないのだよ。手紙はもう書いてあるんだ。ほらここにある。宛名が見えるだろう。ぼくを助けてくれないのなら、投函せざるをえないのだ。その結果がどういうことになるか、きみにもわかっているはずだ。しかし、きみはぼくを助けてくれるだろう。いまさら断わることなんてできないはずだよ。きみに迷惑をかけないようにしているんだぜ。それだけはどうしても認めてくれなくちゃ。きみは手厳しくて、苛酷で、無礼だった。きみたいにぼくを扱った者はいないよ――少なくとも生きている者にはね。ぼくは全部我慢していたんだ。今度はこちらが要求を指示する番だよ」

キャンベルは顔を両手に埋めたが、全身に震えがきている。

「そう、今度はこちらが要求を指示する番だ、アラン。それがどういうものかわかっているはずだ。すごく簡単なことなんだから。さあ、そんなにがたがた震えるもんじゃないよ。どうしてもやってもらわなくちゃならないのだ。思い切ってやってみてくれたまえ」

呻き声がキャンベルの唇から洩れ、全身をがたがたと震わせた。炉棚の上の置時計のかちかちいう音が彼には〈時間〉が引き裂かれて、その一つ一つが到底堪えられぬほど恐ろしい苦悶の原子にでも化してしまっているかのように思われた。まるで鉄の環が自分の額のまわりをじわじわと締めつけ、ばらすぞと威(おど)された恥辱がすでに自分に襲いかかっているような気がする。それは堪えがたいことだった。押し潰されそうな気がするほどだ。

「さあ、アラン、すぐに心を決めてくれなくちゃ」

「ぼくにはそんなことはできない」と、まるでその言葉に事態を変え得る力でもあるかのように、彼は機械的にそう言った。

「心を決めるんだ。そうせざるをえないのだ。ぐずぐずしないでくれたまえ」

彼は一瞬躊躇した。「上の部屋に火はあるのかね?」

「あるさ。石綿付きのガス焜炉(こんろ)がある」

「家へ帰って、実験室から道具を幾つか取って来なくちゃならないのだが」

「駄目だ、アラン、きみはこの屋敷を離れてはいけない。必要なものを紙切れに書いてくれれば、召使いが馬車を走らせて取って来てくれるからね」

キャンベルは数行何か走り書きして、吸取紙で押え、封筒に自分の助手宛の住所を書いた。ドリアンは紙切れを取り上げて、念入りに眼を通した。それから呼鈴を鳴らして、召使いにそれを手渡しながら、できるだけ早く品物を持って戻って来るようにと言いつけた。

玄関の扉が閉まると、キャンベルは神経質にびくっと身体を動かし、椅子から立ち上がって、暖炉の傍へ行った。ある種の瘧(おこり)でも患ったみたいにがたがた震えている。ほぼ二十分あまり、二人の男は口をきかなかった。一匹の蠅が部屋のなかをうるさく飛びまわり、時計のかちかちいう音がまるでハンマーを打つ音のように聞える。

時計が一時を打ったとき、キャンベルは振り返って、ドリアン・グレイを見たが、その眼は涙で一杯だった。その悲しげな顔の純真さと優美さのなかには、何かしらキャンベルをひどく怒らせるものがあった。「きみは恥知らずな人間だ、まったく恥知らずな人間だ！」と彼がつぶやいた。

「黙れ、アラン。きみはぼくの一生の恩人なんだぞ」とドリアンが言う。

「きみの一生だって？　これはこれは！　何という一生なんだろう！　堕落に堕落を

重ねた挙句、いまやとうとう犯罪者にまで落ちぶれたというのに。ぼくがこれからやろうとしていることだって、きみが強制的にやらせようとしていることだって、それはきみの一生を考えてのことじゃないんだ」

「ああ、アラン」とため息混じりに、ドリアンがつぶやく。「ぼくがきみに対して抱いている憐れみの千分の一でもきみが抱いてくれたらなあ」そう言いながら、彼は向きを変え、庭を眺めた。キャンベルは一言も返事をしない。

十分ほど経ってから、扉をノックする音がして、召使いが入って来た。大きなマホガニー製の薬品箱を小脇にかかえ、長い一巻きのスチールと白金の針金と二個のいささか奇妙な形をした鉄の締め金を持っている。

「ここに置いてもよろしゅうございますか、旦那様？」と彼がキャンベルに訊く。

「いいとも」とドリアンが答える。「それから申訳ないが、フランシス、もう一つお使いに行ってくれないか。セルビーの屋敷に蘭を持って来てくれるリッチモンド(11)の男の名前は何ていったっけ？」

「ハーデンでございます、旦那様」

「そうだ――ハーデンだったな。いますぐリッチモンドに行って、ハーデンに直接会って、ぼくが注文したやつの倍の蘭を届けてくれるように言ってくれないか。それから白い蘭はできるだけ少な目にしてほしいと伝えてくれ。実は、白いやつは一本もほしくないんだ。天気のいい日だし、フランシス、それにリッチモンドはとっても美しいところだ。そうでなければ、わざわざこんな用を頼みはしないよ」

「何でもございませんですよ、旦那様。それで何時に戻ればよろしゅうございますか？」

ドリアンはキャンベルを見た。「きみの実験はどれくらい時間がかかるかね、アラン？」と彼は落着いた、無頓着な声で訊いた。部屋のなかに第三者がいるということがどうやら彼に格別の勇気を与えているようだった。

キャンベルは眉をひそめて、唇を噛んだ。「五時間はかかるだろうな」と彼が答える。

「それじゃ、七時半に戻って来れば十分だろう、フランシス。なんなら泊って来てもいいよ。ただ、着替えの支度だけはしておいてくれないか。今夜は思いどおり過ごしてもいいよ。夕食は家ではしないから、お前がいてくれなくてもいいからな」

「ありがとうございます、旦那様」と召使いは言って、部屋を出て行った。

「さて、アラン、一刻の猶予も許されないのだ。この箱は随分重いな！　これはぼくが持って行く。きみは他のものを運んでくれ」と彼は早口で、しかも威張った調子で言った。キャンベルは彼に威圧されているように感じた。二人は一緒に部屋を出た。

一番上の踊り場にたどり着くと、ドリアンは鍵を取り出し錠前に入れてまわした。それから立ち止まった。困惑の表情が眼に浮かんでいる。彼は身震いした。「ぼくはなかへ入れそうにもないよ、アラン」と彼がつぶやく。

「ぼくには何でもない。きみなんか必要ないよ」とキャンベルが冷たく言った。

ドリアンは半分扉を開けた。開けているとき、肖像画の顔が日射しに当たってこちらを横目で睨んでいるのが見えた。その前の床の上には引き裂かれた覆いがある。昨夜、いままでで初めて、あの運命を決したカンヴァスを隠すのを忘れてしまったことを彼は思い出した。そしてあわててなかへ飛び込もうとはしたものの、思わず身震いしながら引き退った。

さながらカンヴァスが血の汗をかいたみたいに、片方の手の上で、濡れてきらきら光っているあの忌まわしい赤い雫(しずく)は一体何だろう？　何と恐ろしいことか！——テーブルに上体を伸ばしたまま横たわっているはずの、あの無言のままの死体よりも遥かに恐ろしいと、一瞬彼には思われた。点々と血のこびりついている絨毯の上にそのグロテスクな不恰好な影が映っていることから見て、それは身動き一つせずに、昨夜放置したままの姿勢でそこにいるのだ。

彼は深いため息をついて、扉を少しばかり広く開け、眼をなかば閉じ、頭をそむけ、死人には一瞥たりとも与えまいと心に決めながら、素早くなかへ入った。それから、かがみ込んで、金色と紫色の覆いを取り上げて、さっと絵の上に投げかけた。

振り返るのが怖くて、そのまま彼はそこに立ち止まり、視線は眼前の複雑な模様に釘づけになってしまった。重い箱や、鉄の締め金や、これから取りかかる恐ろしい仕事に必要な他のものをキャンベルが運び入れている物音が聞える。キャンベルとバジル・ホールワードはかつて会ったことがあるのだろうか、もし会ったとすれば、二人は互いに相手のことをどう思ったのだろうかと、ドリアンは考えはじめた。

「もうぼくだけにしてくれないか」背後から厳しい声が言う。

彼は振り返って、あたふたと部屋を出たが、その際、死人が椅子に押し戻されていたのと、キャンベルがきらきら光る黄色い顔をじっと覗き込んでいるのを見たように思った。階段を降りている最中に、鍵をかける音が聞えた。

キャンベルが書斎に戻って来たときはもう七時をとっくに過ぎていた。顔色は蒼ざめていたが、まったく落着いている。「きみに頼まれたことはやったよ」と彼がつぶやいた。「それじゃ、これで失礼する。お互いにもう二度と会うのはよそう」

「きみはぼくを破滅から救ってくれたのだ、アラン。そのことは忘れないよ」とドリアンが気取らずに言った。

キャンベルが立去るや否や、彼は上の部屋へ行った。部屋中に硝酸の恐ろしく不快な臭いが漂っていた。だが、テーブルの傍に坐っていた例のものはなくなっていた。

第十五章[1]

その夜、八時半に、ひどく凝った衣裳を身に着け、北イタリアのパルマ産の菫（すみれ）の大きな胸飾りを挿して、ドリアン・グレイは、召使いたちに恭（うやうや）しくお辞儀をされながら、ナーバラ夫人の客間に入って行った。額（ひたい）は荒れ狂った神経のせいでぴくぴく動き、ひどく興奮してはいたものの、腰をかがめて女主人の手に接吻したときの仕種（しぐさ）は、いつもと変わらぬおっとりとした優雅なものだった。おそらく人間は、自分がある役割を演じなければならぬときほどゆったりと落着いて見えることは決してないのかもしれない。確かに、その夜ドリアン・グレイを見た者の誰一人として、彼が現代のどんな悲劇よりも恐ろしい悲劇を経験してきた人間だということを信じることはできなかったろう。あの美しい形をした指が罪を犯すためにナイフを握り締めたり、あの微笑んでいる唇が神を蔑（ないがし）ろにする言葉を叫んだりしたなどということは絶対にあり得ぬことだった。彼自身も自分の振舞いの平静さを訝（いぶか）しく思わぬわけにはいかなかったし、二重生活の恐るべき快感を一瞬のあいだ強く感じたほどである。

それは小人数のパーティで、ナーバラ夫人がかなり急に催したものだった。夫人はたいそう賢明な女性ではあったが、いかにも目立つ醜婦の痕跡を残しているというのが、ヘンリー卿の口癖となっていた。夫人はわが国のいとも退屈なある大使の立派な細君であることを立証して見せたが、みずから設計した大理石の墳墓に夫を手厚く葬り、娘たちを金持の中年男たちに嫁にやってからというもの、いまはもっぱらフランス小説とフランス料理、それに自分にぴんとくるフランス的エスプリの快楽に凝っていた。

ドリアンは夫人の特別なお気に入りの一人で、若い頃に彼に会わなくてほんとによかったといつも口癖のように言っていた。「だって、あたくしあなたにぞっこん惚れ込んでしまっていたでしょうからね」と夫人はよく言うのだった。「それから、あなたのためなら自分の帽子を風車の上に投げるなんていう無茶なことを仕出かしていたでしょうね。あなたのことをその当時思いつかなかったのはとっても幸運でしたわ。本当の話、あの頃の帽子ときたらとっても不似合いで、風車は風を起こそうとすることばかりに専念していたものだから、あたくし、誰とも浮気一つしたことがなかったのですよ。でも、それもみんなナーバラが悪いせいなのですわ。あの人ときたらひどい近眼で、そんな何も見えないような夫を欺したところでまるで面白くもありませんものね」

その夜の招待客は、どちらかと言えば退屈な連中だった。真相は、夫人がひどくいたんだ扇子の蔭でドリアンに説明したところによると、嫁にいった娘たちの一人がまったく突然泊りにやって来て、しかもなおさら悪いことには、まさかと思うだろうが夫を同伴している、ということだった。「ほんとに不躾ったらありゃしないわ」と夫人が小声で言った。「もちろん、ホムブルク(2)から帰ったあと、夏ごとにあの人たちのところに泊りに行きますけれど、あたくしみたいな年寄りには時々新鮮な空気が必要なんだし、おまけに、あたくしは実のところ、あの人たちを奮起させてやるんですからね。あの人たちがあそこでどんな生活をしているか、あなたは御存じないでしょう。およそ汚れのない田舎暮しなんですよ。することがいっぱいあるものだから、早起きですし、考え事なんて滅多にしないものだから、早寝ときているんですわ。あの附近には、エリザベス女王の時代以来、醜聞なんてちっともなかったのですからね。だから、みんな夕食後にはさっさと寝てしまうのですよ。あなたはあの人たちのどちらの隣りにもお坐りになってはいけませんわ。あたくしの傍にお坐りになって、楽しませてくださらなくてはいけませんよ」

ドリアンは品のいいお世辞を小声でつぶやいてから、部屋のなかを見まわした。なるほど、確かに退屈なパーティだ。招待客のうち二人は以前に一度も会ったことのない人物だし、他の連中ときたら、敵もいないが、味方からもすっかり嫌われているといった、ロンドンのクラブではひどくありふれている中年の平凡きわまる男たちの一人のアーネスト・ハロウデンとか、鉤鼻の持主で、ごたごたと着飾った四十七歳の女で、いつも自分の信用を落すようなことをしようとしているくせに、あまりにも無器量なために誰も彼女の醜聞を信じてくれないのでひどくがっかりしているラクストン夫人とか、愛嬌たっぷりに舌足らずに喋る、黒味がかった赤毛の髪をした、図々しいだけで何の取り柄もないアーリン夫人とか、女主人の娘で、一度見たくらいでは決して思い出せぬという例の典型的にイギリス的な顔をした、野暮で鈍感なアリス・チャップマン夫人とか、その夫で、彼と同じ階級の多くの連中と同様に、むやみに陽気にしていれば自分の思想の完全な欠如を補い得るとでもどうやら思っているらしい赤ら顔をした、頰髭の白い男とか、そういった顔ぶれだった。

やって来たことを少々後悔していると、藤色の掛け布で覆われた炉棚の上に派手な曲線を描いてだらしなく寝そべっている大きな金箔の置時計を眺めながら、ナーバラ夫人がこう叫んだ。「こんなに遅いなんてヘンリー・ウォットンも何てひどい人なんでしょう！　今朝わざわざ使いをやったら、あたくしをがっかりさせるようなことはしないってあれほど約束したくせに」

ハリーがここへ来ると知って幾分ほっとしているとき、扉が開いて、何やら偽りの言い訳をしている魅力的な、ゆっくりとした調子のよい彼の声が聞えて来、ドリアンはこれでもう退屈はしないぞという気持になった。

しかし、晩餐の席で彼は何も食べられなかった。次々に出る料理も手をつけぬまま運び去られた。ナーバラ夫人は、「これでは特別にあなたのためにメニューを作った可哀そうなアドルフを侮辱することになるわ」と彼に小言を言いつづけ、ヘンリー卿も時折彼を横目で見ては、彼の無口と放心したような様子を不思議に思うのだった。時々執事が彼のグラスにシャンペンをなみなみと注いだ。彼はしきりにそれを飲んだが、喉の乾きはひどくなる一方のような気がした。

「ドリアン」鳥の冷肉料理(ショフルワ)が順次にまわされているとき、ヘンリー卿がついに言った。「今夜のきみはどうかしているのじゃないかね？　気分でも悪いのかい」

「きっと恋愛中なのよ」とナーバラ夫人が声高に言った。「しかも、あたくしが妬(や)くんじゃないかと心配でそうおっしゃらないのだわ。それ、絶対に本当よ。あたくし、きっと妬いてしまうでしょうからね」

「親愛なナーバラ夫人」とドリアンが微笑しながら小声で言う。「ぼくはこの一週間ずっと恋などしていません――本当のところ、ド・フェロル夫人がロンドンを離れてからというものずっとしていないのですよ」

「まあ、あなた方殿方たちときたらよくもあんな女性と恋愛なんかおできになりますわね！」と老婦人は叫んだ。「あたくしにはどうにもわかりかねることですわ」

「それは要するに彼女があなたの少女時代のことを憶えているからですよ、ナーバラ夫人」とヘンリー卿が言う。「彼女はわれわれとあなたの短い少女服とを結びつけてくれる人なのですからね」

「あの人はあたくしの少女服なんて少しも憶えてなんかいませんわ、ヘンリー卿。でも、あたくしのほうは三十年前にウィーンにいた頃のあの人のことをとってもよく憶えていますことよ。あの時分あの人がどんなに肩や背を露出（デコルテ）した服を着ていたのかもね」

「彼女はいまでも肩や背を露出（デコルテ）した服を着ていますよ」と、その細長い指でオリーヴの実をつまみながら、彼は答える。「それに彼女がひどくハイカラな上着を着ると、まるで低級なフランス小説の豪華版（エディシオン・ド・リュクス）みたいに見えますよ。彼女は本当にすばらしいし、驚異に満ちています。家庭的な愛情の能力ときたら並み大抵（たいてい）のものじゃないですからね。三人目の夫が死んだとき、彼女の髪の毛は悲しみのせいですっかり金髪になってしまったほどなのですからね[3]」

「どうしてそんなことを、ハリー！」とドリアンが声高に言う。

「随分ロマンティックな御説明だこと」と女主人が笑いながら言う。「でも、三人目の夫ですって、ヘンリー卿！　まさかフェロルが四人目だなんておっしゃるつもりじゃないでしょうね？」

「本当にそうなんですよ、ナーバラ夫人」

「そんなこと信じられませんわ」

「それじゃ、グレイ君に訊いてごらんなさいよ。彼はあの人のごく親しい友人の一人なんですから」

「本当なの、グレイさん？」

「ぼくにはそうだとはっきり言いましたよ、ナーバラ夫人」とドリアン。「ぼくはあの人に、マルグリット・ド・ナヴァール[4]みたいに、御亭主たちの心臓を香油に浸して、腰帯に吊り下げているのか訊いてみたことがありますよ。でも、そんなことはないと言っていました。どの御亭主も心臓なんか全然持ってはいないからというのがその理由なんです」

「御主人が四人も！　ほんとにたいへんな情熱（トロ・ド・ゼール）ですわ」

「たいへんな図々しさ（トロ・ドオダス）、と言ってやりましたがね」とドリアン。

「そうだわ！　あの人ったら、何かにつけてとっても図々しいんだから。それでそのフェロルっていうのはどんな人なんですか？　あたくしまだ存じあげませんのよ」

「たいへんな美人の御亭主というのは犯罪者の階級に属しているものなんだよ」ワインをすすり飲みながら、ヘンリー卿が言う。

ナーバラ夫人は扇子で彼を叩いた。「ヘンリー卿、世間ではあなたのことをたいへんな悪人だと言ってるようですが、まったく無理からぬことだと思いますわ」

「でも、世間と言ってもどの世間のことでしょうか？」と眉毛を吊り上げながら、ヘンリー卿が訊ねる。「そんなことを言えるのは次代の世間の連中にすぎませんよ。いまの世間とぼくの仲はとってもうまくいっているのですからね」

「あたくしの知っている方はみんなあなたのことを悪人だと言っていますわよ」と頭を振りながら、老婦人が大きな声で言う。

ヘンリー卿はしばらく真面目な顔をしていた。「まったくひどい話だ」と彼がやっと言った。「近頃の連中ときたら人に内証で全然本当のことを言うのですからね」

「まったく手に負えない人でしょう？」とドリアンが椅子から身を乗り出しながら、声高に言う。

「そうならいいのですけれどもね」と女主人は笑いながら言った。「でも、本当のところ、あなた方みんながこんな馬鹿げたやり方でド・フェロル夫人を崇拝していらっしゃるのでしたら、あたくしだって再婚して流行に遅れないようにしなくちゃなりませんわ」

「あなたは絶対に再婚などされませんよ、ナーバラ夫人」とヘンリー卿が口を挟んだ。「あなたはあまりにも幸せすぎた。女が再婚するのは、最初の夫をひどく嫌ったからなんですよ。男が再婚するのは、最初の妻を崇拝しているからなんですよ。女は運だめしをし、男は運を賭けるわけです」

「ナーバラは完璧な人じゃありませんでしたわ」と老婦人は声高に言う。

「もしも完璧だったなら、あなたは御主人を愛してはいなかったでしょう」と彼が言い返す。「女は欠点があるからこそ男を愛するのです。欠点が十分にあれば、女はすべてを許してくれますよ。男の知性までもね。こんなことを言ってしまったからには、もう二度と晩餐には招待していただけないのじゃないかな。でも、これはまったく本当のことなんですよ」

「もちろん、それは本当のことですわ、ヘンリー卿。もしもあたくしたち女性が殿方たちをその欠点ゆえに愛さないとしたなら、一体殿方たちはみんなどうなってしまうでしょうね？　一人だって結婚なんかしていませんよ。みんな不運な独身者仲間ということになるでしょうね。でも、結婚してあげたって殿方たちは大して変わるわけでもありませんしね。最近では、妻帯者はみんな独身者みたいな生活をしているし、独身者はみんな妻帯者みたいな生活をしている有様なんですからね」

「世紀末（ファン・ド・シエクル）か」とヘンリー卿がつぶやく。

「この世の終わり（ファン・デュ・グロオブ）ですわ」と女主人が答える。

「この世の終わり（ファン・デュ・グロオブ）ならいいのだが」とため息をつきながら、ドリアンが言う。「人生なんて大いなる失望ですからね」

「まあ、これはこれは」手袋をはめながら、ナーバラ夫人が叫んだ。「〈人生〉を知り尽したなんて言わないで下さいね。人がそんなことを口にするときには、〈人生〉のほうから知り尽されてしまっているんですよ。ヘンリー卿はたいへんな悪人ですわ。そりゃ、あたくしだって時には悪人になりたいと思うこともありますよ。でも、あなたは根が善良でいらっしゃる――とっても善良そうに見えますもの。あなたにぜひすてきな奥様を見つけてあげなくては。ヘンリー卿、グレイさんは結婚したほうがいいとお考えじゃありませんこと？」

「いつもそう言っているんですがね、ナーバラ夫人」と会釈をしながら、ヘンリー卿が言う。

「それじゃ、あたくしたちでお似合いの方をぜひ探してあげなくては。今夜にも

う」〈貴族名簿デブレット〉を念入りに見て、年頃の若い御婦人たちの名前を全部書き抜いておきましょ
「年齢としもつけ加えていただけませんか、ナーバラ夫人？」とドリアンが頼んだ。

「もちろん、年齢もつけ加えておきますわ。少々手を入れてね。でも、せいては事を仕損じるですわ。『モーニング・ポスト』紙が似合いの夫婦と呼んでいるようなものにしてあげたいし、何よりもお二人とも幸せになっていただきたいですものね」

「幸せな結婚なんて随分馬鹿らしいことをおっしゃいますな！」とヘンリー卿が声高に言う。「男はその女を愛していない限り、どんな女とだって幸せになれるんですよ」

「まあ！　何て皮肉屋なんでしょう！」椅子を後ろへ押しやり、ラクストン夫人に対してうなずいて見せながら、老婦人が言った。「またぜひ近いうちに宅へいらして夕食を御一緒にしていただかなくては。あなたは本当にすばらしい強壮薬ですわ。アンドルー先生が処方して下さるお薬よりもよっぽど効き目がありますよ。でも、どんな方にお会いになりたいか、ぜひ言って下さいましね。楽しい集つどいにしたいですもの」

「未来のある男と、過去のある女がぼくは好きなんですがね」と彼は答えた。「それとも、それじゃ女性ばかりのパーティになってしまうとお思いですか？」

「どうもそうなりそうですわ」と夫人は笑いながら言って、立ち上がった。「まあ、た

いへん失礼しちゃって、ラクストン夫人」と言って、夫人はこうつけ加えた。「煙草（たばこ）をまだ召し上がっていらっしゃらないのに気がつきませんで」

「いいんですのよ、ナーバラ夫人。あたくしあまり喫いすぎるでしょう。これからは少し控えようと思っていたところなんですから」

「控えるなんてどうかやめて下さい、ラクストン夫人」とヘンリー卿が言う。「節制なんてひどく有害なことですよ。これで十分だなんて貧相な食事みたいにどう仕様もないことです。度を過ごすことこそがすばらしい御馳走なんですから」

ラクストン夫人は彼を好奇の眼でちらりと見た。「いつか午後にでも宅へいらしてぜひそのことを説明していただけませんこと、ヘンリー卿。魅力的なお考えのように聞えますわ」とつぶやくように言って、部屋からさっと出て行った。

「ようございますか、あんまり政治とか醜聞のことばかり話し込まないで下さいませね」と、ナーバラ夫人が扉のところから大声で言った。「そうでないと、あたくしたちきっと二階でつまらない喧嘩をはじめますことよ」

男たちはどっと笑い声をあげた。そしてチャップマン氏が食卓の下座から上座のほうへとやって来た。ドリアン・グレイは席を変え、ヘンリー卿の傍に行って坐った。チャップマン氏は甲高い声で下院の状況について喋りはじめた。自分の敵たちのことを馬鹿笑いしながら攻撃している。「空論家（ドクトリネール）」という言葉——イギリス人の心には恐ろしいばかりの言葉——が、その突発的な馬鹿笑いのあいだに時々繰り返される。頭韻を踏んだ接頭辞が雄弁の飾りとして用いられる。彼は〈思想〉の頂上にイギリス国旗（ユニオン・ジャック）を高く掲げた。この国民の先祖伝来の愚鈍さ——それを彼はいかにも愉快そうに健全なるイギリス的常識と名づけた——こそが、〈社会〉の真正な防壁となっているのだと言うのである。

ヘンリー卿の唇に苦笑が浮かんだが、彼は横を向いてドリアンを見た。

「気分はよくなったかい、きみ?」と彼は訊いた。「食事のときは相当気分が悪そうに見えたが」

「もうすっかり大丈夫です、ハリー。疲れているだけなんです。それだけのことなんですよ」

「昨夜のきみはうっとりするようだったよ。あの可愛い公爵夫人はすっかりきみにいかれてしまったようだね。セルビーへ押しかけて行くと言っていたよ」

「二十日に来ると約束したんです」

「モンマスも一緒に来るのかい?」

「ええ、そうです、ハリー」

「あいつにはまったくうんざりするよ。彼女もあいつにはうんざりしているくらいにね。彼女は非常に頭のいい女だよ。女にしては頭がよすぎるくらいだよ。でも、弱さの持つ何とも言いようのない魅力に欠けているね。黄金の像が貴いものに見えるのは粘土の脚があってこその話なのだけれどもね。彼女の脚はきれいだけど、粘土の脚じゃないんだ。お望みならば、白磁の脚と言ってもいいよ。彼女の脚は火をくぐって来ているよ。火っていうやつは、毀(こわ)せないものは固めてしまうんだ。彼女はいろんな経験を積んで来ているな」

「結婚してどれくらいになるのですか？」とドリアン。

「永遠の昔から、と彼女は言うんだ。貴族名鑑によれば、確か十年前からのはずだが、モンマスと十年も一緒にいればきっと、時間というおまけ付きの永遠の昔から、という気持になるに違いないな。他には誰が来るんだい？」

「えーと、ウィロビー夫妻、ラグビー卿夫妻、ここの女主人、ジェフリー・クラウストン、まあいつもの顔ぶれですよ。グロートリアン卿にも声をかけておきました」

「あの男は好きだな」とヘンリー卿。「嫌いだと言う連中のほうが多いが、ぼくは魅力的だと思うな。時々幾分着飾りすぎることもあるが、それもいつだってひどく教養があるということによって償われているんだよ。彼はたいへん現代的なタイプの男だな」

「でも彼が来られるかどうかわからないのですよ、ハリー。父親と一緒にモンテ・カルロに行かなくてはならないかもしれないそうですから」

「ああ！　親兄弟っていうやつは何てうるさいんだろう！　ぜひ来させるようにしなさいよ。ところで、ドリアン、きみは昨夜随分早く引き揚げたね。まだ十一時前だったぞ。あれからどうしたんだい？　真直ぐ家に帰ったのかい？」

ドリアンはあわてたように相手をちらっと見て、眉をひそめた。「いいえ、ハリー」と彼はやっと言った。「三時近くまで家には帰らなかったのですよ」

「クラブへ行ってたのかい？」

「ええ」と彼は答えた。それから唇を噛んだ。「いや、行ったと言うのじゃないのです。クラブへは行きませんでした。ぶらぶら歩きまわっていたのです。何をしたのかも忘れました……でも、何でそんなに根掘り葉掘り聞いたりするんですか、ハリー！　あなたはいつも人がしていることを知りたがっているんですからね。正確な時刻を知りたければ教えてあげますが、ぼくは二時半に帰宅したんです。鍵を家に置き忘れていたもので、召使いに入れてもらわなくちゃならなかったのですよ。この問題で何か確かな証拠がほしいのなら、召使いに訊いてみて下さいよ」

ヘンリー卿は両肩をすくめた。「ねえきみ、ぼくがそんなことを気にするはずもないじゃないか！　さあ、二階の応接間に行こうよ。いやシェリー酒は結構です、チャップマンさん。何かきみの身に起こったのだよ、ドリアン。それが何かをぼくに話してくれないか。今夜のきみはどうかしているぜ」

「ぼくのことは気にしないで下さい、ハリー。ぼくは気分が苛々して、機嫌が悪いのです。明日かあさってお宅に伺います。ナーバラ夫人によろしくお伝え下さい。二階へは行きませんから。家へ帰るつもりなのです。どうしても帰るつもりなのです」

「わかったよ、ドリアン。明日お茶の時間に来てくれよ。公爵夫人も来ることになっているんだ」

「なるだけ行くようにします、ハリー」と言って、彼は部屋を出た。馬車に乗って帰宅する途中、自分で握り潰してしまったとばかり思っていた恐怖感がまた甦って来た。ヘンリー卿のふとした質問がしばしのあいだ神経をかき乱し、彼は神経が早く鎮まらないものかと思った。危険な品物は片づけてしまわねばならぬ。彼はたじろいだ。それに手を触れるということを考えただけでも嫌な気持がしたからだ。

だが、やはりどうしても片づけなくてはならないのだ。彼はそのことを悟った。そして書斎の扉の錠をおろすと、バジル・ホールワードの上着と鞄を押し込んである秘密の戸棚を開いた。大きな火が赤々と燃えている。彼はもう一本薪を積み重ねた。焼け焦げる衣類と燃える革の臭いは恐ろしく不快だった。すべてを燃し尽してしまうまでに四十五分もかかった。ついには気が遠くなり吐き気を催したので、彼は点々と穴のある銅製の火鉢でアルジェリアの香を少し焚いてから、冷たい麝香入りの酢で両手と額を拭った。

突然、彼はびくっとした。両眼は異様なほどぎらぎら輝き、そわそわしながら下唇を嚙んだ。二つの窓と窓のあいだに、象牙と青い瑠璃を嵌め込んだ、黒檀造りの大きなフィレンツェ製の飾り棚が置いてある。ドリアンは、それが人を魅惑しかつ恐れさせるものでもあるかのように、また自分で憧れ求めていながらもほとんど嫌悪感を催させるようなものが何かそこに入っているかのように、それをじっと眺めた。息づかいが激しくなる。狂おしいばかりの欲求に襲われる。彼は煙草に火をつけたがすぐに投げ捨てた。瞼は低く垂れて、長い睫毛はほとんど頰にくっつきそうな具合だ。だが、依然として飾り棚を見つめている。やっといままで横になっていたソファーから身を起こし、飾り棚のほうへと足を運び、その錠をはずして、隠れていて見えないばねに手を触れた。三角形の引出しがゆっくりと出て来る。彼の指は本能的にそのほうへと動き、なかに突っ込んで探り、そして何かを摑んだ。それは金粉をまぶした黒い漆の小さな中国製の箱だった。その小箱は精巧に作られ、側面には曲線状の波形模様があり、絹の紐には丸い水晶玉が垂れ下がり、金糸で編まれたふさ飾りが付いている。彼はそれを開けた。なかにはきらきら光る緑色の糊状の蜜蠟のようなものが入っていて、その香は異様にしつこくてくどい。

奇妙なほどこわばった微笑を顔に浮かべたまま、彼はしばらく躊躇していた。部屋の空気はひどく暑かったにもかかわらず、彼はぶるっと身震いしてから、真直ぐに立って、置時計をちらっと見た。十二時二十分前だった。彼は小箱をもとへ戻し、飾り棚の扉を締めて、寝室へ行った。

真夜中を告げる鐘が暗い夜空に重く鳴り響いているとき、ドリアン・グレイは、平民の服装をして、首にはマフラーを巻きつけ、そっと屋敷から抜け出した。ボンド街で丈夫そうな馬に曳かせている二輪馬車を見つけた。それを呼び止めて、低い声で馭者に行先を告げた。(5)

馭者は頭を横に振った。「遠すぎますですよ」と彼がつぶやく。

「一ポンド金貨をあげるよ」とドリアン。「早く行ってくれればもう一ポンド金貨をはずむからさ」

「よろしゅうございますとも、旦那」と馭者は答えた。

「一時間もありゃ着きますよ」客が乗り込むと、彼は馬の向きを変えて、河岸のほうへと向かってそそくさと馬車を駆った。

第十六章

冷たい雨が降り出して、ぼうっと霞んだ街灯が、雫となって落ちる霧のなかで無気味に見える。居酒屋はちょうど店じまいをしているところで、その入口付近にはぼんやりとしか見えぬ男女たちがところどころに群れをなして集っている。何軒かのバーからはすさまじい笑い声が聞えて来る。別なバーでは、酔っ払いたちが怒鳴ったり、悲鳴をあげたりしている。

二輪馬車のなかでもたれかかり、帽子を額まで目深に引き寄せて、ドリアン・グレイは物憂げな眼でこの大都市のむさくるしい恥部を眺めては、時々、初めて会った日にヘンリー卿が自分に言った言葉「感覚によって魂を癒し、魂によって感覚を癒す」を繰り返しつぶやくのだった。そうだ、これこそ秘訣なのだ。いままでにたびたび試みてきたし、いまもまたやってみよう。あそこには忘却を買うことのできる阿片窟がある。古い罪の記憶を新しい罪の狂気で破壊することのできる恐怖の魔窟があるのだ。

月がまるで黄色い髑髏（どくろ）のように空に低くかかっている。時折、巨大で不恰好な雲が長い腕を伸ばして雲を隠してしまう。ガス灯の数はだんだん少なくなり、街路はますます狭く陰気になってゆく。一度など馭者が道に迷い、半マイルも戻らねばならなかったこともある。水溜まりをはねかえしながら進む馬からは湯気が立ち昇っている。馬車の横窓は灰色のフランネルのような霧で塞がれている。

「感覚によって魂を癒し、魂によって感覚を癒す」この言葉が耳のなかで何とがんがん鳴り響くことか！　彼の魂は、紛れもなく、死の病いに冒されている。だが、感覚が魂を癒すことができるというのは本当なのだろうか？　罪のない人の血がすでに流されてしまった。その償いは一体どうするのだ？　ああ！　その償いをするすべもないのだ。だが、たとえ許されることは不可能だとしても、忘れることならまだ可能だ。それなら、よし、忘れてやるぞ、あの事件を踏み潰してやるぞ、自分に嚙みついた蝮（まむし）を踏み潰すように踏み潰してやるぞ。実際、あんなふうに自分に話しかける権利なんてバジルが持っているはずもないじゃないか？　他人を裁く権利を誰がバジルに与えたというのだ？　バジルは恐ろしい、ぞっとするような、到底我慢ならぬようなことをいろいろと言ったのだ。

馬車はのろのろとなおも進みつづけたが、彼には一足ごとに遅くなるような気がした。

彼ははね上げ式の窓をぐいと押し上げて、もっと早く走るようにと馭者に命じた。阿片を求める恐るべき飢餓感が彼を責め苛み(さいな)はじめたのだ。喉は燃えるように熱く、華奢な手は両方ともぴくぴくと痙攣している。彼はステッキで馬を狂ったように叩いた。馭者は笑って、鞭を振り上げた。彼もそれに応じて笑ったが、馭者は黙ったままだった。

道はいつ果てるとも知れないほどいつまでもつづき、街路は腹ばいになっている蜘蛛の黒い巣のように見える。単調さは堪えがたいものとなり、霧がますます濃くなるにつれて、彼は恐ろしくなってきた。

それから寂しい煉瓦工場の傍を通った。ここでは霧も薄く、オレンジ色の扇のような炎を出している奇妙な壜の形をした炉が見えた。馬車が通るとき、一匹の犬が吠え、遠くの暗闇のなかで群れから離れたかもめが鳴いていた。馬は轍(わだち)のなかでよろめいたが、横道にそれ、やがて駆け足で走りはじめた。

しばらくしてから、馬車は粘土道を離れて、ふたたびでこぼこの舗装道路をがたがたと音を立てながら走った。大部分の家々の窓は暗かったが、時々ランプに照らされたブラインドに幻想的な影がシルエットのように浮かび上がった。彼はそれを珍しそうに眺めた。それらの影は巨大な操り人形(マリオネット)みたいに動き、生き物のような身振りをしている。彼はそれらの影に憎しみを感じた。鈍い怒りの念が心のなかに湧き起こった。曲がり角を曲がったとき、一人の女が開け放たれた戸口から馬車に向かって何事かをわめき、二人の男たちがおよそ百ヤードほど馬車のあとから走って追って来た。馭者は鞭で二人を打った。

激情に取り憑かれると思考はからまわりするものだと言われる。確かに、ドリアン・グレイの嚙みしめられた唇は、魂と感覚とに関する例の謎めいた言葉を忌わしげに繰り返しながら、何度も何度も動くのだった。そしてついには、その言葉のなかに、いわば自分の気分の完全な表現を見出し、別に正当化しなくとも、やはり彼の気分を支配したであろう激情を、知性の承認を得て正当化するのだった。彼の脳細胞から脳細胞へとただ一つの考えが這いまわった。そして人間のすべての欲求のうちでも最も恐ろしい、生きたいという激しい欲望が、震える神経と纖維組織の一つ一つを活気づかせ力づけるのだった。事物に現実味を与えるためにかつての彼には厭うべきものであった醜悪さが、いまはまさしくそれと同じ理由のゆえに貴重なものとなっていた。醜悪さこそが唯一の現実(リアリティ)なのだ。下品な口論、胸の悪くなるような魔窟、乱れた生活のむくつけき強暴さ、野卑そのものといった泥棒や浮浪者さえも、その印象の迫真性において、〈芸術〉のすべての優美な形姿や、〈詩歌〉の夢のような影よりも、遥かに潑剌としているのだった。このようなものこそ彼が忘却のために必要としているものにほかならないのだ。三日もいればせいせいすることだろう。

突然、馭者が暗い路地の行き詰まりで手綱をぐいと引っ張って馬車を止めた。家々の低い屋根と鋸歯（のこぎりば）のような組合わせ煙突の上に船の黒いマストが聳え立っている。環状の白い霧が幽霊船の帆のように帆桁（ほげた）にこびり付いている。

「この辺じゃないですか、旦那？」はね上げ式の窓越しに馭者が嗄（しわが）れ声で訊ねた。

ドリアンははっとしてあたりを見まわした。「ここでいい」と彼は答えて、あわてて馬車を降り、約束しておいた特別のチップを馭者に与えてから、波止場のほうへと急ぎ足で歩いた。あちこちで大きな商船の船尾に角灯が輝いている。その光は水溜まりに映って揺れ動いたりばらばらになったりしている。石炭を積み込んでいる外国航路の蒸気船からはどぎつい赤い光が流れて来る。ぬるぬるした舗道は濡れた防水外套のように見える。

彼は、尾行されていないかどうかを確かめるために時々後ろをちらっと振り返って見ながら、左側のほうへと急いだ。七、八分もすると、二軒の気味の悪い工場のあいだに挟まれた小さな薄汚い家に着いた。その一番てっぺんの窓の一つにはランプが置いてある。彼は立止まり、ある特別のノックをした。

しばらくすると、廊下に足音が聞え、鎖をがちゃがちゃとはずす音がした。扉が静かに開き、彼は出て来たずんぐりした不恰好な人物に一言も声をかけないでなかへ入った。その人物は彼が通り過ぎるとき影のなかへすっと消えてしまった。玄関の間のはずれには、ぼろぼろに破れた緑色のカーテンがかかっていたが、それは街路から彼のあとについて入って来た突風に煽られて揺れ動いた。彼はそれを脇へ引き寄せて、かつては三流のダンスホールででもあったみたいに見える長細くて、天井の低い部屋に入った。鋭い音を立てて燃えているガス灯の炎が壁に沿って並んでいたが、その炎は真向かいにある青蠅が卵を産みつけた鏡のなかに鈍く歪んだまま映っている。肋材で支えられたブリキの脂じみた反射鏡がガス灯の背後に付いていて、震え動く円盤状の光を放っている。床には黄土色のおが屑が散らかっていて、あちこちで踏みつけられて泥のようになっているし、こぼれた酒のあとが黒い環のしみとなって残っている。数人のマレー人たちが小さな木炭ストーブの傍にうずくまって骰子遊びをしていたが、お喋りするたびに白い歯がむき出しになる。ある片隅には頭を両腕のなかに埋めたまま、一人の水夫がテーブルの上に大の字に寝そべっており、また部屋の片側全部を占めているけばけばしく彩色されたバーの傍では、二人の気味が悪いほど窶れた女たちが一人の老人をからかっているが、老人は嫌悪の表情を示して上着の袖を振り払う。「赤蟻にでもたかられたみたいに思っているのさ」ドリアンが傍を通り過ぎたとき、女の一人が笑いながらそう言った。

老人は恐怖の表情を浮かべてその女を見つめ、ぶつぶつと不平を言いはじめた。

　部屋のはずれには小さな階段があって、それは暗くした小室に通じていた。ドリアンがそのぐらつく階段を急いで昇って行くと、強烈な阿片[1]の香が漂って来た。彼はその香を深く吸い込んだが、鼻孔は快感で震えた。なかへ入ると、ランプの上にかがみ込んで細長いパイプに火をつけていた滑らかな黄色い髪の毛をした青年が、顔を上げて彼を眺め、ためらいがちにうなずいて見せた。

「こんなところにきみが、エイドリアン？」とドリアンはつぶやいた。

「ここ以外に行くところなんかないじゃないか？」と、彼は大儀そうに答えた。「どんなやつだっていまじゃおれに話しかけたりなんかしないものな」

「きみはイギリスを離れているとばかり思っていたよ」

「ダーリントンは何もしてくれやしないんだ。兄貴が結局勘定を払ってくれたんだ。ジョージもおれと口をきかない……構うものか」と彼はため息をつきながらつけ加えた。「こいつがある限り、友達なんていらないさ。おれには友達が多すぎたんだと思うな」

　ドリアンは思わずたじろいで、ぼろぼろになったマットレスの上にいとも奇怪な姿勢で横になっている異様な姿を見まわした。曲がった手足、ぱくりと開いた口、どんよりと濁ったじっとすわった眼が彼を魅惑した。彼らがどのような奇妙な天国で苦しみ、また、どのような倦怠地獄が、彼らにある新しい歓喜の秘密を教えているかを、彼は知っていた。彼らは自分よりもずっと幸福なのだ。自分は想念に束縛されているのだ。記憶が恐るべき疾病のごとく自分の魂を食い尽そうとしているのだ。時折、バジル・ホールワードの眼が自分のほうを眺めているような気がする。だが、ここへとどまるわけにはいかぬと、彼は感じた。エイドリアン・シングルトンの存在が気になったからだ。自分が何者であるかを誰も知らないところへ行きたかった。自分自身から何としても逃れたかったのだ。

「ぼくは他のところへ行くよ」と彼はしばらくしてから言った。

「波止場へかね？」

「そうだ」

「あの気違い猫ならきっとあそこにいるよ。いまじゃ、ここには入れてもらえないのだ」

ドリアンは両肩をすくめた。「男を愛している女なんかもううんざりなんだ、男を憎んでいる女のほうがずっと面白いよ。それに、あそこのほうが薬がいいんだ」

「同じようなものさ」

「ぼくはあそこのほうが好きなんだ。さあ、向こうへ行って何か飲もうじゃないか。

ぼくは何か飲みたくて仕様がないんだ」

「何もほしくないな」と青年がつぶやく。

「いいじゃないか」

エイドリアン・シングルトンはだるそうに立ち上がり、ドリアンのあとをバーまでついて行った。ぼろぼろのターバンと薄汚ないアルスター外套を身に着けた混血児が、二人の前にブランデーの壜と二個のタンブラーをぐいと押し出しながら、歯をむき出してにやりと笑ってぞっとするような挨拶をした。女たちがにじり寄って来て、お喋りをはじめた。ドリアンは女たちに背を向けて、低い声でエイドリアン・シングルトンに何か言った。

マレー人の短剣のように歪んだ微笑が女たちの一人の顔を横切った。「あたいたちは今夜はとっても誇りに思っているんだから」と女はせせら笑いながら言った。

「お願いだから、ぼくに話しかけないでくれ」足を床の上で踏み鳴らしながら、ドリアンは声高に言った。「何がほしいのだ？　金か？　金ならここにある。もう二度と話しかけないでくれ」

女のどんよりとした眼のなかで一瞬二つの赤い閃光が煌めいたが、それもすぐに消え去って、またもとのように鈍いどんよりとした眼つきになった。女は頭を急にもたげ、いかにも貪欲な手つきでカウンターから硬貨を掻き集めた。相棒はねたましげにそれを見ている。

「無駄だよ」とエイドリアン・シングルトンがため息をつきながら言う。「帰りたくなんかないからね。そんなこと、どうだっていいじゃないか？　おれはここでひどく幸せなんだから」

「何かほしいものがあったら手紙をくれたまえよ、いいかい？」としばらくしてから、ドリアンが言った。

「たぶんね」

「それじゃ、おやすみ」

「おやすみ」と若者は答えて、階段を昇りながらハンカチで乾ききった口を拭った。

ドリアンは顔に苦痛の表情を浮かべて扉のほうへと歩んだ。カーテンを脇へ寄せたとき、彼の金を受取った女の紅を塗った唇から、忌わしい笑い声が突然洩れた。「ほら、悪魔と取引した男が帰って行くよ！」女は嗄れ声でしゃっくりしながら言った。

「こいつめ！」と彼は答えた。「そんなふうな呼び方をすると承知しないぞ」

彼女は指をぱちっと鳴らした。「〈魅惑の王子様（プリンス・チャーミング）〉って呼んでもらいたいんだろう、ええ？」と女は彼の背に向かってわめいた。

居眠りしていた水夫が女の言葉を聞くと不意に飛び起きて、あたりを熱心に見まわした。玄関の扉の締まる音が聞えた。彼はあとを追うように外へ飛び出した。

ドリアン・グレイは霧雨のなかを波止場伝(づた)いに急いだ。エイドリアン・シングルトンと出会ったことで彼は奇妙なほど心を動かされていた。そしてあの若者の生活の破滅は、バジル・ホールワードがあれほどひどい侮辱をこめて言ったように、本当に自分のせいだったのかもしれないと思った。彼は唇を嚙んだ。そしてしばらくのあいだ、彼の眼は悲しげな表情を帯びた。けれども、結局のところ、そんなことが自分にとって一体何の関係があるのだろう？　人間の一生はあまりにも短すぎて他人の過失の重荷までも自分の肩に背負ってやるだけの余裕がないのだ。人はめいめい自分だけの生活を過ごし、その代償を各人で支払っていけばそれでよいではないか。ただ一つ残念なことは、たった一度の過失に対してたびたび代償を支払わねばならないということだ。実際、幾度も幾度も支払わねばならないのだ。人間との取引関係において〈運命〉は絶対に勘定を締めないのだから。

心理学者が語るところによると、罪に対する、あるいは世間で罪と呼んでいるものに対する情熱が、ある人間をあまりにも支配しすぎると、すべての脳細胞はもとより、肉体のすべての繊維組織が恐るべき衝動に満ち溢れるように思える瞬間があるという。このような瞬間に男も女も意志の自由を失ってしまう。彼らはちょうど自動人形のように恐ろしい終末に向かって動いて行く。選択能力は奪われ、良心は殺されるか、あるいは生きていても、ただ反逆に魅力を与え、不従順に魔力をもたらすためにだけ生きるのだ。と言うのも、神学者たちが倦きもせず説いているように、あらゆる罪は不従順の罪だからである。あの高潔な精神、あの悪の明星が天国から堕ちたとき、彼は反逆者として堕ちたのではなかったか。

心を冷たくし、ただ悪にのみ心を傾け、汚れた心と反逆に飢える魂とを持って、ドリアン・グレイは一足ごとに足を早めながら進みつづけた。しかし、いま行こうとしているいかがわしい場所への近道としてしばしば利用したことのある、薄暗い拱道へ急いで曲がったとき、彼は背後から不意に身体を摑まえられ、わが身を防禦する暇もないうちに、壁に押しつけられ、狂暴な手で喉のあたりを締めつけられてしまった。

彼は死物狂いになってもがき、やっとのことで締めつけてくる指を引き離した。一瞬彼は拳銃のカチッという音を聞いた。そしてきれいに磨かれたぴかぴか光る銃身が真直ぐ自分の頭に向けられ、小柄でずんぐりした男の黒々とした姿が眼前にいるのが見えた。

「何がほしいのだ?」と彼は喘ぎつつ言った。

「静かにしろ」と男が言った。「動くと、撃つぞ」

「気でも狂っているのか。ぼくがきみに何をしたというのだ？」

「おまえはシビル・ヴェインの一生をずたずたにしたのだ」と男は答えた。「シビル・ヴェインはおれの姉さんなんだ。姉さんは自殺したんだ。おれは知っている。姉さんの死がおまえのせいだということをな。仕返しにおまえを殺してやると誓ったんだ。何年もおまえを探したよ。何の手がかりも、何の痕跡もなかったのだからな。おまえの人相を説明してくれる二人の人間も死んでいたしな。おまえについてわかっていることはただ、姉さんがいつもそう呼んでいた綽名だけなんだ。それを今夜たまたま耳にしたんだ。さあ、神様と仲直りしておけ、今夜おまえは死ぬんだからな」

　ドリアン・グレイは恐怖のあまり吐き気を催すほどだった。「そんな女なんか知らないな」と彼はどもりながら言った。「名前も聞いたことがないよ。きみは頭が変だよ」

「自分の罪を白状したほうがいいぞ。このおれがジェイムズ・ヴェインだっていうことが確かなら、おまえだって確かに死ななければならないのだからな」恐ろしい一瞬が流れた。ドリアンは何を言っていいものか、何をしていいものか皆目わからなかった。

「さあ、跪け！」と男が怒鳴った。「お祈りをする時間を一分だけやる——それ以上は駄目だ。おれは今夜インドへ向けて船で発つんだ。だからまずこの仕事から片づけておかなくちゃならないのだ。一分だぞ。それだけだぞ」

ドリアンの両腕が脇に垂れ下がった。恐怖のあまり全身が痺れていたので、彼はどうすべきかわからなかった。不意にある突拍子もない望みが脳裡に閃いた。「待ってくれ」と彼は叫んだ。「きみの姉さんが死んでからどれくらい経つのだ？　さあ、早く言ってくれ！」

「十八年だ」と男が言った。「なぜそんなことを訊くんだ？　一体それがどうしたというのだ？」

「十八年か」と声のなかに幾らかの勝ち誇った調子をこめつつ、ドリアン・グレイは笑って言った。「十八年だって！　ランプの下に連れて行って、ぼくの顔をとくと見るがよい！」

ジェイムズ・ヴェインはどういう意味なのかわからずに、一瞬ためらっていた。それからドリアン・グレイを引っ摑んで、拱道から引きずり出した。

風に吹きさらされた灯火は薄暗く、ゆらゆらと揺れ動いていたが、自分はどうやらとんでもない人違いをしたらしいということをわからせるのに十分役立った。彼が殺そうとした男の顔には、少年のような薔薇色の輝きや、汚れを知らぬ若者の純真さがあったからだ。どうやら二十歳そこそこの若者のように見える。随分昔に別れたときの姉の年齢と、幾らかは上だとしても、それほど違わない年頃の若者なのだ。この男が姉の一生を滅茶滅茶にした人間ではないことは明らかだった。

彼は摑んでいた手をゆるめ、後ろによろめいた。「何ということだ！　ああ、何ということだ！」と彼は叫んだ。「おれはあんたを殺そうとしていたのだ！」

ドリアン・グレイは長いため息をついた。「きみはいまにも恐ろしい犯罪を犯すところだったのだぞ、きみは」厳しく相手を見据えながら、彼は言った。「これを自分へのいましめとして、二度と自分の手で仕返しなどしないことだな」

「どうかお許し下さい」とジェイムズ・ヴェインはつぶやいた。「すっかり欺されちまったのです。あの忌わしい魔窟でふと耳にした言葉のせいでとんだどじをふんでしまったのですから」

「もう家へ帰ったほうがいいよ。それからそのピストルはしまっておくんだな。さもないとまた困ったことを仕出かしかねないからね」と言って、ドリアンは踵(きびす)を返し、ゆっくりと街路を歩いて行った。

ジェイムズ・ヴェインは恐怖に震えながら舗道の上に突っ立っていた。頭から足先までがたがた震えている。しばらくすると、雫の垂れている壁に沿って先ほどから這うようにして歩いていた黒い人影が灯火のなかへ進み出て、忍び足で彼に近づいて来た。彼は腕に手を置かれたのを感じ、ぎょっとしてあたりを見まわした。それはさっきバーで酒を飲んでいた女たちの一人だった。

「どうして殺さなかったのさ？」と窶れた顔を彼のすぐ傍まで近づけながら、女は罵った。「あんたがデイリーの店をあわてて出て行ったときから、あの男のあとをつけているということがわかっていたよ。あんたは馬鹿だね！　あの男を殺すべきだったのに。お金はたんまり持っているし、それにどう仕様もない悪党なんだから」

「あいつはおれが探している男なんかじゃないんだ」と彼は答えた。「それにおれは他人の金なんぞほしくはない。おれがほしいのはある男の命なんだ。その命をおれがほしがっている男はいまじゃ四十ぐらいのはずだ。さっきのやつはまだほんの子供じゃないか。やれやれ、あいつの血でおれの手を汚さなくて助かったよ」

女は痛烈な笑い声をあげた。「まだほんの子供だって！」と彼女はせせら笑った。「いいかい、あんた、〈魅惑の王子様〉（プリンス・チャーミング）があたいをこんなふうにしてから、もうかれこれ十八年は経つんだよ」

「嘘つけ！」とジェイムズ・ヴェインは叫んだ。

女は片手を天に向けて高く挙げた。「神様に誓って言うけど、あたいは本当のことを話しているんだよ」

「神様に誓ってだと？」

「もし嘘だったら、口もきけないほどあたいをぶちのめしてもいいよ。あの男はここへ来る連中のうちで一番の悪党なんだ。あの男は美貌と引き換えに悪魔に身売りしたっていうそうじゃないか。あたいがあの男に会ったのはもうかれこれ十八年前のことさ。あの男はあの頃から大して変わっちゃいないさ。あたいは変わったけど」と嫌な横眼を使いながら、女はつけ加えて言った。

「おまえは誓うんだな？」

「誓うともさ」と平べったい口から嗄れ声で鸚鵡返しに繰り返した。「でも、あたいをあの男に渡さないで頂戴」と女は哀れっぽい声で言った。「あの男が怖いんだ。ねえ、今晩の宿賃を少しおくれでないかね」

彼は畜生と叫びながら女からさっと離れて、街角まで突っ走ったが、ドリアン・グレイの姿はもう見えなかった。後ろを振り返って見ると、女もまた消えていた。

第十七章

一週間後、ドリアン・グレイはセルビー・ロイヤルの温室に腰をかけて美しいモンマス公爵夫人と話を交わしていた。夫人は、疲れ切った顔つきをした六十歳になる夫と一緒に彼の招待客の一人であった。ちょうどお茶の時間で、テーブルの上に置いてある大きなレースの覆い付きのランプの柔らかな光が、公爵夫人がお茶を注いでいる優雅な磁器や銀製品を明るく照らしている。夫人の白い手は茶碗のあいだを優美に動き、そのふっくらとした赤い唇は、ドリアンが先ほど何やら囁いたことを思い出して微笑んでいる。ヘンリー卿は絹の掛け布で覆われた籐椅子に横になって二人を眺めている。桃色の長椅子にはナーバラ夫人が坐っていて、公爵が最近自分のコレクションに加えたブラジル産の甲虫の話をさも聞いているようなふりをしている。凝った煙草服（スモーキング・スーツ）(1)を着た三人の若者たちが幾人かの女性客に茶菓子を手渡している。この接待会（ハウス・パーティ）の客は十二人で、翌日にもさらに何名かがやって来る予定だった。

「お二人で何を話しているのですか?」と、ヘンリー卿はテーブルのほうへぶらぶらやって来て、自分の茶碗を置きながら言った。「すべてのものの名前をつけ変えるというぼくの計画をドリアンは話してくれましたかね、グラディス。非常に愉快な考えですよ」

「でも、わたくし、名前をつけ変えられたくはございませんのよ、ハリー」と公爵夫人がそのすばらしい眼で卿を見上げながら、言い返した。「わたくし、自分の名前にとっても満足していますし、それにきっとグレイさんだってそうだと思いますわ」

「ねえグラディス、お二人の名前は絶対につけ変えたりはいたしませんよ。両方とも完璧な名前ですからね。ぼくが主(おも)に考えているのは花の名前なんですよ。昨日ぼくは胸飾り用に一輪の蘭の花を切り取りました。それは斑点のある見事な花で、七つの大罪[2]みたいに心をそそられましたよ。軽率にもぼくは庭師の一人にその名前を訊ねたのです。〈ロビンソニアーナ〉とか、まあそんなようなたぐいの恐ろしい名前を持つ優秀品だと言うのです。これは悲しむべき事実ですよ。われわれは物に美しい名前をつけるという能力を失ってしまったのです。名前こそすべてだというのに。ぼくは決して行動にけちをつけたりはしません。ぼくがけちをつけるのはただ言葉だけです。だからこそ、ぼくは文学における俗悪なリアリズムが嫌いなんです。鋤(すき)を鋤と呼ぶような男は、どうしたって鋤を使って働かないわけにはいかなくなるのです。それはそういう男にふさわしい唯一のものですがね」

「それじゃ、あなたのことを何てお呼びしたらよいのかしら、ハリー」と夫人が訊く。

「彼の名前は〈逆説の王子（プリンス・パラドックス）〉ですよ」とドリアン。

「それならこの方のことがぱっとわかりますわ」と公爵夫人が大きな声で言う。

「そんな名前を聞きいれるわけにはまいりませんな」と椅子に深々と坐りながら、ヘンリー卿が笑いながら言う。「レッテルを貼られようものなら、もう逃げ道はないですからな！　そんな称号なんてお断りですよ」

「王族の方々は称号を辞退できませんことよ」と美しい唇から警告が発せられる。

「じゃ、わが王冠を守れとおっしゃるのですか？」

「ええ」

「ぼくは明日の真理を伝えているのですがね」

「わたくしは今日の過失のほうが好きですわ」と夫人が答える。

「あなたはぼくの武器まで取り上げてしまうのですからな」夫人が意地を張っているのを素早く見て取りながら、彼が声高に言う。

「あなたの楯をですよ、ハリー。槍じゃございませんことよ」

「ぼくは〈美〉を槍で突くなんてことは絶対にしませんよ」と手を振りながら、彼は言う。

「それはあなたの間違いというものですわ、ハリー。あなたは美をあまりにも尊敬しすぎていらっしゃるのよ」

「どうしてそんなことがおっしゃれるのですか？　善良であるよりは美しいほうがいいとぼくが考えているのは確かですよ。しかし、もう一方では、醜くあるよりは善良であるほうがいいということを、ぼくほどすんなり認めている人間はいないですからね」

「それじゃ、醜さは七つの大罪の一つなんですか？」と公爵夫人が声高に言う。「蘭についての先ほどの比喩はどういうことになりますのかしら？」

「醜さは七つの堪えがたい徳の一つですよ、グラディス。善良な保守派（トーリー）としてのあなたは、それらの徳を見くびってはいけませんぞ。ビール、聖書、それにこの七つの堪えがたい徳が今日のイギリスを作り上げているのですからな」

「あなたは御自分の国がお嫌いでいらっしゃるの？」と夫人が訊ねる。

「ぼくはこの国で暮らしていますよ」

「悪口を言うのに都合がいいからでしょう」

「ヨーロッパの連中がわが国について述べた意見をぼくに承知しろとおっしゃるので

すか?」と彼が訊く。

「何て言っていますの?」

「タルチュフ[3]がイギリスに移住して店を開いたようなものだとね」

「それはあなたの御意見ですの、ハリー?」

「あなたにそれを進呈しますよ」

「わたくしには使えませんわ。あまりにも本当すぎますもの」

「恐れる必要なんかありませんよ。わが国の連中はそんなことを言われてもぴんとこないのですから」

「実際的な国民ですからね」

「実際的というよりも悪知恵があるんですよ。勘定元帳を精算するときには、愚鈍には富を、悪には偽善でもって帳尻を合わせるのですからね」

「でも、偉業も成し遂げましたわ」

「偉業をするように強制されただけの話ですよ、グラディス[4]」

「そういう重荷を背負ってきましたわ」

「〈株式取引所〉までやっとね」

夫人は頭を横に振った。「わたくしはイギリス国民を信じておりますの」と夫人が声高に言う。

「イギリス国民っていうやつは、押しの強い連中が生き残るということの見本ですよ」

「発展もしてきましたけど」

「頽廃のほうがぼくにはずっと魅力的ですがね」

「〈芸術〉はどうですか」と夫人が訊く。

「それは一つの病気ですよ」

「愛は？」

「幻想ですよ」

「宗教は？」

「〈信念〉の当節流行の代用品ですな」

「あなたは懐疑主義者だわ」

「とんでもない！　懐疑主義は〈信仰〉のはじまりなんですからね」

「それじゃ、あなたは一体何ですの？」

「定義することは限定することになりますからな」

「何か糸口になるものを下さいな」

「糸はぷつんと切れるもの。迷宮のなかに迷い込んだようになりますよ」

「あなたには呆気(あっけ)にとられますわ。誰か他の人のことを話しましょう」

「ここの主人なら楽しい話題になりますよ。昔は〈魅惑の王子様(プリンス・チャーミング)〉と呼ばれていましてね」

「ああ！　そんなことを思い出させないで下さい」とドリアン・グレイが叫んだ。

「今夜は相当御機嫌が悪いわね」と顔を赤らめながら、公爵夫人が答える。「モンマスがわたくしと結婚したのは、現代の蝶々のなかで一番すぐれた標本だからという純粋に科学的な原則からだと、この方が考えていらっしゃるせいに違いないわ」

「それじゃ、御主人があなたをピンで突き刺さないでほしいものですね、公爵夫人」とドリアンは笑いながら言った。

「いいえ！　そんなことはとっくに女中がしておりますのよ、グレイさん。わたくしに愛想づかしをしたときにね」

「で、お宅の女中はどうしてあなたに愛想づかしをするのですか、公爵夫人」

「ほんの些細なことに対してですわ、グレイさん。大抵(たいてい)は、九時十分前に入って行って、八時半までに着付けをして頂戴なんてわたくしが命じるからですわ」

「何てものわかりの悪い女中だろう！　お払い箱にするぞと威(おど)してやればいいのに」

「そうもいきませんわ、グレイさん。どうしてって、あの女中はわたくしの帽子を考え出してくれるのですもの。ヒルストーン夫人の園遊会でわたくしが被っていた帽子を憶えていらっしゃるかしら？　お忘れでしょうね。でも、憶えていらっしゃるふりをなさるなんてやさしい方ね。そうなんですの、あの女中はその帽子をつまらない材料で作ったのですわ。いい帽子ってみんなつまらない材料で作られるんですね」

「いい評判っていうやつもそうですよ、グラディス」とヘンリー卿が口を挟む。「人があっというような効果を上げるたびに、敵が一人できるのです。人気者であるためには平凡でなくちゃならないのですよ」

「女性の場合はそうはいきませんわ」頭を横に振りながら、公爵夫人が言う。「それに女性は世界を支配していますもの。はっきりと申し上げますが、わたくしたちは平凡な男には我慢なりませんわ。誰かが言っていますように、わたくしども女性は耳で恋をするのです。ちょうどあなた方男性が、もしも恋をなされば の話ですが、眼で恋をするようにね」

「われわれは恋のほかには何もしないのじゃないかと思いますがね」とドリアンがつぶやく。

「まあ！　それじゃ、あなたは本当の恋を一度もなさっておられないのだわ、グレイさん」悲しげな顔つきをして見せながら、公爵夫人が答える。

「ねえグラディス！」とヘンリー卿が声高に言う。「どうしてそんなことを言うんですか？　ロマンスは繰り返されてこそ生きるものだし、繰り返しは食欲さえも芸術に変えてしまうのですからね。しかも、恋をしているたびに、生涯でただ一度きりの恋をしているんですよ。相手が違うからといって、ひたむきな情熱までも変わるわけじゃありませんものね。むしろ情熱は高まるばかりなのです。われわれは一生のうちでせいぜい一度きりしか重大な経験をすることができないのですよ。ですから、人生の秘訣は、その経験をできるだけ頻繁に再現することにあるんですよ」

「そのために傷ついたときもですの、ハリー」としばらくしてから、公爵夫人が訊ねる。

「傷ついたときなんか特にそうですよ」とヘンリー卿が答える。

公爵夫人はそっぽを向き、奇妙な表情を眼に浮かべてドリアン・グレイを見た。「あなたはこれに何とお答えになるのかしら、グレイさん？」と夫人が訊ねる。

ドリアンはしばらくためらった。それから頭をぐいとそらし、笑って言った。「ぼくはいつもハリーとは同意見なんですよ、公爵夫人」

「この方が間違っているときもですの？」

「ハリーは決して間違ったりはしませんせん、公爵夫人」

「それでこの方の哲学はあなたを幸せにしますか?」

「ぼくは幸せを求めたことなんて一度もありません。幸せなんて一体誰がほしがるものですか? ぼくは快楽を求めてきたのです」

「で、それは見つかりまして、グレイさん?」

「しょっちゅうですよ。しょっちゅうすぎるくらいですよ」

公爵夫人はため息をついた。「わたくしが求めているのは心の平安ですわ」と夫人が言う。「でも、これから着替えをしなくては、今夜その平安も得られそうにもありませんわ」

「蘭を少し摘んで来て差し上げましょう、公爵夫人」とドリアンが声高に言って、さっと立ち上がり、温室のほうへ歩いて行った。

「あなたはみっともないくらい彼といちゃついておられますぞ」とヘンリー卿が従妹(いとこ)に言った。「気をつけたほうがいいですよ。何しろたいへん魅力的な男ですからな」

「あの方がもしそうじゃなかったなら、戦いも起こりませんものね」

「じゃ、ギリシア人同士が、つまり両雄相まみえるというわけですか?」

「わたくしはトロイ人の味方ですわ。彼らは一人の女性のために戦ったのですもの」

「でも、敗けたじゃありませんか」

「囚われの身になるのよりももっと悪いこともありますわ」と夫人が答える。

「あなたは手綱をゆるめて馬を疾走させている」

「早いほうが生きている実感がありますもの」と言い返(リポスト)した。

「今夜日記に書いておこうかな」

「何て?」

「火傷(やけど)をした子供は火が好きだってね」

「わたくしはまだ焦げてさえもいませんのよ。翼は傷ついてもいませんわ」

「あなたは、飛ぶことだけを除いて、翼をいろんなことにお使いになるようだ」

「勇気が男性から女性へ手渡されてしまったからですわ。わたくしたちには新しい経験ですわ」

「あなたには競争相手がいますよ」

「どなたでございますの?」

彼は笑った。「ナーバラ夫人ですよ」と彼が囁く。「彼女はドリアンをすっかり崇拝しているんですからね」

「まあ、わたくし、すっかり不安になってきましたわ。〈古代文化〉に訴えられたら、わたくしたちロマン主義者には致命的なんですもの」

「ロマン主義者ですって！　科学の方法も全部御存じのくせに」

「男性方の教育のお蔭ですわ」

「しかし、あなた方女性のことは説明しなかったでしょう」

「じゃ、女性について説明して下さいな」と夫人は挑戦的に言った。

「女性とは秘密を持たぬスフィンクスですよ」

夫人はにっこり笑って、彼を見た。「グレイさんは随分遅いわね！」と夫人が言う。

「御一緒に行って手伝ってあげませんこと。わたくしが着るドレスの色をまだ話していませんでしたからね」

「やれやれ！　ドリアンの花にあなたのドレスを合わせてやらなくちゃいけませんよ、グラディス」

「そんなに早やばやと降参しなくたっていいでしょう」

「〈ロマン派芸術〉はいきなりクライマックスからはじまるのですぞ」

「退却する機会もぜひ作っておかなくてはいけませんわ」

「パルティア人式(5)にですか？」

「パルティア人は砂漠に逃げ込めば安全だったでしょう。でも、わたくしにはそんなことはできませんわ」

「女性には必ずしも選択の自由がないですからね」と彼は答えたが、そう言い終えるか終えないうちに温室の奥のほうから息を詰まらせたような呻き声と、それにつづいて重いものがどさりと落ちる鈍い物音が聞えて来た。みんなは驚いて立ち上がった。公爵夫人は恐怖のあまり棒立ちになっている。そして眼に不安の表情を浮かべて、ヘンリー卿がぱたぱたと揺れ動く棕櫚の葉を掻きわけて走って行くと、ドリアン・グレイが死んだように気を失ってタイル張りの床の上にうつ伏せに倒れているではないか。

彼はすぐさま青一色で統一された応接間に運び込まれ、ソファーの一つに寝かされた。ほどなくして彼は意識を取り戻し、ぼーっとした表情であたりを見まわした。

「どうかしたのですか?」と彼が訊く。「ああ! 思い出した。ここは安全ですか、ハリー?」彼はがたがた震えはじめた。

「ねえドリアン」とヘンリー卿が答える。「きみはただ気を失っただけなんだ。それだけのことさ。きっと疲れすぎたに違いない。夕食には来ないほうがいいよ。ぼくがきみの代役を務めるから」

「いや、ぼくは行きますよ」やっきになって立ち上がりながら、彼は言った。「むしろ行ったほうがいいのです。一人きりにされたくないですからね」

彼は自分の部屋へ行って着替えをした。食卓に坐ったときの彼の態度には、ひどくはしたないほどの快活さが見られたが、時々恐怖の戦慄が全身を駆け抜けるのだった。温室の窓にまるで白いハンカチのようにぴたりとくっついたまま、自分をじっと見つめているジェイムズ・ヴェインの顔を見たことを思い出したからである。

第十八章(1)

翌日彼は屋敷の外へは一歩も出なかった。実際、激しい死の恐怖に吐き気を催しながらも、生自体には無関心といった状態のまま、多くの時間を自室で過ごしたのである。追跡され、罠にかけられ、探しあてられたという意識が彼を支配しはじめていた。壁掛けが風に当たってかすかに揺れ動いただけでも、彼は身震いした。鉛枠付きの窓ガラスに吹きつける枯葉も、三日坊主(ぼうず)に終わったさまざまな決心や激しい後悔の念のように彼には思われた。眼を閉じると、あの水夫の顔が霧で曇った窓ガラス越しに覗(のぞ)き込んでいるのが見え、恐怖の手がもう一度心臓をぐいと摑(つか)んだような気がした。

だが、ことによると、復讐を夜の闇から呼び寄せ、自分の眼前に懲罰の忌わしい姿を現しめたのも、単なる自分の妄想にすぎなかったのかもしれないのだ。現実の生活は混沌としているが、想像力には恐るべきほど論理的なものがある。悔恨に罪の足跡をどこまでも追わせたのは想像力にほかならないのだ。一つ一つの犯罪にその畸型児を産ましめるのも想像力なのだ。現実の平凡きわまる世界では、悪人は罰せられず、善人も報いられることがない。成功は強者にもたらされ、失敗は弱者に押しつけられる。ただそれだけのことなのだ。さらに、たとえ屋敷の周辺を誰か見知らぬ人間がうろつきまわったとしても、召使いか番人たちに見咎められたはずだ。花壇に足跡が残っていれば、庭師が当然報告に来たはずだ。そうだ、あれは単なる妄想にすぎなかったのだ。シビル・ヴェインの弟が自分を殺しに戻って来るなんて、そんなことがあるわけもないではないか。あの男は船に乗って出航し、どこかの冬の海で沈没したに違いない。いずれにせよ、あの男から自分は安全なのだ。もちろん、あの男はこのぼくが誰なのかを知らないし、知り得るはずもない。あのとき若さの仮面がぼくを救ってくれたではないか。

だがそれにしても、あれが単なる妄想にすぎなかったとしても、良心があのような恐ろしい幻像を出現させ、それに眼に見える形姿を与え、自分の眼前で動きまわることまでさせたとは、思うだに恐ろしいではないか！　もし仮に、昼も夜も、自分が犯した犯罪の影法師が沈黙の片隅から自分を覗き見、隠れた場所から自分を嘲弄し、宴席で自分の耳もとに囁き、眠っているときに氷のように冷たい指で自分を起こしたりすることがあれば、一体自分の生活はどんなふうになってしまうのだろうか！　そうした想念が頭脳のなかに忍び入るにつれて、彼は恐怖のあまり蒼白となり、あたりの空気も不意にいっそう冷たくなったような気がするのだった。ああ！　何という激しい狂気の発作にとらわれて自分は友人を殺してしまったのだろう！　あの光景を思い出しただけでもぞっとする！　ふたたびあの光景のいっさいが眼前に浮かぶ。厭わしい個々の場面の一つ一つがさらに恐ろしさを加えて甦って来る。〈時間〉の暗黒の洞窟のなかから、真紅の衣に包まれてその形相（ぎょうそう）もものすごく、自分の罪の影像が立ち現れる。ヘンリー卿が六時に入って来たとき、ドリアンは胸も張り裂けんばかりに泣いていた。

彼が思い切って外出する気になったのは、それから三日目のことだった。その朝の清澄な、松の香の漂う大気のなかには、彼に生への喜びと熱情を取り戻させてくれるようなものが何かしらあった。しかし、この変化を生じさせたものは単に環境という物理的条件だけではなかった。彼自身の本性が、その完全な平静さを妨げ台なしにしようとする過度の苦悶に対して反逆を企てたのである。微妙で繊細な気質の持主の場合、いつもそうしたことが起こるのだ。そういう人間の強い情熱は傷を与えるか、あるいはみずから屈するか、そのいずれかなのだ。このような情熱はその持主を殺してしまうか、みずから死ぬかのどちらかなのだ。浅薄な悲しみや浅薄な愛はいつまでも生きつづける。大いなる愛と悲しみは、それら自体が飽和状態に達することのせいで滅びてしまう。さらに彼は、自分が恐怖に苛（さいな）まれた想像力の犠牲者となっていたのだと固く信じ込み、いまや、自分の恐怖心を幾許かの憐れみの情と少なからぬ軽蔑心とをもって眺めていた。

朝食後彼は公爵夫人と一緒に一時間ほど庭園のなかを散歩し、それから馬車に乗り私園を横切って狩猟仲間と一緒になった。かりかりに凍った霜が草の上にまるで塩のように散らばっている。空は青い金属のコップを逆さにしたようだ。薄膜のような氷が平べったい、芦の生えた湖を縁取っている。

松林の一角で、ドリアンは公爵夫人の兄であるジェフリー・クラウストン卿を見つけた。卿は銃から空になった薬莢を取り出しているところだった。彼は馬車から飛び降り、馬丁に馬を家へ連れて帰るようにと命じてから、枯れた蕨や殺風景な茂みを抜けて客人のほうへと進んだ。

「いい獲物がありましたか、ジェフリー?」と彼は訊ねた。

「大していいのがないんだ、ドリアン。大抵の鳥は平野のほうへ行っちまったらしいからな。昼食後はきっといいだろうと思うよ。新しい猟場へ行くんだからね」

ドリアンは彼の傍をぶらぶら歩いた。鼻をつく芳しい香の漂う空気、森のなかできらきら輝く茶褐色や赤色の光、時々響き渡る勢子たちの嗄れた叫び声、さらにそれにつづいて鋭くパチッと鳴る銃声——こういったものが彼を魅惑し、喜ばしい解放感でいっぱいにするのだった。彼は屈託のない幸福感、何物にも煩わされぬ喜びに身を任せていた。

突然、およそ二十ヤード前方の枯草のこんもりとした茂みのなかから、先っぽの黒い耳をぴんと立てて、長い後足を前へ投げ出すようにして走りながら、一匹の兎が飛び出した。兎ははんのきの茂みに向かって一目散に駆けている。ジェフリー卿は銃を肩に当てたが、兎の動作には何かしら優美なところがあって、それがドリアン・グレイを奇妙なほど惹きつけた。それで彼はすぐさまこう叫んだ。「撃たないで下さい、ジェフリー。生かしてやって下さい」

「何て馬鹿なことを、ドリアン！」と相手は言って笑い、兎が茂みのなかへ飛び込もうとしたとき、発砲した。二つの叫び声が聞えた。一つはひどく嫌な、苦痛にのたうつ兎の悲鳴であり、もう一つは、それよりもさらに嫌悪を催させる、人間の断末魔の叫び声であった。

「しまった！　勢子を撃ってしまった！」とジェフリー卿が叫んだ。「銃の前に出て来るなんて、何という間抜けなんだ！　おい、みんな射撃をやめろ！」と声を張り上げて彼は叫んだ。「誰か怪我したんだ」

猟場番人頭が手にステッキを持って走ってやって来た。

「どこです？　怪我人はどこです？」と彼は大声で叫んだ。それと同時に、その一帯の銃声はやんだ。

「ここだ」とジェフリー卿は、茂みのほうへと急ぎながら、腹立たしげに答える。「一体全体どうしてきみは勢子たちを後ろへ引き留めておかなかったのかね？　今日の狩猟もこれですっかり台なしになってしまったじゃないか」

ドリアンは、二人がしなやかな、揺れ動く枝を払いのけながら、はんのきの茂みのなかへ飛び込むのを眺めた。まもなく二人は男の身体を引きずりながら陽の当たるところへ出て来た。彼は恐ろしさのあまり顔をそむけた。自分の出かけるところにはどこでも不幸がついてまわるような気がする。ジェフリー卿がその男はもう死んでいるのかと訊ね、猟場番人頭がそうですと答える声が聞える。森が不意に顔また顔で埋まっているような気がする。無数の足音と、低いざわめく声が聞えて来る。一羽の大きな銅色の胸をした雉が頭上の枝々のあいだを、羽をばたばたさせながら飛んで行く。

心の動揺した状態では、無限につづく苦痛の時間とも思われた数分が過ぎたあと、彼は自分の肩に手が置かれるのを感じた。彼ははっとなって、振り返る。

「ドリアン」とヘンリー卿が言った。「今日のところは狩猟はもうやめにすると、ぼくからみんなに言ったほうがいいと思うんだが。このままつづけるのはちょっとまずいのじゃないかな」

「永遠にやめてほしいくらいですよ、ハリー」と、彼が苦々しげに答えた。「何もかもがぞっとするし残酷だ。あの男は……？」

彼はその言葉を最後まで口にすることができなかった。

「気の毒なことをしたよ」とヘンリー卿は答えた。「胸に一発分の散弾を受けているんだ。ほとんど即死だったに違いない。さあ、家へ帰ろう」

二人は押し黙ったままほぼ五十ヤードばかり並木道のほうへと一緒に歩いた。それからドリアンはヘンリー卿を見ながら、重苦しいため息をついてこう言った。「不吉な前兆ですよ、ハリー、とっても不吉な前兆ですよ」

「何が」とヘンリー卿が訊く。「ああ！　さっきの事故のことか。ねえきみ、あれはどう仕様もなかったことだよ。あの男が悪いんだ。どうして銃の前に出て来たりしたのだろう？　それに、そんなことはぼくたちにとってまるで関係ないことじゃないか。もちろん、ジェフリーにとっては相当厄介なことになるだろう。勢子を撃ったことはよくないことだからね。乱暴な射手というふうに思われるのじゃないかな。でも、ジェフリーはそんな射手じゃないよ。射撃はとっても正確なんだから。いや、こんなことをとやかく言ってもどう仕様もないな」

ドリアンは頭を横に振った。「あれは不吉な前兆ですよ、ハリー。われわれの誰かに何か恐ろしいことが起こるのじゃないかという気がします。おそらく、このぼくにね」

と不安げな身振りで眼に手をやりながら、彼がつけ加えて言った。

年上の男は笑った。「この世で恐ろしい唯一のことは倦怠(アンニュイ)だけだよ、ドリアン。それだけが勘弁ならぬ唯一の罪なんだ。しかし、あの連中が夕食の席上であの事故のことをいつまでも喋りつづけない限り、どうやら倦怠に悩まされる心配はないだろう。あの話は禁句だと連中に話しておかなくちゃなるまいな。前兆ときみは言うが、前兆なんていうものはありっこないのだよ。運命の女神がわれわれに使者を寄越すことなんてないのさ。女神はあまりにも賢明すぎるか残酷すぎてそんなことをするはずもないよ。それに、一体きみの身にどんな災難が降りかかってくるというのかね、ドリアン？　きみはほしいものなら何でも持っているじゃないか。きみになり代ってみたいと思わぬ人間なんて一人もいないくらいだからね」

「ぼくはなり代れるものなら誰とでも代ってみたいくらいですよ、ハリー。そんなふうに笑わないで下さい。本当のことを話しているんですから。さっき死んだ惨めな農夫のほうがぼくなんかよりもずっと幸福ですよ。ぼくは〈死〉は怖くないんです。怖いのは〈死〉がやって来ることなんです。死の奇怪な翼がぼくの周囲の重苦しい空気のなかでぐるぐるまわっているような気がするんです。ああ！　ほら、あそこの木蔭で動いている男の姿が、ぼくをじっと見張り、待伏せしている男の姿が見えませんか？」

ヘンリー卿は、手袋をはめたぶるぶる震える手が指さす方向を見やった。「見えるよ」と、微笑を浮かべながら彼は言った。「庭師がきみを待っているのが見えるよ。たぶん、今夜の食卓にどんな花を飾ったらいいか、きみの希望を訊きたいと思っているのじゃないかな。きみは滑稽なほど神経質になっているなあ！　ロンドンへ帰ったら、ぼくのかかりつけの医者にぜひ診てもらいたまえよ」

ドリアンは近づいて来る庭師を見てほっと安堵のため息をついた。庭師は帽子にちょっとさわって、一瞬ためらいがちにヘンリー卿のほうをちらっと見てから、一通の手紙を取り出し、それを主人に手渡した。「公爵夫人はお返事をもらって来るようにとお言いつけになりましたが」と庭師が低い声で言った。

ドリアンは手紙をポケットのなかへ入れた。「すぐに行くからと公爵夫人に伝えてくれ」と彼は冷たく言った。庭師はくるりと向きを変えて、急ぎ足で屋敷の方向へ進んだ。

「女っていうやつは危いことをするのが実に好きだなあ！」とヘンリー卿は笑った。「ぼくが一番感心する女の特徴の一つだよ。他人が傍観している限り、どんな男とだって浮気をするんだからな」

「あなたは危いことを言うのが実にお好きですね、ハリー！　この場合については、あなたはまったく的はずれですよ。ぼくは公爵夫人を大好きですが、愛してなんかいませんからね」

「ところが公爵夫人のほうはきみをひどく愛しているが、それほど好きでないときている。だからきみたちはすばらしく釣り合いがとれているんだよ」

「あなたが喋っていることは醜聞（スキャンダル）じゃないですか、ハリー。しかもそんな醜聞には根拠なんてありゃしないのですからね」

「あらゆる醜聞の根拠は不道徳なことへの確信にあるんだよ」煙草（たばこ）に火をつけながら、ヘンリー卿は言った。

「気のきいたことを言うためなら、あなたは誰を犠牲にしてもいいのですからね」

「世間の連中が自分から進んで祭壇へ赴いて犠牲になろうとするからだよ」とヘンリー卿が言い返す。

「ぼくに愛することができたらなあ」声に深い哀感をこめつつ、ドリアン・グレイが声を大きくして言った。「でも、どうやらぼくは情熱を失い、欲望を忘れてしまったようなのです。自分のことにあまりにもかかずり合いすぎているのです。自分という人間が、ぼくには重荷になってしまったのです。ぼくは逃げたいのです、どこかへ行って忘れたいのですよ。そもそもここへやって来たのが、われながら馬鹿だったのです。ハーヴェイに電報を打って、ヨットを準備するように言ってやろう。ヨットの上にいれば安全ですからね」

「何から安全だと言うのかね、ドリアン？　何か悩み事でもあるようだな。どうしてぼくに話してくれないのかね？　ぼくがきみの助けになることぐらい知っているくせに」

「話せないんですよ、ハリー」と彼は悲しげに答えた。「それにぼくの妄想にすぎないかもしれませんしね。さっきの不幸な事故のせいで気も動転してしまったのです。ひょっとしたら何か同じようなことが自分の身に起こるのじゃないかと、そんな恐ろしい予感がするんですよ」

「何て馬鹿なことを言うんだ！」

「そうならいいのですけど、どうしてもそんなふうに感じてしまうのですよ。ああ！　公爵夫人がやって来る、洋服屋仕立てのガウンを着たアルテミス(2)のようですね。帰って来ましたよ、公爵夫人」

「事故のこと、すっかり伺いましたわ、グレイさん」と夫人が答える。「可哀そうに、ジェフリーはひどく取り乱しておりますわ。それにあなたは兎を撃つなとおっしゃったそうじゃありませんか。ほんとに不思議ですこと！」

「ええ、とっても不思議でしたよ。どうしてあんなことを言ったのか、自分にもわからないのですからね。たぶん、ちょっとした気まぐれだったのでしょう。あの兎はこの上もなくかわいい小さな生き物に見えましたからね。でも、あの男のことがお耳に入ったようでどうも申訳ありません。何しろ忌わしいことですからね」

「まったく人迷惑なことだよ」とヘンリー卿が口を挟んだ。「心理的価値なんて全然ないからね。もしもジェフリーがあれをわざとやったとしたなら、面白いことになったのだが！　ぼくは本当の殺人をやった人間と知り合いになりたいと思っているんだ」

「何て恐ろしいことをおっしゃるのでしょう、ハリー」と公爵夫人が声高に言う。「そうじゃございませんこと、グレイさん？　ハリー、グレイさんがまた気分がお悪そうですわ。気を失いそうですことよ」

ドリアンは辛うじて真直ぐ立ち、にっこり笑った。「何でもありません、公爵夫人」と彼はつぶやく。「ぼくの神経はひどく乱れているんです。ただそれだけのことです。今朝歩きすぎたせいじゃないかと思うのですが。いまハリーが何て言ったか、聞きそびれました。どうせひどい悪口なんでしょう？　あとでぜひ聞かせて下さい。失礼してちょっと横になりたいと思うのですが。お許し下さいますでしょうね？」

三人は温室からテラスに通じる大きな階段までやって来た。ドリアンがなかへ入ってガラス戸が閉まると、ヘンリー卿は振り返って、眠そうな眼つきで公爵夫人を見た。

「あなたは彼にぞっこん惚れているのじゃないですか?」と彼が訊ねる。

夫人はしばらく返事をしないで、じっと景色を眺めていた。「それさえわかればと思いますわ」と夫人がやっと言う。

彼は頭を横に振った。「わかってしまえばもう駄目ですね。人を魅惑するのは不確かなことなんですから。霧がかかると何でもすばらしく見えるでしょう」

「道に迷うことだってありますわ」

「どの道も同じ終点に通じているんですよ、グラディス」

「どういうことですの?」

「幻滅という終点ですよ」

「それこそわたくしの人生の出発点（デビュー）だったのですよ」と夫人はため息混じりに言う。

「それは葉冠とともにやって来たのですね」

「わたくしはいちごの葉(3)にはうんざりしていますわ」

「あなたにお似合いなのに」

「人前だけのことですわ」

「でも、それがないと寂しいでしょう」

「花びらは手放したくありませんわ」

「モンマスには穂(イアーズ)(4)がありますからね」

「年寄りは耳が遠くなりますわ」

「公爵は焼きもちをやいたことがないのですか？」

「焼きもちくらいやいてくれればと思いますわ」

ヘンリー卿は何かを探すような眼つきであたりをちらっと見まわす。「何をお探しですの？」と夫人が訊く。

「あなたの試合刀の皮ボタンですよ」と彼が答える。「さっき落されましたからね」

彼女は笑った。「まだお面はつけておりますことよ」

「眼がいちだんとお美しく見えますよ」と彼が答える。

夫人はまた笑った。その歯が真赤な果実のなかの白い種子のように見える。

二階の自室で、ドリアン・グレイは、全身が疼くような恐怖感にとらわれながら、ソファーの上に横になっていた。人生が突然堪えがたいほど恐ろしい重荷と化してしまったのだ。茂みのなかで野獣のように撃たれた、あの不幸な勢子の悲惨な死が、彼には自分自身の死を予示しているように思われるのだった。彼はヘンリー卿が気まぐれな気分に駆られて言った皮肉な冗談を耳にして危うく気絶しそうになったほどなのだから。

五時になると、彼は呼鈴を鳴らして召使いを呼び、ロンドン行の夜の急行列車に間に合うように荷造りをし、八時半までに玄関に四輪馬車の支度をするようにと命令した。セルビー・ロイヤルにもう一晩泊るなんて御免だと思ったからである。ここは不吉な場所だ。ここでは死が白昼堂々と闊歩しているのだ。森のなかの草には点々と血が付着しているのだ。

それからヘンリー卿に短い手紙を書いて、自分はこれから医者に診てもらうためにロンドンへ帰るから、留守中の客接待をよろしく頼むと言付けた。封筒にそれを入れようとしていたとき、扉をノックする音がして、猟場番人頭がお目にかかりたいそうですが、と召使いが告げた。彼は眉をひそめて、唇を噛んだ。「なかへ通してくれ」しばらくためらったあとで、彼はそうつぶやいた。

猟場番人頭が入ってくるなり、ドリアンは小切手帳を引出しから出して、それを自分の前に拡げた。

「きみが来たのはたぶん今朝のあの不幸な事故のことでだろう、ソーントン?」ペンを手に取り上げながら、彼が言う。

「さようでございます、旦那様」と猟場番人頭が答える。

「あの気の毒な男は結婚していたのかね? 扶養家族がいたのかね?」うんざりした様子で、ドリアンが訊く。「もしそうなら、金に困るようなことはさせたくないから、きみが必要だと思うだけの金額を送ってやろうと思うんだ」

「あの男が何者なのかわたしどもにはわからないのでございますよ、旦那様。それで失礼をも顧みずこうして罷り出たわけでございます」

「何者なのかわからないって？」とドリアンは無頓着に言う。「それはどういうことかね？　きみの部下の一人じゃなかったということなのかね？」

「さようでございます、旦那様。全然見たこともない男でして。どうやら水夫のようですが、旦那様」

ペンがドリアン・グレイの手からぽとりと落ちた。心臓が突然鼓動を止めてしまったような気がする。「水夫だって？」と彼は叫んだ。「いま水夫と言ったな？」

「はい、旦那様。どうも水夫だったような様子に見えますが。両腕に刺青だとか、そういったようなものがありますもので」

「何か身に着けているものはなかったかね？」身を乗り出し、驚愕したような眼つきで相手を見ながら、ドリアンは言った。「名前がわかるようなものは何もなかったのかね？」

「少しばかりの金――大した金額じゃありません――と、六連発の拳銃が一丁ありました。名前らしいものはどこにも見当たりません。上品な顔立ちの男ですが、粗野なところもあります。たぶん、水夫じゃないかと、わたしどもは考えておりますが」

ドリアンはさっと立ち上がった。恐るべき希望が騒がしく心のなかを駆け抜ける。彼はその希望に狂おしいばかりにしがみつく。「死体はどこにあるんだ?」と彼は叫んだ。「急いでくれ！　それをいますぐ見せてくれ」

「〈自作農場〉の空っぽの馬小屋でございます、旦那様。ああいったものを自分の家に置くのをみんな嫌いますもので。死体は災難をもたらすとか言いまして」

「〈自作農場〉だな！　すぐそこへ行ってくれ、ぼくも行くから。馬丁の誰かにぼくの馬をこっちへまわすように言ってくれないか。いや、それはいい。ぼくが自分で馬小屋へ行こう。時間の節約になるからな」

十五分も経たないうちに、ドリアン・グレイは全速力で長い並木道を馬で走っていた。木々は幽霊の行列のように次々に後ろへさっと退いて行くように見え、荒々しい影法師が行手の小道に身を投げ出しているような気がする。一度など、馬が白い門柱の傍で急に曲がったものだから、危うく落馬しそうになった。彼は鞭で馬の首を打った。馬は薄暗い風を切って飛ぶように走る。蹄(ひづめ)からは小石が飛び散る。

やっと彼は〈自作農場〉に着いた。二人の男たちが中庭をぶらついている。彼は鞍から飛び降りて、その一人に手綱を投げ渡した。一番向こうの馬小屋に灯火が一つ輝いている。死体がそこにあるような気が何となくして、彼はその戸口のほうへと急ぎ、掛け金に手をかけた。

だが、そこで彼は一瞬立止まった。自分の命が助かるか台なしにされるか、それを発見する瀬戸際にいまいるのだと感じたからだ。それからさっと扉を開いてなかへ入って行った。

奥の片隅に積み上げられた粗麻布の山の上に、粗末なシャツに青いズボン姿の男の死体が横たわっている。しみの付いたハンカチが顔の上にかぶせてある。壜に突っ込まれた、一本の粗悪な蠟燭が死体の傍でぶすぶす燃えている。

ドリアン・グレイは身震いした。自分の手でそのハンカチを到底取れそうにもないと感じたので、彼は農場の使用人の一人を呼び寄せた。

「あれを顔から取り去ってくれ。顔が見たいのだ」入口の柱につかまって身体を支えながら、彼は言った。

使用人が取り去ると、彼は前へ進み出た。歓喜の叫び声が彼の唇から迸り出た。茂みで射殺された男はジェイムズ・ヴェインだったのだ。

彼はそこに突っ立ったまま、しばらく死体を眺めていた。馬で帰宅する途中、彼の眼には涙がいっぱい溢れていた。これでもう安全だとわかったからだ。

第十九章(1)

「これから善良な人間になるのだと言っても無駄だよ」薔薇香水を満たした赤銅の鉢のなかに白い指を浸しながら、ヘンリー卿は言った。「きみはまったく申し分のない人間じゃないか。お願いだから、いまのままでいてくれたまえよ」

ドリアン・グレイは頭を横に振った。「とんでもない、ハリー、ぼくはいままでの生活で随分いろんな恐ろしいことをしてきた人間なんです。もうこれ以上やるつもりなんてありません。昨日から善行をやりはじめたのですからね」

「昨日はどこへ行ってたのかね？」

「田舎ですよ、ハリー。一人きりである小さな宿屋に泊っていたのです」

「ねえきみ」と微笑しながら、ヘンリー卿が言う。「田舎ならどんな人間だって善良になれるんだ。田舎には誘惑なんていうものがないからね。田舎に住む連中がどう仕様もないくらい文明的でないのはそのせいなんだ。文明っていうやつはちょっとやそっとでできあがるものじゃないんだ。文明に到達できる方法はたった二つしかないんだ。一つは教養を身に付けることで、もう一つは頽廃に陥ることによってだよ。田舎の連中はそのどちらとも縁がないから、停滞するばかりなんだ」

「教養と頽廃か」とドリアンが繰り返して言う。「ぼくはその二つとも多少は知っています。でも、その二つがいつも一緒にあるなんて、いまのぼくには恐ろしいことに思えます。と言うのも、ぼくには新しい理想があるからです、ハリー。ぼくはこれから変わるつもりです。いや、もう変わったと思いますね」

「きみの善行とやらが何なのか、きみはまだ話してくれないじゃないか。それとも、きみがした善行は幾つもあってとても話しきれないとでも言うのかね？」と訊きながら、相手は皿に見事な苺を落して小さな真紅のピラミッドを築き、その上に穴のあいた貝殻型のスプーンで白い砂糖を雪のように振りかけた。

「あなたならお話しできますよ、ハリー。他の人にならとても言えるような話じゃないのです。ぼくはある女に情けをかけてやったのです。自惚れて聞えるでしょうが、ぼくの言う意味があなたにはおわかりでしょう。彼女はたいへんな美人で、驚くほどシビル・ヴェインに似ていました。ぼくが最初に彼女に心を惹かれたのはそのせいだったと思います。シビルのことを憶えておいででしょう？　随分昔のことのような気がしますが！　ところで、ヘティはもちろんぼくたちと同じ階級の人間ではありません。要するに村娘なんです。でも、ぼくは本気で彼女を愛しました。ぼくは確かに彼女を愛していました。すばらしいお天気のつづいたこの五月のあいだじゅう、ぼくは週に二、三度彼女に会いに田舎へ出かけました。つい昨日も小さな果樹園で会ったばかりなんです。林檎の花が絶えず彼女の髪の毛に落ちかかり、彼女はにこにこ笑っていました。実はぼくたちは今日の明け方に一緒に駆落ちすることにしていたのです。でも、突然ぼくはこう決心したんです。ぼくが最初に見つけたときと同じ花のような姿のままにして彼女と別れようとね」

「そういう感情の物珍しさがきっときみに本物の快感を味わうスリルを与えたのじゃないかね、ドリアン」とヘンリー卿が半畳を入れた。「ところで、きみに代わってその牧歌劇に結末をつけてあげようか。きみは娘に御立派な忠告を与え、娘の心を傷つけたとね。それがきみの改心のはじまりだったのじゃないかな」

「ハリー、ひどいことを言いますね！　そんなひどいことなんか言わないで下さいよ。ヘティの心は傷つけられてはいませんよ。もちろん泣いたりはしましたが。でも、彼女の恥になるようなことは何もしていないのですから。パーディタ(2)みたいに、薄荷(はっか)とマリゴールドの庭園のなかでこれから生きていけるのですよ」

「そして不実なフロリゼルのことを思って涙を流すというわけか」とげらげら笑いながら言って、ヘンリー卿は椅子に寄りかかった。「ねえドリアン、きみはまたひどく妙に子供っぽい気持の持主なんだなあ。その娘がこれから先自分と同じ身分の男に心から満足するとでもきみは思っているのかね？　たぶん、彼女はいずれ粗野な車夫とか、にやけた百姓と結婚するだろうな。だけど、きみと出会って、きみを恋したという事実があるために、彼女は夫を軽蔑し、自分を惨めな女だと思うだろう。道徳的な観点からすれば、きみの御大層な自己否定を高く買うわけにはいかないんだよ。たとえその第一歩としても、お粗末だな。それにだね、ヘティがいま頃、オフィーリアみたいに、美しい睡蓮の花にかこまれて、星明りに照らされたどこかの水車小屋の池のなかに浮かんでいないとも限らないじゃないか？」

「ひどいですよ、ハリー！　あなたは何もかも嘲笑しておいて、結局は深刻きわまる悲劇をほのめかすのですからね。いまこんな話をするのじゃなかったな。何て言われようとぼくは気にしませんよ。ぼくがした行動は正しかったと思っていますからね。可哀そうなヘティ！　今朝農場の傍を馬車で通ったとき、まるでジャスミンの小枝みたいな、彼女の白い顔が窓のところにいるのが見えました。もうこんな話をするのはやめましょう。ぼくが長年したことのない最初の善行や、いままで知らなかった最初のささやかな自己犠牲が、実は一種の罪だなんて、ぼくを説きつけないで下さい。ぼくはいい人間になりたいのです。いい人間になるつもりなんですから。何かあなた自身の話を聞かせて下さいよ。ロンドンの様子はいまどうなっていますか？　ぼくはもう何日もクラブへ行っていないのです」

「みんなはまだバジルの失踪の話をしているよ」

「もういい加減にそんな話にうんざりしてもよさそうにと思いますがね」ワインを少量自分で注ぎ、かすかに眉をひそめながら、ドリアンが言った。

「ねえきみ、この六週間というもの、その話でもちきりなんだぜ。でも、イギリスの大衆は三ヵ月に一つ話題があればいいので、それ以上の話題があればその精神的緊張に本当のところ堪えられないんだ。しかし、最近はたいへんな幸運つづきというものだよ。まずぼくの離婚訴訟があったし、次にアラン・キャンベルの自殺騒ぎがあった。いまは画家の不可解な失踪に夢中になっているというわけさ。ロンドン警視庁は、十一月九日に真夜中の列車でパリに向けて発った灰色のアルスター外套の男があのバジルじゃないかといまなお主張しているんだが、フランスの警察は、バジルがパリへは絶対に到着しなかったと言明しているんだ。もう二週間ほどもしたなら、バジルをサンフランシスコで見かけたなんていう情報も入るのじゃないかな。妙な話だが、失踪する連中はみんなサンフランシスコに姿を現すそうなんだ。きっと魅力的な都会に違いないな。来世的な魅力をすべてそなえているところのようだな」

「バジルは一体どうなったと思いますか？」とドリアンはバーガンディ・ワイン入りのグラスを光のほうへ持ち上げ、この問題をこれほど冷静に論じられるのはどうしてだろうと訝（いぶか）りつつ訊ねた。

「およそ見当もつかないよ。もしもバジルがみずから姿を隠したのなら、そんなことはぼくの知ったことじゃないさ。もしも死んだとすれば、彼のことを考えたくないな。死こそぼくが恐ろしいと思うたった一つのことなのだから。死は嫌だね」

「どうしてです？」年下の男が大儀そうに言う。

「その理由はだね」蓋（ふた）の開いた金箔の格子模様付きの小さな香料箱を鼻の下に持って行きながら、ヘンリー卿は言った。「近頃ではどんなことも切り抜けられるが、死だけはそうはいかないからさ。死と俗悪さというやつはわれわれが説明して片づけることのできぬ十九世紀の二つの事実なんだ。音楽室へ行ってコーヒーでも飲もうじゃないか。ぜひショパン(3)を弾いてくれないかね。家内と駆落ちした男はショパンを弾くのがうまかったな。可哀そうなヴィクトリア！ぼくはあの女が大好きだったんだ。あの女がいないと、家のなかがかなり寂しくなってね。もちろん、結婚生活なんて要するに一つの習慣、しかも悪習にすぎないさ。しかし、人間っていうやつは最低の習慣を失ってすらも後悔するのだからな。おそらくそういう習慣を失うことを一番後悔するんだろう。何しろ人間の人格の欠くべからざる部分なのだから」

　ドリアンは無言のままテーブルから立ち上がり、隣室へ足を運んで、ピアノの前に腰かけ、白と黒の象牙の鍵盤に指をあてどもなくさまよわせた。コーヒーが運ばれて来てから、彼は手を休め、ヘンリー卿のほうを眺めながら、こう言った。「ハリー、バジルは殺されたのだと考えたことがありますか?」

　ヘンリー卿はあくびをした。「バジルはひどく人気があったし、いつもウォターベリー製の腕時計[4]をはめていたじゃないか。どうして彼が殺されたりなんかするものかね?彼は敵を作るほど賢くはなかったしね。もちろん、絵の才能はすばらしいものだった。しかし、たとえヴェラスケス[5]みたいに絵がうまくても、どう仕様もないほど退屈な人間もいるからな。本当の話、バジルはかなり退屈な男だった。彼は一度だけぼくの興味をそそったことがあるが、それは随分昔に、彼がこう打ち明けたときなんだ。つまり自分はドリアンを熱烈に崇拝している、しかもドリアンこそが自分の芸術の何よりのモチーフになっている、とね」

「ぼくはバジルが大好きでした」声に悲哀の調子を滲ませつつ、ドリアンが言った。

「でも、彼が殺されたのだという噂はありませんか？」

「ああ、そんなことを書いている新聞もなかにはあるよ。でも、そんなことはおよそあり得ないとぼくには思えるのだがね。パリには恐ろしい場所があるのを知っているけれど、バジルはそんなところへ行きそうにもない男だからね。彼には好奇心というものがないからな。それが彼の主な欠点だよ」

「ぼくがバジルを殺したのだと打明けたら、ハリー、あなたは何と言われるでしょうね？」と年下の男が言った。そう言ったあと、彼は相手を穴のあくほどじっと見つめている。

「そうだな、きみには似つかわしくない人物を気取っているとしか言えないな。あらゆる犯罪は俗悪なんだよ、ちょうどあらゆる俗悪さが犯罪であるのと同じようにね。殺人を犯すなんて、ドリアン、きみには似つかわしくないことだよ。こんなふうに言ってきみの虚栄心を傷つけたとしたなら申訳ないが、それは本当のことだときみに保証してもいいよ。犯罪はもっぱら下層階級に属する連中のものなんだ。そうは言ってもその連中を少しも非難するわけじゃないのだけれどもね。連中にとって犯罪は、われわれにとって芸術がそうであるように、要するに異常な感覚を手に入れる一つの方法にすぎないのだから」

「感覚を手に入れる一つの方法ですって？　それじゃ、一度殺人を犯した者はたぶんまた同じ犯罪を犯す可能性があるとお考えなのですか？　冗談もほどほどにして下さいよ」

「いや、きみねえ！　何度も繰り返してやっていれば、どんなことだって快楽になるんだよ」とヘンリー卿は笑いながら、声高に言った。「それこそが人生の一番大事な秘訣の一つなんだ。でも、殺人はいつだって誤りだと思うな。晩餐のあとで話題にできないようなことは絶対にしてはいけないよ。このへんでバジルの話はもうよそうじゃないか。きみがほのめかしたように、彼が本当にロマンティックな最期を遂げたと、できることなら信じてみたいよ。しかし、そんなことはできっこないさ。きっと乗合馬車からセーヌ河へ転げ落ちて、馭者が知らぬ顔をきめこんでいる、なんていったところじゃないかな。そうだよ、彼の最期はそんなふうだと思うよ。いま頃は水面に重い艀(はしけ)の漂う濁った緑色の水底で、長い藻草を髪の毛に巻きつけたまま、彼があお向けに横たわっているのが眼に見えるような気がする。それにきみも知ってのとおり、彼がこれから大していい仕事をできるとは思えないのだ。この十年のあいだ、彼の絵は随分駄目になっていたからね」

ドリアンはため息をついた、ヘンリー卿は部屋をぶらぶらと歩いて横切り、珍種のジャワ産の鸚鵡の頭を撫ではじめた。それは大きな灰色の羽毛を持つ鳥で、鳥冠と尾は桃色をしており、竹のとまり木の上で巧みに釣り合いを保ってとまっていた。先の細い彼の指がさわると、鸚鵡は白いスカーフのような皺だらけの瞼を黒いガラスのような眼の上に落して前後に胴体を揺り動かしはじめた。

「本当だよ」と、こちらへ向き直り、ポケットからハンカチを取り出しながら彼は言った。「彼の絵はすっかり駄目になったんだ。何かを失ってしまったようにぼくには思えたな。理想を失ってしまったのだ。きみと彼が親友づき合いをやめてから、彼は偉大な画家ではなくなったのだ。どうして仲違いをしたのかね？　たぶん彼がきみをうんざりさせたのじゃないかな。もしそうなら、彼は決してきみを許さないだろう。それが退屈な人間の癖だからだ。ところで、きみを描いたあのすばらしい肖像画は一体どうしたのかね？　彼が完成してから一度も見たことがないと思うのだが。ああ、そうか！　思い出したぞ、随分前にきみが話してくれたっけな。あの絵をセルビーに運ぶ途中で、紛失したか盗まれたとかいった話をね。戻って来なかったのかい？　まったく残念なことだ！　あれは本当に傑作だったのに。ぼくが買いたいと思ったことも憶えている。いまでも買いたいと思うよ。あれはバジルの絶頂期の作品だよ。あれ以来、彼の作品は、いつも代表的なイギリス画家と呼ばれるにふさわしいような、拙劣な描き方と立派な意図との奇妙な混合を示すようになったからね。あの絵を取り戻すために広告でも出したのかい？　当然そうすべきだったな」

「忘れてしまいました」とドリアンが言う。「たぶん出したと思います。しかし、実はぼくはあの絵を一度も好きになったことがないのです。モデルになったことを残念に思っているくらいなんです。あの絵の思い出がぼくには厭わしいのです。なぜあの絵の話をされるのですか？　あれを見るとぼくはいつもある芝居――『ハムレット』じゃなかったかと思いますが――のなかの奇妙な一節を思い出してしまうのですよ。確かこんなふうな文句だったのじゃないかな？――

　　悲しみを描いた絵のごとく、
　　顔はあれど心そこになく。(6)

そうです、こんなふうだったのです」

ヘンリー卿は笑った。「もしもある人間が生活を芸術的に扱えば、その頭脳がつまりは心なんだよ」と肘掛け椅子に深々と坐り込みながら、彼は答えた。

ドリアン・グレイは頭を横に振り、ピアノを叩いて幾つかの柔らかな和音を奏でた。

「悲しみを描いた絵のごとく」と彼は繰り返して言った。「顔はあれど心そこになく」

年上の男は椅子に寄りかかったまま、なかば閉じた眼で彼を見つめた。「ところで、ドリアン」しばらく間を置いてから、彼が言った。「〈もし人が全世界を手に入れても、何の益があろうか〉[7]——そのあとの文句は何だったけな?——〈自らの魂を失えば〉だったかな?」

演奏が急に乱れ、ドリアン・グレイははっとして、友人を見つめた。「なぜそんなことを訊ねたりするんですか、ハリー?」

「どうしたんだい、きみ」とびっくりしたように眉毛をあげながら、ヘンリー卿は言った。「きみなら答えられそうだと思ったから訊いたまでだよ。ただそれだけのことだよ。先週の日曜日にハイド・パークを通り抜けたとき、〈マーブル・アーチ〉のすぐ近くで、俗悪な街頭説教家の話を立ち聞きしているみすぼらしい恰好の少人数の連中に出くわしたんだ。ちょうどそこを通り過ぎたとき、説教家がいま言った文句を聴衆に大声でわめいているのが聞えたんだよ。いささか劇的な感じがしてぼくは心を動かされたんだ。ロンドンにはそんなようなたぐいの不思議な効果がふんだんにあるんだ。雨の降る日曜日、防水外套を着込んだ粗野なキリスト教徒、ぽたぽたと雨の雫（しずく）の滴る傘でできた破れ屋根の下に集まった一団の病的に白い顔また顔、そして鋭い、ヒステリックな唇が空中に投げ散らすすばらしい文句――これは本当のところそれなりにたいへん見事だし、ひどく暗示的でもあるんだ。ぼくはあの予言者に、〈芸術〉には魂があるが、人間にはない、とよっぽど言ってやろうかと思ったね。しかし、残念ながら、そう言ったところで理解してはくれなかっただろうがね」

「やめて下さい、ハリー。魂は恐るべき実体(リアリティ)ですよ。買うことも、売ることも、交換することもできるものなのですから。毒することも、あるいは完璧なものにすることもできるのです。われわれ一人一人の人間のうちに魂があるのです。ぼくにはそれがちゃんとわかっていますよ」

「きみはそんなことを本気で思っているのかい、ドリアン?」

「そうですとも」

「ああ! それじゃ、きっとそれは幻想に違いないな。人間が絶対の確信を抱いている事柄は決して真実ではないからな。それが〈信仰〉の致命的な点だし、〈恋愛(ロマンス)〉の与える教訓なんだ。きみは何て真面目くさっているのだろう! そんなに深刻な顔をしないでくれたまえよ。きみにしろ、ぼくにせよ、現代の迷信なんかとどんな関係があるのかね? 関係なんかありゃしないのだ。魂への信仰なんかわれわれは捨ててしまったからね。そんなことより何か弾いてくれないか。夜想曲(ノクターン)がいいな、ドリアン。そして弾きながら、低い声で、きみがいままでどんなふうにして若さを保ってきたかを話してくれないか。きっと何か秘密があるに違いないからな。ぼくはきみよりもほんの十歳ほどしか年上じゃないのに、皺だらけで、窶れ、肌も黄色くなっている。きみは本当にすばらしいよ、ドリアン。今夜ほどきみが魅力的に見えるのは初めてのことじゃないかな。きみに初めて会った日のことが思い出されるなあ。きみは相当生意気で、ひどく内気で、しかもまったく人並みはずれた若者だったよ。むろん、きみは変わった。しかし、容貌は少しも変わっていない。きみの若さの秘密を打明けてほしいのだよ。若さを取り戻すためなら、何でもするよ。ただし体操と早起きと品行方正な人間になるのは嫌だがね。若さ！　これにしくものは他にはないよ。若者の無知をとやかく言うなんて馬鹿げている。ぼくがいま何らかの敬意を抱いてその意見に耳を傾けるのは、ぼくよりもずっと若い人たちの意見なんだ。若い人たちのほうがどうやら自分よりも進んでいるように思えるのでね。人生はその一番新しい驚異を彼らに啓示したんだ。老人はどうかと言えば、ぼくはいつも老人には反対しているんだ。主義として反対しているんだ。昨日起こったある事柄について老人の意見を訊ねたなら、彼らは一八二〇年に、つまり人びとが高くぴんと立つ襟飾りを身に着け、あらゆることを信じ、しかも全然何も知らなかった時分にはやっていた意見を重々しく述べ立てるのじゃないかな。きみがいま弾いている曲は何て美しいのだろう！　その曲は、別荘のまわりで海がすすり泣き、波しぶきが窓ガラスに激しくぶつかるマジョルカ島で、ショパンが書いたのじゃなかったかね？[8]　すばらしくロマンティックな曲だなあ。模倣的じゃない芸術がたった一つわれわれに残されているというのは、何とありがたいことだろう！　やめないでくれたまえよ。今夜は音楽が聞きたいのだ。ドリアン、きみが若きアポロで、ぼくがそれに耳を傾けるマルシュアス[9]のような気がするよ。ドリアン、ぼくにはきみですら何も知らないような悲しみがあるんだ。老年の悲劇というのはね、自分が年老いているということではなくて、若いということなんだよ。ぼくは時々自分の誠実さにびっくりすることがあるんだ。ああ、ドリアン、きみは何て幸せなんだろう！　何てすばらしい生活をきみは送って来たことか！　きみはありとあらゆるものをすっかり飲み尽したのだ。きみは葡萄の実を口で押し潰してその汁を飲み干したのだ。きみの眼から逃れられたものは何一つとしてなかったのだ。しかもそれはすべてきみにとっては音楽の調べと同じようなものであったのだ。きみを傷つけることもなかったのだ。きみはいまなお昔と同じだからね」

「ぼくは昔と同じなんかじゃありませんよ、ハリー」

「いや、昔と同じだ。きみの今後の人生がどうなるかとぼくは考えているんだ。自己否定なんかしてそれを台なしにしないでくれたまえよ。いまのきみは完璧なタイプの人間だ。それを不完全なものにしないでほしいのだ。きみはいま全然欠点のない人間だ。そんなに頭を振って否定しないでもいいのだよ。自分でちゃんとわかっているはずだからね。それに、ドリアン、自分を欺いてはいけないな。人生は意志だとか意図によって支配されるものじゃないんだ。人生は神経の、繊維組織の、そしてそのなかに想念が隠れひそみ、情熱がその夢を抱いている、ゆるやかに作り上げられた脳細胞の問題なんだ。(10)きみは自分を安全だと思い込み、自分を強い人間だと考えているかもしれない。しかし、ある部屋とかある朝の空にふと眼に留まった色調や、昔好んでいたためにそれを嗅ぐとほのかな思い出が甦って来るある特別の香水や、ふたたびめぐり合ったもうすっかり忘れてしまっていた詩の一節や、もう弾かなくなってから久しいある曲の一節——いいかい、ドリアン、われわれの生活が左右されるのはこういったものによってにほかならないのだよ。ブラウニング(11)がそんなことをどこかに書いているが、われわれ自身の感覚こそがそういったものを心に思い描いてくれるのだよ。たとえば、白いライラック(リラ・ブラン)の芳香が不意に自分のほうへ漂って来る瞬間があるが、するとたちまちぼくは、これまでで一番奇妙な生活を過ごした一ヵ月をどうしてもまた生きることになってしまうのだ。ぼくはね、できたらきみと入れ替りたいくらいに思っているんだよ、ドリアン。世間の連中はぼくら二人に対してさんざん悪口を言ってきたけれど、連中はいつだってきみを崇拝してきたんだ。これからもずっと崇拝することだろう。きみこそ現代が探し求めているものの模範であり、見つけてしまったことを恐れている理想像なんだ。きみが全然何もしなかったことを、彫像を刻むことも、絵を描くことも、きみ自身以外の何も作り出さなかったことを、ぼくはとっても喜んでいるんだ。人生がきみの芸術であったのだ。きみはきみ自身を音楽と化していたのだ。きみの日々そのものが十四行詩(ソネット)であったのだ」

ドリアンはピアノから立ち上がり、髪の毛を手で撫でた。「ええ、人生はすばらしいものでした」と彼がつぶやく。「しかし、これまでと同じ人生を送るつもりはありません、ハリー。だからいまみたいな大げさなことを言うのはやめて下さいよ。あなたもぼくのことを全部知っているわけじゃありませんものね。もしも知っていたなら、いくらあなただってぼくに背を向けるのじゃないかと思いますよ。笑っていますね。どうか笑わないで下さい」

「なぜ弾くのをやめたんだい、ドリアン？　さあ戻って、もう一度あの夜想曲を聞かせてくれないか。暗い夜空にかかっているあの大きな蜂蜜色の月を見てごらん。あの月はきみが魅惑してくれるのを待っているじゃないか。それにもしきみが弾いてくれれば、月はもっと大地に近づくことだろう。弾きたくないのかい？　それじゃ、クラブへ行こう。ひどく楽しい夜だったから、ぜひ楽しくおひらきということにしようじゃないか。

ホワイト・クラブに、きみとすごく知り合いになりたがっている男がいるんだ――ボーンマスの長男の、若いプール卿だよ。彼はもうきみのネクタイを真似しているし、きみにぜひ紹介してほしいとせがんでいるんだ。たいへん気持のいい男で、どことなくきみを思わせるところがあってね」

「そうあってほしくはないですね」眼に悲しみの表情を浮かべながら、ドリアンは言った。「でも、今夜は疲れているんです、ハリー。クラブへは行きません。もう十一時近いし、早目に寝たいのです」

「まだいてくれたまえよ。きみが今夜ほど見事に弾いたことはいままでに一度もなかったのじゃないかな。きみのタッチには何かしら驚異的なところがあったよ。以前に聞いたこともないような豊かな表情がこもっていたよ」

「それはぼくが善良になろうとしているからですよ」とにっこり笑いながら、彼は答えた。「ぼくはもう幾らか変わりかけているんです」

「ぼくに対して変わってもらっちゃ困るんだな、ドリアン」とヘンリー卿。「きみとぼくはいつまでも友達でいたいのだから」

「しかし、あなたは昔一冊の本でぼくを毒してしまいましたね。あれだけは許せないですよ。ハリー、これからはあの本を絶対に誰にも貸さないことを約束して下さい。あれは有害ですからね」

「ねえきみ、きみは本当にお説教をはじめているじゃないか。まさかきみはいずれ改宗者とか、信仰復興運動家みたいにそこらじゅうを歩きまわって、自分はもううんざりしてしまったありとあらゆる罪に対する警告を人びとに伝えるようになるのじゃあるまいな。そんなことをするにはきみはあまりにもすばらしすぎるんだ。それに、そんなお説教をしても無駄さ。きみとぼくはこのとおりの人間なんだし、これからだってなるようにしかならないのだからね。本に毒されるということだが、そんなことなんてあり得ないよ。芸術は行動には何の影響力も与えないのだからね。むしろ行動への欲求をなくしてしまうのだよ。芸術は無類なほど不毛なものなんだ。世間の連中が不道徳的と呼んでいる本なんて、実は世間に世間自体の恥部を見せている本にほかならないのだよ。[12]それだけのことなんだ。でも、文学論をやるのはやめよう。明日も来ないかね。十一時に乗馬をするつもりなんだ。できれば一緒に行けたらいいし、そのあとでブランクサム夫人と一緒の昼食に連れて行ってあげるよ。魅力的な女でね、いま買おうと思っている綴れ織（タペストリー）のことできみに相談したいことがあるのだそうだ。ぜひ来てくれないか。それとも、例の公爵夫人と一緒に昼食をしようか？　夫人は近頃きみに全然会わないと言ってるぞ。たぶんきみはグラディスに倦きたのだろう？　そうじゃないかと思っていたんだ。

あの人の頭のいいお喋りには神経が苛々してくるからな。まあ、とにかく、十一時には来てくれたまえよ」

「本当に行かなくちゃいけませんか、ハリー？」

「もちろんだよ。ハイド・パークはいま頃が一番美しいんだ。きみと初めて会った年以来、あれほど見事なライラックの花が咲いたことはなかったと思うな」

「承知しました。十一時に行くことにしましょう」とドリアンは言った。「おやすみなさい、ハリー」扉のところへやって来たとき、もっと何か言いたげな様子で、彼は一瞬ためらった。それからため息をついて出て行った。

第二十章

美しい夜だった。外套を脱いで腕にかけて歩けるほど暖かく、絹のスカーフを首に巻きつけさえもしなかった。煙草(たばこ)を喫いながら、ぶらぶら家路についているとき、夜会服姿の二人の若い男たちとすれ違った。その一人が相手に「あれがドリアン・グレイだ」と小声で言うのが耳に入る。かつては、他人から指をさされたり、じろじろ見られたり、噂にされたりしたときに、有頂天になったことを思い出した。いまでは自分の名前を耳にすることにもうんざりしていた。最近頻繁に訪れたあの小さな村の魅力の半分は、自分が何者かを知る人間がいないことにあった。誘惑して自分を愛させるようにと仕向けたあの娘に、彼はよく自分は貧乏人なのだと語ったが、娘はその言葉を真(ま)にうけていた。一度など、自分は悪人なのだと言ってみたが、娘はただ笑うのみで、悪人は年寄りでひどく醜い人にいつもきまっている、と答えるのだった。娘のあの笑い声！――まるで鶫(つぐみ)の歌声のようだった。そして木綿の衣服を身に着け、大きな帽子を被ったあの娘の何とかわいかったことか！　彼女は自分では何も知らなかったが、彼が失ったすべてを持っていたのだ。

帰宅すると、召使いが彼の帰りを待っていた。もう寝るようにと言って召使いを下がらせてから、書斎のソファーの上に身を投げ出して、ヘンリー卿が言ったことを考えはじめた。

人間は決して変わることができないというのは本当だろうか？　自分の少年時代のあの汚れを知らぬ純真さ——ヘンリー卿がかつて言ったような、あの薔薇のように白い少年時代——への激しい憧憬を彼は感じた。自分を汚してしまい、自分の心を頽廃で満ち溢れさせ、妄想に恐怖をもたらすようなことをしたのを彼は承知していた。他人に悪影響を及ぼし、またそうすることに恐るべき歓喜を味わっても来た。また、これまでの生活で自分と出会った人びとのうち、自分が恥辱を与えたのは、この上もなく清らかでたいそう将来を嘱望されていた若者たちばかりだった。だが、こうしたことはすべてもう取り返しのつかぬことなのだろうか？　自分にはもう何の希望もないのだろうか？

ああ！　何という恐るべき高慢と激情に取り憑かれて、あの瞬間に、肖像画が自分の重荷を背負い、自分は永遠の若さの持つ純粋な輝きをいつまでも保ちつづけられるようにと祈ったことだろうか！　自分の失墜はすべてそのせいだったのだ。自分の生活で一つ一つの罪を犯すたびに、確実で、すみやかな処罰を受けたほうが、自分のためには遥かによかったのだ。処罰されることのなかには浄化があるのだから。「われらの罪を許したまえ」(1)ではなく、「われらの非道ゆえに罰したまえ」というのが義なる神への人間の祈りであるべきなのだ。

いまではもう随分昔のことになるが、ヘンリー卿から贈られた奇妙な彫刻を施された鏡がテーブルの上に置いてあり、白い手足のキューピッドたちが昔と同じようにそのまわりで笑っている。彼があの運命的な肖像画の変化に初めて気づいた、あの恐ろしい夜にそうしたように、彼はその鏡を取り上げ、興奮した、涙で霞んだ眼でそのぴかぴかに磨かれた鏡面をじっと覗(のぞ)き込んだ。かつて、狂わんばかりに彼を愛したある人が、次のような偶像崇拝的な言葉で終わる、血迷った手紙を書いて寄越したことがある。「あなたが象牙と黄金でできた人間であるために世界は変わってしまったのです。あなたの唇の曲線が歴史を書きかえるのです」この言葉が記憶に甦り、彼は何度もそれを繰り返しつぶやいた。そうしているうちに、彼は自分の美貌が嫌でたまらなくなり、鏡を床の上に叩きつけて、踵(かかと)でそれを押し潰し、銀色の破片にしてしまった。自分を破滅させたのは、自分の美貌のせいなのだ。自分が祈り求めた美貌と若さのせいなのだ。この二つがなかったならば、自分の生活は汚れを知らなかったかもしれない。美貌は彼にとって一つの仮面(マスク)であり、若さはまがい物にほかならなかったのだ。若さとはせいぜいのところ何なのか？　青くさい、未熟な時期、浅薄な気分と病的な思想とに取り憑かれる時期ではないのか。なぜ自分はいま若さの装いを身に着けているのだろう？　若さが自分を台なしにしてしまったのだ。

過去のことなど考えないほうがよい。考えたところで過去を変えることなどできっこないのだから。考えねばならないのは自分自身のことであり、自分の将来のことなのだ。ジェイムズ・ヴェインはセルビーの教会墓地の無名の墓に葬られている。アラン・キャンベルはある夜実験室でピストル自殺を遂げたが、無理矢理知らされた彼の秘密を洩らしはしなかった。いまはたけなわだとしても、バジル・ホールワードの失踪をめぐる興奮もすぐに醒めることだろう。もう下火になりつつある。その点で自分はまったく安全なのだ。実際、自分の心に一番重くのしかかっているのは、バジル・ホールワードの死ではないのだ。自分を悩ませているのは、ほかならぬ自分の魂が生きながら死んでいるということなのだ。自分の一生をめちゃめちゃにしたあの肖像画を描いたのはバジルだ。そのことだけはどうしても許せない。いっさいの仕業はあの肖像画にある。バジルは堪えがたいことをいろいろと自分に言ったが、それでも自分はじっと堪えていた。あの殺人は要するに一瞬の狂気にほかならなかったのだ。アラン・キャンベルにしても、その自殺は彼が自分でやったことなのだ。みずから選んでしたことなのだ。自分には何の関係もありはしない。

新しい生活！　それこそ自分が求めているものにほかならぬ。それこそ自分が待ち望んでいるものにほかならぬ。いや、紛れもなくすでに自分は新しい生活をはじめている。少なくとも、一人の無垢な娘に情けをかけてやったではないか。もう決して二度と無垢な人間を誘惑するのはやめよう。自分は善良になるのだ。

ヘティ・マートンのことを考えているとき、彼は鍵のかかった部屋にあるあの肖像画が変わったかどうかとふと思った。いまはきっと以前ほど醜悪でなくなっているのではあるまいか？　もしも自分の生活が汚れないものとなれば、おそらく、あの顔から邪悪な情熱のいっさいの痕跡を追い払うことができるのではあるまいか。おそらく悪の痕跡はすでに消え去っていることだろう。そうだ、行って見てこよう。

彼はテーブルからランプを取り上げて、忍び足で階段を昇った。扉の鍵を開けるとき、歓喜の微笑みが奇妙なほど若く見える彼の顔をちらりとかすめ、それはしばらく唇のあたりにとどまった。そうだ、自分は善良になるのだ、そうなれば自分が隠し込んでいるあの忌わしい代物も、もう自分にとっては恐ろしいものではなくなるだろう。心の重荷がすでに除かれてしまったような気がするくらいだ。

彼はそっとなかへ入り、いつもの習慣どおりに背後の扉の鍵を閉めると、肖像画から紫色の覆いを引っ張ってはずした。あっという苦痛と憤怒の叫び声が彼の口から洩れた。少しも変わってなどいない。変わっているのはただ、眼に狡猾な表情が現れ、口に偽善者の歪んだ皺が見えることだけだ。肖像画は相変わらず胸の悪くなるような代物であった——たぶん、以前よりもいっそう胸の悪くなるような代物かもしれない——手に点々と付着した真紅の雫(しずく)はいちだんと輝きを増し、流されたばかりの血のようにいっそう見えるではないか。彼は思わず身震いした。自分が唯一の善行をしたのも、結局のところ単なる虚栄心のためだったのか？　それとも、ヘンリー卿が嘲笑しながらほのめかしたように、目新しい感覚を味わいたいとする欲望にすぎなかったのだろうか？　それとも、実際の自分よりもずっと立派なことを時折われわれにさせる、あの演技的情熱にすぎなかったのだろうか？　それとも、たぶん、こうしたものすべてであったのではなかろうか？　だが、あの赤いしみが前よりも大きくなっているのはなぜだろう？　それは皺だらけの指に恐るべき病気のごとく忍び寄っているかに見える。描かれた足にも血が付いている。まるで絵が血を滴らしたかのようだ——ナイフを握っていない手にすらも血が付いている。自白？　これは自白しろという意味なのだろうか？　自首して出て、死刑になれということなのか？　彼は笑った。そんな考えなど途方もないと感じたからだ。

しかも、仮に自白したとしても、自分を信じてくれる者が果たしているだろうか？　殺害された男の痕跡はどこにも見当たらぬ。男の持物もすべて処分してしまった。彼がみずからそれを階下の部屋で焼却したのだ。世間の連中は彼が気が狂ったとしか言わないだろう。もし彼がしつこく自白をつづければ、彼は隔離されてしまうことだろう……しかし、自白し、公的な恥辱を蒙り、公的な罪の償いをするのが自分の義務ではあるまいか。罪を天に向かってばかりではなく地にも向かって告げよ、と人間に命じる神がいるのだ。自分が何をしようとも、自分の罪を告げるまでは浄められることがないだろう。自分の罪？　彼は肩をすくめた。バジル・ホールワードの死は、彼にはほとんど取るに足らぬことに思えた。彼はヘティ・マートンのことを考えていた。彼がいま眺めている自分の魂の鏡は、不誠実な鏡なのだ。虚栄心？　好奇心？　偽善？　自分の自己否定には、そういったもののほかに何もなかったのだろうか？　もっと何かあったはずだ。少なくとも、彼はそう思った。だが、そんなことは誰にわかるものか？……そうだ、やはりあれ以上何もなかったのだ。虚栄心から彼は娘に情けをかけてやったのだ。偽善のために善良さという仮面を被ったのだ。好奇心のせいで自己否定を試みてみたまでの話なのだ。自分はそのことをいま認めねばなるまい。

だが、この殺人――それは自分に一生ずっとつきまとうのだろうか？　自分はいつまでも過去の重荷を背負わねばならないのか？　本当に自分は自白すべきなのか？　いや、絶対に自白などするものか。自分に不利な証拠はたった一つあるにすぎぬ。この肖像画自体――それこそが証拠にほかならないのだ。そうだ、これを破壊してやろう。どうしてこんなに長いあいだ保管しておいたのだろう？　かつてはこれが変わったりだんだん老けていくのを眺めるのが彼には楽しみだった。最近はそんな快感を味わうことなど少しもない。その肖像画のせいで夜も眠れぬこともあったし、外出しているときも、他人の眼にそれが触れるのではないかという恐怖の念で胸がいっぱいになったこともあった。そのせいで自分の情熱にも翳りができてしまった。それを思い出すだけで多くの歓喜の瞬間が台なしにされてしまったこともある。それは自分にとって良心のようなものだった。そうだ、良心だったのだ。何としてでもそれを破壊してやるぞ。

　彼があたりを見まわすと、バジル・ホールワードを刺殺したナイフが眼に留まった。何度もきれいに拭ったので、いまや血痕一つ残っていない。きらりと光ったり、輝いたりしている。このナイフは画家を殺したときと同じように、画家の作品と、それが意味するものいっさいを殺してしまうのだ。それは過去を殺してしまうだろう。そして過去が死んだとき、自分は自由になれるのだ。このナイフはある恐るべき魂の生命の息の根を止めてしまうことだろう。そして魂の忌わしい警告がなくなれば、自分は心安らかに

していられるだろう。(2) 彼はナイフをぐいと握り締めて、肖像画を突き刺した。(3)

悲鳴が聞え、すさまじい音が響いた。苦しみ悶えるその悲鳴があまりにも身の毛のよだつようなものだったので、召使いたちはぎょっとして眼を覚まし、忍び足で部屋から出た。下の広場を折しも通りかかった二人の紳士も立止まり、大きな屋敷を見上げた。二人はまた歩きつづけたが、一人の警官に出会うと、一緒に引き返して来た。警官は呼鈴を何度も鳴らしたが、何の応答もなかった。一番上の階の窓の一つに明りがついているだけで、屋敷内すべては真暗だった。しばらくして、警官はその場を離れて、隣りの柱廊玄関に立ってなかをうかがった。

「どなたのお屋敷ですか、おまわりさん？」二人の紳士のうち年長の男が訊いた。

「ドリアン・グレイさんのお屋敷です」と警官は答えた。

二人は立去りながら、顔を見合わせ、嘲笑した。そのうちの一人はヘンリー・アシュトン卿の伯父であった。

屋敷のなかでは、召使い部屋に集まって、半分パジャマ姿のまま使用人たちが互いに小声でひそひそと話し合っていた。年寄りのリーフ夫人はおろおろ泣きながら、両手を揉んでいる。フランシスは死人のように蒼ざめている。

十五分ほどしてから、フランシスは馭者と従僕の一人を連れて忍び足で階段を昇って行った。ノックをしても、何の返事もない。大声で呼んでみたが、すべてがしんと静まり返っている。扉を無理にこじ開けようとしたがうまくいかず、とうとう彼らは屋根に上がり、露台（バルコニー）に飛び降りた。部屋の窓は難なく開いた。閂（かんぬき）が古くなっていたからだ。

なかへ入ったとき、最後に見たときのままの主人を描いたすばらしい肖像画が壁にかかっているのが眼に留まった。この上もないその若さと美貌はまったく驚嘆すべきものだった。床の上には心臓にナイフを突き立てた、夜会服姿の死人が倒れていた。窶（やつ）れ衰え、皺だらけで、見ただけで胸が悪くなるような容貌の男だった。指環を調べて見て初めてその男の正体がわかった。

訳　注

『ドリアン・グレイの肖像』は、『リピンコッツ・マンスリー』誌の一八九〇年七月号に最初掲載された。ワイルドはこの小説の自筆原稿をタイプ原稿版に完成させて、それをフィラデルフィアのリピンコット社に送ったのである。このタイプ原稿版は、その雑誌の編集長J・M・ストッダート(一八四五―一九二二)たちによって、作者の承諾を得ることなく約五百語の不適切・不正確な表現などを削除して雑誌掲載された。

この雑誌版をもとに、ワイルドはそれに大幅な加筆と改訂を加えて一八九一年四月にウォード、ロック・アンド・カンパニー社から単行本として出版した。この単行本には、雑誌版発表の際に、読者や批評家たちから浴びせられた数々の批判や攻撃に対して自作を弁護する目的で執筆され、一八九一年三月に『フォートナイトリー・レヴュー』誌に「ドリアン・グレイへの序言」として当初発表された二十五の箴言(アフォリズム)が巻頭に収録された。この改訂版が従来『ドリアン・グレイの肖像』の定本とされている。以下の訳注で「雑誌版」と「改訂版」とあるのはそのことを指している。

序言

(1)「序言」はこの長編の定本とされている一八九一年四月刊の改訂版『ドリアン・グレイの肖像』刊行前月の九一年三月に『フォートナイトリー・レヴュー』誌に発表された。自らの唯美主義的な芸術観・文学観を表明することを通じて、九〇年夏に『リピンコッツ・マンスリー』誌に最初掲載された『ドリアン・グレイの肖像』への批判や攻撃に対抗することを目的として執筆され、改訂版の巻頭に一種のマニフェストとして再録された。

第一章

(1)アトリエ　画家バジル・ホールワードのアトリエは、薔薇の香が溢れ、ライラックやさんざしの香が漂う瀟洒(しょうしゃ)な庭園と隣接しているが、このような庭に隣接するアトリエはヴィクトリア朝後期ロンドンの、特にセント・ジョーンズ・ウッドやチェルシーやケンジントン、とりわけホランド・パーク周辺でよく見られた。

(2)ヘンリー・ウォットン卿　機智に富み、皮肉癖のある、極めて都会人的なウォットン卿は、ワイルドの大学時代からの友人ロナルド・サザランド・ガウアー卿(一八四五—一九一六)をモデルに造型されたとされている。ガウアー卿は、彫刻家、絵画鑑定家、ナショナル・ポートレート・ギャラリーの理事として知られ、ジョン・エヴァレット・ミレーが彼の肖像画を描いている。彼は同性愛者でもあった。

(3)煙草(たばこ)　十九世紀末頃、主としてイギリスの上流階級のダンディな男性たちにとって、煙草は近代性の重要な象徴として受け取られていた。ハイカラな嗜好品だったのである。同性愛者の嗜好品でもあった。彼らは「シガレット・ダンディ」とも呼ばれた。ワイルドは葉巻よりも紙巻き煙草のほうを好んだという。リチャード・クライン『煙草は崇高である』(太田出版、一九九七)参照。

(4)東京(トーキョー)の画家たち　ワイルドは一八九〇年にロンドンの美術協会で催された葛飾北斎展を観たのではないかと推測されている。日本の美術書も数冊所有していた(ラザフォード・オルコック『日本の美術と工藝』(一八七八)など)。評論「嘘の衰退」(一八九一)には北斎などの浮世絵についての言及がある。

(5)グローヴナー　ラファエル前派とその追随者である画家たちによるヌード画を展示して一躍有名になったロンドンの画廊。一八八〇年代の英国の唯美主義運動とも密接に関わっている。

(6)美術院(アカデミー)　王立美術院のこと。一七六八年、英国王ジョージ三世によって創設された。前衛的なラファエル前派の画家たちは、古典主義的な伝統を重んじる王立美術院に対して反旗をひるがえした。

(7)アドニス　ギリシア神話に出てくる女神アフロディテに愛された美少年。

(8)ナルシス　ギリシア神話に出てくる美青年。ワイルドはナルシス神話に深く魅惑されていた。

(9)雑誌版では、バジル・ホールワードが「ドリアンを崇拝している」とヘンリー卿に語っているが、改訂版ではこれを削除している。同性愛的感情を示唆するものと見なしたからである。

(10)アンティノウス　紀元二世紀のギリシアの美青年。

(11)〈思索の日々を送りつつ見る形相の夢〉　英国の世紀末詩人オースティン・ドブソン(一八四〇―一九二一)の詩「ギリシアの少女に寄せる」(詩集『陶磁器に刻まれた格言』一八七七年所収)より。

(12)アグニュー　サー・ウィリアム・アグニュー(一八二五―一九一〇)。ロンドンの著名な画商。

(13)ワイルドの時代には、裕福な上流階級の女性たちは、ロンドンのイースト・エンドのような貧しい労働者階級の人々が数多く住む地域で奉仕活動を行うことが奨励されていた。

第二章

(1)〈オーリアンズ・クラブ〉　運動選手に人気のあったメイフェアのクラブ。ワイルドの同性愛の相手であったアルフレッド・ダグラス卿の父親クインズベリー侯もクラブ会員だった。

(2)バイオル　中世時代に用いられた弦楽器で現在のバイオリンの前身。

(3)ある書物　フランスの世紀末の作家J・K・ユイスマンス(一八四八－一九〇七)の『さかしま』(一八八四)への言及とされる。第十章注(5)を参照。

(4)新しい快楽主義(ヘドニズム)　快楽こそが人間が求めるべき新しい行動規範だとするもので世紀末に流行した。ウォルター・ペイター(一八三九－九四)の『ルネサンス』(一八七三)の「結論」からの影響が見られる。

(5)〈ホワイト〉　十七世紀に起源を持つロンドン最古の著名な紳士用のクラブ。

第三章

(1)改訂版ではこの第三章を皮切りに新たに五章が書き加えられた。

(2)スペイン女王イザベラ　イザベラ二世(在位一八三三－六八)。

(3)プリム　スペインの軍人・政治家(一八一四－七〇)。イザベラ女王の専制政治に反対し暗殺された。

(4)紳士たる者は貿易や商取引によって金儲けをしてはいないということを示唆している。

(5)過激派の一味　ワイルドの時代には、ベンジャミン・ディズレイリ率いる保守党と、ウィリアム・グラッドストーン率いる自由党の二大政党が対立していたが、「過激派」はしばしば自由党員と結びつけられていた。また、その経済理論や社会思想が、アダム・スミスやジェレミー・ベンサムやトマス・マルサスに由来する人たちを「哲学的な過激派」と呼ぶこともあった。

(6)ダートムアの商人　ダートムアは英国南西部にある地域でロンドンから非常に遠い場所である。従ってヘンリー卿は商人がそんな遠い所からはるばる勘定取りにやって来ることはめったにないというジョークをとばしているのである。

(7)英国議会報告書　英国議会と枢密院が発行する年次報告書。「青書（ブルーブックス）」として知られる。

(8)外交官　十九世紀半ばまで、外交官への道は、能力よりも家系や血筋によって決められていた。外交官試験制度の導入は一八五六年からのこと。

(9)ケルソー　ケルソーは、ワイルドが訪れたことのあるスコットランドの地名。ドリアンの母親マーガレットの父親のケルソー卿でもある。ワイルドにはしばしば地名を作中人物の名に転用するくせがある(たとえば、ウィンダミア夫人のように)。

(10)豚肉の缶詰業者　一八八二年から八三年にかけて米国を講演旅行したことがあるワイルドは、「豚肉の缶詰業」("pork-packing")の原義は「豚肉保存用のたる」であるが米国の俗語で「議員の人気取りのために政府に支出させる交付金(地方開発金、土木費など)」を意味する"pork-barrel"との地口的な結びつきを十分知って使っている。ここでは「豚肉の缶詰業」などの商取引によって大金を得たにわか成金をあてこすっている。

(11)どんなに卑しい花でも、それが開花するためには　ワーズワスの詩「幼年時代を追想して受ける魂の永遠性の啓示に寄せる頌歌」の末尾の有名な一節「どんなに卑しい花でも、その開花は、しばしば涙よりも深い思いを私にもたらしてくれる」を想起させよう。
(12)英国の「ドライグッズ」は穀物の意。
(13)エラスムス(一四六九頃―一五三六)の『痴愚神礼讃』(一五一一)を踏まえている。
(14)シレノス　バッカス酒神の従者。
(15)賢者オマル　ペルシャの天文学者・数学者・詩人オマル・ハイヤーム(一〇四八―一一三一)のこと。讃酒をテーマとする『ルバーイヤート』は英国の詩人エドワード・フィッツジェラルド(一八〇九―八三)によって一八五九年に翻訳され広く知られた。
(16)〈アシニーアム〉　学者・文人などが多く集まる著名なクラブ。

第四章

(1)雑誌版では第三章にあたる。
(2)メイフェア　ハイド・パークの東方にある区域で貴族の邸宅が多かった。
(3)クロディオン　フランスの彫刻家(一七三八―一八一四)。ロココ風の彫刻作品で知られる。
(4)『新百物語(レ・サン・ヌーヴェル)』『デカメロン』(一三五三)の影響を受けたフランスの淫蕩な物語集(一五

○五―一五)。

(5)マルグリット・ド・ヴァロア　ナヴァール王アンリの王妃(一五五三―一六一五)。『回想録(メモワール)』(一六二八)で知られる。

(6)クロヴィス・イヴ　フランスの宮廷に仕えた造本家・挿絵画家(一五八四―一六三五)。華麗な(ファンファーレ)造本や装幀で審美家に人気を博した。

(7)時間厳守とは時間泥棒　「遅刻とは時間泥棒なり」という諺のもじり。

(8)『マノン・レスコー』　フランスの作家アベ・プレヴォー(一六九七―一七六三)の小説(一七三一)。高級娼婦のために人生を破滅させる若い男を描いた。ヴィクトリア朝時代には一般に不道徳な小説と見なされていた。

(9)〈ローエングリン〉　リヒャルト・ワーグナー(一八一三―八三)のオペラ。初演は一八五〇年。

(10)ウォーダー街　骨董や古着で著名なロンドンの街。

(11)この機知に富む台詞は戯曲『ウィンダミア夫人の扇』(一八九二)第三幕の終わりでダーリントン卿の台詞としても使われている。

(12)全盛時代　シェイクスピアなどの数多い優れた劇作家たちが活躍したエリザベス朝時代。

(13)〈お祖父さんはいつも間違いだらけ(レ・グランペール・オン・トゥジュール・トール)〉　家父長制社会であった当時において祖父をからかう極めて反ヴィクトリア朝的な心情の表現。

(14)ロザリンド　『お気に召すまま』の女主人公。
(15)イモージェン　『シンベリン』の女主人公。
(16)『ハムレット』第四幕参照。
(17)『オセロー』第五幕参照。
(18)たぶん彼女は……　ワイルドが最初「彼女はいつかきみの情婦になるよ」と書いていたのを、編集者ストッダートが雑誌版でこのような表現に書きかえた。ストッダートは男性だけでなく女性に対しても一定の配慮を示していた。「きみの情婦になる」というのは、現代でもそうだが品性を欠く表現と見えたからである。
(19)キャピュレット夫人　『ロメオとジュリエット』に登場するジュリエットの母親。
(20)白衣の少女　英国に在住した米国の画家ジェイムズ・マクニール・ホイッスラー(一八三四―一九〇三)の絵画への言及。バジル・ホールワードは、このホイッスラーをモデルに造型されたとする説もある。
(21)ジョルダーノ・ブルーノ　十六世紀イタリアの哲学者・錬金術師(一五四八―一六〇〇)。ペイターが『フォートナイトリー・レヴュー』誌(一八八九年八月)に発表したブルーノ論を、ワイルドは読んでいたと推測されている。ブルーノは十九世紀後半の英国の作家や知識人たちの文化的英雄の一人であった。

第五章

(1)第五章は改訂版のために新たに書かれた二番目の章にあたる。
(2)五十ポンドは大金　現代のおよそ三千五百ポンドになる。
(3)オーストラリア　オーストラリアは一七八八年以来、もっぱら囚人の流刑地や、英国の低所得者層の移住地として知られていたが、一八二三年に金鉱が発見されてから、一攫千金を夢見て大勢の英国人がこの植民地に押しかけるようになった。
(4)ユーストン・ロード　簡易宿泊所、質屋、中古品店、売春宿、芝居小屋などの立ち並ぶ商業地域。
(5)〈マーブル・アーチ〉　ハイド・パーク北東入口の門。

第六章

(1)雑誌版では第四章にあたる。
(2)メッサリーナ　ローマ皇帝クラウディウスの妻で淫婦として知られ、度重なる性的放縦と裏切りゆえに紀元四八年に処刑された。
(3)ロザリンド　第四章にイモージェンを演じているというドリアンの言葉があるので、これは作者の混同と推測される。なお、ロザリンドは『お気に召すまま』に男装姿で登場する若い女性。

（4）タナグラ人形　古代ギリシアの遺跡タナグラで発見された優美な赤色のテラコッタ人形。ワイルドが愛蔵していた。

第七章

（1）雑誌版では第五章にあたる。

（2）ミランダ　シェイクスピアの戯曲『テンペスト』の女主人公。プロスペローの娘。

（3）キャリバン　『テンペスト』に登場する醜悪な野蛮人。

（4）『ロメオとジュリエット』第一幕五場。

（5）同第二幕二場。

（6）同右。

（7）ポーシャ　『ヴェニスの商人』の女主人公。

（8）ビアトリス　『空騒ぎ』に登場する。

（9）コーデリア　『リア王』に登場するリア王の末娘。

（10）あたしは影にうんざりしてしまったのよ　芸術から生活へと方向転換する女性を歌ったアルフレッド・テニソン（一八〇九－九二）の有名な詩「シャロット姫」第八節の反響（エコー）がある。

(11)コヴェント・ガーデンの近く　ロンドンの夜明けの情景をワイルドは大層好み、同様の情景を短編「アーサー・サヴィル卿の犯罪」(一八八七)第二部でも描いている。

(12)不可能なものへの情熱　ワイルドの批評論や手紙などに頻出する言葉。

第八章

(1)雑誌版では第六章にあたる。

(2)ジャーミン街　ロンドンのウェストミンスター地区にある。ピカデリー・サーカスに近い。

(3)パティ　アデリーナ・パティ(一八四三―一九一九)。十九世紀後半を代表するスペイン生まれのソプラノ歌手で絶大な人気があった。

(4)ジェイムズ朝悲劇　一六〇三年から二五年まで在位したジェイムズ一世時代における流血と奸計などがどぎつく扇情的に描かれた頽廃色の濃い悲劇。ウェブスター、フォード、シリル・ターナーはいずれもその代表的な劇作家。

(5)ブラバンシオーの娘　オセローの妻デズデモーナのこと。

(6)まったく残念なことだ！　『オセロー』第四幕一場における、イアーゴーから妻の不貞について聞かされた後のオセローの台詞。

第九章

（1）雑誌版では第七章にあたる。

（2）『グローブ』紙　当時よく読まれた夕刊新聞。シャーロック・ホームズも愛読している。

（3）〈芸術の慰め（ラ・コンソラシオン・デ・ザール）〉　フランスの詩人・作家テオフィル・ゴーチエ（一八一一―七二）の言葉。ゴーチエはフランスのみならずヨーロッパ諸国の「唯美主義」の創始者であり、いわゆる「芸術のための芸術」を主張した。

（4）マーロウ　テムズ河上流の町。

（5）ジョルジュ・プティ　フランス印象派画家たちの作品を展示して人気を呼んだパリの画廊を一八八二年に創設したことで知られる。

（6）きみに会った瞬間から……魂も、頭脳も、才能も、きみに支配されてしまったのだよ。雑誌版には明記されていた次の一節が改訂版では削除されている。「一人の男が友人に与えるよりもはるかに多くのロマンティックな感情を抱いてぼくがきみを崇拝してきたことはまったく正しい。どういうわけか、ぼくはこれまで一度も女性を愛したことがないのだ」

改訂版では同性愛的感情よりも絵のモデルとしてのドリアンの美貌に対する芸術的感情が強調されるように書きかえられている。ただし、「魂も、頭脳も、才能も、きみに支配されてしまった」という表現からは、同性愛的な感情の響きが聞き取れよう。実際、一八九五年の裁判でバジルがドリアンに愛を告白する場面が改訂版では削除されたことを挙げながら、カーソン弁護士(一八五四—一九三五)はワイルドの同性愛癖を立証しようとした。

(7)ローマ皇帝ハドリアヌス(七六—一三八)に愛されたアンティノウスのこと。彼は一三〇年にナイル河で溺死した。皇帝の屋形船から落ちたためとされる。

第十章

(1)雑誌版では第八章にあたる。

(2)ここで触れられているミケランジェロ、モンテーニュ、ヴィンケルマン、シェイクスピアたちはみな、同性愛者であったことを暗示している。ワイルドは長めの短編「W・H氏の肖像」のなかでほぼ同様の人名を挙げながら「あえてその名を語らぬ愛」を熱心に弁護している。また、一八九五年四月の同性愛を裁く裁判での答弁でも同様の主旨のことを述べている。

(3)南オードリー通り　ハイド・パーク近くのメイフェアにある通り。

(4)フォントヒル　ゴシック小説『ヴァセック』(一七八六)の作者ウィリアム・ベックフォード(一七六〇—一八四四)の住む豪壮な屋敷である、ウィルトシャーにあったゴシック風な「僧院」のこと。彼はそこで厖大な美術品や家具などを蒐集していたが、一八二二年にロンドンのクリスティー・オークション・ハウスでそれらを競売にかけた。

(5)**黄色い紙で装幀された一冊の本**　ドリアンの「黄色い本」が何を指すのか議論を呼んできた。従来これは黄色い紙で装幀された、デカダンス文学の聖書とされるユイスマンスの『さかしま』を指しているという説が最有力であった。たしかに、黄色は世紀末文学や美術と直接結びつけられることが多く、ワイルド自身、一八九五年に逮捕されたときに「黄色い本」を携行していたと伝えられている。だが、ワイルドがタイプ原稿の第八章(本書第十章二五九頁冒頭)ではもともと“Le Secret de Raoul par Catulle Sarrazin”(架空の作家カトゥール・サラザンの『ラウールの秘密』)というフランス語のタイトルをもつ書名を記しており、それを編集者のストッダートが雑誌版では削除したという証拠を踏まえると、『さかしま』説が幾らか弱まることは否めないだろう。ストッダートが削除したのは、フランスの官能小説を連想させるタイトルであったからだ。どうやらワイルドは作者もタイトルも虚構のものを使うことを楽しんでいたのではないかとする説が最近浮上している。ちょうど「W・H氏の肖像」でシェイクスピアが献呈したW・H氏とは、ウィリー・ヒューズという架空の少年俳優であるとしたように。

(6)『**セント・ジェイムズ**』**紙**　当時の知識人によく読まれたロンドンの新聞。『ドリアン・グレイの肖像』を酷評した。ワイルドは自分に敵対するこの新聞を「イギリスのジャーナリズムのクズ新聞」と罵り、反論をたびたび寄稿している。

第十一章

(1)雑誌版では第九章にあたる。
(2)ここはペイター『ルネサンス』の「レオナルド・ダ・ヴィンチ」の章を踏まえている。
(3)社交の季節は五月から七月にかけてである。
(4)これはペイター『エピクロス主義者マリウス』第一章三二にも引かれている。ただし、この言葉はダンテのものではない。
(5)出典は『ゴンクールの日記』。
(6)ダンディズム　ボー・ブランメル(一七七八―一八四〇)が広めたエレガントな衣裳や流行の哲学。同時代の堅苦しい道徳や倫理規範に反抗し、自立的な存在としての「英雄的個人」(ボードレール)の立場を築くことを目標とするダンディズムを実践した。ブランメルの影響を受けたワイルドは唯美主義的な芸術と生活の実践こそが近代的(モダン)であることを主張するダンディであった。
(7)『サテュリコン』の著者　著者のペトロニウス(?―六六)はローマ皇帝ネロの廷臣。彼は宮廷における「流行の指南役」であった。
(8)「苛酷で、野暮な清教主義(ピューリタニズム)」とは、具体的にはたとえば、一八八〇年頃から目につく浮良者や娼婦や犯罪者などを警察とは別個に取り締まる公的な自警団組織の設立(一八八五)

とか、すべての同性愛行為を禁止するための法律の修正条項制定とか、「有害な文学」としてエミール・ゾラの小説の英訳版の出版禁止(一八八八)と英訳者の投獄(一八八九)などを示唆している。ワイルドは世紀末にはびこっていた厳格な清教主義的(ピューリタニック)な風潮をその著述のなかでたびたび激しく攻撃している。

(9)ダンディな唯美主義者が、同時代の野暮な清教主義(ピューリタニズム)に逆らって自分の人生の支えとすべきものとして「新しい快楽主義(ヘドニズム)」を主張しているのである。このあたりは明らかに、ペイター『ルネサンス』の「結論」と『エピクロス主義者マリウス』第九章「新しいキレネ哲学」(ソクラテスが唱導した「独立自由な人格的価値」の内容が「幸福」にあるとし、「快楽」を道徳原理として信奉実践したキレネの哲学者アリスティッポスの創唱による快楽哲学)を踏まえている。

(10)『ヴェニスの石』(一八五一―五三)のなかでジョン・ラスキンが中世のゴシック芸術を賞揚し、その生命力あふれる幻想性と崇高性を称えたことを踏まえている。

(11)ワイルドは死の床で(逝去したのは一九〇〇年十一月三十日)ローマ・カトリック教徒となる。他の多くのデカダントたちもローマ・カトリックに強く惹かれていた。

(12)チャールズ・ダーウィン(一八〇九―八二)が提唱した進化論を生物学、人類学、心理学、比較解剖学、社会学などの諸学問に適用しようとするダーウィン主義運動が当時最も盛んであったのがドイツで、その代表格がジョゼフ・エルンスト・ハインリヒ・ヘッケル(一八三四―一九一九)。ワイルドは十九世紀で最も影響力のある思想家はダーウィンとフランスの歴史家・批評家エルネスト・ルナン(一八二三―九二)だと考えていた。

(13)アロンソ・デ・オヴァリェ(一六〇一―五一) チリのイエズス会士の歴史家。植民地化されたチリの歴史書(一六四六)で知られる。

(14)フランス提督アンヌ・ド・ジョワイユーズ(一五六一―八七) 女装趣味の同性愛者でアンリ三世(一五五一―八九)に仕えた。アンリ三世は宝石を大層好み、女装趣味の持主で同性愛者でもあった。

(15)フィロストラトス(一七〇頃―二四五頃) ギリシアの詭弁家(ソフィスト)・伝記作者。出典はトロイア戦争の英雄譚。

(16)デモクリトス(前四六〇―三七〇) 古代ギリシアの哲学者。

(17)セイラン セイロン、現在のスリランカのこと。

(18)プレスター・ジョン 中世時代にアビシニア(現在のエチオピア)、またはアジアに強大なユートピア的なキリスト教国家を建設したといわれる伝説上の聖職者・王。

(19)ロッジ トマス・ロッジ(一五五八―一六二五)。英国の劇作家・著述家。「アメリカの真珠」(一五九六)は南米への旅に基づくロマンス。

(20)プロコピウス 六世紀のビザンチン帝国の歴史家。彼はペロゼス王(四五七―八四)によるインドのヒンズー教徒との戦いと死を書き記した。

(21)皇帝アナスタシウス　東ローマ帝国皇帝、在位四九一―五一八。
(22)アレクサンデル六世　十五世紀のローマ教皇。
(23)ブラントーム　一五四〇頃―一六一四。フランスの著述家。
(24)ホール　十六世紀英国の歴史家。
(25)女神アテナ　工芸・知恵・芸術などを表わすギリシア神話の女神。ローマ神話ではミネルヴァに相当する。
(26)キルペリク王　六世紀のフランク王国の王。
(27)ポントス　古代の黒海沿岸の国。
(28)オルレアンのシャルル　十五世紀フランスの詩人。オルレアン公としてルイ十二世の父親となった。
(29)カトリーヌ・ド・メディシス　フランス王アンリ二世の王妃。奢侈を好み、宮廷内の陰謀と暗殺で悪名高かった。
(30)ポーランド王ソビエスキー　ヤン三世(一六二四―九六)の別名。在位一六七四―九六。
(31)スミュルナ　小アジアのイズミールの旧名。
(32)白百合の紋章(フルール・ド・リィ)　一一四七年頃からフランス王家の紋章。象徴的にフランス王家またはフランスを表わす。
(33)ジョージ王朝時代　英国のジョージ王朝時代はジョージ一世から四世まで(一七一四―

一八三〇)。
(34)キリストの花嫁　カトリック教会及びその信者たちを指す。
(35)金襴の帯　聖職者が法衣の上に着ける。
(36)アカンサスの葉　葉あざみの類でしばしば装飾用に図案化される。
(37)祭服(ダルマチカ)　広袖のゆるやかな祭服でミサのとき助祭が着用する。
(38)聖なるハンカチ(スーダリア)　聖ヴェロニカが磔刑場へ行くキリストの顔の汗をふいたと伝えられるハンカチ。
(39)トルヴィル　英仏海峡に臨むフランス北部の町。
(40)貧民街(ホワイトチャペル)　ロンドンの東部地区でユダヤ人の居住地であり、貧民街であった。一八八八年八月から十一月にかけて娼婦たちが次々に切り裂かれて殺害された「切り裂きジャック」による連続殺人事件はこの地区で起きた。
(41)アントレ　正式の晩餐において魚と肉とのあいだに出る料理。
(42)フランシス・オズボーン　ジェイムズ一世の寵臣で文人。その著作『エリザベス女王とジェイムズ王の治世に関する回想録』は一六五八年刊。
(43)アントニー・シェラード卿　これはワイルドの文学的ないたずらで架空の人物。
(44)ジョヴァンナ　十四世紀のナポリ公国の女王。
(45)エリザベス・デヴェルー夫人　これもワイルドがでっちあげた架空の人物。

(46)ジョージ・ウイロビー　これも架空の人物。
(47)フェラーズ卿　これは十八世紀に実在した貴族。
(48)〈摂政殿下〉　皇太子時代に摂政をつとめたジョージ四世のこと。
(49)フィッツハーバート夫人　ジョージ四世が皇太子時代に秘密結婚した女性(一七五六—一八三七)。結婚は無効とされたものの、ジョージ四世がブランズウィック家のキャロラインを正式の公妃としたのちも二人の関係はつづいた。
(50)カールトン・ハウス　皇太子時代のジョージ四世の邸宅。
(51)ハミルトン夫人　エマ・ハミルトン(一七六五—一八一五)。ナポリ公国への英国公使ウイリアム・ハミルトン卿の妻で当時その美貌で知られた。提督ネルソンの愛人でもあった。
(52)ティベリウス　ローマ皇帝。在位一四—三七。
(53)エレファンティス　古代ギリシアの女性著述家。官能的な恋愛物で知られた。
(54)カリギュラ(一二—四一)　専制的なローマ皇帝で暗殺された。ドミティアヌス(五一—九六)も同様な専制的なローマ皇帝で暗殺された。
(55)エラガバルス　ヘリオガバルスとして知られる残忍非道なローマ皇帝。在位二一八—二二二。
(56)このあたりの記述はJ・A・シモンズ『イタリアのルネサンス』(一八七五—八六)からの借用。

(57)ピエトロ・バルビ　一四六四年から七一年までパウルス二世としてローマ教皇をつとめた。彼は芸術を奨励し、骨董品や美術品の蒐集に熱心だった。

(58)三重冠　現世・霊界・煉獄を司る表象をもつローマ教皇の冠。

(59)ジャン・マリア・ヴィスコンティ　一三八九―一四一二。十三世紀から一四四七年までミラノ公国を支配したヴィスコンティ一族の一員。ふしだらで残忍な統治者として知られ、配下の者に暗殺された。

(60)ボルジア　チェーザレ・ボルジア(一四七六―一五〇七)のこと。十五世紀末のイタリアで権謀術数を用いて君臨した貴族出身の軍人・政治家。マキアベッリの『君主論』のモデルとされる。

(61)ピエトロ・リアリロ　一四四五―七四。彼はローマ教皇シクストゥス四世(一四七一―八四)の甥(ワイルドは教皇の子供としているが、正確には甥)で性的な放蕩生活で知られた。

(62)アラゴンのレオノーラ　一四五〇―九三。フェラーラ公爵夫人。アラゴンはスペイン北東部の地方。十一世紀から十五世紀にかけて王国があった。

(63)ガニュメデス　ゼウス神のために酒の酌をしたトロイアの美少年。ゼウス神はこの若者に恋をした。

(64)ヒュラス　同じくギリシア神話に出てくる美少年。その美貌ゆえにニンフたちに連れ去られた。

(65)エッツェリン　エッチェリーノ・ダ・ロマーノ(一一九四―一二五九)。イタリアの軍人・政治家で専制政治で知られた。

(66)ジャムバティスタ・チボー　ローマ教皇。在位一四八四―九二。

(67)シジスモンド・マラテスタ　一四一六―六八。専制的なイタリアの大貴族。最初の妻ジネヴラ・デステを毒殺した。

(68)シャルル六世　在位一三八〇―一四二二。狂王シャルルとして知られた。

(69)アストーレ　アストーレ・バリオーニ。十五世紀のイタリアの貴族・軍人。バリオーニ家の一族は激しい反目で知られた。

(70)ペルージア　ローマの北に位置する、ウンブリア地方の都市。

第十二章

(1)雑誌版では第十章にあたる。

(2)十一月九日　雑誌版では十一月七日となっている。同版ではドリアンの年齢も三十二歳である。『オスカー・ワイルド伝』の著者リチャード・エルマンによれば、三十二歳は、ワイルド自身が初めて同性愛行為に走った年齢である。その点でこれはドリアンの罪悪感とワイルドのそれを結びつける年齢であることが注目されるという。

(3)アルスター外套　通例帯があり時に頭巾付きの長外套。

(4)白ワインのセルツァー炭酸水割り　ワイルドの好物の飲み物であった。ホックはドイツ語の「ホッホハイマー・ヴァイン」に由来するライン産の白ワイン。セルツァーはプロシヤのセルターズ村で採れるミネラル・ウォーター。

(5)ダッドリー　一八五〇年にダッドリー卿が自分のコレクションを展示するためロンドンのピカデリー通りにあるエジプト・ホールに開いた画廊。そのホールのエジプト風なデザインで知られる。またこのホールでホイッスラーが個展を催した。

(6)マントン　地中海沿岸のフランスの別荘地。

第十三章

(1)雑誌版では第十一章にあたる。

(2)〈天国〉と〈地獄〉を持っている　出典は、ジョン・ミルトン『失楽園』第一巻二五四―五五。

(3)出典は「マタイ伝」第六章十二―十三節(あるいは「ルカ伝」第十一章四節)および「詩篇」第五十一篇九節。

(4)出典は「イザヤ書」第一章十八節。

(5)グローヴナー広場にあるドリアンの居宅からおよそ半マイル(約八百メートル)にある。

第十四章

(1)雑誌版では第十二章にあたる。

(2)ラスネール　フランスの有名な殺人犯。一八三六年にギロチンにかけられた。保存された彼の「手」はゴーチエに悪についての一種病的な幻想をかきたてた。

(3)出典はゴーチエ「手の習作」Ⅱ。

(4)ゴーチエ「ヴェニスの謝肉祭の変奏曲」中の「入海にて」のなかにある。

(5)ティントレット(一五一八—九四)　ラスキンに絶讃されたヴェネツィア派の代表的な画家。このあたりはゴシック建築とバロック絵画の偉大な都市とした名著『ヴェニスの石』のラスキンを意識しつつ書かれている。

(6)ドリアンが読んだのは、ゴーチエの詩「燕(つばめ)らの語ったこと」。

(7)出典はゴーチエの詩「オベリスクの郷愁」第一部。オベリスクは七五フィート(二十三メートル)の高さを持つ赤い花崗岩でできた古代エジプトなどに見られる記念碑。

(8)出典はゴーチエの詩「コントラルト」。

(9)ルビンシテイン(一八二九—九四)　アントン・ルビンシテインは、ロシア生まれのピアニスト・作曲家。ロマンティックなピアノ演奏で人気を博した。

(10)**アストラカンの外套**　カスピ海沿岸のアストラハン産の子羊の巻毛黒毛皮。

(11)リッチモンド　ロンドン南西部の住宅地。

第十五章

(1)第十五章からの三章は改訂版のために新たに執筆された。
(2)ホムブルク　フランクフルト近くの鉱泉で有名な保養地。
(3)ワイルドはこれと同じ台詞を戯曲『真面目が肝心』(一八九五)のなかでアルジャノン・モンクリーフに言わせている。
(4)マルグリット・ド・ナヴァール(一四九二―一五四九)　美貌と学識で知られたナヴァール王アンリ・ダルブレの王妃。その著作に『デカメロン』にならった小話集『エプタメロン(七日物語)』などがある。
(5)行先はおそらくロンドン埠頭(ふとう)近くのチャイナタウンであろう。そこには悪名高い阿片窟があった。

第十六章

(1)阿片の香　阿片は当初は鎮痛・鎮静などの医療目的で英国に輸入されたが、十八世紀終わり頃までにはもっぱら気鬱を晴らすための一種の麻酔剤として用いられ、誰でも合法的に入手できた。その結果、十九世紀中頃までには数百種に及ぶ阿片剤が一般に出まわっていた。

第十七章

（1）煙草服（スモーキング・スーツ）　くつろいで煙草を喫うときに着る。襟と袖口をさし子に、ボタンの代わりにモールを用いたものが多い。
（2）七つの大罪とは、「高慢」(pride)、「嫉妬」(envy)、「怒り」(anger)、「怠惰」(sloth)、「貪欲」(greed)、「大食」(gluttony)、「肉欲」(lust)である。
（3）タルチュフ　フランスの喜劇作家モリエール（一六二二－七三）の喜劇の主人公で偽善者。
（4）出典はシェイクスピア『十二夜』第二幕五場一四四－四六。
（5）パルティア人式　パルティアはカスピ海南東の古国で、その騎馬兵は後退すると見せかけて敵を奇襲する戦法を得意とした。

第十八章

（1）改訂版のためにワイルドが新たに書き加えた最後の章。
（2）アルテミス　ギリシア神話に登場する狩猟の女神。ちなみにワイルドの妻コンスタンス（一八五八－九八）も「黄色い目をした愛らしいアルテミス」と形容されている。
（3）いちごの葉　公爵の冠にいちごの葉飾りがつけてあることから公爵・伯爵の位階を象徴

する。
(4)穂(イアーズ)と「耳(イアーズ)」をかけてある。

第十九章

(1)ワイルドは雑誌版の最終章(第十三章)を二分割して、かなりの加筆と修正をほどこしながら、改訂版の最後の二章に変更している。
(2)パーディタ　シェイクスピア『冬物語』の女主人公。フロリゼルはその恋人。
(3)ショパン(一八一〇—四九)　フレデリック・ショパンはワイルドが最も愛好したピアニスト・作曲家。初期の詩から晩年の『獄中記』(一九〇五)までの彼の著作のなかでしばしば言及されている。
(4)ごくありふれた普通の腕時計で盗みの対象となるような高価な品物ではない。
(5)ヴェラスケス(一五九九—一六六〇)　偉大なスペイン画家でワイルドに愛好された。
(6)出典は『ハムレット』第四幕七場一〇八—九。
(7)出典は「マルコ伝」第八章三十六節。
(8)ショパンはマジョルカ島でフランスの作家ジョルジュ・サンド(一八〇四—七六)と一緒に暮らしながら幾つかの名高い、ロマンティックなピアノ曲を作曲した。
(9)マルシュアスは笛吹きの名手だが、アポロとの演奏競べに敗れて皮をはがされた。彼は世紀末のデカダントたちによって彼ら自身の反抗的・反俗的な芸術の実践者を象徴する存在と見なされることがある。
(10)このあたりの芸術と人生に関するヘンリー卿の言葉は、ペイター「レオナルド・ダ・ヴィンチ」(『ルネサンス』所収)をこだまさせている。
(11)ロバート・ブラウニング(一八一二―八九)の詩に繰り返し現れるテーマで、「ガルッピのトッカータ」と「司教ブラウグラムの弁明」がその代表例。
(12)『ドリアン・グレイの肖像』を同性愛行為を誘発する極めて有害な本として指弾されたことに対して、一八九五年四月二十六日に始まる最初の裁判で、ワイルドはこれとほぼ同様な表現を用いて自作を弁護している。

第二十章

(1)「ルカ伝」第十一章四節。
(2)改訂版に「このナイフはある恐るべき魂の生命の息の根を止めてしまうことだろう。そして魂の忌わしい警告がなくなれば、自分は心安らかにしていられるだろう。」を加筆している。加筆することでドリアンが良心の呵責から自由になることを求めているさまを明らかにしようとしたのであろう。
(3)雑誌版ではドリアンがナイフで肖像画を「切り裂く」であったのだが、改訂版ではその心臓を「突き刺す」行為に修正している。ドリアンは、肖像画を破壊するこの場面で、肖像画の「恐るべき魂の生命の息の根」を止めようとしたとも解釈できよう。

解説

富士川義之

1

一八八九年八月のことである。オスカー・ワイルドとアーサー・コナン・ドイルは、アメリカの雑誌『リピンコッツ・マンスリー』誌の編集長J・M・ストッダートにロンドンのレストランでの夕食会に招待された。その席上、ストッダートは新人作家の二人に向かって小説執筆を依頼する。コナン・ドイルは初対面だったワイルドについてのちに自伝『回想と冒険』(一九二四)のなかに、こんな鋭い観察を書きとめている。「彼はわれわれよりも遥かに抜きん出ていたが、それでもわれわれの話すことすべてを面白がってみせるすべを心得ていた。彼には繊細な感受性と気づかいがあった。一人で喋りまくる男というのは、どれほど頭が良くても根っからの紳士ではあり得ない」。

ここでコナン・ドイルは、世間の評判に反して、どうやらワイルドを「根っからの紳士」と見ているようである。こうした見立てはむろん、当時はごく一部の人たちだけのものであった。初対面から一年後に『ドリアン・グレイの肖像』がスキャンダラスな反応を招き寄せたとき、この小説を否認する多くの人たちの見解の背後には、ドリアンは、そしてワイルド自身もまた、「紳士」ではないと見る暗黙の了解が広く行き渡っていたからだ。

ともかくその年の暮までにコナン・ドイルは『四人の署名』(シャーロック・ホームズものの第二作)を書き上げて受理される。だが、「漁師とその魂」を送ったワイルドは、童話では駄目だとして出版を拒否される。拒否されたワイルドは、ちょうどいま書き始めた物語のほうがずっと良い物語だからそれを再提出するという内容の手紙をすぐさま編集者に書き送る。こうして一八九〇年三月にワイルド唯一の長編小説『ドリアン・グレイの肖像』が完成し、そのタイプ原稿をフィラデルフィアのリピンコット社に送付する。全部で十三章構成の五万字余から成るこの『ドリアン・グレイの肖像』は、『リピンコッツ・マンスリー』誌の一八九〇年七月号に掲載される。タイプ原稿を送付した折に、ワイルドはこの小説はおそらく物議をかもすであろうと予告している。実際、その通りになるのである。

このタイプ原稿版は、ストッダートによって、作者ワイルドの承諾を得ることなく約五百語の不適切・不正確な表現を削除して雑誌に掲載される。その多くが同性愛感情をほのめかす微妙な表現であった。この自粛にもかかわらず、雑誌版は不道徳で頽廃的だとして非難され、中傷された。非難や中傷のつぶてを投げつける人びとはみな一様に、婉曲にではあるが、これは同性愛者を扱った小説ではないかと述べ立てたのである。

こうした非難や中傷に対して、ワイルドも黙っていなかった。自作を誹謗する新聞各社へ反駁文を八通も投書している。さらにそれら反駁文の内容をもとに、一八九一年三月には『フォートナイトリー・レヴュー』誌に自分の唯美主義的な芸術観を披瀝する一連の箴言(アフォリズム)を発表する。こうして雑誌版をもとに、それに大幅な加筆と修正などを加えて、一八九一年四月にウォード、ロック・アンド・カンパニー社から単行本として『ドリアン・グレイの肖像』の改訂版が出版される。改訂版の巻頭には一連の箴言(アフォリズム)がこの長編のモットーである「序言」として収録された。この改訂版には、新たに七章が書き加えられ、全二十章構成となっている。以後、この改訂版が『ドリアン・グレイの肖像』の定本と見なされるのである。

『ドリアン・グレイの肖像』と言えば、ともすると、雑誌版と単行本の刊行当時の悪評が耳に入りがちである。しかしその一方で、ワイルドを一躍国際的な人気作家にした

『ドリアン・グレイの肖像』の場合、数多い書評や記事などが書かれ、英米両国だけで実に二一六本もの書評が出たほどだった。さらに人気者ワイルドにちなむ、おびただしい数のマンガ、ポンチ絵、挿絵、諷刺画、肖像画、歌曲、ダンス(「オスカー・ワイルドの忘れな草のワルツ」なるダンスがアメリカで流行した)などが、当時の英米のメディアをにぎわせる。紛れもなく英国の世紀末のスーパースターになったのである。

同時代の作家や詩人たち、たとえばウォルター・ペイター、アーサー・シモンズ、コナン・ドイル、W・B・イェイツ、あるいはステファヌ・マラルメ、ピエール・ルイス、アンドレ・ジッドたちも、おおむね『ドリアン・グレイの肖像』に好意的でこの小説を支持した。たとえば、先に触れた自伝のなかでコナン・ドイルは、『ドリアン・グレイの肖像』に関して、これは「確かに高い道徳的レベルについての本である」と述べている。ワイルドもまた、コナン・ドイル宛の手紙のなかで「連中が『ドリアン・グレイ』をどうして不道徳扱いにするのか理解に苦しむ」と書いている。

しかし、出版からおよそ百三十年近くも経ついま、改めて読んでいるときにまず思いあたるのは、『ドリアン・グレイの肖像』は、出版当時さんざん物議をかもした不道徳的な作品か否かなどといったことではない。ワイルド自身が若年の頃より傾倒していた十九世紀後半に流行する「芸術のための芸術」を主張する唯美主義やそのラディカルな形態である快楽主義の理念を、言ってみれば、物語を楽しませながら考えさせるという寓話となっているのではないか、ということである。知的混迷の時代に「人間とはいかにあるべきか」という難問に悩む一人の若者の魂の彷徨を描いた寓話として改めて強く印象づけられるのだ。その目的のためにドリアン・グレイという主人公を、時代の栄光と悲惨を一身に引き受ける存在として描かなければならなかったのである。

私は今度初めて八年前に出た詳細な注釈付きの一八九〇年版の『ドリアン・グレイの肖像』(二〇一二)を読んでみた。全十三章仕立てのいわゆる雑誌版である(雑誌掲載時に削除されたタイプ原稿を復元した雑誌掲載前の無削除版である)。ただし、この小説を支える重要な骨格となる基本的な筋書きは改訂版と変わらない。

青年貴族ヘンリー・ウォットン卿が友人の画家バジル・ホールワードのアトリエを訪れる。ヘンリー卿は、バジルの描いた「稀に見るほど美貌の青年の等身大の肖像画」にすっかり魅了される(「これはきみの最高の作品だよ、バジル」)。バジルはヘンリー卿に、自分が肖像画のモデルに強く惹かれていることを遠慮がちに打ち明ける。ドリアン・グレイがモデルをつとめるためにアトリエへやって来ると、ヘンリー卿は、ゲーテのメフィストフェレスさながらに、甘美な誘惑の言葉を次々に繰り出しながら、「快楽主義の哲学」(「いつも新しい感覚を追い求めるんだよ。何も恐れちゃいけない……新しい快楽主義(ヘドニズム)——これこそぼくたちの世紀が求めているものなんだ」)を巧みに説いて、ドリアンを魅惑する。

若さと美貌を称えられたドリアンは、肖像画がいつまでも若さを失わず、自分が年をとって見るも恐ろしい醜悪な老人になるという思いにとらわれていく。そしていつまでも若さを保つのが自分で、年をとるのが絵のほうであれば、自分の魂をくれてやってもよいと誓う。すると、摩訶不思議な魔法が働いてドリアンの願望が実現してしまう。

その後、危険な快楽を追い求めることが生きがいとなるドリアンは、ロンドンの場末の芝居小屋で観た若く才能ある女優シビル・ヴェインを熱愛する。だが、ドリアンへの恋に目覚めた十七歳の女優は一晩のうちに芝居への情熱を失ってしまう(「自分に感じられない情熱を真似ることならできるかもしれないけれど、あたしをいま焔みたいに焼いている情熱を真似ることなんてとてもできない」)。この可憐な女優は、ドリアンへの恋に目覚めることによって、舞台上での恋の演技が不意に生彩を失ったという芸術的な理由であっさりとドリアンに捨てられ、絶望のあまり服毒自殺する。この事件は、この小説のその後の展開において二重の意味で重要な意味を持つ。すなわちこれがドリアンの以後の悪行や堕落の始まりとなることと、悪行や堕落の明瞭な刻印が一つ一つ肖像画にはっきりと現れ始める契機となる、ということである。

その後、放蕩生活を送っているドリアンの私生活に、バジルが首を突っ込んで来て、ドリアンが隠したがっている秘密をあばこうとする。いまや醜悪な表情を浮かべ始めている肖像画をかつて過ごした屋根裏の子供部屋に隠匿しているのだが、これをバジルに見せてしまい、ドリアンは怒り狂う画家を発作的にナイフで突き殺す。悔恨の思いに責められるが、しかしドリアンは、自分の犯罪行為の痕跡を刻みつけている肖像画を激しく憎悪してナイフで突き刺す。突き刺した瞬間、彼はどっと倒れ、「見ただけで胸の悪くなるような容貌の男」と化してしまう。同時に肖像画のほうは「この上もないその若さと美貌」の輝きを取り戻すのである。以上が雑誌版の筋書きである。

2

『ドリアン・グレイの肖像』と言えば、おおかたの読者はいま述べた筋書きを想起することであろう。ところがワイルドは、この雑誌版をもとに新たに七章を改訂版に追加している。字数にして二万八千語余である。この雑誌版の『ドリアン・グレイ』を読んでいると、ワイルドを有名にした二冊の童話集『幸福な王子とその他の童話』(一八八八)と『ざくろの家』(一八九一)を折にふれて想起させることがある。率直に言うと、これだけでいわば大人のための童話というか、ある種の寓話としての完成度の高さを持つ作品ではないのかという感想が自ずと浮かんで来るのである。何しろ雑誌版の執筆に取りかかる直前まで、ワイルドは「漁師とその魂」という童話を書くことに集中していた。雑誌版のための物語が小説よりもむしろ童話風な物語に傾斜していったのは、彼としては自然な流れであったのだろう。「若い王」や「王女の誕生日」や「漁師とその魂」などの童話でも扱われているように、彼は当初から唯美的な生活に耽けることの愉悦や快楽だけではなく、それに伴うさまざまな限界や危険性を提示することをはっきりと意図していた。大幅に加筆しなくても、その意図は雑誌版においても十分達成されていると思えるのである。

そう考えると、この雑誌版は小さな傑作としてそれなりに評価され、ある種の古典として生き残りつづけるのではないのか。そのようなことさえも思わせるのだ。ひょっとすると、将来、この雑誌版が従来の『ドリアン・グレイ』の別バージョンとして単独で読まれる時代が来るかもしれない。しかしワイルド自身は、この雑誌版には決して満足していなかった。

では、なぜ作者は雑誌版に大幅な加筆をほどこさねばならなかったのだろうか。容易に推測可能なとおり、童話ではなく小説を書いてほしいとする編集者の要望に誠実に応えることが、ワイルドの第一の関心事であった。しかも彼は以前から、「心」や「魂」の領域への関心に深く根ざす、いわば「魂の物語」とも言える小説を書きたいとする構想を温めていた。雑誌版の発表後、ワイルドがこれに不満を覚えたのは、主人公の魂の遍歴が十分に描き切れていないことに気づいたからではなかろうか。魂の遍歴の、いわば小説的肉づけや展開が大分不足していることを思い知ったからではあるまいか。

新たに書き加えられたのは、さらなるロンドンの社交生活の情景、ヴェイン一家をめぐる挿話、ドリアンが阿片窟を訪れる、まるで阿片窟探訪記のような場面、シビルの弟の船員ジェイムズが姉を死に追いやった張本人としてドリアンへの復讐を果たそうとして彼をつけ狙う挿話などがその大半を占めている。加筆部分の多くが、『ドリアン・グレイ』全編に対して小説的な興趣とスリルをもたらす娯楽的な効果をあげていることは疑いない。ワイルドは上流社会で優雅に暮らすドリアンと好対照をなす貧しい下層階級の人びとを描くことを通じて、阿片窟を訪れる場面からも明らかなとおり、世紀末ロンドンの光と闇の領域をあぶり出すことに強い関心を寄せている。ワイルド自身、上流階級の華やかな社交生活を楽しむ一方で、「灰色の、怪物的なロンドン」に強く惹かれてもいたからだ。この小説が書かれる二年前の一八八八年八月から十一月にかけてホワイトチャペルなどの貧民街で次々に起きる、「切り裂きジャック」による猟奇的な連続殺人事件がロンドンの闇の領域への関心を一層強めたことでもあったろう。そのためロンドンの暗部の叙述は、罪人ドリアンの魂の闇の部分と微妙に響き合い、それを一層際立たせるものとなっている。そしてどう仕様もなくロンドンの暗部に吸い寄せられていく美貌のドリアンが、いかにもメロドラマ風に堕落と悪行を繰り返すのは、何か逃れようもない不可抗力な宿命の糸に操られているせいではないのか、という印象を与えもする。それはおそらくそのように印象づけるように書く作者の意図によるものだろう。

一九〇五年に没後出版された『深淵より』(『獄中記』の表題で知られる)のなかで、ワイルドは、童話「若い王」で司教が若い王に向かって、「悲惨をお作りになったのは陛下よりも賢明なお方ではありませぬか」を引きながら、それと同じ悲惨の多くが「紫色の糸のように『ドリアン・グレイ』の金色の布を貫いている宿命の調べのなかに隠されている」と述べている。

実際、「宿命」や「運命」ということを、ドリアンもバジルもヘンリー卿もほとんどつねに意識せずにはいられない。早くもこの長編の第一章で、バジルは、ヘンリー卿に向かって、ドリアンを話題にしながら、「肉体的にも知的にも傑出した人たちにはある宿命がつきまとっている」と言うし、さらにドリアンに初めて会ったとき、「〈運命〉が強烈な喜びと強烈な悲しみをぼくのために準備している、というような奇妙な感じに襲われたんだ」とも打ち明ける。そもそもドリアンは自分の若さと美貌が年齢とともに衰えるのを恐れ、自分がモデルとなった肖像画が身替りになってくれたら魂を引き渡してもよいと望む。その望みが現実のものとなり、永遠に変わらぬ若さと美貌を持つにいたるが、そうした人間の限界を超えようとする傲慢なドリアンには最初からつねに「宿命の調べ」という悲劇性が付きまとっているのである。

この魂と引き替えに若さや長寿を得る人物を取り上げた名高い作品には、十六世紀英国の劇作家クリストファー・マーローの『フォースタス博士』(一六一六)やゲーテの『ファウスト』(一七七四―一八三二)における中世のファウスト伝説があることは知られている。そのほかに挙げておきたいのが、ファウスト伝説のアイルランド版である、悪魔と契約して魂と引き替えに永遠の生命を得た男が、世界中を放浪して、さまざまな冒険をしたり、悪徳の限りを尽くすという伝説上の人物メルモスを主人公とする、チャールズ・マチューリンのゴシック小説の傑作『放浪者メルモス』(一八二〇)である。作者マチューリンはワイルドの母方の大伯父にあたる。ワイルドがこの大伯父をいつも大層誇りに思い、のちにレディング監獄を出たあとの世を忍ぶ偽名に用いた「セバスチャン・メルモス」は、『放浪者メルモス』の主人公から姓を借りたものである。『ドリアン・グレイ』における、若さと美貌と引き替えに魂を捨てるというテーマは、ファウスト伝説とともに、『放浪者メルモス』からヒントを得た可能性が高いであろう。ちなみに「漁師とその魂」もまた、人魚への愛のために自らの魂を譲り渡す漁師の物語である。

この二、三十年ほどのあいだに、『ドリアン・グレイ』が、後期ヴィクトリア朝を代表するゴシック小説の古典として、スコットランド出身のR・L・スティーヴンソンの『ジキル博士とハイド氏』(一八八六)やアイルランド出身のブラム・ストーカーの『ドラキュラ』(一八九七)などと併称されるようになったことを考え合わせるとき、『放浪者メルモス』というゴシック小説の傑作との関連性は見逃せないだろう。イングランド出身ではない、アイルランドやスコットランドなどの辺境出身の作家たちによるゴシック小説がとくに注目を浴びるようになるのは、ここ四半世紀ほどのことである。

ドリアンの宿命に関して、もう一つ触れておくべきことは、彼の不幸な生い立ちである。ドリアンにいたく興味をそそられたヘンリー卿は、第三章で叔父の元外交官ファーモー卿を訪問し、ドリアンの不幸な生い立ちを聞かされる。ファーモー卿によると、ドリアンの母親マーガレットが文無しの若者と駆落ちしたため、マーガレットの父親のケルソー卿が怒って乱暴者を雇い、そのためドリアンの父親がその乱暴者と決闘して殺され、失意のマーガレットは一年足らずで死んでしまう。祖父にあたるこのケルソー卿は小さな孫のために特別に屋根裏に子供部屋を作ってやるのだが、ドリアンはそこに「不吉な肖像画」を隠すのである。幼くして両親を相次いで失うという不幸な生い立ちを知ったヘンリー卿は、それが心の奥底に隠蔽しているドリアンの秘密であり、彼の宿命ともなっていることを鋭く見抜き、「若者がわれ知らず自己中心主義(エゴティズム)を弄んでいるのに強烈な快感を味わ」っていくことになるのだ。

ドリアンが一種の小型メフィストフェレス役をつとめるヘンリー卿の甘美な誘惑の言葉に圧倒されて自分の若さと美貌に目覚めるのは、ライラックやさんざしやきんぐさりや薔薇の花々が咲き乱れ、蜜蜂が物憂げな唸り声をあげて飛びまわり、ロンドンの喧噪も、まるで遠くに響くオルガンの低い調べのようにかすかに聞える、明るい陽光の降りそそぐ六月の庭園においてである。物語の冒頭部(第一章と第二章)をこのように印象深く設定したとき、作者がエデンの園の神話を念頭に浮かべていたことはおそらく確実だろう。童話「若い王」を思わせる無垢の魅力と若さに輝くドリアンは、実際、ヘンリー卿とバジルから、アダムやナルシスにも似た一種神話的な人物として眺められ賞讃される。アトリエのなかでよりも庭園でその美貌が一層引き立つと画家から見なされ、シューマンの「森の情景」の楽譜をめくるドリアンは、いかにも素朴で無垢な自然児である。このようにドリアンは音楽愛好家であり、ピアノ弾きとしても描かれているが、この冒頭場面は、彼がヘンリー卿と会うこの小説最後の、いささか感傷的なほどに両者の心の交流を描く場面(第十九章)で、卿の求めに応じてショパンの「夜想曲(ノクターン)」を弾くドリアンと見事に照応している。ともかくこの作品の最初の二つの章における庭園に隣接するアトリエの場面設定(まるで演劇の舞台のようだ)とそこで交わされる機知に富む、活発な、ときに哲学的な内容を含む会話の遣り取りはまことに鮮やかで演劇的でさえある。『ウィンダミア夫人の扇』で始まる一連の風習喜劇をすでに予告しているような趣きさえあると言ってもよい。

3

こうして若者は、自分を描いたラファエル前派風の見事な肖像画(一種の鏡像)を見て初めて自分の美貌を強く意識する。以後、肖像画はドリアンのダブル(分身)としてつねに強く意識されることになるのである。そしてヘンリー卿にしたたかに感化されて、自分は永遠の若さを保ち、肖像画が年を取ることを望んだために、それがあたかも自分の宿命でもあるかのように自滅への道を歩むことになる。あるいはヘンリー卿の言葉を借りれば、「考え事をはじめた」ために無垢を失い堕落していくのである。

「しかし、美というものは、真の美というものはだね、知的な表情が浮かびはじめるとさっと消えてなくなるものなんだよ。知性はそれ自体が一つの誇張様式であって、どんな顔の調和も毀してしまうものなんだ。腰を落着けて考え事をはじめようものなら、そのとたんに人間の顔なんてすべてこれ鼻ばかり、額ばかり、いや何やら恐ろしげなものになるっていう始末さ。何かの知的職業に就いている出世した連中を見てごらんよ。その連中の顔のぞっとすることと言ったら完璧そのものじゃないか！」（第一章）

ドリアンの肖像画に無垢の美の輝きを見るヘンリー卿の言葉だが、これは、自分の美しさに溺れるナルシスにもつながる自己愛的性質の持主ドリアンが、ほかならぬヘンリー卿自身によって知性を植えつけられ、「考え事をはじめる」ことによって心や魂が汚され、「無垢の美の輝き」を失うことを暗示している。その結果「何やら恐ろしげなもの」となる彼の顔の表情はすべて肖像画に醜く刻み込まれることとなる。さらに最終章には、「自分の少年時代のあの汚れを知らぬ純真さ――ヘンリー卿がかつて言ったような、あの薔薇のように白い少年時代――への激しい憧憬を彼は感じた」とある。

これは本当の自分とはどのような存在であったか、と自らに問いかける彼の自己理解を示していて興味深い。そして今後は善良な人間として新生活を送ることを誓うのだ。彼が村娘ヘティ・マートン（シビル・ヴェインにそっくりだから好きになる）と一緒に駆落ちすることにいったんは決めるものの、白い林檎の花のように無垢な娘のためを思って別れるという、いかにも感傷的（センチメンタル）な挿話のなかに、彼の自己理解の浅さが露呈していると思われる（第十九章）。実際、村娘とのことを打ち明けると、皮肉屋のヘンリー卿から「きみはまたひどく妙に子供っぽい気持の持主なんだなあ」と一笑に付されてしまう。ヘンリー卿からすれば、村娘と駆落ちして彼女をロンドンに連れて来ようとしながらも、娘を傷つけまいとして、つまりシビル・ヴェインの二の舞にさせまいと配慮して彼女と別れるというのは、ドリアンの子供っぽい身勝手な考えであり、彼がいぜんとして自己愛的性質にとらわれているとしか見えないのである。そこには快楽主義者としての自己を貫き通そうとしないドリアンへの失望感がうかがえると言ってよいかもしれない。

一方、ドリアンがヘンリー卿の魅力の虜（とりこ）となったために、彼に対する影響力を失うバジルにとって、自分が肖像画に描いたドリアンこそが「本当のドリアン」となる。また「人生の目的は自己発展」であると説くヘンリー卿は、精神的成長を成し遂げるドリアンを「本当のドリアン」と見なすのである（「きみに会った瞬間、ぼくは見てとったのだよ、きみが本当の自分はどういう人間なのか、自分が本当にどういう人間になるのかを全然意識していないということをね」）。

ワイルドは一八九四年二月に書かれたあるジャーナリストからの問合わせへの返信のなかで、「ドリアン・グレイは実在しない。あれは私の気まぐれな空想にしかすぎない」

と述べたあと、「あの作品は私という人物を多く含んでいる」と書いている。さらに「バジル・ホールワードは私が自分だと思う人物、ヘンリー卿は世間の人が私だと考える人物、ドリアンは、たぶん別の時代であろうが、私がそうなりたいと思う人物なのだ」という興味深いコメントを残している。

このコメントでまず目にとまるのは、ワイルドが自分自身をドリアンやヘンリー卿ではなく、バジルに近い人物として見ていることである。なぜであろうか。それを解き明かすためのキーワードは自分を「暴露する」である。

「現代最高の肖像画だよ」とヘンリー卿から絶讃されながらも、バジルはこの作品をどこにも出品しないと言いつのるばかり。「ぼくはこの絵に自分を注ぎこみすぎたんだ」というのがその理由である。若いドリアンの「無垢の美の輝き」が描かれているだけで十分ではないか、自分を注ぎこみすぎているからだなんて「子供だましもいいとこじゃないか」と反論するヘンリー卿に向かって、バジルが言う。「感情をこめて描いた肖像画はね、その一枚一枚が芸術家の肖像画であって、モデルの肖像画じゃないんだよ。モデルは単なる偶然、きっかけにすぎないのだよ。画家の手によって明らかにされるのは、モデルなんかじゃない。色あざやかなカンヴァスの上に明らかにされるのは、むしろ画家自身なんだよ。この絵を出品しない理由も、そのなかにぼく自身の魂の秘密を暴露しているのじゃないか、ということを気にしているからなんだ」。

バジルは肖像画が自分の「魂の秘密を暴露している」のではないかということを怖れている。そのあとドリアンやヘンリー卿と肖像画のことで言い争いをしているうちに、バジルは思わず怒りの発作に駆られてパレット・ナイフでカンヴァスをずたずたに引き裂こうとする。その瞬間、寝椅子からはね起きたドリアンが画家の手からナイフをもぎ取って、アトリエの片隅にほうり投げてこう叫ぶ。「やめて下さい、バジル、やめて下さい！　人殺しになるじゃありませんか！」（傍点筆者）

ドリアンはまるで自分が殺されるみたいに激しく怯えるのである。自分ではそうと意識する以前から、生身の自分と肖像画が一体のものであることにドリアンが気づく最初の場面である。この場面が、ナイフで肖像画を突き刺したと思った瞬間、ドリアンが自分の心臓を突き刺していた恐ろしい結末の場面を予告していることは明らかだろう。ニコラス・フランケルによると、肖像画にナイフを突き刺すこの結末の場面は、ワイルドの自筆原稿では、最初「肖像画を切り裂く」であったのに「頭の先から尻まで」をあとで補筆しているという。そして臓器を取り出す残虐な犯罪行為を連想させるこの表現は、実際にそうした犯罪行為が行われた「切り裂きジャック」事件のことが念頭に浮かんだために書き加えられたのではないかと推測している。改訂版ではこの表現は削除されているが、興味深い指摘ではないかと思う。いずれにせよ、『ドリアン・グレイ』は、一方では文化的・芸術的な粋を誇る、時代の最先端をいくモダンなロンドンの社交界と、もう一方では「切り裂きジャック」事件のような、予告殺人でマスコミを騒がせるなど、これまたモダンな劇場型犯罪の起きる場末のロンドンを舞台に展開する、エンターテインメント色の濃い世紀末小説である（夜のロンドンを彷徨するドリアンには、どこかE・A・ポーの「群集の人」を想起させるような面影がある）。

そうした大都市ロンドンとそこに住む人びとの明暗を巧妙にとらえ、描き込んでみせるワイルドの、現代の犯罪者の病理とも一脈通じる世紀末のゴシック作家としての手腕には並々ならぬものがあると言ってよい。バジル殺害後の残忍きわまる死体処理といい、おぞましい阿片中毒者といい、富裕階級と貧困層との絶望的な格差といい、当時の社会が抱え込んでいた近代文明のもたらすひずみと病理は、現代におけるさまざまなひずみと病理とも必ずしも無縁ではない。そう思わせる叙述や場面がこの作品にはあちこちで見出せるのである。

それにしてもバジルはなぜ肖像画が自分の「魂の秘密を暴露している」と怖れるのか。この小説のモラルをどうとらえたらよいかという観点から、ドリアンの肖像画の存在に目を向けてみよう。この作品を贈呈されたマラルメはその短い礼状（一八九一年十一月十日付）のなかで小説のなかの一節「いっさいの仕業はあの肖像画にある」を引きながら、まさにそのとおりだと述べている。この肖像画を通じてワイルドが伝えたかったことは、世間的な常識とは異なり、芸術作品は決して無害でも有用でもない、ということではないだろうか。芸術作品はときに破滅的・暴力的な事態を引き起こし、人びとに取り返しのつかぬ害毒をもたらすこともあり得ることを示したかったのではあるまいか。バジルはその予感に怯えているのである。

そもそもドリアンとの最初の出会いの際に、バジルは「おれの全存在が、おれの魂全部が、おれの芸術そのものが吸い取られてしまうのではないか」というパニックに襲われる。この最初の出会いでのバジルの述懐は、『ドリアン・グレイの肖像』改訂版の刊行二か月後の一八九一年六月に、のちに宿命の恋人となる、二十歳の美貌の青年貴族アルフレッド・ダグラス卿との最初の出会いのときに、ワイルド自身が抱いたに違いない述懐でもあっただろう。ダグラス卿はオックスフォード大学生で、『ドリアン・グレイの肖像』をすでに十三回も読み返していた。まさにドリアン自身の生き写しが現実世界のなかに突如出現したのである。

いずれにせよ、肖像画には「何かしら不吉なところがある」し、「それ自身の生命を持っている」と言うドリアンは、屋根裏部屋に隠した肖像画を見るたびに醜悪な表情を帯びて来ることに怯え、世間に知られたら恐ろしい事態になるという「人生の秘密」を抱え込んでいる。行動することを好まずつねに傍観者の立場を崩さない、「つねづね自然科学の方法に魅力を感じて」(第四章)いる科学者的な態度を示すヘンリー卿とは違って、行為者であるドリアンとバジルはまさに同類である(ついでながら「世界の大いなる罪悪が生じるのもまた頭脳のなかであり、ただ頭脳のなかでのみなのだ」(第二章)と語る、いわば唯脳論者であるヘンリー卿は、ポール・ヴァレリーの「ムッシュー・テスト」ともつながる、尖鋭な近代的知識人ではなかろうか)。

実人生でワイルドがダグラス卿を熱愛したのと同様に、バジルはドリアンを崇拝している。雑誌版では、バジルがドリアンを「崇拝している」とあからさまに語る場面が数箇所あるが、改訂版ではこれをすべて削除している。同性愛的な感情を示唆するものと見たからだろう。ほかでもバジルはドリアンを「崇拝している」とたびたび口にしていて、堪りかねたドリアンから「でも、崇拝なんていうことをあまり喋らないほうがいいですよ。馬鹿げていますからね」(第九章)とたしなめられているほどだ。

このようにドリアンを偶像視するバジルの態度は、同じくドリアンに夢中になるシビル・ヴェインを連想させずにはおかない。ドリアンはこのバジルを殺害し、シビルを自殺に追いやるのである。

4

ここでちょっと『ドリアン・グレイの肖像』の執筆にいたるまでのワイルドの生活についてごく簡単に触れておく。彼が四歳年下の美しい知的な女性コンスタンス・ロイドと結婚したのが一八八四年、翌年から翌々年にかけて長男シリルと次男ヴィヴィアンが相次いで誕生している(『幸福な王子とその他の童話』は幼い息子たちのために書かれた)。さらに終生ワイルドの忠実な友人でありつづけ、彼と同性愛の関係を結ぶ年下のジャーナリスト、ロバート・ロスと出会ったのが一八八六年のこと。最初のうちは同性愛者であることを妻には隠したまま幸せな家庭人として振舞っていたが、一八八九年頃から次第に同性愛の世界にどう仕様もなくのめり込み、家庭からは遠ざかる一方だった。

このような急激な生活の変化が『ドリアン・グレイの肖像』の創作動機に少なからぬ影響力をもたらしていることは明白である。ありていに言うと、同性愛にのめりこむ前と後では、作品から受ける触感や肌理がかなり異質なのだ。たとえば、同じ童話集でも『ドリアン・グレイの肖像』の直前に書かれた『ざくろの家』(一八九一)のほうが『幸福な王子とその他の童話』(一八八八)よりも、遥かにデカダントな想像力が駆使されているという印象を与える。その要因をすべて同性愛のみに帰するつもりはない。だが、万一発覚すれば犯罪者として裁かれるかもしれない危険な同性愛の世界へと大胆にも踏み込んだワイルドの人間理解、とりわけ悪と破滅についての理解が、秘密を持つがゆえに一層鋭利に研ぎすまされ深まっていったことは確かだろう。とくに目につくのは、人間は宿命のもとにというか、不可抗力の働く場で生きているという思いを一層強めていることである。それなのになぜ『ドリアン・グレイ』の雑誌掲載前のタイプ原稿では、不適切として編集者から削除されるような同性愛的感情をにおわせる表現を数多く用いたのだろうか。同性愛者ワイルドの内部では、ほとんどつねに隠蔽と暴露という矛盾する衝動がぶつかり合っていたからである。自分がなぜ肖像画を隠したのか、その本当の理由をなぜバジルに打ち明けなかったかを後悔しながら、ドリアンがこう述べる。

「バジルが自分に対して抱いている愛――それこそ本当に愛と言えるものなのだ――には、高貴で知的でないようなものは何も含まれていないのだ。その愛は、感覚から生まれ、感覚が倦んでしまえば死に絶えてしまうような、そういう単なる肉体的な美の讃美などではないのだ。それはミケランジェロや、モンテーニュや、ヴィンケルマンや、シェイクスピア自身が知っていたような愛なのだ」(第十章)。

一八九五年四月、ワイルドはダグラス卿などとの同性愛行為の容疑で起訴され、裁判にかけられるが、ヴィクトリア朝時代を通じて最も悪名高いこの同性愛を裁く裁判で、ダグラス卿の詩の一節「敢えてその名を語らぬ愛」について質問されたとき、彼は不意に感極まった様子で、同性愛を擁護し、そのような男性同士の愛は「完璧であるのと同じくらい純粋なものであり」、それは「シェイクスピアやミケランジェロの偉大な作品のなかに浸透している」と、ドリアンと同じ言葉を用いて述べている。「そのような愛は美しいし、繊細であり、最も高貴なかたちの愛情である」とも語ったとされる。ワイルドの大胆な発言は法廷内を静まり返らせ、発言が終わると、大きな拍手が傍聴人のあいだからわき起こったという。

ドリアン・グレイは、当時の保守的な中流階級層の読者から「紳士」ではない、アブノーマルなデカダントであると批判されたが、それこそまさにワイルドの思うつぼであった。と言うのも、ワイルドの唯美主義(彼の場合、しばしばデカダンスと同義語である)は、労働と生産を重んじる中流階級的な価値観への挑戦を明白に意図していたからだ。彼が敢えて怠惰や未熟さや奢侈や浪費を讃美したのも、そのような意図からだった。要するに彼は、他の唯美主義的な芸術家たちと同様に、ヴィクトリア朝時代の古臭い因襲や慣習から脱して、個人が国家や社会からの抑圧を受けることの少ない、もっと自由なライフスタイルの追求を許容するような新時代の到来を希求していたのである。なかでも因襲的な性道徳への攻撃という傾向は、ヨーロッパの世紀末文学や芸術に共通して認められる現象であった。ワイルドがその社会的、道徳的逸脱ぶりを攻撃されながらも、「唯美主義の寵児」として人気を集めるのは、彼の唯美主義や快楽主義が、その根本において、同性愛を含む個人の意思を尊重する、新しい自由なライフスタイルの追求を認めてほしいとする意図によって明確に支えられていることが、一部ではあるにもせよ、同時代人たちによって敏感に察知されていたからではなかろうか。法廷内での彼の発言が喝采を浴びたのも、禁止や規制で日常的にがんじがらめに縛られている社会の現状に何とか風穴を開けたいとする強い意思を感じ取ったからではあるまいか。ドリアンは、たぶん別の時代に、「私がそうなりたいと思う人物なのだ」というワイルドの発言は、未来の時代にきっと出現するに違いない、ほとんど無数と言ってよいドリアンを念頭に置いてのものであったことだろう。その点でワイルドは明らかに二十世紀の性意識革命に直接つながる人物である。

このように見て来ると、バジルの「魂の秘密」とは、ドリアンへの同性愛的感情のことであることが知られるのである。同じことはワイルド自身についてもあてはまるだろう。つまりはそういうことなのだ。しかしドリアンが本当にゲイであったのかどうか、そこまではよくわからない。おそらくゲイでもあったのだろう。作品中にはそうと必ずしも断言できない、ひどく曖昧模糊とした表現しか見あたらないからだ。第十章で歴史上に名高い同性愛者を次々に引き合いに出しながら、ドリアンもその一人であることを遠回しに暗示しているだけであるからだ。ちなみにドリアンはバジルを「友達」としてしか呼んでいないのである。

先に触れた、ミケランジェロやシェイクスピアなどに言及しながら、同性愛者を擁護するドリアンの発言のなかに、バジルの自分への愛は「感覚から生まれ、感覚が倦んでしまえば死に絶えてしまうような、そういう単なる肉体的な美の讃美などではないのだ」という一節がある。これは明らかに、ヘンリー卿からさんざん吹き込まれる「誘惑から逃れる唯一の方法は、誘惑に負けることなのだ」とか、「感覚のほかに魂を癒(いや)せるものはない」とか、「若さ！　若さ！　若さのほかにこの世にはまったく何もない」などといった、刹那(せつな)的な感覚や快楽の追求を言葉巧みにさかんに煽(あお)り立てる卿の唯美主義思想への強い反発と違和感に根ざす、批判的な発言である。

つまり、ドリアンは、最終的には強烈な影響を受けたヘンリー卿を距離を置いて眺めるようになるのである。それは同時に自分自身が信奉する唯美主義や快楽主義思想から離れることをも意味している。ドリアンはバジルの人間的魅力を改めて反芻しながら、ヘンリー卿について内心こう思う。「ヘンリー卿は非常に危険であるような魅力を持っている。しかし、それだけのことなのだ。卿はあまりにも才気走り、あまりにも冷笑的すぎて本当に好きにはなれない人間なのだ」と(第九章)。

このようなヘンリー卿への離反をもたらす最大のきっかけとなるのが、この作品全体を支える快楽主義思想のエッセンスを語る第十一章である。この「すさまじい生存競争」の社会のなかで、「われわれは長もちするものが何かほしいものだから」(第一章)、「複雑な人間の最後の逃げ場」として「単純な快楽」(第二章)を追い求めようとするのだと説くヘンリー卿の教えに忠実であろうとするドリアンが、快楽主義思想にのめりこめばのめりこむほど大層皮肉にも恐るべき「生の倦怠(ティディアム・ヴィタエ)」を味わう場面である。そこでは、ヘンリー卿から読むようにと強くすすめられたJ・K・ユイスマンスの『さかしま』(一八八四)とおぼしき「ある本」の圧倒的な影響下に、ドリアンが倦怠と頽廃の雰囲気にひたり、官能の崇拝者となり、「美の絶対的な近代性」を主張する。さらに、世紀末風なダンディを絵に描いたような豪奢な美的生活を送るさまがこと細かに叙述される。その文体も、それまでの平明で簡潔で直線的な文体とは打って変わって、ことさらに奇を衒(てら)う、錯綜した華美で装飾的な文体、つまりラスキンやペイターの美文体(ワイルドはこの二人の文学者の教え子である)とか、直線を用いずに渦巻模様や唐草(からくさ)模様を用いて幻想性を強調するアール・ヌーヴォー様式とも微妙に照応するような文体になっているのである。

こうしてドリアンは、新たな感覚的刺激と快感をひたすら求めて、世界各地の珍奇な産物を幅広く蒐集する。香料、楽器、宝石、刺繍、綴れ織、織物、天鵞絨(ビロード)、祭服、玉飾りなどのコレクションの数々。だが、やがて彼はこれらすべてのものに倦(う)んでしまう。そして「何一つ不自由しない生活を送る者に訪れるあの倦怠、あの恐るべき『生の倦怠(ティディアム・ヴィタエ)』」を味わうことになる。

日頃から「生の倦怠(ティディアム・ヴィタエ)」をしたたかに味わい、「苦痛と快楽の奇妙な坩堝(るつぼ)のなかにある人生」(第四章)を眺めながら、人生の傍観者として生きる教養豊かなヘンリー卿に向かって、ドリアンは最後にこう言ってのける。

「しかし、あなたは昔一冊の本でぼくを毒してしまいましたね。あれだけは許せないですよ。ハリー、これからはあの本を絶対に誰にも貸さないことを約束して下さい。あれは有害ですからね」(第十九章)。

これに対してヘンリー卿はこう言い返す。「本に毒されるということだが、そんなことなんてあり得ないよ。芸術は行動には何の影響力も与えないのだからね。むしろ行動への欲求をなくしてしまうのだよ。芸術は無類なほど不毛なものなんだ。世間の連中が不道徳的と呼んでいる本なんて、実は世間に世間自体の恥部を見せている本にほかならないのだよ」(第十九章)。

　ドリアンとヘンリー卿の芸術観は、この場面において決定的に対立する。しかし、本当に二人の芸術観は互いに相容れないものなのだろうか。むしろ、同じコインの表裏のように一体のものという逆説的な関係が成り立つのではなかろうか。『ドリアン・グレイの肖像』は、刊行当時、「不道徳的な本」として批判されたが、ヘンリー卿の言葉にあるとおり、それは「実は世間に世間自体の恥部を見せている本」であることが、時間の経過とともに明らかになって来た。ワイルドはこの長編を通じて、過激な唯美主義思想、快楽主義思想を実践する近代人がどのような代償を支払わねばならないか、どのような精神的歪(ゆが)みを引き受けねばならないかを明らかにしてみせたのである。

　言いかえれば、個人主義の美徳(「自分自身の生活――それこそが大事なものなんだよ」)を語るヘンリー卿に対して、「しかし、自分のことばかりのために生きていたなら、ハリー、きっと恐ろしい代償を支払うことになるのじゃないかな」(第六章)と述べるバジルの言葉に要約されているような何かが、この小説の主要動機(モチーフ)となっている、ということである。

　つまりこの作品は、唯美主義、快楽主義に基づく生き方について精細に語ると同時に、その危険性をも提示していると見ることができる。若いワイルドが強い影響を受けた、新しい唯美主義の提唱者ペイターが危惧したように、唯美主義的な生き方が単なる刹那的な官能や快楽の追求に堕してしまうとき、そういう生き方は自滅的にならざるを得ないという危機的な様相の典型として、ドリアンは造型されたのだった。ワイルド自身が自分の内部につねに抱え込んでいたそうした危機意識を形象化した作品として、『ドリアン・グレイの肖像』は受け取れるのである。

　そうでなければ、悪事を繰り返すたびに、ドリアンの肖像画は口辺のしわの数を増やしつづけ、醜くなるばかりという物語の設定が思いつかれるはずがなかろう。そこでは、ただ一つの悪徳も、堕落も、放蕩も見逃されないほどの峻厳（しゅんげん）さが際立って見えるのである。つまりますます醜悪な表情を帯びてゆく肖像画は、ドリアンの良心の呵責（かしゃく）を正確に映し出す鏡像と化してしまっている。あるいは、肖像画は、芸術が醜悪な生活に徐々に侵蝕（しんしょく）されてゆくことを表わしているとも受け取れよう。

　その観点からすれば、ドリアンが最後に肖像画をナイフで突き刺すと、肖像画はもとの美貌を取り戻し、ドリアンは老いやつれて死ぬという結末は、醜悪な生活に対する芸術の勝利を告げているとも読み取れよう。そこに芸術至上主義者ワイルドの面目躍如（やくじょ）たるものを見出すことは容易である。しかしこの作品で彼が追求したのは、生活に対する芸術の勝利などといったことではない。生活から離れて芸術至上主義的な観念を、しかもそれを刹那的な官能や快楽として追求するとき、恐るべき自滅への道を辿らざるを得ないとする切実な危機意識に深く根ざす、一つの寓話をエンターテインメント風に書くことではなかったかと思われる。ワイルドとしては、たとえば、ユイスマンスのように、社会から孤立してデカダンスの城に籠もりきりになることの危険性を、唯美主義者ドリアンの悲劇として描いてみせたのである。社会との接触を欠くことが自分の創作活動にとって致命的な損失をもたらすかもしれないことを、彼ははっきりと自覚し、予感していたからだ。その不吉な予感は、一八九五年五月二十五日に同性愛の罪で二年間の重労働を含む有罪を法廷で宣告されたときに、現実のものとなるのである。ワイルドにとって、ロンドンの社交界の花形であると同時に、ひそかにボヘミアンでもあるという二重生活がつねに刺激的であり、創作意欲を駆り立てたものであったのだが、社会的地位が突然喪失したとき、彼は生きて書きつづける意欲を一気に失ってしまったのである。

作家の同性愛を裁いたこの裁判は、人間として、また作家としてのワイルド個人の生命を事実上ほとんど絶ってしまっただけではない。ワイルドの没落は、この作家と結びついていると漠然と思われていた英国の世紀末の唯美主義やデカダンス芸術の評判をも一挙に低落させる結果を招くのである。

私が初めて『ドリアン・グレイの肖像』の翻訳を出したのは一九七八年のことだが、

その頃は若い読者はともかく、大人の読者には未熟なメロドラマ風の通俗小説というあたりが英米でも日本でもかなり一般的な評価であったと記憶する。ところがこの二、三十年ほどのあいだに、時代の風向きが随分変わって来たのである。英国の世紀末における代表的なゴシック小説であり、二十世紀文学、とりわけ従来からサブジャンルとされて来たミステリー、犯罪小説、幻想小説などにもつながる重要な作品としても評価されるようになったのである。近年、一八九〇年と一八九一年のテクストを同時に収録するエディションが増えたり、自筆原稿の複写版の出版などもあって、『ドリアン・グレイの肖像』もついに「古典」として認められるにいたったかというある種の感慨を覚えずにはいられない。こうした評価の変化の要因の一つとして、一九八〇年代以降、サブカルチャーが世界的に優勢になって来たこととも関連し合っていることだろう。そう言えば、二〇一四年に英国の『ガーディアン』紙が選んだ「英語で書かれた小説ベスト一〇〇」にも『ドリアン・グレイの肖像』は選ばれている。二〇二〇年はワイルド没後一二〇年にあたる。この機会に新しい読者が一層増えることを期待したい。

この翻訳は最初、講談社世界文学全集63『コンラッド／ワイルド』(一九七八)に『ドリアン・グレイの画像』という表題で収録されたものの改訳である。改訳にあたっては、最初のときと同じくOxford University Press版(一九七四)を底本とし、現在刊行中の全集版(Vol. 3 *The Picture of Dorian Gray: The 1890 and 1891 Texts*, 2005)と二種類のテクストを収録する*The Picture of Dorian Gray*(Norton Critical Editions, 2007)を随時参照した。また、無削除のタイプ原稿版を収録したNicholas Frankel ed., ***The Picture of Dorian Gray: An Annotated, Uncensored Edition***(The Belknap Press of Harvard University Press, 2011)の本文と詳注も必要に応じて参照し、訳注作成時に大いに助けられた。

ともかく本書は、最初の翻訳以来の長い年月の経過があるにもかかわらず、訳者の心に意外なほど染みるように入って来て楽しめた。なつかしいとともにいま頃になって新しい発見などもあって新たな興趣を呼び起こしてくれる面白い小説である。ご愛読いただけたら幸いである。

今回の岩波文庫での刊行にあたり全体にわたってさまざまな修正などをほどこした。不備な箇所が少なからず見つかったからである。全面的に手を入れたためなかば新訳に近いものとなった。訳注は最小限にとどめた。改訳の機会を与えてくださりいろいろとお世話になった岩波文庫編集長入谷芳孝氏に心より御礼申し上げる。

二〇一九年七月

ドリアン・グレイの肖像(しょうぞう)
オスカー・ワイルド作

2019年9月18日　第1刷発行
2025年1月15日　第2刷発行

訳　者　富士川義之(ふじかわよしゆき)

発行者　坂本政謙

発行所　株式会社 岩波書店
〒101-8002 東京都千代田区一ツ橋2-5-5

案内 03-5210-4000　営業部 03-5210-4111
文庫編集部 03-5210-4051
https://www.iwanami.co.jp/

印刷 製本・法令印刷　カバー・精興社

ISBN 978-4-00-322459-5　　Printed in Japan

読書子に寄す

——岩波文庫発刊に際して——

岩波茂雄

　真理は万人によって求められることを自ら欲し、芸術は万人によって愛されることを自ら望む。かつては民を愚昧ならしめるために学芸が最も狭き堂宇に閉鎖されたことがあった。今や知識と美とを特権階級の独占より奪い返すことはつねに進取的なる民衆の切実なる要求である。岩波文庫はこの要求に応じそれに励まされて生まれた。それは生命ある不朽の書を少数者の書斎と研究室とより解放して街頭にくまなく立たしめ民衆に伍せしめるであろう。近時大量生産予約出版の流行を見る。その広告宣伝の狂態はしばらくおくも、後代にのこすと誇称する全集がその編集に万全の用意をなしたるか。千古の典籍の翻訳企図に敬虔の態度を欠かざりしか。さらに分売を許さず読者を繋縛して数十冊を強うるがごとき、はたしてその揚言する学芸解放のゆえんなりや。吾人は天下の名士の声に和してこれを推挙するに躊躇するものである。このときにあたって、岩波書店は自己の責務のいよいよ重大なるを思い、従来の方針の徹底を期するため、すでに十数年以前より志して来た計画を慎重審議この際断然実行することにした。吾人は範をかのレクラム文庫にとり、古今東西にわたって文芸・哲学・社会科学・自然科学等種類のいかんを問わず、いやしくも万人の必読すべき真に古典的価値ある書をきわめて簡易なる形式において逐次刊行し、あらゆる人間に須要なる生活向上の資料、生活批判の原理を提供せんと欲する。この文庫は予約出版の方法を排したるがゆえに、読者は自己の欲する時に自己の欲する書物を各個に自由に選択することができる。携帯に便にして価格の低きを最主とするがゆえに、外観を顧みざるも内容に至っては厳選最も力を尽くし、従来の岩波出版物の特色をますます発揮せしめようとする。この計画たるや世間の一時の投機的なるものと異なり、永遠の事業として吾人は微力を傾倒し、あらゆる犠牲を忍んで今後永久に継続発展せしめ、もって文庫の使命を遺憾なく果たさしめることを期する。芸術を愛し知識を求むる士の自ら進んでこの挙に参加し、希望と忠言とを寄せられることは吾人の熱望するところである。その性質上経済的には最も困難多きこの事業にあえて当たらんとする吾人の志を諒として、その達成のため世の読書子とのうるわしき共同を期待する。

昭和二年七月